Best Time

白 马 时 光

良言写意

Lie to Love.

木浮生 著

百花洲文艺出版社
BAIHUAZHOU LITERATURE AND ART PRESS

图书在版编目（CIP）数据

良言写意/木浮生著. -- 南昌：百花洲文艺出版社，2021.10（2022.1重印）
ISBN 978-7-5500-4377-0

Ⅰ.①良… Ⅱ.①木… Ⅲ.①长篇小说－中国－当代 Ⅳ.①I247.5

中国版本图书馆CIP数据核字（2021）第170646号

良言写意
LIANGYAN XIEYI

木浮生 著

出 版 人	章华荣
出 品 人	李国靖
特约监制	何亚娟　夏　童
责任编辑	黄文尹　曲　直
特约策划	何亚娟　张　丝
特约编辑	张　丝　王紫璇
封面绘图	绵绵 MIAN-
封面设计	小茜设计 Miniqian
版式设计	彭　娟
出版发行	百花洲文艺出版社
社　　址	南昌市红谷滩区世贸路898号博能中心Ⅰ期A座20楼
邮　　编	330038
经　　销	全国新华书店
印　　刷	三河市兴博印务有限公司
开　　本	880mm×1230mm　1/32
印　　张	12
字　　数	344千字
版　　次	2021年10月第1版
印　　次	2022年1月第2次印刷
书　　号	ISBN 978-7-5500-4377-0
定　　价	45.00元

赣版权登字：05-2021-316
版权所有，侵权必究
发行电话 0791-86895108　　　网　址 http://www.bhzwy.com
图书若有印装错误，影响阅读，可向承印厂联系调换。

· 目录 ·
CONTENTS

第一章　"楼梯门"事件　　001

第二章　道是无情却有情　　028

第三章　特别合约　　050

第四章　怦然心动　　077

第五章　感情升温　　101

第六章　小别胜新婚　　128

第七章　我的阿衍　　148

第八章　过往如烟　　183

第九章　一刀两断　　209

目录 CONTENTS

第十章	海德堡往事	244
第十一章	真相是假	273
第十二章	地铁求婚	298
第十三章	余生有你	321

番外一	山抹微云	335
番外二	喜欢	360
番外三	梦想	366
番外四	寂寥报冬心	373

第一章

"楼梯门"事件

其实，寂寞是锦衣玉食后的产物。

1

写意刚上楼就发觉律师楼气氛不对，好些人在外面偷偷瞄会议室的大门。

过了一会儿，门被打开，从里面缓缓地走出几个人。最前面的是一位年轻男子，身形修长，清俊隽秀，生了一双清冷的淡眸。他抬头环顾了一下四周，目光缓慢却毫无停滞地扫过众人，然后寒暄了几句便告辞了。

那男子走路有些奇怪，但到底是哪里奇怪也说不出来。

在与写意即将擦身而过时，他察觉到写意盯视自己的目光，于是，他很轻微地侧了侧脸，朝她礼貌地微微一笑。他的眼睛原本就是内双，所以晃眼一看好像是单眼皮，这么淡淡地扬起来如同含着一潭笑意，似乎能摄人魂魄一般。

写意在新闻上见过他，厉氏现在的老板厉择良，几年前从德国留学回来便继承了家族产业，如今在 A 城商界呼风唤雨好不风光。

"为什么他会出现在这里？"写意问。

"这是我们的功劳啊。"同事吴委明说,"厉氏同意和我们合作了。"

写意原本在签字,听见这句话笔尖一顿,惊喜地反问:"真的?"

"是啊!我都不太敢相信。本来我俩是去同客户部的那个黎经理谈的。"

写意点头,那位黎经理摆足了架子,对他们律师楼完全不屑,所以她和吴委明已经不抱任何希望了。

"没想到今天厉择良直接来了,挺有诚意的。"吴委明点了点头。

"那我们需要派个常驻律师过去吗?"

"你很想去?"吴委明瞥了瞥她。

"想!"写意鸡啄米般点头,"那么大一家公司,我很想去历练一下,这是很多人的梦想啊。"

大名鼎鼎的厉氏在鸿基广场有一栋摩天大厦,戴着他们的工作牌进出其间是很多年轻人的梦想。

"那是因为人家的梦想是厉择良,难道你的梦想也是?"吴委明笑。

写意也跟着傻笑起来。

终于,在写意的多番争取下,律师楼同意让她过去先适应适应。

这天,写意被特许提前下班。她收拾好一些去那边办公必用的资料,打车回家路过鸿基广场的厉氏大厦时,写意抬头瞟了一眼这栋大楼。

从今以后要和那个姓厉的男子相处了。她忽然想到那天和他擦身而过的情景,当时不仅是她,感觉全场的女性都要晕倒了。

第一天到厉氏大厦上班,写意起得很早,以至于早到了许多,她便一个人坐在大厦外绿化带的椅子上等待预约时间的到来。

小小的路边绿化带里有几株桃花开得缤纷灿烂,芳草间,有几位老人正在打太极,这个时间段孩子比较少。

一辆银色轿车缓缓地在大厦楼前停下,下来一个人后才开进下面的停车场。

第一章　"楼梯门"事件

写意远远看去，下车的那个人竟是厉择良。一套简洁的深色西装穿在他身上显得格外伏贴，更显得他身材修长挺拔。

写意九点准时进了厉氏大厦，接待她的是位姓林的秘书。林秘书把写意带入预先为她准备的办公室，待写意放下东西，又领她四处看环境。

"走廊这边是洗手间。"

"这边是茶水间，冰箱里什么喝的都有，想喝什么都可以过来拿，当然也可以让我送过去。"

"大厦底层有员工食堂，你的饭卡在办公桌的抽屉里，还有临时工作牌，正式的员工卡需要你交了带照片的电子档案后才能办下来。"

走到尽头一个没有标识的房门时，小林说："这是一间私人休息室，是厉先生的。"

"哪个厉先生？"写意没多想，脱口就问——这里应该很多人姓厉。

"是厉总，"小林笑了笑，"但是他不喜欢别人这么称呼他。"

"林小姐是厉先生的秘书？"写意看了一眼她的工作牌。

"是的。"小林保持微笑。

"那公司都是让总裁秘书接待新职员或者新聘律师的吗？"

写意本还想问"那人力资源部的人都干什么去了"，但她最后还是将话咽了下去。

小林耐心地保持微笑："这个，只能说厉先生对唐乔和厉氏的合作无比重视。"她的微笑很职业。

在这里工作了一段时间后，写意发现这不但不是个闲职，而且还需大脑日夜超负荷运转。

下午工作时，写意接到了一通私人电话。

"写意，是我。"

"嗯？"写意一时间没反应过来。

"杨望杰。"他只得自报姓名，语气略显失落。

"啊,"写意解释说,"我最近太忙了。"

这人是同事吴委明的亲戚,上次经吴委明介绍的相亲对象。是个建筑师,目前在一家地产公司任职。

"你还没吃饭吧?"杨望杰问。

吃饭?写意望向窗外,夜色已深,而她还一个人埋头在电脑前全然不觉。

"一起吃个饭吧,我这就来接你。"杨望杰诚恳地邀请。

于是,写意急忙结束手头的工作,关掉电脑,收拾东西准备下班。

走到电梯间,那里有一个人也在等电梯,写意仔细一看,居然是厉择良。她从他背后看去,视线正好落在厉择良的耳朵后面,那片皮肤很白很白。

他听见脚步声转过头来,看见写意,便微微一笑。

"厉先生。"写意先打招呼。

厉择良点头示意。他们没正式打过照面,他认识她或者不认识她,两种情况都很正常。

"叮咚。"电梯门打开。厉择良示意写意先请,写意没有谦让。

电梯里只有他们两个人。两个人并肩站着望向前方。电梯的内侧擦得很亮,可以映出两个人的身影,写意不自觉地看过去,她个子不算矮,但是穿着普通的高跟鞋也只到他耳朵的高度。

电梯缓缓下降,他的嘴角和眉目时常含笑,但给她的感觉却有些清冷。

"沈小姐,这么晚才下班?"厉择良终于开口,嗓音沉缓悦耳。

"手头上有些工作刚刚做完。"写意一边说一边摸了摸头发,她在紧张时就会不自觉地做这个小动作。

"外头好像在下雨。"厉择良说。

"啊!"写意有些意外他会说这句话,"我身体很健康,没问题的。"

这句话说出口后,写意顿时觉得自己犯傻的毛病又开始发作了,有些自作多情。据说他在德国念过好几年书,也许人家只是保留了外国人的礼仪，想谈论一下天气而已。

厉择良闻言淡然一笑。

她刚下到一楼，就见杨望杰在出口处等着她，杨望杰和厉择良互相点头示意。

他们的车掉头回来时，写意看见厉择良仍然在等司机的车。

"这位先生的腿好像有些毛病。"杨望杰一面开车一面看了眼窗外的厉择良说。

"嗯？"

"虽然站着的时候看不出来，但是一走路还是有些奇怪，加上他转身也特别慢。"杨望杰解释道。

写意猛然转过头去，看着说出这句话的杨望杰，面带震惊，半天都没回过神。车开出好远，她才恍惚地回头看去，厉择良的身影已经很模糊了，似乎依旧撑着雨伞站在漫天的雨幕中。

她竟然没看出来。

"他是你的朋友？"杨望杰问。

"不是，我哪有那个福气。"写意笑了笑，"他是厉氏现在的老板，厉择良。"

"厉择良？他可是地产界的传奇。"杨望杰笑着说，"他下手一向快、准、狠，都成了我们这一行的风向标。两年前，新区的开发让厉氏名声大震。"

这个写意知道。前些时候政府开发新区，业兴集团拍了地盘，准备一展宏图，还将楼盘定位成了高档住宅。哪知道新区虽然环境好，配套设施却不行，高档线路行不通。第一步在期房预售上就吃了亏，后来业兴资金运转不佳，交房日期一拖再拖，快成了烂尾楼盘。待业兴想甩掉转手时，业内开发商已经不敢涉足了。

就在这个时候，厉择良插足进来，以超低价收购，然后将周围的荒地农田一起签下，从引进名师打造名校做起，将整个区域进行配套开发。整个新区变成了主城区卫星城。这么大的手笔,稍有闪失,厉氏三代家产便毁于朝夕之间,但他成功了。

那一年,厉择良二十六岁。

"如今,业兴还是在Ａ城各处小打小闹地做小买卖,而厉氏却已成业内霸主。"杨望杰感叹。

两个人吃完饭从餐厅出来,雨已经停了。雨后的夜晚空气格外清新,写意突然有了好心情,于是回家途中和杨望杰去了超市,准备买点儿日用品。

结账付钱时,写意突然听见有人叫"沈律师"。

写意蓦地回头,发现是以前经手过的一个案子的当事人——小向。写意微微一笑,客气地同她寒暄道:"向小姐,你好啊。"

"好久不见。"

"你在这里上班?"

"是啊。"小向笑,"这个工作没有以前轻松,但是我还挺喜欢的。"

"朱安槐没有再找你麻烦了吧?"

"没有了。谢谢你,沈律师,要不是你,我现在还不知道在做什么呢。"

写意不好意思地笑了笑:"你太客气了。"

小向是个外地女孩儿,刚出大学就到辉沪银行工作。因为人长得小巧可爱,追求者众多,其中最让她头疼的就是辉沪东家的小公子朱安槐。此人多次对她进行语言和肢体骚扰,小向迫于无奈向公司申诉,结果朱少爷恼羞成怒派人毒打她,她险些毁了容。后来,写意做了她的律师。

出了超市,杨望杰听写意简短地叙述完便说:"我看到过这个消息,后来朱安槐被判了多久?"

"六个月。"写意说。

"你也要小心朱安槐这个人。"杨望杰说。

第一章 "楼梯门"事件

晚上，难兄难弟吴委明打电话问候写意："去大公司的日子够滋润的啊。"

"滋润什么啊，还不是被资本家压榨。"

"被厉择良那样的资本家压榨，心情总是要愉快些的，不然大家头破血流都要挤进厉氏做什么？"

写意笑了笑，同他聊了一会儿其他的，突然又想到一件事情，便问："老吴，他的腿有什么毛病吗？"

"你说厉择良啊，"吴委明说，"听说是多年以前出过车祸，受了伤。"

"是吗？"写意有些诧异，黯然地应了一声。

2

翌日，写意又一次早到了公司。

她坐在之前停留过的小公园的那把椅子上，看见厉择良从车上下来。他同往常上班时一样，没有在底层停车场下车。

如今写意细细一看，发现他的右腿果然有些毛病，不过并不是真正意义上的瘸子，就是右脚走动的速度比左脚稍微慢些，提脚的时候也略低。

他上了两步楼梯，进了大楼，写意跟了上去。只见厉择良绕过电梯，走进了楼梯间。

无疑，他要爬楼梯。

心中下了这个结论以后，写意十分震惊：怎么可能？他的办公室在二十三楼。就算是她这个腿脚健康的人，也会累得要死。但是厉择良确实行动了。

楼梯上完一层会转个一百八十度的弯，前面的人便看不见后面的位置，于是写意轻手轻脚地跟随其后。

两个人一前一后向上走，楼梯间里回响着厉择良的脚步声。他的脚步先是快得让写意跟不上，渐渐地便慢了，后来慢到有些蹒跚。于是，写意在墙这边等着，等他那渐缓的脚步声上去了，才拐过去。

她忽然之间明白了他为什么要这么早来公司——一个人在这漫长的楼梯上挣扎。这个男人，即使只用一只手也能在商界翻云覆雨，但是依旧有那么一点儿不愿让人察觉的自卑。

十九楼。

写意累得头昏眼花时，仍不忘记看一眼楼层，然后，她第三十七次拐弯。

她一抬头，突然愣在原地。厉择良停在那里，面对着她，将她逮了个正着。

此刻的写意披头散发、蓬头垢面，全身是汗，全然是一个狼狈十足并被抓了个现行的跟踪狂。

"沈小姐好兴致，大清早爬楼梯。"厉择良戏谑着说。

厉择良爬过楼梯之后脸色累得惨白，说话时并无严厉的语气，但是配上他那春风含笑的表情却让写意觉得身后阴风阵阵。

写意擦了擦脸，心中暗自狡辩：哪里哪里，和厉先生你的兴趣一样，碰巧罢了。但是，他是她和整个唐乔律师楼的衣食父母，况且她心知理亏，不敢反驳，只好在心中小声嘀咕两句以求得自我平衡。

两人默然对峙着，写意能够感觉到那副似笑非笑的面容下掩藏着的心在略微不悦。

沉默。

这种长时间的沉默让写意有些心虚，她毕竟偷窥了他的秘密。

写意咳了两声，决定率先打破僵局，说："一天锻炼一小时，健康工作五十年。"

她只好冒出这么一句话，不管准不准确，大概对于每一个吃人血汗的资本家来说，后半句都比较顺耳中听。

"我今天的一小时完成了，厉先生你继续。"写意说完之后准备迅速绕过厉择良，朝十九楼出口奔去。

"沈小姐。"没想到擦身而过时，厉择良却一把拉住她的胳膊，"你好像对我很好奇。"厉择良眯着淡眸暧昧地笑,丝毫没有放手的打算。

写意无法动弹,手腕被他死死钳住,整个脸涨得通红。这个姿势让她觉得有些不妥。

"我……我……"她有些尴尬。

"跟踪我做什么?"

"我锻炼身体。"

"既然沈小姐也有这个爱好,不如下次约一起?"厉择良挑挑眉。

要是一般人听见他如此邀请,不知道多高兴。但在这样的情景下,在这种气氛下,写意实在笑不出来。她扯了扯嘴角:"不用了,我下次决定改用跑步机。"

突然,楼梯间的门被推开,进来一位穿着保洁服的阿姨。她看见厉择良时急忙点头说:"厉先生,您早。"语罢她第二眼看见了写意,第三眼看见他俩的亲密姿态,阿姨显出一副恍然大悟的样子,迅速退了出去。

十分钟后,厉氏有了一条爆炸性新闻。

写意逃回自己在二十一楼的办公室后,懊恼得要死,恨不得找个地洞钻进去。良久,她才翻出当年安慰周平馨的话,借以宽慰自己。

写意刚到唐乔不久,曾遇到过一位温和的女同事周平馨。

一次,周平馨的新衬衣尺码稍微有些小,她一抬手,胸前的纽扣居然崩开了,搞得在场的两位男同事立刻尴尬地把脸别过去,周平馨满脸通红地躲进洗手间。

写意去洗手间的时候刚好遇见她,于是替她找来针线,帮她将扣子缝补好。周平馨却死活不肯出洗手间的大门,哭成了个泪人,说自己再无脸见人。

"每个人都会有丢脸的时候,过去就算了。"写意劝她。

"以后再也没脸见同事了,我长这么大还没有这么尴尬过。"

"哦?那平馨你运气真好。"写意笑着说,"我从小就经常冒冒失失的,比这尴尬的糗事多了去了。"

"是吗?"

"我念初中的时候,有次穿了条新裙子去学校。"写意生怕说得不够详细,补充道,"是那种半截、松紧的短裙。上语文课时老师叫我回答问题,结果站起来时短裙不知道被凳子上的什么地方钩住了。如果站直裙子就会被拉下去,我只好弯着腰半蹲着回答。那个年纪的我特别好强,不好意思跟同学说,下课后也一个人傻坐着。直到放学后,值日的同学都各自打扫完卫生没人注意了,我才敢自己慢慢把裙子取下来。"

写意继续说:"还有一次也是裙子的故事,我已经读高一了,去上奥数的培训班。班里有个毕业班的学长,是我高中一直仰慕的对象,每次他都坐最后一排,靠窗那里,位置总是固定的。"

写意陷入漫长的回忆中。

她记得他总是坐在那个角落里,虽然座位是随意坐的,但是长久以来从没人和他争。他有一双浅色的眸子,发色也不是那种纯黑的。深秋的阳光透过窗户射进来,照在他的桌上,使得书本有些明晃晃的刺眼,他多数时候便会微微眯起眼睛,稍微转一个角度。但是阳光仍然落在他手指的皮肤上,显得有些透明。他从来不和人主动说话,老师却最喜欢他,专门叫他来负责些临时班务。

那个时候写意在完全听不懂课的情况下,执意报名了那个培训班。写意每次都早早到,一改假小子的模样,打扮得格外淑女,还将他旁边那个隔着过道的位置率先霸占住。

写意继续说:"那天,正好这男生迟到,从他一进门我就肆无忌惮地盯着人家看。他却不在意,坐下的时候还不经意地望了我一眼,那是他第一次正眼看我,我当时兴奋得不得了。过了一会儿,他又看了我一眼。"

"然后呢?"平馨好奇地问。

写意拉她回到办公室坐下,接着说:"我心里偷乐,但表面上还是装着专心听课。没想到过了几分钟,那个男生趁着老师在黑板上写字的时候,很严肃地传了张纸条过来。我当时按住狂跳的心脏,小心翼翼地将纸条展开,里面写了一句话。"

"什么话?"平馨急忙问。

第一章 "楼梯门"事件

"同学，你的连衣裙穿反了。"

扑哧一声，周平馨笑了出来，说道："这故事是真的假的？"

"是真的。"

"但那个时候你还是小孩子，出点儿糗总应该不太难堪。"

"小孩子？"写意笑了，"难道你没暗恋过学长、同学之类的？那个年纪在自己仰慕的人面前出一次糗，真是没脸活下去了。"

"那现在那个男孩儿呢？"

"不知道，"写意眸光一闪，摇头说，"模样和姓名全都想不起来了，但是对某些细节和动作居然还有印象。"她眼神里有些落寞。

这些话、这些事，写意如今想来历历在目，但当时安慰周平馨的话也许真的是站着说话不腰疼。比如现在，她就确实不想再出现在厉择良的眼前。搞不好，那个男人还会误会她有跟踪癖。

写意有些烦躁地揉了揉额角，摸到自己的一头乱发。她不爱留刘海儿，只是简单地将直发束成马尾扎在脑后，她的发质天生就很硬，而鬓角的新发既多又坚韧不屈地不服约束，稍微不扎紧便会垂下来，所以，她每天都要不厌其烦地整理个三四次。

晚上，写意刚闲下来就接到她前段时间负责的一个遗产案当事人孟梨丽的电话。这个孟梨丽是正源银行黄老板的续弦，上周黄老板刚刚过世，两个子女就和她争起遗产来，此刻又闹上门。

写意急忙换了身衣服就打车出门了。她已经将这个案子转给了同事吴委明，但是孟女士想到了自己，义务之外的责任感促使她前去看看。

到了黄家，她软硬兼施，好不容易才打发黄家那对难缠的兄妹离开。孟梨丽感激地说："以前我丈夫在世的时候就跟我说，他们要是难为我或者我有什么需要帮忙的事情，就打电话找唐乔律师楼的沈律师。现在看来，我确实应该听他的话。真是谢谢你了。"

写意微笑："其实我父亲以前和黄伯伯有些交情，帮这点儿忙不算什么。"

"沈小姐，真的谢谢你。"孟梨丽还是将感激的话重复了一次。

写意知道她指的是什么，孟梨丽不是个软弱的人，但是有时候一些话由她来说会激化矛盾，只好让写意在中间协调。

"其实，上周我已经将你的案子转交给了吴律师，大概最近律师楼会告之你，如果你同意，他会过来和你重新签个协议。"

"发生什么事了？"

"我被调到了厉氏去上班，暂时没办法负责你的事情。"

"哦？恭喜你，厉氏很有名气，好好发展。"孟梨丽这样说着，但语气里充满了遗憾，她挺喜欢写意这个女孩儿的。

3

周末，写意陪周平馨去看房。周平馨已经订婚了，最近准备买结婚的新房，看了几处，只对江边的一处楼盘比较满意，但是价格令人咋舌。

在售楼部，写意和周平馨居然遇见了那位相亲对象杨望杰。

"写意？好巧。"杨望杰率先看到她们。

"杨先生。"写意笑笑，打了个招呼。

"你们来看房？"

"我陪朋友来。"写意说着示意了一下旁边的周平馨。

杨望杰点点头，又转头问平馨："小姐看中了哪处呢？"

"喏。"周平馨指了下沙盘上的一个户型。

杨望杰笑着低语道："正好，我们公司在这里能拿到内部价。"

周平馨听闻脸色一喜，但还是转头望向写意，让她拿主意，毕竟这是她的朋友。

"这么做会不会太麻烦你了？"写意没想到杨望杰会这么热心。

"不麻烦，这房子是我们公司承建的。"

在杨望杰的引荐下，房子拿到了两个点的优惠，周平馨立刻叫来男友，欢天喜地地签了约。

第一章 "楼梯门"事件

周末,杨望杰再约写意,碍于那日房子打折的情面,这回她不能再有借口了。

"你额头上有个疤?"吃饭时,杨望杰不经意瞄见写意的额角。

"嗯?"写意一时没反应过来。须臾,她才反应过来他说的是什么,抬手摸了摸那道疤,"有点儿破相。"

她右边额角有一道延伸到发际的粉红色疤痕,并不显得十分突兀,所以写意也没有刻意用刘海儿遮盖起来。

饭后,写意去补妆,洗手间里进来两个女子边走边谈话。

"如今这个年代,寡妇比年轻姑娘还吃香。"

"可不是,有财产又见过世面,无老无小,还有大笔遗产。"

"也不怕前夫从棺材里爬出来,向她索命。"

如此这般的闲言碎语,写意没有兴趣再听。刚回大厅,就看见几个人在争执。

"你这个贱人,还有脸拿着我父亲的钱在外面养小白脸!"有人大喊道。

写意转过脸,才发现被堵在一边的人是孟梨丽,她原本苍白的脸已涨得通红,一个亮片的小手袋捏在手中,被十指攥得紧紧的。与她同来的男子,身材高大却站在她身后,并无半分护着她的意思。写意这才明白过来,她们方才说的人就是孟梨丽。

而骂人的就是孟梨丽的继女,黄家的大小姐黄家卉。

本来因为遗产分配的事情,他们黄家两兄妹就已经和孟梨丽闹得很僵。孟梨丽嫁给黄老板没几年,娘家的根基也不深,外人看来不仅是老少配,简直将孟梨丽视作乡下丫头飞上了枝头,所以当得知遗产分了一半给这遗孀,子女自然不服气。

上周写意磨破了嘴皮才将他们兄妹俩打发走,如今孟梨丽和新欢男伴在公开场合露面,又被黄家卉逮住。这回黄家卉肯定是要得理不饶人了,吵闹的声音越来越大。

"家卉，回去说吧。在这里闹，像什么样子。"孟梨丽直起腰板儿，轻轻地说。

黄家卉自小娇惯，见孟梨丽居然反驳她，怒气更盛："如今你倒还要脸了，我们黄家人的脸早就被你丢光了。"

语罢，她便扬起手来就要掴孟梨丽，这时写意突然冲上去挡在中间。啪的一声，那一掌自然打在了写意的脖子上。

"沈律师！"

"写意！"

孟、杨二人同时惊呼，随即杨望杰快步上前扶她。

"你——"黄家卉见失手打错了人，也有些吃惊。

餐厅经理闻讯赶来，将几个人劝进后方工作间，黄家大小姐则从后门离开了。

写意接过服务生拿进来的冰袋，发现孟梨丽的男伴在事发之前，早已不知去向。她便下意识地回头看，只见杨望杰还在，心中便多了一些安慰。虽然她对他没有那方面的意思，但在这个时候有位男士在身边，心中总不会太落寞。

孟梨丽尴尬地解释："我只是……一个人有些寂寞，人都有寂寞的时候。"

写意笑笑，没有答话。

其实，寂寞是锦衣玉食后的产物。如果一个人一周工作六天，每天超过十小时，为生计和人撞得头破血流，哪还会有时间去寂寞？

寂寞，是富贵病。

临走时，孟梨丽紧紧握住写意的手，连声说："沈小姐，谢谢你替我解围。"

"没事。"

"以后有什么事情尽管吩咐，我力所能及的事肯定帮忙。"

听见这样一句承诺，写意笑笑："暂时还没有。"

第一章 "楼梯门"事件

杨望杰开车送写意回家。

"还疼吗?"杨望杰问。

"不疼了。"只是一巴掌而已,她没有那么柔弱。

"你对那位孟女士的事也太上心了。"

写意淡淡地说:"是我多管闲事。"

她回到公寓之后,瘫在沙发上,四肢累得好像要从身体上脱离出去。也许很多人觉得她走过去替人家挡那一下非常不可思议,但是……

写意拨打了一个往 B 城的电话。

"东圳,是我。"她说。

翌日。

写意去上班遇到了麻烦,脖子上昨天挨巴掌的地方肿了起来。初夏穿不了太多衣服,那片红肿刚好露了一点儿在衬衣领子外面,一眼看去有些奇怪。地铁车厢里,有人瞥见了写意的脖子,又认真地看了看她,搞得写意很尴尬。

于是,她一下车就去药店买了两张创可贴,跑到洗手间里把它们贴在一起,将红肿的部位盖了起来。可是贴上去后,再对着镜子看看,似乎变得更糟糕了,这好像是和人一夜风流后留下了吻痕,现在又被自己偷偷摸摸地遮掩上。这两张创可贴往那里一贴,反而更让人想入非非了。

写意感到更加头大了,难道要在这种季节戴条丝巾?这种违反大自然规律的打扮岂非更引人注意?

午饭前,她送资料去总裁室。

"厉先生,这里有两份文件需要您签字。"写意敲了敲门,说道。

厉择良原本在和小林说话,听见她的声音,便转头抬起来,目光缓缓上移。他的视线在滑过写意脖子上那两张创可贴的时候,稍微停滞了一下。

写意不自在地拉了拉衣领。

小林先开了口:"写意,你的脖子怎么了?"小林自从那天接待了写意后，就变得和她很熟络。

"啊……我跌了一跤，扭到了脖子。"她一时语塞，摸了下脖子，傻傻地解释。

这时，外面的电话铃响了，小林放下刚才端进来的茶，出去接电话。

厉择良伸手接过她手里的文件："你稍微等下，我签完马上给你。"然后翻开来读。

于是写意便留在了那里。

桌面上那杯刚沏好的茶还冒着缭绕的雾气，银针般的茶叶在雪白陶瓷杯的沸水中起起伏伏，最终徐徐落下，簇立杯底，一股淡淡的茶香从中散发出来，在空气中蔓延，满室清新。

厉择良将文件翻了一页，那修长的手指毫无瑕疵，略微突出的指节散发着一种男性的魅力，真是漂亮极了。过了一会儿，他拿了钢笔，在纸上签名，"厉择良"三个字流畅地在他笔尖下显现。

他顿了顿，又在旁边加了两行意见。

这男人写得一手极其精致的字，笔路清晰、凌厉挺拔，下笔之时刚柔尽显，似乎每一个字的开合疏密都尽在他五指的掌控之下。

将文件还给写意的时候，他又看了一眼她的脖子，淡淡地说："但愿沈小姐不是停止爬楼梯以后，改练跑步的时候扭的。"

自从上次写意在楼梯间被他逮住以后，除了公事，再也没有在私下和他单独碰过面，这句话立刻让好不容易快遗忘掉那件糗事的写意又窘迫了起来。

"不是，不是。"写意急忙摆手。

"不过，我倒是好奇，"厉择良顿了顿，"扭伤以后究竟是什么医生会开方子要让你去贴创可贴？"

"……"

写意发誓，虽然他当时是板着脸，严肃地说这句话的，但是这个男人的心里肯定在偷笑。

4

某日，吴委明和写意谈天。

"写意，你猜我以前的理想是什么？"

"如花美眷，儿女绕膝。"

吴委明咳了一下："这个也算是理想之一，但是还有长远些的。"

"目光长远些的话，难道是成为亿万富翁？"

"写意，在你眼中难道我就不能崇高一些？"

"还要崇高一点儿的话，就是愿世界和平？"见吴委明使劲儿地白了她一眼，写意忙又改口说，"难道你还想要解放全人类？"

吴委明沉默稍许，然后无奈地说："写意，我发现你对同性很好，对男性则非常刻薄。"

写意一撇嘴："老吴，你要在这种地方谈论伟大的人生理想本来就有点儿奇怪。"

此刻，两个人正在KTV的大厅坐着闲聊，唐乔的其他同事则在里面引吭高歌。

说话间，一个女子从左边一个包间出来，手里拿着电话，她踉踉跄跄，显然有些醉了。

"不！你不要这样！"女子借着醉意，朝着电话喊。

"你不能这样对我，英松。"女子带着哭腔说，身体渐渐沿着墙角下滑，最后蹲到地上。

写意越听越觉得这声音很耳熟，于是再仔细打量了一下那个女子的侧影，是她！

写意急忙站了起来。

"你认识？"吴委明问。

"她是厉择良的秘书。"

写意扶起她："小林，我是沈写意。"

小林抬起头，泪眼婆娑，精致的妆容已经哭花了，她点点头，表示自己还清醒。

吴委明正准备推门去通知小林所在包间里的其他朋友。

"不要。"小林阻止他,"我不想别人看见我这个样子。"

吴委明看了写意的示意以后,轻轻地离开,先回了同事们所在的包间。

随即,写意陪小林去洗手间洗脸,然后回到大厅的沙发上。前前后后小林没有再说一句话,擦净脸上残妆的她,配着湿红的双眼,顿时少了些平时的伶俐。

许久之后,小林的心情慢慢平复了,她开口道:"我是个失败的女人,人家明明不爱我,我却偏偏要强求。"

她在厉氏做事一直干练精明,一句话把自己不得志的爱情简明扼要、一针见血的形容了出来。但是,却让写意感到又好气又好笑。

"他是有妇之夫?"

小林摇头。

"年龄有差距?"

小林继续摇头。

"性向有问题?"

"……"

"那他有什么问题?"

小林这回没有立即回答。

写意突然明白过来,她们之间并不算熟识,自己问了太多。

"我想回去。"小林揉着额头说。

"你喝了酒,不能开车,我送你。"听见写意的提醒,小林乖乖掏出手袋里的车钥匙给写意。

"我……"写意立刻摆手,"我不开车了,还是一起打车吧。"

于是,两个人打车到了小林的住处。

"嗓子疼吗?"

"还好，就是头疼，而且有些晕。"小林说。

"好像有些发烧。"写意试了试她额头的温度。

"我的抽屉里还有感冒药。"

"不用了。我有私人秘方，保证药到病除。"说着，写意就去厨房找鸡蛋和米酒，一会儿便听见炉子烧得噗噗地响。

她又伸个脑袋出来问："小林，你喜欢蜂蜜还是红糖？"

"蜂蜜。"

几分钟后，写意端了碗专治感冒的鸡蛋酒，然后笑眯眯地看着小林喝下，接着留下自己的联系方式，这才放心地离开。

她刚出大楼，便接到吴委明的电话，她这才想到走的时候忘记跟他们打招呼了。

吴委明没好气地说："写意啊，你就像个好管闲事的居委会大妈。"

写意正要反驳他，却见一个男子一动不动地站在远处，那个男子看起来有些眼熟，却一时想不起在哪里见过。他站在那里，凝视着楼上的某个地方。写意随他的目光看去，是小林家的方向，明明就有些眼熟的面孔，却一时想不起在哪儿见过。

隔天上午，写意去楼顶透气，却见小林和一个男子在僻静处争执，一看小林的表情就知道对方肯定就是她口中的那个英松。写意不好意思留在那里，转身离开时瞥了眼那个男子，居然和上次在小林家楼下看到的是同一个人。写意忽然想起那个男人，正是日日为厉择良开车的那个司机。昨晚，他在楼下，明明就是在担心小林。

第二天，写意在食堂突然遇见那个司机。

他和旁人一同走在前面，走得急，连卡片掉在地上都未曾发觉。写意拾起来，却眼见他渐渐远去，想叫他，又不知道如何称呼，情急之下只好喊："司机先生！"

公司食堂有些空旷，所以她的叫声显得还比较响亮。

那人回过头来，狐疑地看着写意。

"沈小姐,有什么事?"他自然认得写意。

"司机先生,你的东西掉了。"

这时,男子旁边的那个同事乐了:"小姐,这是人事部的季英松,季经理,不是司机先生。"

"……"

谁说开车的就一定是司机?

大庭广众之下,她又一次出糗了。

5

周五晚上,正值唐乔五周年庆,律师楼在酒店举行酒会,写意也得去。

"沈律师。"叫住写意的正是正源银行的大小姐,黄家卉。她前不久才给了写意一巴掌,自己倒一点儿也不觉得过意不去,主动就来打招呼。

"黄小姐。"

黄家卉也算A城的商界名媛,她家一直是写意他们的大客户,这种场合自然少不了她。

"好久不见,听说你跳槽了?"

"我只是暂时被派到厉氏一段时间。"

"哦,他们老总和我倒还有些交情,可以顺带照看你一下。"此刻,黄家卉的倨傲神色又一次展露无遗。

"有劳黄小姐费心。"写意嘴上言谢,神情却不卑不亢。

黄家卉无心再与写意寒暄,从服务生那里接过酒杯,径直朝那边的厉择良走去。在宴会上,厉择良因为腿脚不便,并不太爱走动,而此刻的厉择良正和几位生意人闲谈。而不远处的"司机"季英松的目光也时刻不离厉择良,当下的季经理好像又从司机变成了保镖。

"各位英俊的先生,你们的谈话可容我加入?"黄家卉打断说。

黄家卉很快就进入了几个男人的谈话中。她的一袭银色裹身长裙在男人的西装堆中闪闪夺目,她自小在这种环境中长大,自然能将自己的本事发挥得淋漓尽致。除了厉择良以外,其他几个男人开始将谈话的中心转移到黄家卉身上,并颇有兴致。

酒会上,想借机与厉择良攀交的人自然不少,于是不停地有人前来碰杯劝酒,厉择良一般不会推辞,周旋其间,看起来乐得其所,而且他似乎极爱喝酒。其实,他为人处世有些圆滑,但是脾气又太让人捉摸不透。那些和他打过交道的人都觉得厉择良好恶难测,他有一种能拒人于千里之外的笑容。

写意待了一会儿,就对大厅的水晶灯和那些浓妆艳抹的美人产生了视觉疲劳。她觉得气闷,于是走到外面走廊去透气,却碰见厉择良在吸烟。

此时的厉择良收敛起素日的微笑,蹙着眉,独自静静地靠着墙,那种表情反倒让写意不太习惯。他偶尔抬起手来吸一口烟,稍后淡淡的烟雾徐徐从鼻间逸出,指间闪烁的火星映得他的眼睛忽明忽灭。

写意不想打扰他,于是准备另寻别处去逛逛。

"沈……小姐!"厉择良突然察觉,叫住她。

"啊?"她侧头转身看他。

厉择良直起身来对着她,垂着双手,烟却没有灭,于是那缭绕的烟雾缥缈地在他指间缠绕,然后上升飘散。

他凝视着她,眼神格外深沉,想说什么,正缓缓地准备开口。就在此时,大厅的门被突然推开,带出了里面的喧嚣和嘈杂,走廊也骤然变得亮堂起来,灯光照在厉择良的脸上让他不禁眯了眯眼。

他的脸没有因为酒精而泛红,反倒是越喝脸色越惨白。

"厉先生,有什么吩咐吗?"写意问。

"你脖子上的扭伤痊愈了?"他说的话貌似是关心,但是写意明明白白地听到了揶揄。

"好了。"写意也佯装不懂,"我身体好,康复得快,谢谢厉先生关心。"

厉择良笑了笑,无言地回到大厅的人群中。

一晚上遇见不少以前的客户，所有人都少不了寒暄。写意和吴委明正陪客户说话，却听有人拖着声音叫着："沈——律——师——"

她闻声就预感到不太妙，她回过头，只见来的人竟然是辉沪银行的朱安槐。

正所谓，冤家路窄。

吴委明皱眉嘀咕："他怎么也在这儿？"

"谁让他是辉沪的少东家。"

两人说话间，朱安槐一手拿着一杯酒，已经走近了。

"沈律师，赏脸喝一杯？"

"谢谢朱先生美意，我不喝酒。"

"哦？这是你们唐乔的待客之道？"

"写意不喝酒，我代她敬朱先生一杯。"吴委明挡在面前，想与朱安槐碰杯，却被朱安槐躲开。

"这位先生把我们沈律师的名字叫得这么亲热，若是同事的话，不知这算不算性骚扰。"他之前因写意而获刑数月，当然对此事怀恨在心。

朱安槐的言语引起了周围一些人的注意，此刻，厉择良正好也在餐台旁立足倒酒，小林正在旁边跟着。他背对着写意三人，不知道是否听到了这些话。

"哟，厉总！"朱安槐突然看见了他。

厉择良转过身来，举举杯算是回应。小林以为他会为写意解围，却没想到，厉择良一言不发。

"这个面子都不给，那请我们辉沪来做什么？"朱安槐继续纠缠。

小林碍于老板的态度，在旁边也不敢多说话。

若是平日，写意一定立刻反唇相讥，但今天是律师楼的好日子，总不能砸自己的场子，况且这朱安槐本来就是存心来找碴儿的。

"没想到朱先生进去待了好几个月，肚里的酒虫倒一个没少。"写意接过朱安槐递到眼前的酒杯，笑着将酒一口吞下。

朱安槐走时还不忘恶毒地剜了写意一眼。

第一章　"楼梯门"事件

　　等写意带着酒意，晕乎乎地从洗手间回来，正好碰到唐乔律师所的乔函敏已在送客，人们陆陆续续地告辞，写意也帮忙送客。而另一头围着厉择良套近乎的多位女子，直到人快走光了才讪讪罢休。

　　最后，乔函敏居然扔给她一句："写意，你送送厉先生。"

　　写意诧异地看了乔函敏一眼，却不得不从命。

　　于是，写意坐进了厉择良的车里。开车的是季英松，副驾驶座是小林，厉择良和她坐后排。她知道他是大客户，需要非常尊重，但是这厉择良前有司机后有秘书，有什么可需要她送的？

　　不过不幸中的万幸，还好乔函敏没叫她送朱安槐。

　　车子走到奥体东路，不知哪个明星的演唱会正值散场，车水马龙，挤得大街水泄不通，他们的车子走走停停，耽误了许久。

　　整个交通堵了有二十来分钟，幸好车里的空调很凉爽，隔音也好，所以让人安得下心来。

　　小林看见车子马上就开到分岔口，便回过头来问："厉先生，我们先去哪……"后面还有个"里"字没说出口，便停住了。

　　她看见写意的头靠着窗玻璃，已经睡着了，而她的大老板，似乎早已发现，坐在另一侧闭目养神。

　　"厉先生。"小林小声地叫。

　　"嗯？"

　　"我们……"言下之意，是问该怎么办。

　　厉择良睁开眼睛，看着写意的睡脸，抿嘴想了想。

　　"送她回你家。"

　　这个……小林想，也只能这样了。因为她发现，写意不是睡着了，而是醉酒了。

　　车到楼下，小林打开车门去扶写意。可是，写意已经完全睡熟，仅仅凭借一个女人的力气拿她根本没有办法。小林望向季英松求助，但是季英松却完全无视，坐着不动等待厉择良发话。

　　"你先送林秘书回去，我扶沈小姐上去。"厉择良简单地对季英松交代。

　　这句话说得十分突然，差点儿就让小林惊掉了下巴。而季英松则永远是那副雷打不动的样子，全无惊讶。他叫小林乖乖地交出家钥匙，然后拉着她离开了。

　　"喂——厉先生他……"这明摆着是送羊入虎口，她好歹算沈写意的朋友，不能见死不救。

　　"英松……"小林的话刚出口，只见季英松眼睛朝自己一瞥，便立刻闭嘴。

　　她的老板厉择良厉害就厉害在，他知道用什么人解决什么事情。例如此刻，若在她面前的人不是季英松，而是张三、李四、王五，说不定小林还可以不畏权势地为朋友的清白力争一番，可是此刻，她也是泥菩萨过江了。

　　"那你要送我回哪里？"小林欲哭无泪，刚才明明就是她家楼下。

　　如此简单的一个问题倒还难住了季英松，他停下脚步，蹙眉想了想："暂时到我那里去吧。"

　　小林觉得这个提议不错，于是两个人走到小区外，叫了一辆出租车。

　　厉择良坐在车里，手指夹着一支烟，却久久没有点燃。

　　此时，已近深夜，小区里安静极了。现在已经是初夏，路边的草丛中偶尔冒出一两声蟋蟀的响动，而他坐在那里，则能清晰地听到写意微微的鼻息声。她睡觉时像个孩子，略微张着嘴，贝壳般的牙齿露在外面。以前有人曾问她："你这样睡觉，牙齿一直露出来，晚上不会冷吗？"结果换来的是下巴上的一口撕咬。

　　厉择良长长叹了口气，缓缓下车，然后绕到写意那边打开车门。

　　"写意？"他试探性地叫她。

　　没反应。

　　他轻轻地摸了摸她的头，又叫了一声。

　　还是没反应。

第一章 "楼梯门"事件

于是，他弯腰抱她，就在将她揽入怀抱正准备起身时，他突然顿住，皱了皱眉头，又小心翼翼地将她放了回去。

他用手扶住自己的右腿，一手撑在车顶，拳头紧握，头搁在上面，半弯着腰，有些吃痛地闭上眼睛。

过了一会儿，有位物业巡逻的保安路过，问："先生，需要帮忙吗？"

厉择良抬起头，淡淡地说："不用，谢谢。"

待保安走远以后，厉择良又坐到驾驶座去，将天窗打开，随即点了一支烟，吸了几口又灭掉。有个晚归的女子路过，不时好奇地回头看车里的厉择良，他便索性熄掉车内的灯。

许久之后，他又一次回到写意身前，换了另一只脚受力，然后一咬牙将她抱了起来。接着，一口气将写意抱进楼，上了电梯，开门进屋，到卧室放下。熟睡中的写意挨到舒适的被子，在梦中都翘起嘴角，推开厉择良的怀抱，枕着枕头翻了个身。

在他直起身的刹那，右腿上的疼痛已经让他有些眩晕，于是他只好扶住床角，跌坐到地上。

小林刚到季英松的住处，季英松便要离开。

"英松，你去哪里？"

"我已经把你送到了，你就好好休息。"

"那你要去哪里？"小林继续追问。

"我不太放心厉先生，回去看看。"

听到这句，小林叹了一口气。沈写意醉成那样，想来也不会把厉择良怎样，况且他俩之间不放心的该是谁啊？

"那我陪你。"小林也只得这样说。

两个人打车回到原地，车还停在那里。只是厉择良忘记了关车门，或者说，不是忘记了而是根本挪不出手来锁车。想到这里，小林才恍然明白季英松的担忧。

他怎么抱得动沈写意？

"我们上去。"小林急忙绕过车子准备上楼,却被季英松一把拉住。

"就在这里等。"

"可是……"

"你不理解。"季英松说。

"我不理解你,还是不理解他?"小林有些来气。

季英松不答话,放开她的手。

"你从来什么都不说,我怎么去理解?"

"我们不合适。"

"你试都不试怎么知道不合适?"小林苦笑。

季英松看了她一眼,欲言又止。

"你不用拿些客套话开导我。天下死心眼的多得是,也不多我这一个。"小林道,"说不定楼上那个也是。"

突然,季英松的电话响了起来。季英松接通后厉择良只讲了一句便挂断,季英松立刻和小林一起上楼。走到家门口,季英松却让她留在门外:"我一会儿叫你。"

季英松打开客厅的灯,环视一圈没看见人,就走进了卧室。

写意盖着凉被,躺在床上睡得很熟,而厉择良则靠在床边席地而坐,一脸冷汗。

"厉先生。"

厉择良见来人是他,无奈地摇头:"英松,我站不起来了,拉我一把。"

第二日,写意和小林一同搭地铁上班。

"我一喝酒就像睡死了一样,昨天肯定辛苦你了。"写意揉了揉仍然涨痛的头。

"不、不辛苦。"小林不知从何说起。

昨夜,她见季英松将老板换出来的那一刻,才明白他对她说的那句"你不理解"的意思。厉择良一直好胜,从不在人前提及他的残疾,而他也处处像个正常人一般。所以,大部分时间旁边的人都会忘记,他的腿有一些问题,都把他看成一个健全的人。

大概他不愿意让任何人看见他因为自身的残疾而无能为力时的模样,包括季英松。

那个时候的厉择良,疼得脸色苍白,却仍旧不忘记回头对她说:"林秘书,请你照看好写意,谢谢。"小林这么多年跟在他身边,深知他最擅长的就是笑里藏刀,但是当时的"谢谢"二字,却真正出自他的内心。

"写意?"小林问。

"嗯?"写意一边看着手机,一边答。

"你和厉先生以前认识?我的意思是说我来厉氏之前。"

"他之前去过唐乔。"

"再之前呢?"

"不认识。"说着,写意又将注意力转移到手机上。

第二章

道是无情却有情

这世间所有的事情岂是只有爱与不爱那么简单。

1

连续三日厉择良都没到公司上班,总裁室对外的答复是"厉先生出差了"。几天后,厉择良带着轰动商界的消息回到了A城。

那个时候写意正好下班,在一楼大厅突然见到一群人风风火火地迎面进来,而厉择良则被众星拱月一般走在前面,和旁边的一位董事说着话。

小林看见写意:"沈律师,正好找你,唐乔律师楼的乔律师马上也会来。"

"好。"她立即垂手,转身。

果然不到十分钟,乔函敏携唐乔众精英赶到。

东正集团的东家詹东圳,是名震B城地产界的名字。一年前B城近郊蓝田湾开发地下温泉成功,詹东圳借机花巨资将之收购旗下。东正集团在开发旅游的同时,将温泉公园之外的全部地块规划为高档温泉别墅区。没想到,别墅销售大大低于预期,几乎拖垮了东正的资金回流计划,让他在B城区B02地块的项目无法按期启动,向政府缴纳的巨额抵押保证金也将随之化为泡影。

陷入困境的詹东圳向厉择良提出计划,欲与厉氏合作。

会议上,律师团和各部门高层将合作合同中的所有利弊一一列出,并向董事会和厉择良详细陈述。

"除了这些,我还需要一份 B 城最详细的市政规划和交通计划书。"厉择良静静听完之后说,"而且要让詹东圳明白,我们厉氏不是融资而是需要蓝田湾绝对的股权。"

"这恐怕不太可能,这是东正集团东山再起的全部身家,他们不会轻易放手。"

"薛总经理,"厉择良挑起唇角,朝他微微一笑,"这个世界上对我而言有不可能的事情吗?"

薛其归静默少许,答道:"没有。"

"厉氏从不会屈居人下,被人指手画脚。他需要我们的钱,那么只能由我们说了算,这才是交易。"厉择良扔下这些话随即离开,小林立刻跟上。让她奇怪的是,从头到尾厉择良也没正眼瞧过写意一眼,难道真的不认识?

留下的其他人便绞尽脑汁、手忙脚乱地商议对策,写意既是厉氏的下属,又是唐乔的人,自然能被所有人使唤。

第二天,还只是意向阶段的合同却被东正集团炒成了两城的头条,再附加几日前厉择良出现在 B 城蓝田湾的大幅图片。开盘一小时,东正的股票便开始上扬,各种各样的询问打爆了厉氏地产公关部的电话。

薛其归问:"厉先生,需不需要我们开个发布会,澄清一下?"

"他们越迫不及待,刻不容缓,你应该越放心才对。"厉择良说着拿起电话让小林接通身处 B 城的詹东圳。

詹东圳显然已经收到厉氏要收购蓝田湾的消息,两人寒暄一番便由詹东圳切入正题。

厉择良说:"詹总你可以开个价。"

"厉总啊,我就算想卖,只怕厉氏一口也吞不下啊。"詹东圳在电话另一头含笑说。

厉择良随即笑道:"我买不买得下不用詹总担心,但是至于值多少,说不定还需要詹总今后再重新估价。"

夜里,吴委明和写意在电话里聊到詹、厉两家的事情。

"詹东圳比起厉择良来,还是嫩了些。不过听说那个男人长得很不错啊,和你们那个厉总都称得上是人中龙凤。"

写意笑了笑,也没答话。

吴委明又说:"我这周末要去B城出差,你要不要搭个顺风车回家?"

"好啊,难得你这么好心,我正好周末没事。"写意欣然同意。

A、B两城车程三四个小时,他们到的时候正好中午,写意打了电话让吴委明一起去吃午饭。

一个妇人一直在门口张望,一见写意便笑眯了眼。

"写意!"

"任姨。"写意随即转过头替吴委明介绍。

"任阿姨好年轻。"吴委明奉承。

"吴先生,经常听写意提起你,多谢你平时照看她。"她一边招呼一边倒了茶,又同写意说,"我那天还跟小谢念叨,怎么写意还不回来看我们。"

"写晴呢?"

"楼上,小谢在陪她浇花,你先去给你爸上香吧。"任姨说着就引着写意和吴委明朝书房的神龛走去。

写意刚刚敬了香,就听门外有人叫:"妈妈,爸爸回来了?"

吴委明闻声望去,来人是名二十来岁的女子,一身家居闲散的打扮,却也显得灵动出众。他从未听写意提自己的家事,但不难猜测出此人是写意的姐姐,后面的年轻男子大概便是陪她在楼上浇花的小谢。

第二章 道是无情却有情

"这是我姐姐沈写晴,这是谢铭皓。"她为吴委明引见。

"妈妈,爸爸呢?上次铭皓帮我种的两季桂就要开了,好香的。"说话间,写晴的眼睛瞧着吴委明,吴委明正想和她打招呼,却见她眼神又一飘而过,似乎根本就是无视他一般。

她也不和写意打招呼。他顿觉蹊跷。

吃饭中途,写晴看见空的座位,突然问:"爸爸又出去应酬了?"

吴委明忽然之间明白了什么。

"你看出来了?"饭后,谢铭皓哄写晴午睡,任姨去收拾碗筷,而写意坐在沙发上问吴委明。

"有点儿奇怪。"他直说。

"她只认得三个人,任姨、铭皓哥,还有我爸爸。包括我在内的其他人出现,一律会被她自动过滤。但是,只要不太说话,很多人都认为她很正常。"写意说得很平静,"好几年了,我们完全接受了现状。"

他看着写意,隐约明白这位好友的坚强与固执来自哪里。

卧室里,谢铭皓正在替熟睡的写晴掖被子。

写意靠在门边微笑地看着谢铭皓的举动:"他们说小时候你也这么好耐性,总在姐姐的学校门口等她放学,就算她对你发脾气,你也不生气。"

"我们俩从小不就这样?"谢铭皓笑着说。

"姐姐有好转的迹象吗?"

"当然有,说不定你下次来,她就能认出你了。"

"你每次都这么说。"写意苦笑,"她一直不太喜欢我,这才是她不认识我的根本原因。"

"嘘……"他朝写意做了个噤声的手势,"你这样说,写晴听见会不高兴的。亲姐妹之间哪有喜欢和不喜欢的区别?你都是律师了,还说这些小气的话。"

"难得你对她不离不弃。"写意感叹,即便是亲人也很难做到。

"我一直觉得能照顾写晴是世界上最幸福的事情,而且她如今比以前还听话可爱。"谢铭皓说。

第二日一早,写意接到电话。

"写意,是我,今天中午有空吗?"

没有自报姓名的男声,让写意纳闷儿了半天,才听出来是杨望杰。杨望杰最近出差了,多日不见,她居然快要记不起来了。

"我现在在B城,中午才到的,有什么事吗?"

"朋友结婚,想请你做个伴,那我马上开车去B城接你?"

"不用了,我自己坐车就行,你在高速路口等我吧。"盛情难却,她只能赴约。

据杨望杰介绍,新郎叫尹宵,是他在念书时的朋友,家里在地产界也小有名气。到了婚宴一看,果然排场不小,写意顿时后悔自己风尘仆仆而来还穿得这么随便。他们到宴席时,吉时已近,后面很多桌都坐满了,新郎官拉走杨望杰,让他做了第二号伴郎去帮忙。留下写意一人,还将她安排在前排主宾席。

写意坐下一看,不禁大吃一惊。真是人生何处不相逢,这旁边不是别人,居然是厉择良。

"上次拍那个C-19地块的外商据说以前是搞塑料的。"

"地头都没踩熟,就想做地王。"

"人家栽了跟头还不是轮到您老人家笑。"

…………

一桌子生意人继续着他们之前进行的话题。写意听来索然无味,不过是几个"地中海"和几个"啤酒肚"在讨论万恶的金钱问题。

而厉择良好像比较喜欢这些话题,虽不随便插话却听得津津有味。当然,依照厉择良的功力,随便装个津津有味的表情也可以得九点九分。还剩那零点一,就是因为笑得太英俊,做个偶像派演员总得在演技上谦让些,不然让人家实力派喝西北风去?

写意偷偷用眼瞄他。

以前她和小林讨论过一个问题：厉择良不笑的时候，好似身后吹来阴风阵阵。

"难道一笑起来就变成春风？"写意当时好奇。

"谁说的，他笑起来是阵阵阴风。"

2

突然想到这话，写意不禁莞尔。若是厉择良听见有人在背后这么议论他，不知作何感想。

她莫名其妙的傻笑在这喧闹的喜宴上不太显眼，却足以引来身边厉择良狐疑的目光。

一碰见他那双狭长的淡眸，写意立刻解释："我……我觉得刚才那个司仪的话很搞笑。"一出口，又觉得后悔。为什么她要怕他？上班时间是老板，但是下班以后傻笑总不犯法。

"沈律师心情不错。"厉择良对此刻的写意下了个定论。

"还好，我既没遗憾这新娘不是我，也不怀恨新郎怎么会是他，所以为他们，同时也替自己高兴高兴。"她不想每次都在他面前示弱。

厉择良侧了侧头，显然没料到这女人能接这么多句，似乎来了兴趣："我倒好奇，日后能让沈律师怀恨的新郎是什么样的。"

她若不是为了维持自己在大众面前光辉的律师形象，真的很想骂他一句。但是，在老板面前耍横也要适度的，嘴上便说："如果要像厉先生这种杰出青年结婚，不仅仅是我，连带全市单身适龄女性都会在席上痛哭流涕的。"

他有些自恋地点点头，显然这个马屁拍得让他极其满意。

其实，厉择良对待女性总是谦和有礼，就算对方是个陌生女子偶尔说到投机时，他也会压低身体，好似呢喃低语，让人耳赤心悸。所以，许多异性都会冒出一些暧昧的浮想，当然这些人中也包括新娘卿晓月。

那样的男子，即使不置一词地冷漠矗立也能摄人魂魄，何况他处世圆滑,与人相处有着恰到好处的分寸感,让人如沐春风。

"眉眉,你暗恋的学长来了。"新娘卿晓月回到走廊尽头的化妆室更换礼服,一脸幸福地揶揄着小姑子。

"谁?"小姑子尹笑眉正帮她拉身后的拉链,一时没明白过来。

"厉择良啊。"

尹笑眉说:"晓月,都是多少年前的事情了,还拿出来笑我。"

"那你还'学长学长'地叫,人家整整比你大四届,和你除了毕业证上盖的戳一样以外,简直八竿子打不着。"

"你还不是一样,光说我。"

而另一边,写意和厉择良那桌刚刚开席,这一行人是男方主宾,所以喜酒从这边几桌敬起。

"多谢各位长辈、朋友捧场。"新郎尹宵先端起酒杯。

旁边帮忙的杨望杰则替新娘一一介绍,轮到厉择良:"这位是厉氏集团的厉择良先生。"

"厉先生,往日承蒙您关照。"

厉择良轻轻一笑:"卿小姐,恭喜。"

"这位是……"杨望杰想了想,"厉氏的律师沈写意。"

"沈律师,初次见面,多谢赏光。"一对新人一面言谢,一面和众人碰杯。

待新人走之后,桌子上的人议论:"尹老的这个儿媳妇看起来不错。"

"尹老就一个儿子,也是头婚。难道媳妇不止这一个,还有这个那个的?"另一个人接嘴。

"哈哈,口误口误。"

"不过,这位卿小姐以前有段时间好像和厉总走得有些近哦。"话题又转到了厉择良身上。

写意瞅了厉择良一眼,没想到两个人还有这么一段故事,难怪刚才人家说"承蒙关照",原来就是这么个关照法。她不禁将椅子微微朝远处挪

第二章　道是无情却有情

了挪，然后又是对厉择良的人品一阵腹诽。

但是，写意的注意力很快就被刚端上来的糖醋丸子吸引了。她从小就爱这玩意儿，随即抓起筷子去夹。很快瞄准一个，下手，用力，丸子却刺溜一滑不听使唤地掉了回去。

写意有些气馁，她一直不太会用筷子去夹某些圆溜溜的东西，以前就常被人拿来取笑。

她偷偷地环视了一下，桌子上居然没有备勺子。

于是，她再瞄了一个看起来要扁一些的，再试，结果又滑走了。

她在这边辛苦地与糖醋丸子激战，而另一边的人依旧在讨论女人。

"王总，"厉择良含笑揶揄道，"我和哪个小姐说句话也算走得近？王总你也不能总拿你夫人管束你的尺度来衡量所有的男女吧？"说话间，他举起筷子伸到糖醋丸子的盘中很轻松地夹了一个，然后，十分自然地放进了写意的碗中。

他一面说一面夹过来，一系列动作做得顺理成章，待丸子轻轻落到写意碗中的时候，不仅写意本人，在座的其他人都有些目瞪口呆。

"啊。"突然意会到全桌人的表情，厉择良空下来的一双筷子在桌子上空微微停滞了一下，随即展颜笑道，"爱护女性，匹夫有责。"

"哦——"

听见他的解释，在座的人都同时这么"哦"了一声，但是传到写意耳朵里尤为意味深长，搞得写意看着碗中的丸子，吃也不是，不吃也不是，只好声音微弱地说了声"谢谢"。

"不用客气，如果沈小姐还需要的话，吩咐一下就是。"厉择良很绅士地回答。

写意当然还想要，但是怎么可能让刚才的事情再重复一次？这回，她看准目标，酝酿稍许，然后火速出击，果然攻下那个丸子，有功而返。

正当写意沾沾自喜之时，只听"刺溜"一下，丸子在中途掉进了她的高脚杯里，然后水星飞溅，并且很不巧地还溅到了厉择良的衬衣上。

3

在写意充满歉意的眼神中，厉择良去了洗手间。但愿他没有洁癖，也不会小肚鸡肠，写意在心中祷告。

好不容易找到勤劳忙碌的杨望杰，写意只好去麻烦他："你能不能找件男式衬衣？"

"多大的？"

"跟你差不多。"

"好，我问问新郎官和伴郎。"

这人办事效率很高，不一会儿就拿着一件衬衣回来了。写意拿着衬衣端详了一下，觉得还马马虎虎。她很担心厉择良这种总是皮笑肉不笑的人，难保他嘴上说不介意，其实心里抓狂得要死。

写意刚走到洗手间门口，便被一个人影堵住。

"沈律师，"居然是朱安槐，"人生何处不相逢啊。"

"朱先生，好巧。"写意尽量和颜悦色地答道。

"不是巧，是缘分。"朱安槐堵住她的去路，压低身体想贴过，"沈律师什么时候赏脸，我们聚聚？"

写意退后一步，避开他的嘴脸："朱先生请自重。"

"自重？你刚才和人卿卿我我的热情去哪里了？在我面前装律师的清高？"

这里在走廊深处，人很少。偶尔有个服务员路过，也不明情况，不好意思朝他们多看。写意不想与他多费唇舌，冷冷地看了他一眼，想绕过去。

可刚一转身，朱安槐就一把把她抵到墙边，"姓沈的，我最讨厌你这种眼神。"说着，他使劲儿捏住了写意的下巴，"别以为你傍了个了不得的靠山，我朱安槐就不敢动你，向文晴那个女人我对她已经没有兴趣了，早晚我——"

正当他话说到一半，那张脸要凑过来时，却听到有人在远处叫朱安槐的名字。写意趁机使劲儿推开他，反手将身后的门打开，迅速地钻了进去。

第二章　道是无情却有情

她紧张地锁上门，然后才开始大口喘气。光天化日之下，居然有这种混蛋，她一边在心里问候朱家的祖上十八代，一边转身。

在她转身的刹那，厉择良刚从里面出来，右手正在拉裤子拉链，拉链正拉到一半。

两个人同时呆滞了半秒钟。

"你在这里做什么？"写意先发制人，眼睛无意识地瞄了瞄厉择良的下身。

厉择良飞速地将拉链拉好，愠怒地提高了嗓门儿："这里是男洗手间，你说我在这里做什么？"这回他没有给她好脸色。

男洗手间？

写意听见他的话，极快地环顾了一下四周的陈设。随即她一蒙，热血冲上头，脸色红得像番茄，一时间也不知该如何解释，又该如何退场。

她情急之下就看到手里的衬衣，只好强词夺理地说："我知道你在洗手间，所以专门帮你送衬衣过来了。"

嗯，不错。

她对自己急中生智的反应还比较满意，于是继续道："怕厉先生你急着用，一时心切，没敲门就进来了，不好意思啊。"

说着，写意将衬衣递到厉择良手上，开门往外瞧了瞧，在确认情况无恙以后，挺着腰走了出去。

而此刻的厉择良，站在她身后，满脸无奈，额角在明显地抽搐。

4

散席的时候，写意辞别忙来忙去的杨望杰。

四月天，屋外下起暴雨，幸好新婚夫妇考虑周到，给每个客人都准备了雨伞。

写意出了酒店，为了避雨一口气跑到公交车站的檐下，等了半天也没有出租车路过。

雨水如瓢泼一般倾泻而下，那种架势根本不是一把伞能够抵挡的，雨水顺着风势猛烈地四处钻。才一会儿，她的膝盖以下已经全部湿透，鞋子里也灌满了水。

出租车就是这样，你有事时打不到，没事时却能看见空车到处窜，惹人心烦。

此刻，只见厉择良那辆浅蓝色的宾利缓缓开来，停到了写意身边。

"沈律师，上车吧，我送你。"降下车窗说话的人是季英松。他平时并不是个热心肠，这显然是厉择良授意的。

正在写意迟疑的时候，季英松已经撑着伞下车为写意开门。她感觉自己骑虎难下，但是又不好拂了人家的好意，只得顺从地上了车。

"不好意思，厉先生，麻烦你了。"

"不麻烦。正好酬谢刚才沈小姐及时给我送衣服过来。"他眯着眼睛揶揄她。

写意脸上有些窘迫，厉择良的那句话在不知情的人听起来丝毫没有异样，可是……

"不过，我还是希望沈小姐下次进男洗手间之前，能先敲敲门。"厉择良补充道。

此刻，多了丝笑容在他嘴角，那是他平时惯有的惬意慵懒。

写意心想，下次？怎么可能让这种事情再发生一次！

她从后视镜里看了看季英松，探究到他没有异常的神色才松了口气，毕竟那种糗事让人知道了面子会挂不住。

"沈律师到哪里？"季英松问。

"啊，回了市区以后在睦邻路口停下就行。"

写意望向窗外，车子正在路口等着上高速。豆大的雨点打在窗户上，在车内却听不见任何声音，只见粗细不一的水迹一条一条地流下去。车里，响着电台的音乐。

她静下心来细细一听，似乎是莫文蔚在《大话西游》里配的歌。

佳偶共连理　共对是多么美
你的心似嬉戏　不解这道理
飘拂变心的你　茫然话说别离
情人匆匆远走为了谁
谁令你牵记
当爱被遗弃　愿往事不多记
我的心此际偷偷想念你
只想远方的你　回来莫再别离
然而一等再等没了期
怀念借风寄
叮嘱晚风轻送　柔情万千里
祈求星光再点未了情
重系两心
叮嘱晚风轻送　柔情万千里
情人心中再起未了情
重为我牵记

　　写意对这首歌的曲调并不陌生，但是她这人有个听歌数遍却从来不看词的习惯，加上她对粤语半点儿不通，歌里唱的词确切是什么她也听不全，只依稀听见重复那句"叮嘱晚风轻送，柔情万千里"。

　　厉择良有点儿懒散地将头靠在椅背上，半合着眼，嘴角上翘，全然一副沉溺的神色。他的右手放在膝盖上，指尖随着音乐的节奏一起一落。他的手指很长，细细一看发现它们真的长得极漂亮，指甲修剪得很短，贴着皮肤被修得圆圆润润，透着种健康的粉红色。

　　她忽地就想起那天早上他在楼梯间捉住自己的情景。

　　可就是这么漂亮的手指轻轻一发力扣住她的手腕的时候，却让她不能动弹半分。

　　突然，写意听见心尖怦地又悸动了一下。

如果说相处数日她丝毫没被厉择良吸引，那是假话，他的确是一个能让很多女人心动的男人。况且他这人待人亲疏无常，难以捉摸，但是大体对她却还不坏。暂不提他出众的外表和显赫不凡的家世，单说他那变幻莫测的个性，就够让人着迷了。

可是，这世间所有的事情岂是只有爱与不爱那么简单？她假装咳嗽了一下，将这种强烈的感觉压制下去。

"有意思。"厉择良闭着眼问，"这首歌叫什么？"

这一问立刻打断了写意的心绪。前排的季英松丝毫没有要回话的样子，想来这季木头也不会听什么歌，难道是在问她？

"叫《未了情》吧？"写意想了想说。

"未了情？未了情。'叮嘱晚风轻送，柔情万千里'，这个世界究竟是有情苦呢，还是无情苦。"他说这句话的时候，语调没有上扬，听起来明明不是个选择题却又不像是问句，似乎也并不需要对方回答。可他那语气中，却隐约带着些莫名的忧郁。

"看不出来厉先生纵横商场，却还是个多愁善感的人。"写意接过话，"道是无情却有情。这'情'字原来就没什么可苦的，喜欢就喜欢，不喜欢就不喜欢，就怕有些人偏偏强装不懂。"她一边说一边若有所指地瞟了瞟前面的季英松。

厉择良也乐呵呵地看了看季英松，想来他也不是不知道小林和季英松之间的事情。此刻的季英松被后面的两束目光瞧得极不自在，一时间差点儿闯了红灯。

"好了。"厉择良出来圆场，"你那样的眼神用在我身上还行，落在英松身上怕是会让他吃不消。"

这一句暧昧不清的话，却让写意不好意思了。他这话里的意思是，以前她长期腹诽他时那些不悦的目光都被他看在眼里，还是说刚才她趁他闭目养神的时候，肆无忌惮地打量他的事被他发现了？

此时，厉择良的手机响了。写意认不出那款手机是什么型号，不过看样式应该是最近的新款。出人意料的是手机很新，但铃声却是陈旧过时的单音。

他的这个嗜好，但凡听过的人都觉得很奇怪。

是厉氏总经理薛其归的电话，还是关于蓝田湾的事情。

厉择良一边听一边下意识地去掏烟。

挂了电话以后，季英松忽然开口说："你应该三思。"

厉择良本想点烟，顿了一顿像是想起了什么，又将打火机收了回去："这个项目是厉氏进军Ｂ城的第一步，我不想三什么思。"

"我以为……"季英松透过后视镜看了厉择良一眼。

"英松，以前的你从来都不是个自以为是的人。"厉择良抬起头来对他笑了笑，也恰当地打断了季英松的话。

那样的笑容，是一种警示。

季英松适时噤声。

5

这场暴雨来势有些凶猛。

摆席的酒店在Ａ城的机场附近，离市区还有一些距离。雨下得很大，虽然高速路上排水系统比较好，但是汽车飞驰而过时还是在空气中激起了层层水雾。

季英松开车的技术还不错，坐起来很平稳，可是在车子滑过一个弯道之后，写意开始觉得呼吸紧张。

她很容易在高速路上晕车，无论坐的是宾利还是夏利，只要有一点儿颠簸都照晕不误。

之前吴委明揶揄她："你只有坐公交车不晕，看来这辈子倒可以省不少钱。"

"你知道什么，这说明我的平衡感受器官的功能很好，比你进化的更完全。"

而厉择良从那个电话之后就没再开口了。

她也没有精力说话,尽量想点儿别的事情转移自己的注意力,而双眼则直视前方,她可不想将刚才吃的午饭全吐在厉择良的座驾内。这种宾利车,让她一辈子当牛做马也赔不起。

不知道出了什么事,前面开始堵车,而过来的车辆则一个也没有。朝前望去,在她的视线里全是在能见度不高的暴雨里,一串串闪烁着的汽车尾灯,她索性什么也不看。听到他们提起蓝田湾,写意的心情开始莫名地烦躁起来,而且突然不想待在这车里,对这一切都很反感。

季英松看着她一脸难受的样子,迟疑了一下,关切地说:"沈律师,车上有梅子糖,你要不要试试?"

写意不想开口说话就轻轻点了点头,这东西治标不治本,但缓解一下终究是好的。

季英松便翻开副驾驶的抽屉拿了一包糖出来,他一手握方向盘一手将东西朝后递。写意伸了下手,没有够到。

而旁边的厉择良则单手撑着下巴一心看着窗外,一副事不关己的样子,别说要他说句关心人的话,就连手也懒得替她抬,丝毫没有要帮个忙的意思。

明明见她这么难受,却一点儿也不会怜香惜玉,还说什么"关爱女性,匹夫有责"。

写意一时有些火,他怎么接了个电话就无缘无故不待见她了!心情好的时候就有情啊无情地胡侃,心情不好的时候就将她爱理不理地扔一边去,当她是隐形的,简直就是喜怒无常!

她狠狠地剜了厉择良的后脑勺儿一眼,咬牙切齿地腹诽、腹诽、腹诽……然后解了安全带自己接过来。

她已经很久不吃这个玩意儿了,塞了颗在嘴里,酸酸的,有些涩牙。

好在道路又恢复了畅通,大大小小的卡车、客车、轿车又开始浩浩荡荡地开出去。他们的车前面是一串货车,季英松时不时地按喇叭,从超车道绕到前边去。

突然厉择良冷不丁地冒出句话:"系安全带。"说话间,语气不冷不热甚至连头都没转过来看她一下。

"没关系。"其实她心里是想说：关你屁事。

于是她没动，只朝嘴里塞了第二颗糖。

"请你系安全带！"厉择良转脸过来，把刚才的话在增加了两个字的基础上，又重复了一遍。

他倒也没有下命令，说得还算客气，口气不温不火的，和刚才两个人讲话的语气截然不同。就是那个"请"字，让写意听起来尖锐刺耳。

她心想：你这哪儿是请，分明就是强迫，假仁假义的，就像我不照做就要把我撵下车去。我不系安全带又怎么了？我乐意。出了事情我找保险公司，半分不需要你厉择良负责。不知道为什么，写意心中冒出了偏要和他对着干的别扭劲儿。

"我胸闷头晕透不过气，系了安全带就憋得慌。"她压住满腔火气，勉强做到有礼貌地反抗他一下，然后生硬地将脸别过去。

厉择良挑了挑眉："沈小姐，我想说什么话从来没重复过第三遍，至少，在这辆车上你需要听我的。"这是他第一次对她凶。

写意听见这些话，立刻转头看他，眼睛毫不示弱地与他对视了两秒钟以后，倏地说："那好，现在停车我马上就下去，谢谢厉先生捎了我一程。"顷刻间，她拿起手袋又说，"季经理，麻烦你靠边停下车。"随即就准备开车门，全然一副要强行下车的样子。

厉择良反应极快，一把将她的手拉回来，牢牢捉住。

"你疯了！这里是高速公路。"他紧紧地抿着唇，有些动怒。

"你不是让——"写意的话被突如其来的变化打断。

前面的货车突然变道，季英松心中大叫不好，忙踩刹车。车身在路上打了个转，车头的一侧刮着货车的尾巴，急速地向路边隔断的护栏滑去。季英松飞快地转动方向盘，车头在擦到护栏时，被迫横在车道上停了下来。

就在此刻，后面的那辆车躲闪不及，眼看就要从写意那边撞上来了。

厉择良下意识地，将写意按在怀里，死死地护住。

砰的一声，后面的车从侧身撞过来。宾利在冲力中颠簸了一下，朝后滑了一段距离才停了下来。

季英松慌忙地踢开车门，下车喊到："厉先生！"

车的侧身已经凹了一些进去，他用力试着拉了拉车门，门已经被卡住，他便绕到另外一边开门。车里的厉择良急忙将写意的头托起来，她似乎受到撞击晕了过去，而全身则像抽了骨头似的躺在厉择良怀里。

"写意……"他连着叫了她几声。

门被季英松打开，暴雨倾泻入内，顷刻间就将两个人淋得湿透。雨水落到她的额头上，顺着碎发流下来，遮住了写意的眼帘。

厉择良不禁用手擦去她脸上的雨水，却不想这一擦，倒带出许多血，血和雨水混在一起，立刻流到了下巴上。

"写意……"他有些不知所措地又去擦，但是血越擦越多，须臾之间写意的脸颊和脖子上已经全是血，让人看了触目惊心。

"厉先生！"季英松急忙说，"别乱动，是你在流血！"说着就想找点儿什么先帮他包扎止血。

厉择良闻言一愣，低头瞧着怀中的人，将信将疑。此刻的写意虽然是突然晕倒，脸色倒是没有异常，晃眼一看就像睡着了似的，也没见她头上有伤，嘴唇微微张开，露出前面两颗门牙。她鼻翼一动一动的，呼吸还算平稳。

在确定她身上没有任何外伤和流血的地方之后，他悬着的心才落地，随即隐隐觉得手有些疼，伸出来一看，果然是自己的手在不停地流血。

厉择良心中一哂，这才平静下来，将她挪到驾驶座，找了个干东西给她盖上，关好门。

季英松打了几个电话，然后和厉择良一同站在雨里，等着人来处理。

后面那车的车主和乘客也撑伞走了下来，被季英松应付过去。厉择良来回看了看现场，幸好问题都不是很严重。他透过玻璃看了一眼里面的写意，双眸深沉。

6

写意闻到淡淡的消毒水的味道,那个味道诱发出她的过敏性鼻炎,使得她有点儿想打喷嚏。她竟然梦见了爸爸,爸爸弯下腰对她说:"小意,过来让爸爸看看,额头还疼不疼?"

她鼻子一酸,眼泪潸然而下。

那时自己多大?三岁还是四岁?大概是四岁吧。

她小时候一直留着短头发,长得像个男孩子,性格也特别顽皮,简直就是一个孩子王,时常举着一把塑料的大刀喊打喊杀的。

玩过家家,人家演公主她却要演皇帝,搞得原本演皇帝的只好扮皇后。等大伙儿要她演男孩儿的时候,她又说:"我要演一棵树。"

每年儿童节爸爸都要送礼物过来。

那一年,爸爸送给她的是什么呢?她蹙着眉头,想了想。

是宇宙飞船。

那个宇宙飞船是上电池的,一打开开关就是"乌——拉——乌——拉——"地一边闪灯一边叫,活像现在的救护车。最让小写意好奇的是那个宇宙飞船居然可以自己拐弯。如果按按钮让它独自在屋子里转悠的话,它要是遇见了障碍物,连续撞两次都没过去就会很聪明地掉头,朝别的地方开去。她惊奇地瞪大了眼睛问爸爸。

爸爸说:"这是爸爸施在上面的魔法。"

她在那个年纪的时候做事一点儿也不低调,有什么新玩意儿就献宝似的拿出去显摆。

于是,她信以为真地抱出去给小伙伴们炫耀,没想到冬冬却"切"的一声很不屑地说:"这哪是什么魔法?你爸爸瞎说的,明明就是有个小人儿在里面开车。"

"骗人!哪有那么小的小人儿?"

"就是有。"冬冬说。

"没有,没有,没有,就是魔法!魔法!"

"除非你不知道拇指姑娘，不然怎么知道没有小人儿？"

写意呆了一下，少有人给她讲故事，她确实没有听过拇指姑娘的故事，可是她又从来没有示弱过，于是心虚地叫道："我怎么不知道那个拇什么的？她明明就是个指头。"

两个人争论了起来，最初还是你一句我一句地拌嘴，没想到那男孩儿口齿比她伶俐多了。最后写意一时说不过便一脚向人家踹过去，冬冬捂着屁股，两眼含泪委屈地撇着嘴巴说："你说不过，就知道踢人。"

"踢你怎么了？我现在就撬开看，让他们知道谁才是骗子。"写意气呼呼地跑回屋子拿了钳子、起子和刀。

"你怒气冲天的干吗呢？"沈妈妈看见了问。

"有人找碴儿，我今天收拾他去。"然后她头也没回就像旋风似的回到空地上，恶狠狠地对冬冬说，"要是没有小人儿，我还让你以后扮皇后。"

结果是显而易见的，里面既没有拇指姑娘，也没有爸爸的魔法，只有一堆螺丝钉和还原不回去的破铜烂铁。

写意望着那堆残骸，愣了半天，然后带着一副哭腔大叫："你们都骗我——"然后就放声大哭。接着，她将那堆烂铁宝贝似的搂在怀里，一边走一边哭，因为腾不开手抹眼泪，所以脸上的泪水和鼻涕混在一起也分不出什么是什么。

回家上楼梯时，一脚踩滑滚下楼梯，眼看头就要撞在楼梯边上，她却舍命一样紧紧抱住宇宙飞船的残骸，舍不得放手撑一下，于是额头狠狠地磕在石头沿上，摔了好长一条口子，在医院住了好几天。

当时，她也是这样躺在医院里，爸爸来看她，弯下腰对她说："小意，过来让爸爸看看，额头还疼不疼？"

那个伤结了疤便一直没有消掉，妈妈曾经常常对人家说："我们家小姑娘脸上要不是留了这个疤，说不定还是个标准的美人。"

她抿着嘴笑了笑，在医院的病床上又翻了个身。

后来，她刚满五岁半，因为家里没有人照顾她，又不放心将她锁在屋子里，于是，写意就被送到学校去念一年级。

开学的那天，天气还很热，妈妈给她穿了一条崭新的蓝色背带短裤，裤子衬着她的头发显得很帅气的样子。班上很多小朋友，大家都不怎么怕生，叽叽喳喳一会儿就打成一团。写意从小和人自来熟，立刻就成了班上领袖级的人物，引得很多男生愤愤不平。

第二天课间的时候，有男生走过来问她："你叫苏写意？"

写意看了看他那正在流鼻涕的鼻孔，不屑地扭过头去。

"你怎么长得像个女孩儿一样？我老哥说你这种人就叫娘娘腔。"话音未落，男孩儿就被发飙的写意掀翻在地。她长这么大，即使别人说她像男孩儿，她也还勉强能接受。可是，没想到世界上最讨厌的事情就是你明明是女孩儿，人家还以为你存心装女生。

于是，在她上学的第二天就被请了家长。妈妈向老师赔着笑脸，道着歉。在写意的印象中，妈妈一直都是那么温柔娴雅。是不是因为大人脾气太好，才使得她一直这样任性？

梦中的写意蓦然间失落起来。如今，她早已是孤儿了，无父无母……

等写意真正醒来是在第二天的早上，护士正在给她取输液管和针头。

"给我输什么了？"写意侧着头问。

护士笑笑："别担心，没事儿，给你输的退烧药，你只是感冒了有些发烧。"

"我们的车没事吧，和我一起的两个人呢？"

"这个不清楚，昨天你进医院的时候不是我值班。桌上的早饭是你的，最好能多吃点儿，一会儿就可以出院了。"

写意朝桌上瞧过去，是一碗热粥。

护士收起东西准备出门时，回头说："哦，刚才给你送粥的那位先生托我转告你，说是你有位朋友在307病房。"

写意确实是饿了，狼吞虎咽地吃掉了满满一碗粥，然后洗漱完毕换上原先的衣服才出病房。

"307……307……307……"写意嘴里一面念叨一面找，最后在走廊的最深处看到了这个门牌。门是虚掩着的，里面异常安静。

她敲了敲门。

"请进。"一个低缓的男声传出来，她一听声音就知道是谁了。

写意推开门，看见厉择良坐在床上，双腿盖着被子，背却挺得笔直。他换下了平时的衬衣和西装，比平日里多了一些稚气。

他见她站在那里，微微一笑："英松说给你送了早饭，吃了吗？"

此刻的表情和他昨日在车上怒气正盛地抓住她说"你疯了"的时候完全不一样，他手里拿着手机。写意觉察到他手上的绷带，也许是昨天受的伤吧。

"我……厉先生……"她不知从何说起，"我昨天在车上……"

她忘记了甚至可以说她根本不知道后来发生了什么，只记得她和他闹，然后突然车子就失控了。

"你不是拼死都要下车吗？"厉择良淡淡地问。

"啊？"写意更尴尬了，她当时确实是存心和他对着干，幸好没出大事故。

"都是我的错。"她有点儿忏悔地说了后面这句话，而且语气非常诚恳。她害得他进了医院，还不知道受了什么样的伤，她其实不想这样……

写意垂下头，眼神落在脚尖前面的地砖上，专心反思，在她人生的前二十五年里很少这么认真地认错。可是厉择良好像并没有买她的账，半天没搭腔。

一秒，两秒，三秒，四秒……

写意垂得脖子酸，不禁抬起头瞧了一眼，正好撞见了厉择良的眼神。

他已经放下了手机，双臂环胸，以一种审视的眼神看着写意。他的目光是从头到脚，然后又从脚到头，最后又落回到她的脸上，盯住她的眼睛。

许久以后，他改变了个坐姿，后背靠到靠枕上，说道："沈写意，你不需要对我说点儿什么吗？"这和他的上一句话时间隔得不算长，但是嗓子却像太久没开口一样有些喑哑,显得有些慵懒。

写意眼中的诧异一闪而过,头又低下去:"对不起。厉先生,对不起。"

"就这个?"厉择良喑声问。

"还有什么?"写意一时不明白他想听什么。

厉择良盯着她,眼中有种难辨的复杂神色。

早晨的太阳金灿灿的,也不刺眼。病房的窗帘是拉开了的,阳光斜射进来,随着时间慢慢移动,现在恰好在厉择良的附近。

写意观察到他的眼睛是深棕色的。

此刻,在日光里看下去,他的侧脸因为那边射来的明亮光线而蒙上了一层淡淡的金色光泽,却衬得另一边有些暗。

许久之后,厉择良眸色微沉,却笑了,笑容淡淡的,是那种平时在他脸上最常见的笑:先微微翘起唇角,然后由唇再带动其他的五官,显得整个笑意都是从嘴唇漾出来的。但他也常用这样的笑来应付别人,这样的表情挂在他的脸上,让写意觉得比他的冷脸嘲弄还要使她难受。

那样的神色绝对不是发自真心的,因为笑意根本没有染入他的双眸,所以两个人之间蓦然一下就感到疏离了些。

他似乎很不满意她的答案,挪开了视线:"没关系,我只有点儿皮外伤,你的出院手续季经理会帮你办妥。如果这两天精神不好的话,你可以打电话给林秘书让她替你请假,公司会算工伤。"

他的每一句话都挑不出毛病,和前些日子一模一样,但就是让写意感觉好像有点儿奇怪。一时间,写意觉得自己站也不是坐也不是,还杵在这里似乎就像件多余的摆设。

写意走出去,反手带上门,又站在门口静默了许久才离开。

第三章

特别合约

> 你不过就是仗着我待你和别人不一样，自以为
> 我厉择良喜欢你。

1

写意冬天怕冷，而在夏天又往往是周围人中最怕热的那一个，一到初夏便会将头发扎成马尾，要是独自在家或者和朋友逛街时就索性绾个发髻。可惜她又偏偏是个律师，无论是坐在办公室看文件还是与当事人会面都必须正襟危坐，头发要梳得一丝不乱。以前在唐乔还好，乔函敏对这个要求不太高，只要出去见客户的时候着好装就行。可惜，现在身处厉氏，连老总都是日夜正装，公司上下则更加不敢逾越，女性员工连脚指头也不敢往外头露。她就时常琢磨，这个厉择良是个什么玩意儿投的胎，难道他就从来不会觉得热？

这个周六懒得在家做饭，写意便约了周平馨下馆子，顺便回公司拿点儿东西。

反正是休息日，她夹着双人字拖，穿着一件小吊带和宽松的棉布裤子散步似的和周平馨在商场里闲逛，买衣服、买鞋。

两个人试来试去的，试得自己在空调下也满头大汗。

第三章　特别合约

"沈小姐。"

她与周平馨从商场出来后，一时听见有人叫她，便摘下墨镜回头扫视了一圈，没发现是谁，又继续朝前走。那人又叫了一声，然后才见一位女士从路边的车里走下来——是孟梨丽。

"孟女士。"写意停下脚步。

"沈小姐吃过饭没有？没有的话一起去吃顿便饭吧。"孟梨丽很诚恳地邀请，看见周平馨后又说，"这位小姐也一起吧。"

写意看了周平馨一眼。她知道周平馨性格内向不太喜欢和陌生人打交道，加上写意本身也想在周末求个自在，于是推托道："谢谢孟女士，我们刚吃过，还有些事儿，下次你有空的话我请你。"

孟梨丽毕竟在社交圈摸爬滚打过许久，一听就知道写意的言下之意。她和她之间的交道自然不想节外生枝，便笑道："那改天我提前打电话同沈小姐约时间，到时候可得赏脸哦。"

"一定一定。"写意乐呵呵地点头。

目送完孟梨丽后，两人晃晃悠悠到了她们经常光顾的大排档。

"红烧鸡翅。"写意对服务生说，这是她每次来的固定菜，接着又补充详细要求，"少辣椒，不放葱，记得别用黄瓜拌啊，不然我要退钱的。"

"那个牛肉要多加芥菜和醋。""这个玉米……"她每点一个菜，都要附加一堆补充条款，害得那个传菜的小男生记了老半天。

"没见过年纪一大把了，还这么挑食的。"周平馨笑。

"我这是对食物的要求比较高。"写意纠正。

一堆菜端上桌，最后上的是两扎冰镇的菠萝啤酒。写意迅速地呷了一口，然后大呼过瘾。她本来号称三杯倒，但是独独对这个啤酒有免疫。吴委明曾经嘲笑她："你喝的那叫啤酒啊？明明就是菠萝味儿的七喜。"

"那个孟梨丽我好几回都是远远瞧见她，没想到近看还挺年轻的。"周平馨说。

"嗯，就比我俩大几岁而已嘛。"

"年纪轻轻的丈夫死了，遗产到手了还可以去追求新生活，这样也好。"周平馨感叹。

写意听了，望着远处平静地说："恐怕还是不能想怎么样就怎么样，想要得到什么东西都是要付出相应的代价的。黄家不是一般那种白手起家的商人，一大家子的面子总是要遮掩一下的，他们既然让她得了财产，恐怕就不会再允许她做这些白日梦了。"

"哦，你说起这个来，我倒想起前几天的事，听说这个孟梨丽已经在正源银行做起了一把手了。"周平馨口中的正源银行是黄家最大的产业。

写意点点头，随口问了句："是吗？"却显得不太吃惊。她一直都觉得孟梨丽在任何场合都能随心所欲地将分寸把握得那样好，绝对不会是个只会哭哭啼啼的柔弱女人。

她突然想起那么一句话：天下莫柔弱于水，而攻坚强者莫之能胜，以其无以易之。

既然可以在短短数月就征服那个家族，看来她当时能一下子得到黄老爷的欢心也非偶然。女人虽然柔弱，却千万不可小瞧。

"其实还是我们好，就一个平平淡淡的小白领，为了个鸡翅也能乐半天。"随即周平馨开始对盘子里的鸡翅进行集中消灭。

"就你那爱情还平平淡淡啊，简直就是惊天地泣鬼神。"写意笑着就伸筷子去夹菜，突然发现盘子里居然出现了几片郁郁葱葱的葱花，不禁有些抓狂，"我明明说了不加葱……"

饭后，周平馨的丈夫已经迫不及待地要将老婆接回家去，写意只好一个人回公司拿东西。刚走到厉氏大厦的门口，便见一大群人正从里面出来。

为首的当然是厉择良，但厉择良并不是这群人中唯一的焦点，因为他身边还站了个唇红齿白的男子。那人若单论五官眉目并不如厉择良那般凌厉俊朗，但是合在一起放在他的脸上却又有另一种不凡。

厉择良首先看见写意，淡淡地盯了她一眼，又将视线挪开。写意撇了撇嘴，她对他这种反复无常、翻云覆雨的态度早就习以为常。面对那么一大群穿得很正经的人，她瞄了瞄自己全身很上不得台面的装扮后，准备避开众人，飞速背过去朝旁边移动，可惜已经来不及了。

"写意！"那个唇红齿白的男人，有点儿惊讶地在远处叫住她。

写意背着他们，五官皱在一起，嘴里诅咒了一番之后迅速转换了个表情，才无可奈何地又转过身来，笑着说道："詹先生，你好。"

2

这人便是曾经被吴委明称为人中龙凤之一的詹东圳，B城东正集团的老板。

以前和吴委明共事时，写意发现他全身上下优点挺多，但是评人的嘴巴却很毒，不过他却放过了詹东圳，只说他没有厉择良那么老辣，显然他对这人印象还不错。

"你……"詹东圳迟疑了下。

"沈写意小姐现在是我们公司的律师。"厉择良介绍。

不知道为什么，自从上次车祸以后，厉择良对她的态度突然变得疏远、冷淡了起来，每次看到写意都是如出一辙的表情，仿佛多她看一眼就要染病上身一样。

本来因为上次的"楼梯门"事件在传他俩绯闻的大嫂小姐们，这回又纷纷猜测："估计是厉先生又换口味了。"其原因是：男人对粗茶淡饭先有新鲜感，吃多了以后，才发现原来还是山珍海味好吃些。

显然，她们将写意纳入的不是山珍海味而是粗茶淡饭这一类。

"哦。"詹东圳应道，"我们正好去吃饭，既然大家都认识，写意就跟着一起吧。"

"我吃过了，刚好回办公室加会儿班，你们去吧。"写意说。

厉择良没有看她，也没有说话，从他的脸上根本无法判断这个人的脑袋里究竟在想些什么。但是既然厉择良没发话，厉氏这边就没有人敢附和。

詹东圳仿佛看出了眉目，笑着对厉择良说："厉总，让你的律师给我一个面子吧，不然当着这么多人的面，我这脸可就丢大了。"

厉择良身后的小林偷偷瞄了詹东圳一眼,这男人表面上看起来文文弱弱的,皮肤很白,长得又斯文,很好说话的样子,但也着实够聪明的,只要厉择良一句话,哪还能容写意反抗?

"那就去坐坐吧。"果然,厉择良直接就下了道圣旨。

于是,他们一起去吃饭。吃饭的过程非常压抑,她被厉择良分配在了一个角落,容不得她搭半句腔。房间里除了詹东圳,很多人在吸烟,当然以厉择良这个烟枪为首。

写意很讨厌烟味,更厌恶吸二手烟。

"詹先生和沈律师认识?"厉择良随口问。

"我们是老乡。"写意说。

厉择良"哦"了一声,又转头看向詹东圳。

詹东圳笑道:"我和写意还有些渊源。"

这回,厉择良又意味深长地"哦"了一下,随后却笑说:"如果涉及到沈律师的隐私,我还是不听为好。"

写意分别瞧了他俩一眼,心里下了个定义:男人一旦假起来,真的很恶心。

厉择良旁边的詹东圳还在被厉氏的人轮番劝酒,脸色越喝越青。她不禁有点儿担心,他原本就是个烟酒不沾的人,但是一旦人在商场上有时候也身不由己。

所以,写意一直觉得詹东圳不适合做一个商人。

詹东圳是以一种低姿态来 A 城与厉氏谈判的。酒局上经常遇到这样一种情况,你若酒喝得不多,便显得不真诚,所以他应付得很艰难,而厉择良神情淡然,就像个坐在台下看好戏的旁观者。

"那我适合做什么?"以前他问她。

"做个书呆子不错。"她为他的人生设计了书呆子这个职业。

律师函

LETTER OF COUNSEL

From 唐乔律师事务所

亲爱的＿＿先生/女士：

　　唐奇律师事务所接受＿＿＿＿＿委托，指派律师就您与委托人＿＿＿＿＿事宜，特签发本律师函。

　　委托人发现并有证据证明您在日常生活中，凭借您出众的外貌、良好的性格、过人的才华，无时无刻不在向TA释放魅力。

　　具体表现如下：

1. ＿＿＿＿＿＿＿＿＿＿＿＿＿＿＿＿＿＿＿＿＿＿＿＿＿＿
2. ＿＿＿＿＿＿＿＿＿＿＿＿＿＿＿＿＿＿＿＿＿＿＿＿＿＿
3. ＿＿＿＿＿＿＿＿＿＿＿＿＿＿＿＿＿＿＿＿＿＿＿＿＿＿

　　您的上述行为，给委托人造成了诸如心跳加快、黯然神伤、夜不能寐等一系列"不良反应"，严重影响了委托人的工作和生活。

　　综上，本律所建议您充分考虑我方律师团队的意见，尽快向委托人发出"共度一生"的正式邀请，切勿让我方委托人等待过久。

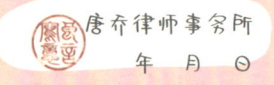

　　特此函告。

唐奇律师事务所
　年　月　日

第三章　特别合约

反观厉择良，好像天生就是做这行的，那些商业中的尔虞我诈、笑里藏刀，或者是落井下石都是他的强项。她又看了眼厉择良，虽说她是厉氏的人，但是她一定会站在詹东圳的东正集团那边。

酒过三巡之后，詹东圳上洗手间。

写意看着他的背影不放心，便跟了出去，她走到洗手间之前的拐角，却被詹东圳拉进了一个漆黑的空包间。

"我就知道你会跟来。"詹东圳说。

"你怎么样？"

"还好，暂时还没事。"詹东圳说着捧起她的脸，"你老是蹙着个眉干吗？"

"东圳……"

"突然听你这样叫我感觉还挺生疏的。"詹东圳笑了。这时，酒意上头，詹东圳突然觉得有些眩晕，他弯下腰将额头抵在写意的肩膀上，"我有点儿头晕，让我靠靠。"

写意叹了口气，伸手摸了摸他的头发："你喝酒不该逞强的。"

"我可不想做什么都落下风。"

"什么下风不下风的，别喝多了。"

听见她的数落，詹东圳会心一笑："以前从没想过有一天写意也会这么温柔，我就是不想什么都输给他。"

"好了，好了，便宜也被你占够了，我们同时离开这么久再不回去人家会怀疑的。"

写意轻轻推开他，詹东圳也顺势起身。

两个人一同去，进门的时候詹东圳示意她先走，自己则靠在墙边等一会儿。

"喂。"写意推门前回身叫了他。

"嗯？"他抬头。

"东圳，谢谢你为我做的一切。"写意说。

"我们还用说这个？"他冲她一笑。

写意推门入座，看见厉择良似乎也是刚刚进门坐下来，一个人在吸烟，眉头紧锁。

她坐了好一会儿，詹东圳才慢慢回来。詹东圳的精神已比出去之前好了一些，不知道是不是在她回来以后，他又独自去洗手间吐过。她知道有些人要是喝得难受的时候去吐一吐，会舒服许多。

写意原本就已经吃过了饭，所以现在她是一口也不想再吃了。而且在这里，她本来就是无关紧要的，也没有多余的人来注意她。房间里烟雾弥漫，熏得她想吐，只求这顿饭能尽快结束。

她无所事事，但也总不能无聊地拿个手机出来打游戏吧，那还不将厉氏的脸丢尽了？所以，她唯一打发时间的方式便是面带微笑，装作聚精会神地听他们讲话。

一会儿工夫，她对东正那边的人的身份都搞清楚了。

詹东圳身边最亲近的有两个人，一个是他的男秘书，姓李；另一个大概是公关部的经理姓赵，叫赵凌菲，三十岁左右，长得虽不是倾国倾城，但是那双眼睛在顾盼神飞之间煞是迷人。

这个赵经理确实海量，大概就是由她专门对付厉择良了。美女劝酒，又先干为敬，哪还有男人不喝的道理。

也不知道是厉择良酒劲儿上来有些醉，还是他平时就喜欢和美女眉来眼去。此刻，竟和那个赵美女越聊越投机，写意不禁在心中不悦地咒骂。她心里刚骂完，就见厉择良有意无意地瞄了她一眼。

为了掩饰自己的腹诽，她急忙心虚地冲他傻笑一个。

这一幕又正好落入赵美女的眼中。

"呀！厉总你看，我们把沈小姐给冷落了。"赵美女随即站起身，让服务员斟了两杯酒，"沈小姐，既然你是东圳的朋友，也就是我赵凌菲的朋友。难得有机会，我就借花献佛借着厉总的地盘儿敬你一杯。"

很少有下属这样称呼老板的，写意听到略感意外，不过这也不关她

第三章　特别合约

的事。

说着,赵凌菲一手举杯一手将另一杯送到写意面前:"沈小姐,我敬你。"

这一句还未说完,就听詹东圳阻止道:"凌菲,她不会喝酒,你就不要为难她了。"

赵凌菲二话不说就听了老板的话,可是这酒也没有就这么收回来。她眼波一转又将话题转到厉择良身上:"厉总,你看你们的沈小姐不会喝酒,俗话说君子怜香惜玉,你是不是代个劳?"

方才,她敬厉择良的酒,只要扯得出个理由,厉择良都来者不拒。但是偏偏这一次他却淡然一笑:"我看怜香惜玉的是詹总吧,我就这样夺人所愿终究不好。"

厉择良不但让赵凌菲碰了个软钉子,还将皮球踢给了詹东圳。

幸好这个男人说话的时候咬字清晰,不然让别人将那四个字听成夺人所爱,她在公司还怎么工作?写意心中冷笑了一声,好你个厉择良,当着这么多人的面打趣我。

没想到詹东圳倒也耿直,写意看他那眼神是准备喝了。她知道这些话和这杯酒于詹东圳是无所谓的,但若是他这一杯替自己喝下去,那厉择良以后可能就会没完没了地取笑她了。

于是,她起身,将她跟前装橙汁的玻璃杯双手端起来:"不敢请厉先生代劳。赵经理,我确实不会喝酒,只能以饮料代酒,也算略表一下我的诚意。"说完,她咕噜咕噜地将一大杯橙汁喝了下去。

"詹总和我们沈律师不是单纯的老乡吧?"厉择良靠在椅背上用清冷的手指抽了支烟出来,然后好似不经意地问道。

"我俩一块儿长大的。"詹东圳说。

"哦?那也算青梅竹马了。"厉择良意味深长地说。

这顿饭吃到很晚。

厉择良安排人送詹东圳一行人去酒店,目送完詹东圳以后,他故作体恤下属,假惺惺地关心了她一下,所以亲切地问:"沈小姐一个人怎么回去呢?"

"我打车。"写意识相地说。

他点了点头,显然对此回答基本满意。

写意在回家的出租车上接到了詹东圳的电话。

"出来喝杯咖啡?"

"不要。"

"那就喝茶。"詹东圳马上换了个提议。

"一天到晚就吃吃喝喝,刚才你怎么不说,我都回家了。"写意说。

"我想请你很纯洁地喝杯清茶。"詹东圳说。

"你这人烦不烦。"写意没好气地说。

"写意……"詹东圳毫不气馁,"我已经很久很久没看见你了。"

"瞎说,明明二十分钟以前还见过。"

"……"詹东圳便不说话了。

"喂。"

"……"电话那边仍然沉默。

"你别太小气了,好不好?"

"……"

"冬冬!"她忍不住叫了他小名。

"……"他坚持到底。

"好了好了,我们喝茶。"

写意投降。

这男人就爱利用她的弱点,谁让以前老是她演皇帝,他演皇后呢?这些坏毛病都是被她给惯的。

他们约在詹东圳入住的酒店顶楼的旋转咖啡厅里见面,写意在门口就看见他坐在窗前靠里的位置等她。

詹东圳已经完全没有在电话里跟她说话时的那种孩子气,他望着窗外璀璨的灯火,神色若有所思。他的五官清秀,皮肤也很白,引得旁人频频侧目。有个年轻的女士走过去搭讪道:"这位先生,这里有人坐吗?"

他弯起眼睛,温柔地笑道:"对不起,我在等我的女伴。"说着指了指远处走来的写意。

3

杨望杰的日常生活非常平淡,朝九晚五,两点一线,并且周六加班。

他的家在几百公里外的一个县城里,所以大学毕业以后能留在A城实属不易,家中没什么背景,父母都是县城里的退休工人。因为在A城念了四年的书,又加上在这一行摸爬滚打好几年了,所以认识的朋友还算多。认识沈写意,纯粹是一个巧合。

那一周他刚好休年假,回老家一趟。对于他仍然单身的状态,母亲有些忧心,于是便给同在A城的表姐打了电话,将这个任务交给了表姐。他也不是刻意单身,而是总觉得既然没有那么条件适合的人,就往后看看再说。

周末,表姐约他去家里吃饭。

"你姐夫的公司有个女孩儿挺不错,性格挺自立的,不像如今一些年轻人疯疯癫癫的。"表姐说,"就是也是个外地的。"

然后,给了他一张照片。

那是张合影,杨望杰顺着表姐指的人瞧去。一群人中间的那个年轻女孩儿又瘦又高,照相的时候只有她一个人咧着嘴笑。

这个人便是沈写意。

后来,在第一次相亲见面结束,他送她的时候,她就说过。

"我……不知道吴委明叫我来是因为他们夫妻俩想介绍我们认识。

"也许说这些话会让你不舒服,让你觉得我自以为是,但我如今确实没有想要成家的念头。

"我……杨先生……如果你觉得我太坦白了,让你讨厌了,我道歉。

"其实……我们可以做普通朋友,当然,你要是看我不顺眼的话就……不必勉强了。"

写意结结巴巴地说了那一大串，杨望杰当然听明白了。

接触过几次后，他才发现这个女孩儿确实只拿他当普通朋友，似乎这种关系也不会改变，特别是那次婚宴上，他远远地看得很真切。

那个厉择良对她很不一样。

他一直觉得写意待人很真诚且坦然，没有小姑娘的扭扭捏捏。但在厉择良面前不一样，她居然会因为那个男人不经意的一个动作或者一句话而面红耳赤。

有时候当局者迷，旁观者清。

幸好，从相识的第一天起写意就已经明明白白地告诉了他这个结局，所以他当时并没有多难受，只是隐隐有些遗憾。

这天晚上杨望杰在家休息，蓦然接到尹笑眉的电话。

尹笑眉是上次他带写意去参加的那场婚宴的新郎的妹妹。

当时在喜宴上，旁边的伴娘，也就是尹笑眉突然对他说："你是杨望杰？我哥哥总在我面前提起你。"

杨望杰看着面前的小姑娘，才想起来她就是新郎尹宵的妹妹——尹笑眉。女孩儿笑起来甜甜的，没有一般富家小姐的架子。大概因为尹家的生意是近些年才有些起色，所以没让这两兄妹染上骄横的恶习。

笑眉，笑眉，名如其人，杨望杰当时想。

电话接通，尹笑眉轻快的声音传来："杨大哥，我哥和晓月买了两张电影票不想看了，你陪我去好不好？"

他是成年人，知道尹笑眉的这个看似不经意的邀请意味着什么，他说："好啊，但是以后叫我望杰就行。"

看完电影，尹笑眉说肚子饿了，要去吃点心。两人刚到咖啡厅坐下，他便看见了沈写意和一位男士正从里面出来。

沈写意也同时注意到了他。

第三章　特别合约

"杨望杰。"写意停下来招呼他，她旁边那位先生也随之彬彬有礼地点头。

杨望杰起身回应，他不认识那个男人，写意也无心替他们介绍，所以他不敢贸然伸手，也只点头示意。

写意看了尹笑眉一眼，眨了眨眼睛，笑嘻嘻地压低声音问杨望杰："女朋友？"

杨望杰笑笑，不置可否。

等写意两人渐渐在他们的视野中消失，尹笑眉才说："这个女的，我好像见过。"

"你肯定见过，你哥哥结婚那天她也来了。"杨望杰提醒她，后面还有半句他留着没说，是他带她去的。

"哦！"尹笑眉恍然大悟，"你一说我想起来了，她当时坐在那个厉择良的旁边，我和晓月还为此讨论了半天。"

"你们讨论人家什么？"杨望杰好奇。

"女士之间的悄悄话，"尹笑眉故意噘起嘴说，"不告诉你。"

"你们姑嫂还挺谈得来的，难得。"

"那当然，我嫂子还是我介绍给我哥的呢！这个你肯定不知道。"

他俩你一句我一句，将话题从刚才的沈写意身上扯了老远。

却不想，最后尹笑眉又喃喃道："但是，我总觉得她很面善，除了哥哥结婚那次，我们好像还在哪里见过。"

当时，这句话并没有被杨望杰放在心上。

过了几日，写意在家看人物访谈，这个节目她比较喜欢，那个主持人提出的问题一向很尖锐，很少顾及当事人的颜面，搞得人家很尴尬。曾经有一次，受访人被气到当场走人。

但也正是这样，这个节目的收视率猛增，后来也不知道得罪了什么人，就不直播了，改为隔日剪辑后再播出。

当写意看到出现在演播厅里，坐在主持人对面的詹东圳，她惊讶得瞪大了眼睛：这小子也不怕下不来台。

开篇的气氛比较和谐，主持人说了些好话给詹东圳戴高帽。后来，主持人的本性渐渐显露了出来。

主持人问："詹总，我们都知道您是从您父亲那里得到了东正的控股权。"

詹东圳坦然地回答："是的。"

"在您接手之后，对东正进行了一系列的改制，据说有些举动引得股东不满？"

詹东圳说："我们的每次重大政策和制度的更改都通过了董事会的决议，你说的不满我不知道具体指的是什么。"詹东圳笑了笑，继续说，"但是有一点是可以肯定的，我也不是一张粉红色的百元钞票，做不到让每个人都喜欢。"

听到这里，正在洗手间漱口的写意一下子将嘴里含着的漱口水喷到镜子上。

她从小就觉得这个人很笨，但不知道从什么时候开始，他在这样的社会中也学习得像只狡猾的狐狸一样，聪明得很。

此刻的杨望杰也在家看到了这个节目，他就是詹东圳？他才发现原来那晚写意身边的男人是何等人物。继而，不禁有些感慨，如果沈写意和厉择良之间是巧合的话，那么詹东圳的出现就说明她并不是一个简单的女子。这样一想，他也就不再妄念了。

看这个节目的还有写意介意的另一个人。

厉择良换了个台，在烟灰缸里掐灭了烟蒂。

4

"詹东圳什么时候走的？"厉择良沉默了一会儿问道。

"昨天下午。"接着，薛其归又递了张纸给厉择良，"这是他在A城这几天见过的人和一些细节。"

厉择良接过来粗略读了一下。

薛其归说："只要我们拖一拖，恐怕东正集团无论如何也坐不住的。他们的工程拖一天便是数十万的亏损，如果这样拖下去，怕是一分钱也捞不到。看来我们是势在必得的，所以请厉先生放心。"

"不过，"薛其归补充，"这几天詹东圳来A城走动比较多，厉先生也看到这个名录了，就怕到时候政府会给我们施压。"

"我知道这个分寸。"

"还有，这是上次厉先生要我查的事情。"说完，薛其归又递了份文件给厉择良。

厉择良捏在手上，翻了许久。

"如果没有事，我就先走了？"薛其归问。

"嗯。"厉择良放下东西，走到窗前举目东眺，不知听到对方在和他说话没有，一副不置可否的样子。

待薛其归离开他家时，他还站在那里连头也没回一下，他们平时都知道他的脾气，也见惯不惊了。

为了方便工作，厉择良在城区置了套公寓独居，每天除了钟点工来打扫房间，便很少再来人。

他依旧在客厅的落地窗前往下眺望，全城的夜景尽收眼底，那璀璨斑斓的灯光映得他的双眸更显明亮。

他站了许久又突然回身去找酒，往杯子里倒了一半的时候突然顿住，默默地想，如果真的是杯毒酒，是不是他也会甘之如饴？想到此处，他再看方才薛其归给他的那沓文件，双眸骤然一沉，忽地恼怒，将酒杯狠狠地摔在地上。

一瞬间酒杯"砰"地一下碎成了渣子，四处飞溅。

他盯着那散落一地的玻璃碎片，看了许久。

最后不知是倦了还是他的心情平稳了下来，他缓缓坐到沙发上，嘴角抽动了一下，笑得有些苍凉。

这几天写意一直在做一件事情——促成厉氏和东正的合作,她花了所有的空余时间来加班,为的就是将那份与东正集团的合作计划书搞出来。她并非业内人士,于是翻阅了许多资料,熬了几个通宵,才将与东正集团合作和厉氏单独收购蓝田湾的各种利弊理论一一分析。

她不是单纯地想左右整个厉氏的意见,只是想让厉择良或者薛其归知道,并不是只有收购蓝田湾才能让厉氏获得最大的利润。

之前她先给薛其归看,薛其归倒是戴起眼镜仔细读了读,才说:"沈律师,说实话你写得不错。但是这个事不在你所属的工作范围之内,而且厉先生已经明确说过他的意见,我们不能违逆他的意思。"随即将东西送还给了写意。

在收购蓝田湾的预算协调会上,轮到写意说话时,那位助理问:"沈律师,您有什么需要发言吗?"

她说:"这样与东正集团长久地拖下去,对厉氏也有影响,而且购买蓝田湾,对我们的资金回笼有阻碍,必定会波及其他项目的投资,特别是观澜别院的三期工程,不知道厉先生是否考虑过?"

在座的人有些提心吊胆地等待厉择良的回话。

厉择良看了薛其归一下,说:"薛总经理,我不希望这种发言再出现在我的会议上。"那个声音在宽阔的会议室里显得很清亮。

中午吃饭后,写意趁来往的人不多就到二十三楼去送资料。写意在走廊的另一头远远看到厉择良,他双臂抱胸,站在门口听业务部经理说话。平时在室内他只穿一件白衬衣,袖子微微撸起来一点儿,所以看得见手上戴了只腕表。

"厉先生,我有事情找你。"写意客气地说。

他深深地看了她一眼,点了点头。

待厉择良完事进门,写意将报告书放到他的桌子上,说:"我觉得这完全是对厉氏有利的提议,我很辛苦地写了很多天,只希望厉先生能看一下。"

厉择良问:"你的意思是说辛辛苦苦写了几天?"

第三章　特别合约

写意以为他的态度在松动，急忙点头。

他抬了抬眉头，左手拿起那份文件，扔在了座位旁的垃圾筐里，"你有你的职责，我不是花钱请你来做这件事的。"

写意咬了咬牙："厉先生，请你尊重一下别人，如果……"

"沈律师！"厉择良打断她，"也请你尊重一下我。"他的语气极为冷淡。

既然话都谈到了这个份儿上，写意就不好再说什么了。

过了几天，写意去开会，却没想到薛其归的助理拦住了她。

"不好意思沈律师，厉先生吩咐了薛经理，说以后只要是跟东正集团有关的会议都不需要你参加。"

写意听见倒没有非常惊讶，只是说："那我进去找厉先生。"

"厉先生不在里面。"

十分钟后，写意找到厉择良的办公室。

"厉先生，我不明白你为什么不让我插手？"写意进门就问。

"你指什么？"厉择良埋头看文件，没抬头地问。

"并购蓝田湾的事，既然唐乔也在负责，为什么你要将我从里面踢出来。"写意说。

厉择良靠在椅背上："这是公司的决定，我没有义务向你解释。"

"那请我来做什么？如果你觉得我做事不合适，不如将我退回唐乔去。"她说了些气话。

厉择良用一种冷冷的眼神瞥了写意身后无可奈何的林秘书一眼，小林识趣地退了出去。

"沈律师，无论你以后在不在厉氏做事，都请你进来之前先敲门。"

很明显，刚才写意是硬闯进来的。

待小林关门出去以后，厉择良请写意坐下，又说："你问我为什么不许你插手，那我倒想问问，我为什么要让一个和对方有私交的人掺和进来？你要怎么样？为朋友两肋插刀？我不信你在唐乔，乔函敏就是这么教你的。你为东正集团旁敲侧击说了多少好话，你的那份方案书是为厉氏写的呢，还是为东正那边写的？我以前都是听着隐忍不发，可是你已经得寸进尺了。在厉氏上下哪个人敢公然拂逆我，你却可以。只要是我说了'不'的事情，厉氏上下哪个人敢再提，你也可以。沈写意，我再问你，你这样在我面前得寸进尺，究竟是仗着什么？"

他一口气问了好几个问题，语速越说越快，语气已是怒极，但是恰好在最后一句"究竟"那里又慢下来。

写意一时觉得自己理亏，随口答道："我仗着什么？"

"不过就是仗着我待你和别人不一样，自以为我厉择良喜欢你！"

写意听到这里微微一怔，然后脸色刹那变得惨白："我没有！"

"你扪心自问，你哪一点没有？"厉择良怒道。

她嘴唇微启，想争辩什么却也没有开口，两个人便僵持在那里。

片刻之后，写意才缓缓地说："朋友在危难之中伸手相助是人之常情，况且蓝田湾的合作，无论对于厉氏还是东正集团都是双赢的好事，但是我却看不懂为什么厉先生执意要将蓝田湾私收囊中。我这个人生来倔强，个性有些刚烈，有顶撞厉先生的地方大概是本性使然，绝对没有非分之想。要是厉先生有些误会，请你包涵。"

写意平平淡淡地说完了一席话，也没有和他吵，只道是自己决意明天不再来这里上班的语气。

厉择良听闻后闭上眼睛，一边点头一边连说了三个字："好，好，好。既然这样，不如我遂了你的心意。"他看着她，又说，"沈写意，我们做个交易。"

写意没有答话，等待他的下文。

厉择良说："詹东圳的蓝田湾合作计划，我同意。"接着顿了顿，"但是你要拿你自己来换。"

写意倏地站起来："厉……先生，你！"

厉择良道："我没有开玩笑。这个项目，如果我和詹东圳合作，就要投入一笔巨资。沈律师，难道这些数目还不够让你屈尊？"他又说，"而且詹东圳如今在詹氏早就是水深火热，这个项目如果谈不成丢掉的话，也许再也支撑不了几天就被要股东们撵下台去。你又不是不知道他是庶出，这样一来，恐怕他在詹家就再也没有机会翻身了。你不是口口声声要帮他吗，这样的举手之劳你又何乐而不为呢？"

说话时，刚才出现在他脸上的怒气已经完全找不到踪影，仿佛又恢复了之前那个桀骜慵懒的厉择良。

"如果我不同意呢？"写意冷冷地问。

"你不会不同意的。因为你知道，无论詹东圳还是你在意的唐乔，我动动手指就可以让他们跌到地狱。"从厉择良此刻的表情来看，好像他们聊的就是一件稀松平常的事情。

片刻后，他又道："而且詹东圳倒了，谢铭皓也会倒，那你说，接下来你姐姐她们怎么办？"

写意目光猛然一滞，转而瞪住他："你派人调查我？"

"这个问题不属于我们谈论的范畴。"厉择良完全不想回答她。

写意紧紧握住拳头，指节捏得发白，幸亏她从不留长指甲，不然多半已经折断了，许久之后她才将拳头又松开。

"一会儿我会让林秘书给你我的住址和房门钥匙，你今晚搬过来，合约即时生效。"厉择良说。

写意苍凉地笑了笑："那请厉先生容我斗胆问一句，合约什么时候能够结束？"

厉择良也笑道："等我腻了为止。"

待写意走了以后，厉择良才敛尽笑容，继续拿笔看他刚才的文件，没想到看了半天居然一个字也没读进去。他心中一恼，将文件扔到桌上，有些疲惫地又靠在椅背上闭目养神。

他这一层，很少有人来往，都知道他喜欢安静，所以走路说话都小心翼翼的。此刻，写意一走，这屋子也变得十分寂静，只有墙上的挂钟在有节奏地嘀嗒嘀嗒响着，却听忽然"啪"地一下，他将手中的笔折成了两截。

他想不到，自己居然也做了件这么蠢的事出来。

5

下午,杨望杰接到尹笑眉的电话。

"嘿嘿。"她在电话那头傻乐。

"怎么了?高兴成这样。"

"心结解开当然高兴啦。"尹笑眉说。

"什么心结?"

"我上次跟你说见过那位沈小姐的事情啊,搞了半天你一点儿也没放心上。"

杨望杰一哂,没想到她这么较真儿:"我忙活的这几天,连自己姓什么都快忘了。"

"难怪说物以类聚,人以群分,你和我哥差不多,工作起来就别提有多废寝忘食了,平时又闷得要死。"

杨望杰提醒她:"你不是要给我说事情吗,又绕到哪里去了。"

"哦,那个沈写意和我是 M 大的校友哦,昨天我突然想起来。"

"校友?"

"嗯,她是我大学时的学姐。以前在 M 大的时候我们都是梦想剧团的,"尹笑眉解释,"就是我们学校的一个话剧社团,难怪觉得眼熟啊。"

"是吗?"杨望杰漫不经心地答了一句。

"以前她还和我演过一个剧呢,真怀念那个时候啊。"尹笑眉感叹,"要不是我老爸阻拦,我也想当演员。"

"你才多大,就开始伤春悲秋的了?"

尹笑眉虽然年纪并不小,但一直是父母的掌上明珠,所以个性纯真可爱,总给人长不大的感觉。

"望杰,什么时候我们约沈小姐出来叙叙旧啊。"

"这个……"杨望杰有些尴尬。

"哈,我知道了,你心里有鬼,看上人家沈小姐了?"

杨望杰一时难辩,只好说:"那等沈小姐有空的时候再说吧。"

第三章　特别合约

但是，此刻的沈小姐正在厉择良的公寓里。

公寓不是一般人想象的那种从卧室走到餐厅都要历时好几分钟的上千平方米的豪宅，是很普通的电梯公寓，只是每间屋的窗户能将全城的风景纳入眼中，包括城市那一头的名翠山。

屋子装修得非常简洁，连灯具都是简单明亮的样式和色彩。

公寓除客厅外有一个卧室，一间书房，另外还有一个娱乐室，里面只摆了一个斯诺克的球桌。

这个时候的写意丝毫没有心情琢磨厉择良的喜好，她从进屋便一直坐在客厅的沙发上一动不动。

厉择良不但让小林叫了车送她，还公然放了她半天假，真不知该说他是假公济私，还是宽待下属，写意的嘴角冷嘲般地动了动。

她来的时候天色已经渐黑了，也不知自己坐了多久，只见窗外天色渐渐变暗，各色灯光慢慢亮起来，将漆黑的天空映出了一角通红。

一个人，也没有开灯，她就这么等着，在黑暗中等着那个男人回来。

突然，她敏锐地听见"叮咚"一声，这一层的电梯好像响了一下，然后出现了一个脚步声，一下一下地朝这个方向走近。她心中一紧，挺直了腰，屏住呼吸，双手紧紧拽住手袋。脚步声越来越近，却在路过这个门口的时候没有一点儿停顿，就拐到别处去。

不是他。

在心中确定出这三个字后，写意这才松懈下来，摊开掌心一看，居然出了薄薄的一层汗。

随即，写意的电话响了，这周围很少有声音，所以铃声一下子响起来吓了她一跳。

"写意啊。"是任姨打来的。

"任姨。"

"刚才写晴说话，突然提到你。"任姨的口气中有欣喜，因为自从生病以后，写晴从不认识那三个人以外的任何人，包括写意在内。

"提我什么了？"

"她吃过饭，突然就说：'爸爸要去看写意吗？'问了我两次。"

写意笑道："真好。"

真的很好，无论如何，写晴是她在这个世界上唯一的血亲了。

挂了电话以后，她有些倦，便和衣蜷缩在沙发角想打个盹儿，以便有精力应付厉择良回来后的事情。她靠上去，觉得脸上有些异样，自己伸手去摸，居然是眼泪溢了出来。

指尖一触，是冰凉的。

写意便这样在沙发上迷迷糊糊挨到了天亮，而厉择良竟然一宿都没有出现，她换了一套干干净净的套装，洗漱完毕，准时上班去。

不到十点，有人来电话通知她去开会。

"是什么会？"她问。

"蓝田湾的战略协调会议。"薛其归的助理回答，完全不提昨天她将写意挡在会议室门外的事情。

呵，写意想，他所说的合约即时生效果然如此迅速，如今她的权利又完全恢复，不禁鼻间一声冷哼，走到会议厅门口，正好撞见厉择良等人迎面走来。

她别过头去，不想看他。

厉择良紧抿嘴唇，也不作声，他身侧的薛其归却笑容满面地说："恭喜啊，沈律师，你的提议，我们决定采纳了。"

6

写意冲薛其归点点头。

许多人对公司的逆转性决策都感到有些意外，时不时有人用一种狐疑的目光看着写意。但她正襟危坐，面色如常。

会上厉择良兑现了他的承诺，也许，没有人知道在这背后，他和她之间有着怎样的交易。

晚上，写意又去等了许久，依旧不见厉择良的身影。如果还要在沙发

第三章　特别合约

上窝一夜，全身恐怕要难受得散架，可是无论如何她也绝对不愿意踏进他的卧室半步。她换了一身宽松的衣服蜷缩在沙发上，迷迷糊糊地闭上眼睛前她想：但愿他今晚不要出现，永远也不要出现。

厉择良跟人吃过饭，就回到了榆阳路的厉家老宅。他不常去住，却在昨天突然出现，搞得老宅里的一干人措手不及，忙活了半天。

今天还没进门，管家老谭便迎过来问："厉先生用过晚饭了吗？"听起来已经有了准备。

"吃过了。"厉择良说，"谭叔，又来麻烦你。"

"哪儿能这么说呢，我们时常盼着您来。这老宅子没有年轻人，倒还显得冷冷清清的。"老谭说。

厉择良笑笑，回房间洗澡换衣服。

老谭准备好更换的衣服送进浴室，谨慎地问了句："厉先生，需要帮忙吗？"

"不用。"厉择良一边解领带一边说。

老谭又看了他一眼，见他喝过些酒，有些不放心。昨夜，厉择良回来后，一个人一句话也没说就回屋了，神色异常。后来还在浴室里闷了一个小时，害得几个下人在外面不知如何是好，却也不敢贸然吱声。因为所有人都知道他虽然腿脚不便，却极不喜欢在人前露出残腿，最后，还是老谭来了才敢在门外叫他。

厉择良察觉到他的担忧，笑着说："我洗个澡能有什么问题，以前你们就是太放不下心，才害得我想搬出去住。"

"二少爷，"老谭不自觉地改了旧称，"你近几年酒喝得太多了，烟酒伤肝伤肺，要是生意方面不得已，有时候也叫英松他们应付一下吧。"他从小看着厉择良长大，了解他的性子，于是劝他的语气极轻，生怕惹恼了他。

"嗯。"厉择良冲老谭笑了笑。

老谭瞧见他只是动了动嘴角，脸上的神色却是显得一副心事重重的模样。他知道厉择良虽说不是个性格浮躁、随意发脾气的人，但是心里傲得要命，跟他多说无用，便不再啰唆，随他去了。

待厉择良洗完澡，准备休息时已近深夜。他喜欢看灯光，所以只要一回老宅，老谭就让人把花园里的地灯全部亮起来，这样厉择良站在二楼的卧室里刚好看得见。

他仰面躺在卧室的床上，一轮弯弯的下弦月挂在空中，射出的浅浅白光洒进屋里，正好落了一小块在他的脸上。

他有些失眠了，起身去摸电话，没有翻电话本就用手很熟练地按了一串数字，拨了出去放到耳边。接通后，那边响起了供应商发出一个提示空号的电子留言，在重复几遍之后，那个机械女声突然消失，变成了长久的忙音。

他又将屏幕移回到面前，眼睛呆呆地盯着那十几个数字，接着，缓缓地又拨了出去……这是他除了酗酒以外，唯一一个能治疗半夜失眠的方法。但是，这个小小的魔法却在今夜，在一次又一次地等到忙音之后失了效。

他看着窗外想了想，像是下了什么决心似的，轻轻起身，没有惊动宅子里的任何人，他穿好衣服下楼出门，打了个车直奔市区。

一路下车，过街，坐电梯，都没有一丝停留，当他下了电梯走到自己公寓的门口却犹豫了。他原本掏出了钥匙，现在又原原本本地收回了兜里，随即一个人靠在门口的墙边，摸出一支烟，点燃后猛吸了几口。

只见烟头的青烟在他的指缝中，缭缭绕绕地散开。厉择良一支接一支地抽，到了最后一支不剩的时候，他在暗处缓了一下，随即将门打开。

眼睛很快适应了客厅里的光线后，厉择良看到了蜷缩在沙发上的写意。她脸蛋朝外，脑袋枕在沙发的扶手上。厉择良有些刻意地放轻脚步靠近她。

她好像睡得很不踏实，呼吸时快时慢，不过依旧孩子气地微微张着嘴巴，看得见里面贝壳般的小碎牙。

他悄悄伸手，用指尖轻轻摩挲了一下写意脸颊的皮肤，却没想到她皱

第三章 特别合约

了皱眉头,有些不情愿地拂开他的手,身体挪动了一下。

厉择良这才想起来,她似乎是最不爱亲近身上带烟味的人。想到这里,他走到浴室开灯洗手,可是,待他再回到客厅,写意已经站在那里等他。

"厉先生。"她冷漠而且客气地称呼他。

"你醒了?"

"雇主都来了,我有什么道理能故作不知地继续睡下去。"写意带着种异样的情绪说。

厉择良听见她的嘲讽,笑了笑,转身去厨房。

他在厨房问:"沈小姐,你喝水吗?"

"不敢劳您大驾。"

结果,他还是倒了两杯水放在茶几上,自己坐在沙发上说:"你坐。"

写意冷冷地盯了他一眼,就是不照做,倔强地站在原地。

"沈小姐,你这个样子,"厉择良喝了口水,尽量压制住心中的不悦,"合约期间我们会很难相处。"

他那种皮笑肉不笑的神色,她一见就窝火。

"有什么可相处的,难道厉先生还要你我装成一对恩爱男女给别人看吗?"写意讥讽地说,"我们这种交易肮……"

只听"砰"的一声。

厉择良把手中的杯子重重地砸在茶几上,将她口中的"脏"字湮灭掉。因为剧烈的震动,那杯中的水飞溅出了一半,洒在了桌面上,不一会儿便顺着桌沿流到地上。

"不愧是做律师的人,骂人犀利。那么请问一下沈律师,"厉择良有意无意地冷笑了一下,"我们这肮脏的交易,你什么时候兑现?"

写意看着他的笑容微微一怔,她瞧出来或许他在耻笑她。她用牙齿咬住下唇,咬得发白,终于下了个决心似的松开嘴唇,说:"厉先生,现在就如你所愿,如何?"

话音刚落,她便突然迈开脚,快步朝厉择良的卧室走去。在她进了卧室以后便一路走，一路解自己衬衣的纽扣。

她脾气极坏，解到中途那扣子不听使唤，她便用手使劲儿去扯。

就在此刻，厉择良脸色微变三步并作两步，突然扣住她的手腕，一把将她抵在卧室的墙边，他迅速地阻止了她想要继续的动作，钳住了她的双手。

"沈写意，你不要这样。"

"不要怎样？"她冷笑。

"不要这样对自己。"他声音低下去，有些后悔。

此刻，写意的衬衣已经敞开了一半，粉色内衣豁然露出，胸口白皙的肌肤也裸露在外。

"真的，"他低声地又将刚才的话重复了一次，"你不要这样。"言语间居然隐隐透着祈求。

说着，厉择良放开她，腾出一只手去替她理好衣领、系扣子，想将它们复原。

没想到在手指碰到写意胸前的时候，写意下意识地拍开他的手，很嫌恶地说："不要碰我！"

她的表情异常鄙视，这一下真正激怒了厉择良。

他用右手钳住她的下巴，使得写意的后脑勺儿狠狠地砸到墙上，上身死死抵住她。

一时间，写意觉得脑袋里突然蒙了，须臾后才传来剧烈的痛感。她倔强地咬住牙，没让自己叫出声来。

他低下头去，眯着眼睛说："不要碰你？难道你刚才那么主动地脱衣服只是让我在旁边看？"

他一句话说得写意脸色绯红。

"无耻！"她抗拒着他的力道，使劲儿地别过脸去。

厉择良面色一怒，将她的脸又扳回原位，随即埋头狠狠吻住她的双唇。可是，写意却紧紧闭唇咬牙，不让他得逞。

他那捏住她下巴的手指一用力，迫使她不得不吃痛地张嘴。他的舌头趁机钻进去，肆意地侵略索取，写意想要咬他，可惜两边的脸颊被他捏住后竟然一点儿都无法动弹，还只会咬到自己。

写意感觉到对方的体温隔着衬衣传了过来，他的呼吸扑在自己的皮肤上，有些急促，不过，他在盛怒之下的吻，可没有丝毫的怜香惜玉。

他吻得那么激烈，可是唇却是冷冷的，唇上那种冰冷的触感，完全没有触及两个人的情欲禁地。

许久之后厉择良才离开她的唇，接着凑到她的眼前，压低嗓音，冷酷地挑衅着说："求我，我就放了你，否则我会继续。"

写意闻言，立刻想将手挣脱出来给他一巴掌，却又被他向后反扣住，他只用了一只手便锁住了她两边的手腕。

因为缺氧的关系，写意呼吸起来有些气短，但是她仍然睁眼直直地瞪住他，昂起头不肯松口。

厉择良见状，迅速地低头将他的吻转移到下巴，一点一点地撕咬、吮吸，接着是脖子。写意的身体僵硬地抗拒着他，不断挣扎间却绝不示弱。

他停顿了一下，又说："沈写意，求我！否则我会继续。"

偏偏她就是吃软不吃硬，即使刀架在脖子上也不会回头的人。

可是，当厉择良将写意那对丰腴的柔软收纳在手掌时，写意身体一震，终于发出了绝望的悲鸣声，听起来像是要哭的样子，却依然绝口不说求。

他敏锐地察觉到她的异样，微微愣怔间手开始放开她。

就在这一刹那，写意没来得及细想，找准时机用尽全身的力气提起脚朝他踹了去，然后使劲儿推开他。她飞速地整好衣服就要夺门而出的时候，却看见厉择良蹒跚地后退了一步，然后一下子跌坐在地。

他扶住右腿，豆大的汗珠挂在额角，瞬间脸色惨白得吓人。

电光火石间，写意猛然想起自己情急之下，居然踢了他右边的膝盖。她张大了嘴，懊恼得不知所措。

"我不是故意的。"她颤着声，又回来蹲下去想去查看他的腿，却被厉择良推开。

"出去！"他强忍住剧痛说。

"我帮你。"写意爬起来，又要去扶他。

他却丝毫不领情，提高声音重复："出去！"

"我……"

咚——

厉择良恼怒地一把将手边的那个落地灯打翻，吼道："我请你出去！"

第四章

怦然心动

> 他的骄傲，有时候却在无意之间会同时刺伤别人和自己。

1

写意沉默了一下顺着他的意思走到门外，蹲了下去，将头埋在臂弯里，不停地在心里对自己默念。

"沈写意，不是你的错，你并不知道踢一下会有那么大的影响。"

"这只是情急之下的自我保护。"

"他平时除了走路稍微有点儿异样，其他都跟正常人一模一样，所以你也一直当他是个正常人。"

"虽然你和他有协议在先，但是谁让他那么粗暴。"

写意一遍又一遍地对自己重复那些话，心情渐渐平静下来，才开始计划接下来该做的事情。厘清头绪后，写意立刻给季英松打了电话。她刻意省略了前面的起因，只是说："我们发生了点儿冲突，然后……我踢到了厉先生的脚……"

"右脚？"季英松马上接过话问。

"是……的。"

季英松在心中倒吸了口冷气。

"我想帮他,可是他把我撵出来了。"写意说。

"既然这样你先别动,我马上过来。"

写意蹲在地上,每过一秒钟就像在忍受煎熬。突然,听见里面有些响动,似乎是床头的电话被拂在了地上。

她终于忍不住,回卧室去看他。

此时的厉择良正倚在床沿边上,大口地喘着粗气。床头的电话果然掉了下来,想必是方才他想坐上床去,滑下来的时候绊到的。

她看见床边垂下来的被套边缘,被他的手指死死拽住,原本粉色的指尖因为用力已经有一半变白,而他的右腿无力地放在地面。

写意那原本平复的心一下一下地开始抽痛。

她不该那么对他。

厉择良看到她的出现,用那种极冷的语调问:"你还没走?是想留下来欣赏下你的成果?或者再来一下,让你解解气?"

"我知道,你想把我气走,"写意淡淡地说,"可是,我就是想看看你软弱无能地坐在那里笑不出来,也不能盛气凌人地寒碜别人的时候究竟是什么样子。"

"沈写意!"厉择良自然被她激怒了,拿起手边的手机就摔了出去。

她没躲,结果那手机恰好砸在她的前额。那力道很大,砸得写意的头不禁朝后轻轻仰了一下。她伸出手背揉了揉,很隐蔽地皱了下眉毛,似乎有些疼。

厉择良见状眼中一愣,却又迅速地恢复了刚才的神色。

"若是不解恨,你后面还有一个电视遥控器。"写意说。

这一回,厉择良再没有什么的激烈动作,只是冷冷地瞥了她一眼,语气淡下来说:"你走。"

"我不走!明明是你让我来的,现在又无缘无故让我走,请神容易送神难,你有本事就站起来,把我给撵出去。"她开始耍赖。

第四章　怦然心动

这一回倒是突然让厉择良没辙，他有些乏力地说："你出去吧，我不喜欢别人看见我这样，一会儿我会叫季英松来。"

"这就奇怪了，难道季英松就不是别人？"

"他……不一样。"厉择良有些语塞。

"是是是！在你眼中，他自然和我们这些人不一样。"她笑了，因为突然想到小林曾经以为季英松拒绝她的原因是厉择良。

写意走近去搀他，这次厉择良没有粗暴地掀开她，但是写意在碰到他肩膀的时候，还是能感觉到他的身体因为下意识地抗拒而显得有些僵硬。

他轻轻推开她的手，说："我自己能站起来。"

"我就不明白，明明就有人在旁边可以帮忙，干吗要自讨苦吃？"

"我真的可以。"

说完，厉择良双手反撑住后面的床沿，然后缓缓地又在左脚用力，将身体撑起来，带动无法动弹的右脚，一点一点地提高、移动。

写意看到他的脸虽然惨白，却还透出一种难以侵犯的坚定，这让她回忆起他每日清晨独自偷偷地在公司爬楼梯的情景。

蓦然之间，她觉得在他那不为人知的伤痛下面掩藏的那颗心，是如此的坚硬和骄傲。写意在旁边，深吸了一口气，强忍住几乎要溢出来的眼泪。

不知道过了多久，他果真凭一己之力坐到了床上，长长舒了口气。他本来是个不易流汗的人，此刻衣服都已经湿透。

"我看看伤。"写意想蹲下去，想挽他的裤脚。

厉择良却再次避开，而让写意去替他拿药借以转移她的注意力。等写意找到药瓶，倒好水进来，厉择良已经在腿上盖好毯子靠在床上。

"替我打个电话给季英松。"

"我打了，他可能马上就到。"

"我吃了药，大概会睡一会儿。"

"好的。"写意点点头。

不知道那药有没有作用，能不能镇痛，只见厉择良抿住嘴，似乎说话都很费力，她想去拧条毛巾替他擦擦脸上的汗，转身的时候被厉择良拉住。

他忽然问:"疼不疼?"

写意愣了下,开始还没明白过来,接着才想起自己的额头,摇头说:"不疼。"

待写意拧好毛巾回来,厉择良已经睡着了。熟睡的他,手指依然紧拽着身上的毯子。她知道,他不愿意别人碰那条腿。

写意站在床前看他,一直以来他给她的印象是从来没有服过输。无论是在事业上还是其他方面,似乎没有人能挫败他,他甚至已经强悍得让人忽略了他的残疾。

他的骄傲,有时候却会在无意之间同时刺伤别人和自己。

她怕弄醒他,没敢替他擦脸,而是静静地关了灯退出去。

当季英松赶到,看到厉择良居然那么安静又听话地睡了,很意外地问写意:"你怎么做到的?"

"耍赖。"写意说。

2

随后到的是厉择良的医生。

"小季,我都跟你说过,绝对不要让他再受伤。"那位姓何的女医生有些埋怨,说着就掀开毯子,准备拿剪刀铰开厉择良右腿的裤管。

季英松突然用身体挡住写意的视线:"沈小姐,你回避一下。"

"我就看看。"

"厉先生不会同意的。"

"等他醒了我跟他解释。"

"可是……"

"我说你这人怎么这么固执?他现在又不……"还有"知道"两个字写意张了嘴却没有说出来,因为她已经看到了那一幕。

她一直以为他只是有一条腿有一点儿瘸。

第四章 怦然心动

她一直以为他身上并没有什么大不了的残缺。

她一直以为他不爱别人碰他的腿，只是因为有狰狞的伤痕。

直到看到医生剪开他的裤脚，然后从小腿上卸下假肢，她整个人一愣。她居然从来就没有发现那条腿是假肢，那膝盖以下的小腿被生生截断了，只有一半。

她发誓她以前真的不知道他的腿伤有那么严重，如果知道……如果知道……写意捂住嘴，骤然而至的酸楚涨在胸口，愈演愈烈，泪水夺眶而出。

而此刻，截断的部分和假肢的残断面，原本有缠着白色纱布的伤口如今又渗出血渍。

何医生一边让护士帮忙解纱布一边说："上次受伤的时候，我就让你们劝他这段时间暂时不要戴假肢，为什么不听？今天又是怎么弄成这样的？"

何医生瞥了季英松和写意一眼。

他俩都不知如何回答。

过了会儿，何医生将他的腿包扎好，脱掉手套："幸亏你们让他吃了药睡下去了，不然要等我来还不知道疼成什么样。"又说，"如果他还是坚持住这里的话，我的建议是不能让他一个人待了。你们……你们真的应该好好照顾他。"

"可是他腿上的伤口为什么会引起那么大的疼痛？"写意问。

何医生说："这个小季知道，他长期都有很严重的幻肢痛。"见到写意脸上的迷惑，她解释说，"这是截肢后经常出现的疼痛，因人而异，有人是刺痛有人是灼热感。一般人在适应假肢后就消失了，但是他的疼痛一直都存在，而且厉先生在身体特质方面有超越普通人的敏感痛觉，两种因素重叠起来给予他的煎熬，完全是我们正常人无法想象的。"

这个写意倒听说过，确实有的人对疼痛的感觉超越一般人很多倍。

写意朝床上睡着的厉择良看了一眼，心揪成了一团，懊恼得要死，她刚才居然那样凶狠地踢伤了他。

何医生在准备离开,收拾器具的时候,问:"这位小姐的额头要不要处理一下?"

写意摸了摸额头,有些不好意思地摆手:"不用,不用。"她这人从小比较大条,和厉择良刚好相反,最不怕疼。

接着她又想起什么,来了句画蛇添足的解释:"是我自己不小心撞到的。"她总不能让别人知道是被床上那个男人打的吧,不然多丢脸。但是解释完自己又觉得好笑,真是此地无银三百两。

听了写意的话,何医生没有坚持,毕竟她的病人是厉择良,于是收拾了东西就和随行的护士一起离开,走的时候说:"他要过几个小时才会醒,但是假肢暂时不能用,明天我再来,要是他再固执的话就送到医院去。"

写意和季英松齐刷刷地点头。

趁着药效没过,季英松叫人将厉择良移回了老宅。写意自然没去,见到载着厉择良的车子远远消失在视线中以后,她才在心中默默地念出三个字:对不起。

她抬头看到天已经灰蒙蒙地发白,环卫工人已经开始上班,洒水车响着清爽的音乐在城市的街道上游走,不知不觉间所有人已经折腾了一宿。

写意洗过澡后一头倒下便睡。

睡梦中,模模糊糊地在她脑中涌现出许多残断的影像。特别是她后来独自回到卧室去看厉择良,取掉假肢的那条腿下面的毯子,明显地塌陷下去,空空如也。这个画面在她脑子里反复地闪现,梦中的她有点儿不敢正视那个地方,她垂下头去。

她忽然不知道该怎么办了。

写意一觉睡到下午,被电话吵醒。

"写意,是我,杨望杰。"

"你好。"她迷糊地揉了揉眼睛。

"这么早就睡觉了?"

第四章　怦然心动

"没，我昨晚熬了夜，还没起呢。"写意说。

"哦，还说请你吃饭。"

"怎么？有好事？"

"我这里有一个你的学妹，想和你叙旧。"

"学妹？"写意起床拉窗帘。夕阳的余晖照在对面楼房的墙上，有些晃眼。

"你念的 M 大吧？"

"嗯……"写意定住了在卧室里来回走动的脚步。

"尹笑眉认识吗？是你在话剧社的师妹。"

写意一怔。

杨望杰许久没听到电话那头的回音："写意？"

"我在。"

"你忘了？"他问，"难道是笑眉记错了？"

"我……"写意有些尴尬。

"你念的 M 大？"

"是的。"

"参加过学校的话剧社没有？"

"大概……没有。"写意脑子里飞快地闪过一些说辞，但是到最后只好否认。

"大概没有？"杨望杰有些奇怪她的回答，没有就没有，何来什么"大概"？

挂了电话以后，尹笑眉问："怎么了？"

"她好像不认识你，也没参加过话剧社。"

"不可能。"尹笑眉拧着眉毛回楼上去拿东西，过了一会儿翻了好几本相册出来。

她埋头找了找，翻到一页指给杨望杰看。

相片是谢幕后所有的演员在后场照的，尹笑眉站在前排，而离她不远处，中间那个留着过肩直发、个子有些高、弯起嘴笑得很灿烂的女孩儿，清清楚楚就是写意本人。

3

两人狐疑地对望一眼。

"为什么？"尹笑眉问。

"什么为什么？"

"为什么她说没有？"

"也许记性不好。"

"记性不好？难道一个人会不记得自己在学校的时候究竟参加的是篮球队还是乒乓球队？难道一个学过演话剧会以为自己学的是钢琴？"

尹笑眉说得有点儿不合逻辑，但是也不无道理。

"可是，你不是说你后来没念完四年就留学去了吗？也许后来沈小姐……"

"那么我问问我同学。"尹笑眉说。

"算了，笑眉，也许人家有什么往事不愿意再提，也不喜欢你这么刨根问底的。"

尹笑眉有些赌气："可我就是好奇，我就喜欢八卦人家的隐私，怎么着？"

略顿了顿，她又说："而且为什么她不愿意别人提？为什么她要故意说不认识我？难道你就不好奇？"

她这人好奇心非常强，认准了的事情不搞清楚绝对不会罢休，她二话不说，就给外地的朋友打了电话。

"是啊，沈写意嘛，我们政法系的，比我们高一届，我记得她。"那位女同学说，"蛮好相处的一个人，在话剧社待了很久啊。"

听到这里，尹笑眉向杨望杰一扬眉，摆着一副我没有骗你的样子。

"我们一起排的那个剧……"尹笑眉回忆。

"《萨勒姆女巫》，好难的剧目，后来大家居然成功了。"同学接嘴说。

第四章　怦然心动

"对对，我演的那个牧师的女儿。"

"是啊，没排完你就跑到美国去了。"

"嘿嘿。"尹笑眉不好意思地笑。

"后来还害得我们到处找人救场。"女同学埋怨道。

"不好意思啦，下次你来 A 城我请你吃饭，陪你玩。说起来，我们也好久没见了。"尹笑眉的毛病，说着说着又跑题了，对方也跟着跑题。

"嗯，后来大家都很想念你来着，你和隔壁班的男生……"

"嘘！"尹笑眉急忙喊停，然后瞅了瞅杨望杰，这才想起来问正事。

"那个沈写意，她一直都在话剧社吗？"

"没有，最后两年她去外国留学了。"

"真的？"尹笑眉问。

"就是你走了以后，她也去国外了。"

"去哪里了？"尹笑眉追问。

"好像是德国吧，其他就不清楚了。"

线索似乎咔嚓一下，就在这里断开。

尹笑眉挂了电话，有些失望，她本来以为会找出什么惊天动地的内幕。

"那我们再问问别的人？"她询问杨望杰的意见。

"人家的事情管这么多做什么？"连他都觉得尹笑眉有些多事了。

"谁让你……"尹笑眉看见他似乎是有些责备她，她顿了顿，噘着嘴委屈地说，"谁让你……以前喜欢她。"

听了尹笑眉最后一句话，杨望杰一哂，他不知道她原来是这个心思。连这小姑娘也看出来了，他以前喜欢过沈写意。

"既然你都说是以前了，还提它干吗呢？"他说。

尹笑眉欣喜地点头。

可是，她却没有发现杨望杰在离开她家以后，思绪飘到了别处。

"为什么她要故意说不认识我？难道你就不好奇？"就是这句刚才尹

笑眉质问他的话，在他脑海中盘旋着，当时他没有回答，但他确实也想知道答案。

这个时候，写意已经起床正在为饥肠辘辘的自己做饭。她饿了一天，狼吞虎咽地吃了一碗面。接着，她去洗手间洗脸，看到镜子里的自己怔了怔，额头有些红肿了。

这个男人脾气真是大，她嘴里嘀咕。接着一扭脖子，发现被他按倒撞到墙上的后脑勺儿也疼，估计一前一后肿了两个包。

她回想起厉择良摔东西时的神情，活像一个受气的小媳妇儿。若是这个想法被他听见，还不知道他又会气成什么样。

写意电话响了，回客厅去接，居然是小林。

"写意，你怎么没来上班？"

写意想了想，只好说："我通宵没睡，就睡过头了。"

"你不会是去喝酒了吧？"小林问。

"不是，我喝了酒要耍酒疯的。"写意笑。

"还好，上次没有耍酒疯，就是让厉先生……"小林说到一半，顿时自觉失言，立刻打住。

"我喝酒他怎么了？"写意疑惑地问。

"没什么。"小林掩饰。

"不可能，一定有什么。"写意再次追问。

其实，小林一直很想告诉写意的，但是又鉴于厉择良的脾气才忍住没说。但是她刚从厉宅回来，看到卸了假肢坐在床上处理公务的厉择良，终于有些忍不住了。于是小林将那天厉择良将写意抱上楼的事情一五一十地告诉了她。

写意听着电话，十指渐渐收紧。

只有小林和季英松知道厉择良和写意签合约的事情，小林说："写意，你不要生气，我想可能就是你对东正的那些举动激怒了厉先生，他才有些冲动。其实，我跟了他那么久，还是能看出来一些的，厉先生他确实对你

第四章 怦然心动

很不一样。"

写意挂掉电话,一个人打开电视,将频道翻来覆去地换了很多圈以后,再想到他那被截去的半截腿,心中涌出一种莫名的情绪。

她又拿起手机,想了很久才输入了一行短信:"厉先生,你伤势如何?"输入以后觉得别扭而且假惺惺,就像自己以胜利者的身份来询问对方战后的伤亡情况,她摇摇头便删了。

她想了想又输入:"我们的合约怎么办?"自己端详了一下,觉得这句更糟糕,恍然一看还让人误会她急迫地想将自己卖出去,仔细再看又像是去讨债的,怕他赖账一样。

她摇了摇头又删了。

第三句,让她琢磨了半天:"我今天没有去上班也忘了请假,你会不会扣我工资?"这一次,她也彻底被自己打倒了,她才发现自己骨子里压根儿就是一个斤斤计较的小市民。

删了删了。

最后她鼓起勇气,小心翼翼地输入:"你好些没有?腿还疼不疼?"

在键盘上输到那"疼不疼"三个字的时候,写意身体里倏地一下有一股暖流,从心脏一直涌到四肢。昨天,他轻轻地拉住她的手,也问过她"疼不疼",说话时的那副神色是在他脸上从未见过的表情,好像带着点儿温柔,又有些懊恼。

她下定决心选了这条,刚准备按发送键,自己却傻眼了——她手机里并没有厉择良的手机号码。

她在脑子里搜寻各种线索。终于,她回忆起好像有个厉氏高层的通讯录。她翻开通勤包,迅速地找到厉择良的手机号码。接着,她将短信里的话来回看了几次,确信没有错别字而且标点正确才战战兢兢地发送过去。

一秒、两秒……

一分钟、两分钟、三分钟……

十多分钟过去了,手机仍然没有回音。

又过了许久,就在写意将要放弃,准备关电视睡觉的时候,手机却突然响了,她急忙打开一看。

"嗯"。

他冷冰冰地只回了一个字。

写意欲哭无泪。她好歹问了两个问题吧,要是简短地回答也应该有两个标点。这人只回一个"嗯",那究竟是说自己的伤好了呢,还是说自己的腿还疼?

4

可惜,写意不知道厉择良是在什么情况下接到这个信息的。她在通讯录上找到的并不是厉择良的私人号码,是专门用于应付公事的,所以这个号码的电话有时候并不在厉择良的手上,而在秘书小林那里。她刚好向没去公司的厉择良汇报完了工作,正在往公司走,从医院出来走到半途,给写意拨了电话,才过了十分钟就突然收到这个信息。

小林第一时间看到还不知道发信息的人是谁,只觉得号码有些眼熟,后来才想起来就是写意。于是小林立刻给厉择良打了电话。

厉择良在电话那头沉默了稍许,说:"你把手机拿过来吧。"

小林说:"好。"

不过,她已经念了一遍给他听,他却还是要亲眼看一次,难道还怕自己骗他不成?况且她跟在厉择良身边许久,还未曾见过老板和什么人发过信息。

她一直认为和恋人发短信是种情趣,但是,他就是缺乏那个情趣。在厉择良眼中从来都是完全忽视手机的短信功能,小林知道,她的老板最烦这个,所以她能感觉到他是很在乎沈写意的。看来,她刚才告诉写意那件事情,是做了件好事。

待小林十分钟后出现在厉择良的病床前,厉择良接过电话淡淡地笑道:"麻烦你跑了一趟。"接着他打开手机粗略看了一眼就放在一边说,"没事了，你先回去吧。"

小林立刻心领神会，识时务地迅速消失。正在消失过程中的小林心里疑惑，难道老板对短信真是突然有了兴趣？

待人都离开以后，厉择良再拿起手机看。

"你好些没有？腿还疼不疼？"

短短的两句话，他的眼睛盯着盯着就不禁泛起了笑意。

蓦然之间，他有些想见她。

可是，当厉择良想从床上起来时，侧眼看到那一边被迫卸下来的假肢，面色一凉，人也闷了下去。依他素日的个性，并非是一个不爱说话的人，但是此刻却不知如何回复她。

"嗯"的意思，大概是疼吧。

过了会儿，写意心平气和地给厉择良打了个电话过去。

看来那边也够心平气和的，电话礼貌地响了三下，接得也是不紧不慢，厉择良在那头对着话筒却没有主动开口。

沉默了须臾，写意便先道："厉先生，我是沈写意。"

"嗯。"他缓缓地吐出这个字，和信息里一模一样，活脱脱就是写意想象中的那个语气，淡然到有些倨傲。

"我想问问你伤势好一些没有。"她说得很有礼貌。

"还好。"他大概察觉了她的异样，回答得也特别客气。

"要不要我过去看看你？"

"不用，有事情我会让季英松去接你。"

她说两句，他就堵了她两句，也不知是他有意还是无意，让一番对话差点儿进行不下去，毫无疑问，厉择良并不想让写意知道他在医院。

他好像也觉得自己说话有些过分，又道："我不常用这个号码，你以后联系另一个吧。"

写意一边听一边找笔记下。

"好的。"写意说。

挂了电话以后，厉择良拿过床边的手杖撑着身体站起来，几步迈到窗边。他一遇到心情不佳的时候就爱看亮闪闪的东西，可惜这几天天气阴沉得厉害，夜空中没有星星，医院地处郊区地势也不高，看不到什么灯光，所以窗外漆黑一片。

那一夜他睡觉没有熄灯。

写意再见到厉择良，已经是一个星期以后的事情。她和平常一样早到公司，坐在厉氏楼下的绿化带呼吸清晨的空气，突然接到医院的电话。

"沈小姐，我是洪医生。"

"啊，洪医生，我下周会准时复诊的。"

洪医生笑了："抱歉，我下周要出差，你的复诊时间要更改一下，你最近什么时候有空，我们重新约个时间。"

"哦，我今天下午就有空。"

"嗯，正好我下午病人少，几点？"

"四点吧，行吗？"

"行。"

此刻，她正好远远瞧见厉择良独自下车，迈向大厅。走路的样子一如平时，没有什么改变，她的心微微宽了一些。

下午，写意在医院，躺着对洪医生说："我最近时常梦见以前的事情。"

"以前？"洪医生问。

"很小的时候，大概十岁之前。"

"梦见些什么了？"洪医生起身为她倒水。

"梦见父母还在世……"她絮絮叨叨说了许久。

医生洪卿除了在旁边偶尔接一两句话外，就由着她这么说下去。

后来她蓦然又问："洪医生，你结婚了吗？"

洪医生笑着回答："已婚，而且我的女儿正在上幼儿园。怎么，遇到了爱情难题？"

写意听到这句话也笑了。

当她从诊室出来，正好遇见了杨望杰。

第四章　怦然心动

其实，杨望杰老远便见她从洪卿的诊室出来，见她一副若有所思的样子，喊了一声却没听见。

"写意。"他走去拍了拍她。

"啊，好巧。"写意回过神。

"你干吗呢？"

"看病。"

听到这两个字，杨望杰朝洪卿的诊室望了望。他也是来找洪卿的，不过并非看病而是私事。说来也巧，洪卿正好是他大学的师姐，杨望杰和他们夫妻颇有交情。

见写意有些心事，杨望杰也点点头就让她走了。

写意下午翘了班去医院，还有些事情没做完，就随便吃了点儿东西垫下肚子，再回公司加班。一口气工作到八点多，从办公室出来准备回家。

她下楼时迟疑了一下，按了厉择良工作的那一层。

他的那一层，有些人还没走，连小林也在忙里忙外，估计是因为厉择良多日没来公司，很多事情都堆在了一起在等他来处理。

她拨了他上次给的号码。

"我是沈写意。"

"有事？"他的声音听起来倦倦的，似乎是有些累。

写意没有说话，没好气地想：这人明知故问，他们之间还能有什么事情？无非就是那个什么。

厉择良感觉她有话要说，就停下了手中的工作，走到窗边。

"沈小姐？"他见她久久沉默，便又问了一下。

"我……"她鼓足了勇气，决定跨出历史性的第一步，可惜话还没说出来，脸颊就红得像只煮熟的虾，她生平还没有开过这么难开的口。

"我们……"她又挣扎了一下，还是没说下去。

即使说成这样，厉择良也已经明白了。他的双眸蓦然一凛，心里居然是百般滋味，酸苦难辨。

"你在哪儿？"他突然问。

"公司啊。"

"这样吧,"厉择良沉吟稍许,说,"我打电话让季英松送你,我还有一会儿才完事,你先回去等我。"

听见这句话,写意心中咯噔一下,回去等他?写意对着电话愣怔稍许后,又略带嘲弄地笑了,自己不就是这个意思吗?

她上了季英松的车,车子朝郊外开去,似乎是到了厉家的老宅子。写意一进屋,老谭就迎过来,说:"沈小姐,少爷说请你先到客房休息,我们已经收拾好了。"

显然,厉择良先前来过电话吩咐了他们。

客房?还好不是他的卧室。

他们似乎知道写意的拘谨,见她没去客房而是待在客厅就没过多打搅她,备了点儿小吃放在旁边,便各自忙活去了。

老宅子里人不多,似乎没有其他厉家人住在这里。她只听说过,厉家二老都去了澳洲享受晚年生活。另外,厉择良还有个堂妹叫厉飞雪,如今也在国外留学。

她也不习惯一个人待在这么亮堂堂的地方,久了就坐着别扭,便踱到了客厅外面的花园里。刚离开有空调的房间时还感到有些闷,但是适应之后却觉得夏夜里的花园清风徐徐的,十分凉爽宜人。灿烂的夜空下,时不时地能听见蛐蛐儿叫,鼻间还有夏草的芬芳。

花园里面亮着灯,有一个平地的池子,池子里面养了许多锦鲤。写意蹲在那里看,锦鲤倒也不怕人,一群群地绕着池子游。

忽然,倏地一下,花丛里窜了个东西出来,着实吓了她一跳,定睛一看居然是只白色的小猫。

那只小猫径自跑到鱼池边,盯着里面的小鲤鱼,双目炯炯。接着,它居然抬起一只前爪对着鱼群跃跃欲试。它全身雪白,四只爪子上有一圈黑色的毛,还有右边的耳朵也是黑色的。写意见它着实可爱,忍不住伸手去摸它的头。

第四章 怦然心动

"别摸！"有人突然在身后说话想要阻止她。

可是已经迟了，她还没摸到小猫，那小东西便像触电一样翻爪抓到了她的右手手背，接着飞速地窜到说话人的脚边。

写意转身抬头一看，是厉择良。她起身时，悄悄地将右手背在身后。

小猫有些撒娇地蹭了蹭厉择良的裤脚，他刚俯下身去，小猫就一跃到了他的怀中，温顺得要命。

写意握了握吃痛的右手，不禁在心里嘀咕，真是猫仗人势，什么样的人养什么样的猫，凶神恶煞地见一个人换一次脸。

5

"怎么跑到外面来了？"

他的问题没有带主语，写意拿不准是在问她，还是在问那只恶猫，一时之间不知道该不该回答，直到厉择良扬起声调朝她"嗯"了一下。

"我待得有点儿闷，就出来看看。"

"那回屋去吧。"他一边说，一边放下小猫腾出手解衬衣的袖口，走回屋子。那只小猫也跟在厉择良身后，进了屋。

写意在后面看着他的脚，假肢又装上去了，不知是真的这么快就恢复了还是他在强忍着。不过，若是他真站着不动，几乎看不出来那个假肢和正常的腿有什么不同。

厉择良进门时回头看了她一眼，写意立刻埋下头去。这样在背后看人家，实在算不上什么有礼貌。

"客房收拾好了吗？"厉择良问。

"收拾好了，是楼上那间。"老谭说。

"嗯，沈小姐要多住几天，看看还缺什么，明天再帮她拿下行李。"

写意听见这句，咬住唇，没有反驳。

厉择良在沙发上坐下后，示意写意也坐下，那只小猫也在厉择良的脚边睡下。

老谭上了茶,识趣地退出去,客厅里只剩他俩。茶壶里沏的是铁观音,一阵茶香从壶嘴里飘出来。

厉择良替她倒了一杯。

写意原本是想说"我晚上不喝茶"的,可惜又觉得这样会显得自己有些矫情,便谢过后喝了一口。她不爱喝茶,对其没有研究所以也品不出味道。

厉择良喝过茶,用手指关节拂了下眉角,那个样子似乎是累极了。

他习惯性地掏火点烟,可是又想到什么,便作罢,将烟盒放在了茶几上。

"难道你也是怕我反悔?"他说,"我一直是个说一不二的人,既然答应了你就绝对做得到。"显然,他指的是她主动送上门这件事。

刹那之间,写意顿觉尴尬,脸上的绯红一下子蹿到耳根。她本来已经说服了自己,但是让厉择良这么突然说出口,仍旧觉得心气难平。

她握住拳头,按她以往的个性肯定是扭头就走,不但扭头就走,还要冷嘲热讽地回敬他两句,让他讨不到半点儿便宜不说,能气个半死才好。

可是,现下的写意脚跟定在原地,脸色是红了又白,终究是忍住了:她是下定了决心要好好和他相处的。

"看来厉先生是以羞辱我为乐。"写意淡淡地说道,这一句服软的话被她说出来仍旧很扎人。

厉择良倒也没生气。

"这倒不是,我只是对沈小姐态度的巨大转变有些……"他顿了顿,在脑中找了找恰当的词语,"有些欣喜。"

可惜,这种词说出来嘲讽的味道更加浓厚。

写意看着眼前这个男人那副皮笑肉不笑的表情,心想,还不如他生气时顺眼。

"好了,时间不早了,你去休息吧,上楼第二间是你的房间。"说着他自己也准备回房间。

写意呼吸一滞,他的意思是说今天就到此为止。

第四章 怦然心动

突然,厉择良又折了回来说:"把手给我看看。"

写意一怔,她以为他并没有发现。

"没事。"

"我看看。"

写意被迫将那只手伸了出来。他将她的手摊在掌中,细细端详,幸好伤口不深,稍微破了点儿皮,他去取了药箱居然要为她上药。

写意有些意外。

他准备抹碘酒的时候说:"疼就出声。"

"不疼。"

"像猫这种动物,性情阴晴不定的,你不该乱碰。"

"人还不是一样。"写意说。

"说谁呢?"

"没说你。"

"那你说的是谁?"

"说我自己。"

这总成吧。

"嗯,"他点点头,"深有同感。"

居然被他倒打了一耙。

"难得我俩第一次达成共识。"他说。

这时,小猫很恰当地在此刻爬起来,躬起背叫了一声,也不知是不是在迎合它那个英俊的主人的观点。

写意看了那只小猫一眼,说:"是啊,你俩居然都能达成共识,不容易。"

"……"

"……"

过了一会儿,厉择良小心翼翼地给她擦了碘酒,擦完以后居然还像个孩子似的朝伤口处吹了吹气。

"明天一定抽空去打疫苗。"

"嗯。"写意点头了点头,随后准备将手缩回去。但是,他没有放手,手指还微微使劲儿将她的手锁在掌中。被他压到伤口,写意眯了眯眼,有些疼。

"我还以为你挺能忍的呢,刚才背着手藏了半天也不叫疼。"厉择良眼中戏谑的看着她说。他好像一改最近的暴戾,恢复了他从前待她的那种个性。

"再能忍我也不是木头人,我是有感觉的。"她吃痛地蹙起眉。

"我看也差不多。"

"啊?"写意没听清他说的话,因为她突然嗅到了一阵奇怪的香味。

她掉头一看,好像是小猫出去时将门蹭开了一个缝隙,才使得香气窜进来的。

"什么味道?"她不禁问。

"夜来香。"

"夜来香?"她一直对这类植物比较好奇。小时候家里给她买过含羞草,她一直想不通为什么它要害羞。于是就摸了一下,含羞草合上叶子,过一会儿等它舒展开又摸一下。她高兴极了,可惜不到两天就把那株含羞草折磨死了,活脱脱一个破坏大王。

为什么夜来香要在夜里才开呢?

"我能看看吗?"她刚才在花园居然没有闻到。

"有什么可看的,不就几朵花,闻久了会头晕。"他十分没有情趣地说。

既然主人家都这么说了,写意只好讪讪地回客房。客房的浴室里,居然还准备了换洗的衣服和睡衣。

她打量了一下,睡衣是新的,但那套女装是旧衣服,不过洗得很干净。一条鹅黄色的连衣裙,尺码和她身材差不多,写意猜测大概是厉家那位小姐的东西。有的换,总比明天还穿这一身好。

她洗了澡,呈"大"字形扑到床上。谢天谢地的是,厉择良让她住到这里。若是回到上次那间公寓还不知要如何和他相处,那里仅有一间卧室,那究竟是她睡还是他睡,还是一起睡?

一切都比她想象中的要好,至少今天熬过去了。

6

不知过了多久,她一个人躺在这栋别墅的二楼客房里,眼睛依然睁得大大的。她睡不着。

大概是刚才喝了茶的缘故,她躺在床上脑子里将一群又一群的羊数了个遍,也没有睡意。一开始她研究了一下自己究竟要不要将这间房间的门反锁,因为她清清楚楚地看到厉择良的卧室就在隔壁。转念想想又作罢,他要真有那个意思完全可以正大光明地进来,倒不必偷偷摸摸。

然后她开始研究床正上方的那个水晶灯究竟有多少颗,可惜数来数去数目总是不一样,于是又无聊地再想点儿别的。

她看了下窗外,这家人的爱好很奇怪,大半夜了还将花园里的灯都打开了,晃得她更加睡不着。她起身去拉窗帘,突然灵光一现,轻手轻脚地开门下了楼,一进花园就闻到了那股香味。她不认识夜来香,却仅凭着嗅觉就在鱼池旁边发现了花在哪里。

白色的小花,花茎又带了点儿淡青色,开成一团一团的,晃眼一看好像小花球,看起来平平常常还不如含羞草那么有趣。她有些不甘心地准备蹲下去深深地吸口气,却见旁边有一对幽绿的猫眼出现在夜来香的下面。

她探下头去,看到是那只猫。

它侧着脑袋盯住写意。

"这么晚了,你还不睡在做什么?"她问它。

这只猫是厉择良的小跟班儿,但是主人都睡了,它还不睡。

上次吃过亏,她不会再被它温顺的外表欺骗而伸手去摸。

"那你不睡要做什么?"

这个声音突然响起,吓得写意一下子蹦起来想要尖叫,而就在她张开嘴,嗓子刚爆出声音的那一刹那,却被人从后捂住了嘴,将尖叫声绝大部分遏制在了喉咙里。

"嘘!"身后的人说,"你想给人家来个午夜惊魂吗?"

写意这才听清楚身后的人是厉择良。

他放开她的嘴。

"你吓死我了。"这人害得她的心脏正在狂跳,如果此刻她能转过身来,定要狠狠剜他一眼。

"彼此彼此。"

"睡不着,我就出来散散步。"写意解释道。

"哦,"他调侃她说,"那我就是以为家里进贼了,出来捉贼的。"

老谭听到花园里的响动,开灯走出来,刚好听到厉择良的后面一句。

"少爷,捉什么……"那个"贼"字没说出口,就被咽了下去,他转身就退进了屋里。

见过捉贼的,却没见过这么捉贼的。

此刻的厉择良正从后拥住写意,她的背面紧紧贴在厉择良的身上,老人家看见这么一个暧昧不明的姿势,自然是识趣地退开,哪还提什么捉贼不捉贼的。

虽说不是光天化日但也是孤男寡女,写意立刻朝前跨一步拉开距离,然后迅速转身面对他,为掩饰尴尬还干咳了一下。

"那我回房间了。"

"你不是睡不着吗?"

"我回房间看电视。"

"你房间没有电视。"

"……"

她一遇见他,似乎智商就要减半。

他走到鱼池旁边的长椅上坐下,说:"既然睡不着,不如相互解解闷,一起坐坐。"

　　这句话听起来应该是个问句,可惜他是用一个陈述语气说出来的,可见并非询问意见,而是由不得她不坐。若是在平时,能坐在厉择良的身边不知是多少女性拼得头破血流也要争得的荣幸。

　　既然这样,她就索性大方地坐在旁边。

　　清新的夜风微微拂面,将她的发丝吹乱了些,可是拂过皮肤时又有一种别样的安逸。她在月影中看见他英俊的侧面,他的上唇薄一些,而下唇朝下巴的角度稍稍有一点儿卷,当他将之微微一抿的时刻就够倾国倾城了。

　　咳——写意收住心神,当然成语不能乱用,那是形容女人的。

　　"想什么呢?"他问。

　　"我在想下辈子你……"

　　她突然顿住发觉自己居然一不小心说漏了嘴,于是不敢再往下讲,总不能告诉他,我在想要是你下辈子做个女人会不会沉鱼落雁吧?那他肯定会当场冲她发脾气的。

　　"下辈子怎么?"他似乎瞧出端倪,追问。

　　"我在想我下辈子要投胎做个非常优秀的男人。"

　　"嗯?"

　　"然后一定要娶一个像我这么可爱的老婆。"她的黑眼珠子一转,好歹把这句话给圆回来了。

　　他闻言微微一笑。

　　"你以前一直都是这么有意思?"

　　他说着,抬手抚摩她额头上被夜风吹起冒出头的发梢,辗转又移动到她的下巴上。

　　手轻轻一抬,他便使得写意仰起头来,接着,写意看到他那刚才被她仔细打量过的唇落了下来。

　　两人不是第一次接吻,但是这次和上次那个屈辱、强迫的吻全然不同。

　　他吻得极浅,好像生怕一用力就碰碎了这虚幻的梦一般,此刻的他就像在浅浅地品尝着某件人间珍品。写意的手依旧有些抗拒地抵在他的胸前，隔开两人身体的接触想要推开他，但是上次的意外遭遇让她不敢再使蛮劲儿对付他。

趁她犹豫之际，他慢慢探入她的齿间，缓缓用力。如此柔软的双唇让她开始找不到自己呼吸的节奏，急迫地想要从他的缠绵中摆脱出来。

可是，他却是那么的贪恋。

他带着某种忘我的贪恋在吻她，唇齿相依，流连忘返。

风中含着夜来香和夏草的香味，不过她再没有多余的精力去辨认。

他腾出手将那只想要推开他的拳头移开，然后揽住她的腰，让她更加地贴近他，但他们原本是并坐，位置有些不舒服。

男人似乎对此不太满意，身体微微一俯，就将她半压在长椅上，随即紧紧地将这副柔软的身体拥在怀中。他继续与她的舌头纠缠下去，辗转吸吮，夺走了她仅存的清醒。

就在她以为自己要融化其中，快要缺氧的时候，他才依依不舍地离开她的唇，然后又使劲儿地将她深揽入怀，蹙着眉闭上双眼，用一种近似魔咒一般的低沉嗓音喃喃地、一遍又一遍地缓缓念叨：“写意，写意，写意……”

写意不知为何，似乎被他的这种情绪感染了一般，听话地没有再推开他，而是乖乖地答道："我在这里。"

"写意。"他又轻轻唤了一声，那是一种能让人沉醉入魔的温柔嗓音。

写意心中就像被什么东西填得满满的，伸手缓缓搂住他的腰，重复了一遍："我在这里。"

"不，你不在。"他说。

第五章

感情升温

我不要你哭，即使你永远没心没肺跟我作对，我也不要你哭。

1

杨望杰一大早在自己的办公室里犹豫一件事，他究竟要不要给尹笑眉打电话。

他昨天追问了洪卿许久，洪卿都以为病人保密为由拒绝了他，可是她越是这样说，杨望杰越觉得写意的病有些蹊跷。

"为什么你一定要知道？"洪卿问。

"我想知道。"

"这不是个必要的理由，等你找到一个能充分说服我的理由再说吧，小杨。"

"卿姐。"杨望杰哀求道。

"不行，这是职业道德问题。"

问题被上升到了这个高度，杨望杰只好作罢："那……就算了。"

"小杨，你有些不对劲啊？"洪卿说。

"没有。"

"你和写意有什么特别的关系?"

"怎么可能。"杨望杰无奈地笑了笑。

听他的语气酸涩,洪卿明白了。

"你喜欢人家沈小姐?"

"过去,大概有点儿。"杨望杰想含糊地掩盖过去。

"那你就让一切过去吧,小杨,"洪卿说,"写意是个不错的姑娘,可惜不适合你。"

看她说话认真的样子,杨望杰反倒笑了:"卿姐,你的职业病啊,专门开导人。"

他这么一说,更使洪卿觉得沈写意在杨望杰心中的地位非同一般。她这个好朋友以前倒是很少和女孩儿有纠葛,生活中难得有什么感情戏,害得一帮朋友挺替他着急的。

只是听说他最近和尹家的大小姐走得很近,倒不知道他和她的病人沈写意又扯出什么关系。如今看来,要是不告诉他,他心里也会一直惦记。她思忖着掂量了一下,下了个决心,索性就做一回不负责任的医生。

"其实她也不是什么大病,说严重也严重,说不严重也不严重。"她说。

"啊?"杨望杰听得糊涂。

"她有失忆症。"

"失忆症?"

"心因性失忆症。"洪卿补充。

"不可能。"杨望杰睁大眼睛,"我不懂什么失忆症,但是写意不可能有失忆症,她平常和正常人一样,看不出来有什么问题。"

"心因性失忆症也有很多种,有的人会忘记一切包括自己在内,有人会记得某些人而忘了另一些人,有的人会记得前面忘记后面,有的人记得其他却恰恰会忘记最重要的事情,你真的肯定她所有事都记得?"

洪卿没有明确说,倒是反问了他一句。她猜测杨望杰肯定是心中原本

第五章 感情升温

就有疑惑才会一直追问她，不信他就没看出什么端倪。

"为什么会这样？"

"她是两年前转到我这里的，病历上据说是车祸后才出现症状的，但是也有其他可能。也许是家族遗传病，也许是巨大的打击后心理上产生的一种本能的自我保护，也许就是因为车祸对头部的剧烈碰撞所致。要知道人类最神秘的地方就是大脑，很多心理现象至今仍在探索阶段，没有定论。"

"可是……"

洪卿打断他："小杨，这是我能说的极限，足以满足你的好奇心，但是我不会再回答你的任何问题了。"

"我最后问一个，能治好吗？"

洪卿笑了笑，一言不发，不再回答他。

杨望杰从医院出来，路过市图书馆停好车走进去。既然洪卿不跟他解释，那他只好自己想办法。

他仔仔细细地在书架上找了关于心因性失忆症的资料书籍，借回家去研究了许久。在攻克那些艰涩的专业术语之时，他才深切地体会到洪卿跟他解释的那几句是多么通俗易懂。

他总结了一下洪卿说的心因性失忆症的症状，然后筛选出两个他觉得很符合写意的情况：一个是选择性失忆，指患者对某段时期发生的事情，选择性地记得一些，而遗忘了另一些。另一个是连续性失忆，意思是说患者忘记自某一年或者某一事件之前的往事。

杨望杰记得写意以前和他提过小时候的事情，那就不是将过去全部忘得一干二净，而是上面那两种之一。究竟是什么样的车祸才导致了这样的情况？而且那些被她丢失的记忆究竟是什么？

杨望杰为此思忖了一夜，竟然不知道自己应该找谁来说说，最后他决定给还没起床的尹笑眉打了个电话。

"怎么？"她从睡梦中揉了揉眼睛。

"你的日子可真舒服。"杨望杰感叹道。

"我就知道,你想我说是米虫。"

"米虫?什么米虫?"他对年轻女孩儿的流行术语没有什么研究。

"这么早什么事?"

"你上次说你可以找到人问问……"杨望杰说到这里,突然停住。

"怎么了?"

"没什么,算了。"

"你不要说话说一半好不好?很让人着急的。"

"你上次说你认识那位很好的钢琴老师要介绍给我外甥的。"

"哦,对,我一会儿联系下。"

她才被他给糊弄过去。

杨望杰歉疚地挂了电话,这样的事他怎么能傻乎乎地去问尹笑眉?他向洪卿追问那些写意不愿意在人前提起的事,就已经是对她的不尊重了。

更何况,这对尹笑眉也不公平。

同一个早晨,在厉氏的老宅里。厉择良吃饭时看了一眼饭厅里的挂钟:"谭叔,麻烦你去楼上叫下沈小姐,就说上班要迟到了。"

写意匆匆下楼已经是十分钟以后,她一边走还在一边整理头发。她很少穿连衣裙上班,有些不太习惯,不禁扯了扯裙摆,又理了理腰际的褶皱。

"糟了,这么晚了。"她有些着急了。

"沈小姐,先吃早饭吧。"老谭急忙帮她摆好筷子。

"谢谢,不吃了不吃了。"

"我都在这里,你着什么急?"厉择良说话了。

她一抬头看见坐在饭桌边的男人,脸上一阵红臊。

虽然昨晚到后来他什么也没做,俩人都各自回房休息,但仅仅是那一个吻,就足以让她意乱情迷了。在他身上有种奇特的男性魅力,在举手投足间隐约发散开,渗透进身边异性的心智中,蛊惑其心。

"我不习惯吃早饭的。"写意看到饭桌上的中式早餐,为难地蹙蹙眉。

他笑了笑,没立刻说什么,收起手里的杂志搁在一边,站了起来,悠闲地开口道:"那你从今天开始得改掉这个习惯。"

写意拿着筷子怔了怔,她昨夜曾经一度以为,可能今天再见到他的时候,他又要恢复成那个漠然的厉先生,这下看来似乎他们终于可以和平相处了。

可是,为什么昨天他要对她说一些那么奇怪的话?写意此刻想问,又碍于还有老谭等人在场不方便开口。

"我在外面车里等你,快点儿。"他说。

写意看了他一眼,一阵腹诽。这人就是一个资本家,白天都卖给他了,下班还要替他打工,二十四小时都要在他的眼皮底下活动。

写意喝了几口粥,慌忙地追出去,刚上车又叫:"我忘了带手机了。"随即推门去拿。

他看了她一眼,从牙缝里挤出来一句:"你最好快点儿,不然一会儿自己挤公交车去。"这个女人的很多坏毛病已经快要让他失去耐心了。

写意听见他的话,一边气喘吁吁地跑回去,一边气得咬牙切齿。有时候,他真的、真的非常讨厌。

季英松看着写意急匆匆的背影,问道:"你准备什么时候再告诉她?"

厉择良闻言之后,嘴角那丝沉溺的笑意一敛而净,双眸沉下去,默然许久之后才说:"如果可以的话,我希望她永远也不要记起来。"

2

车子行驶到厉氏大厦之前,写意就执意下车了。她可不想在公司上班高峰期在众目睽睽之下,和厉择良从同一辆车上下来,否则沈写意从那一刻开始,势必成为厉氏所有女性的头号公敌。

尤其是公司人事部的那位彭副经理,这个三十多岁却待字闺中的女人,自从那次她和厉择良的"楼梯门"事件传开以后,每回看见她就像见到了阶级敌人,鼻孔朝天一冷嗤。当她遭到厉择良的冷语忽视,被人传为"剩饭"后,彭丽的态度才稍微好转。

如今公司里的人看她的眼光很诡异,有人同情,有人看好戏,还有人幸灾乐祸。不过大部分人还是觉得,"楼梯门"事件是保洁阿姨的错觉,因为堂堂厉氏的老板怎么可能看得上她!

上午,写意和同一层的同事小董、小黄一起去策划部拿资料,路上遇见厉择良。厉择良平时在公司里,特别是在年轻的女下属面前,一直都很有涵养又很有威信。心情一般时和蔼可亲,但只要他拿那双丹凤眼朝谁一瞄,简直就如寒风扫过,能将人冻僵。若是这样的目光恰好落在了某位女性的身上,那自然是痛并快乐着。

附近的几位同事即刻立定站好,齐刷刷地低头:"厉先生好。"厉择良点点头算是回应。

写意躲在旁边,侧了侧身准备跟着蒙混过去。

但这一切并没逃过旁边与厉择良同行的彭丽的法眼,彭丽扶了扶眼镜框。

"沈写意。"她说,"你看见厉先生怎么不打招呼?"

"彭经理。"写意只好站出来。

"你进厉氏的时候,我那几天出差,没一一向你交代公司里面待人接物的规矩,如今怎么变得这么没有礼貌?"

写意鞠躬:"彭经理早上好。"

"早上第一次见面,如果是上级应该一一主动打招呼,而不是等着上司来招呼你,或者干脆当没有看见无视而过。对我都是其次,尤其要尊敬厉先生。厉先生平时日理万机,一举一动都牵动着厉氏上下的前程远景。我们平时虽然都将这种异常崇敬的心情隐藏于心中,可在不经意间流露于表面的时候才最可贵。你如今这个样子很容易让人误会是在看轻厉先生,看轻厉先生就是看轻了整个厉氏企业,明白了吗?"

第五章　感情升温

写意生怕她再说什么话将自己的举动上升到有负于中华民族光辉历史的高度，急忙点头说道："明白，我明白了。"

"那你明白了还杵在那里做什么？还不快向厉先生行礼。"

写意偷偷地翻白眼，她干吗要向他行礼？白日做梦！

厉择良好像事不关己地看热闹一样的，很有耐性地等在那里，也没张嘴说话。

写意很想仰头剜他一眼，最好是挖他一块肉下来煮粥炖汤。可惜她又不敢抬头，生怕被四只眼睛的彭丽捉住再给她数出七宗罪来，那不是真让她吃不了兜着走？

算了算了，心字头上一把刀，她忍了。

她跨出一步，埋头说："厉先生，早上好。"

"嗯。"厉择良居然还很配合地应了一声。

写意只能在心里逞威，拼命地诅咒他。

"不行不行，角度不够。"彭丽说。

写意傻眼了，角度不够？什么叫角度不够？

彭丽温柔地对厉择良说："厉先生，您先走吧，这个小姑娘我先教育教育。"语气和刚才对写意说话的感觉完全不同。

然后同事们在彭丽的带领下又一起鞠躬，恭送厉择良离开。

接着，彭丽又习惯性地抬了抬眼镜框："沈写意过来，让我教你什么叫正确的鞠躬。首先要注意时间，我们一般鞠躬的最佳时机是在距离对方两到三米的地方，彼此对方目光交流的时候。"彭丽盯着写意深情地做了个示范。

写意触及到她的目光，立刻打了个寒战，鸡皮疙瘩掉了一地。

"而我们一般鞠躬分为两种角度。一种是平辈同事之间，跟着我说的做。"彭丽说，"双手交叉放在身前，头颈背成直线，前倾十五度，目光约落于身前一米五处，再慢慢抬起，抬起的时候要一直注视对方。另一种更重要，是向长辈和上司问好。这个面前的姿势是一样，也是双手交叉放在前面，头颈背成一条笔直的直线，为了表示我们的尊敬，这个时候要前倾三十度，目光落在身体前面一米的地上，然后再一边注视对方一边将身体缓缓抬起……你来做一次。"

同事小董和小黄离开时同时留给她一个"你自求多福"的表情。

"来跟着我做。"彭丽说。

"厉先生，早上好。"写意对着墙壁行礼鞠躬。

"不行，声音还要温柔一点儿。"

她只好又做了一次。

"厉先生，早上好。"

"不行，身体还要往下倾。"

她再做。

"厉先生，早上好。"

"腰弯过了，再来。"

…………

写意为此悲惨地被彭丽活活折磨了一个上午，而且厉择良走开的时候，她分明看见他将右手握成拳头抬起来微微遮住略微上扬的嘴角，他在偷偷地笑她。

小心你乐极生悲！写意在心中继续诅咒。

中午，写意几乎是拖着一副疲惫不堪的身体去公司餐厅吃饭。

"你好幸运，居然还活着。"小黄说。

写意耷拉着脑袋说："也只剩半条命了，腰快断了。"

"原来真的没有人可以从彭莫愁那里逃脱。"小董感慨，"以前我们都是这么过来的，写意你要保重身体。"

李莫愁？彭莫愁？

写意奇怪地看了两人一眼："难道你们只恨彭丽，不恨……"她害怕这里耳目众多，又跳出一个制度卫道士，或者是厉择良的狂热粉丝出来，顿了顿，张望下四周才说："不恨厉……先生吗？"

第五章 感情升温

"为什么要恨厉先生？和他又没有关系。"小黄十分惊奇。

"是啊。"小董附议。

写意惊掉下巴，那彭丽明明就是狐假虎威，大家只记恨那只狐狸却对后面的老虎态度截然相反。人类果然对异性比较宽容，尤其是对长相有优势的异性。

"厉先生人很好，就连我们这些公司的基层同事和他打招呼，他都很亲切的。"小黄说。

那是伪善好不好？写意心想，你们又不是没见过他凶的时候，怎么笑一笑就让你们把那些都忽略不计了？

"而且长得那么英俊又有魅力，而且有件事情你肯定不知道，"小董神秘地说，"公司里有女同事私底下买厉先生的……"关键的地方倒是停住了。

"买什么？"写意问，总不能他还有初夜吧？

"买吻。"

扑哧一声，写意将口里的汤吐了出来，险些喷了小黄一脸。她被自己嘴里面的汤呛到，不停地咳嗽，那昨天接吻之后岂不是她还需要付钱……

接着她脑子里开始出现厉择良坐在那里一个接一个地卖吻的图片，想象了半天，不禁觉得不对劲，于是问："不可能吧，买一个吻得出多少钱才让他看得上眼啊？"

"废话，当然不是你说的那种吻了。"小黄说，"你不要想得那么猥琐。"

"难道还有其他类型的吻？"

"是杯子啊，厉先生用过的一次性杯子，有人收集来叫卖。"

写意傻眼了，间接接吻？

"明明是你们猥琐，好不好。"写意说。

"我们又没有买过，也是听人说的。"对面的两人立刻撇清关系。

写意下意识地去摸了摸自己的唇，仿佛舌尖还残留着昨晚那种柔软湿润的触觉，特别是那不停地念叨她名字的声音，简直能蛊惑人心。

想到这里，写意的心怦怦直跳，几乎要跃出来。

"写意,你脸红了。"小黄说。

"我哪有!"写意立刻心虚地争辩。

"你不会这么纯洁吧,我们说点儿这个你也要脸红,没谈过恋爱?"

"没有,只卖过身。"

"卖身?卖什么身?"

"卖身葬父。"

吃完饭,小董塞给写意一块巧克力。

"我不能吃甜的。"写意笑。

"没事儿,你不算胖,一会儿吃点儿补充些能量,说不准彭莫愁还要去找你。"

"不会吧?"写意哀号。

写意下班后先自己回到原来的住处收拾了些东西,隐隐觉得牙疼,不该吃那块巧克力的,她想。

下班晚高峰,她拿着一些行李不方便坐公交车,等了好久才抢到一辆出租车。

司机按下空车的灯以后,问:"小姐,您到哪里?"

写意一怔,糟糕,她忘记问地址了。

幸好她方向感极强,让司机开到厉氏楼下,然后按照昨天季英松接她去厉宅的路线一一在脑海中复原,走了一遍,到了尽头居然真的就是那儿。

她小小地佩服了自己一把。

到的时候,天已经黑了,错过了吃饭的时间,也没有人打电话催她。到了厉宅,也没见人兴师动众地等她吃饭,让她觉得很别扭。这两件琐事叠起来,她在心中为厉择良小小地加了点儿分,而且决定原谅他早上的过错。

她刚走进门,发现厉择良在沙发上看新闻。

第五章 感情升温

他抬头看见她，忽然说道："你上班也要迟到，下班回家也要晚到，你以后做事情能不能利索点儿？我们已经吃过饭了，你要吃就自己做。"

写意闻言错愕，接着心里气得要命，从来只有她说人家磨蹭，还没人嫌过她不利索的，这是什么人嘛！扣分扣分，刚才加的分全部扣掉，还要倒扣一万分！

3

"我自己泡方便面。"写意恨得牙痒痒。

"我们家没有方便面。"他悠闲地说。

"那我不吃了，总可以吧。"写意气呼呼地说完，一口气将行李搬到楼上房间。

屋外的天空阴沉得厉害，似乎就要下雨了。

厉择良的视线落在她背影消失的地方。他的心情终于安定下来，就差那么一点点，他还以为她不会再回来了，内心十分绝望。

其实写意并不知道厉择良今天特地提前回来，放了老宅里所有人的假，连老谭也被迫离开。

"可是晚饭……"老谭说。

"家里有什么材料？我自己做。"

"那我为你配好材料。"

"不用了，我又不是不会。"

"本想免得你们麻烦。"老谭笑。

厉择良慢慢地踱到厨房，查看了下电饭煲里闷着的米饭。接着又拿起刀，准备切菜开火下锅。他在国外独自生活过一段时间，如今的大部分时间也是在那套小公寓里独居，几个家常小菜还难不倒他。

楼上的写意收拾完东西以后,开始觉得饥肠辘辘,饿得前胸贴后背,实在熬不住了便想偷偷下楼找点儿残羹剩饭来吃。

当她轻手轻脚地下楼,却发现厨房里有响动,她小心翼翼地去偷窥,竟然看见他在厨房。

她从没见过这么贤惠的厉择良,胸前系着灰色的围裙,袖子卷了起来,正在炒菜。

他发现了她探出来的脑袋,一手拿盘一手铲起菜说:"在饭厅等等,马上开饭。"

香喷喷的鱼香肉丝和糖醋排骨就这么被他给端了出来,放在饭桌上。

"做给我吃的?"写意有些受宠若惊。

"我自己吃的,但是你想吃也可以。"

写意笑眯眯地看着他,这男人真是刀子嘴豆腐心。

"摆筷子。"他说。

"嗯。"写意头一次这么听话,屁颠屁颠地去拿。

此刻,饭厅里是一片祥和的氛围。

男人解了围裙坐下,女人回厨房拿碗筷,连那只顽皮的小猫也乖乖地蹲在那里,看着他俩。

她坐下来,朝着那盘鱼香肉丝很神圣地夹了第一筷,放进嘴前却看到上面翠绿的葱花。

"啊,为什么要放葱?"

厉择良的眸子沉了沉。

然后第二筷,伸向了糖醋排骨。

"啊……好烫。"

他的眸子沉得更深。

第三筷子,写意又夹了些肉丝,还没入口就叫。

"我的天,居然还放了黄瓜丝,我一直都……"

她的话还没说完,忍无可忍的厉择良用寒冰一样的目光扫她一眼,提高声音"嗯"了一声，脸色沉下去，眼中隐隐聚集起风暴。

"啊……"写意见苗头不对马上改口，"其实我一直都很喜欢吃黄瓜，简直是人生的最爱，这可放得真合适。"然后眉毛皱成一团，忍痛吃下。

"你挑食的毛病应该改改。"他说。

夜里，外面还没有下雨，但是风刮得厉害。整个屋子就只有她和厉择良两个人，风吹起来，乌拉乌拉地响，半夜听起来阴森森的。

也不知道是楼下客厅里哪扇窗户没关好，一直荡来荡去的，使得写意更加难眠。她很想出房间去关，可是她胆子小，踌躇了半天才下定决心。

她出门刚下楼拐了个弯，没注意到在暗处矗立的厉择良，她摸索着开灯。

他却察觉到了她，在灯光亮起来之前，他有了生平第一次不知所措。他只是因为要下雨了，腿疼得厉害，所以下楼来吃点儿药，没想到撞见了她。

写意好不容易摸到开关。

灯光一下子亮起来，晃到了她的眼睛，客厅恍如白昼。她转过身来忽然看见灯光下的厉择良，身体明显一震。

他穿着睡衣，手里拿着根手杖，右边的裤管下面明显是空荡荡的，没有戴假肢。看到他这副样子，写意有些尴尬。

"我下来关窗户。"她解释道。

他没有说话，但脸色如同寒冰。

写意知道他这个情况被人看见，心里肯定会很不舒服，便走去将窗户关好，准备回房间待着再也不出来。

她走到一半瞄到他手上拿着药瓶，一下子想起来上次那位何医生说的话。

他是因为腿疼才下来吃药的吧。

写意心里突然很难受，不禁停下来说："今天他们都不在，你有没有需要我帮忙的？"

"没有。"

"要不要帮你拿杯子？"

"不需要。"

他又开始倔起来。

"其实……"她对他这种倔强，决定下剂猛药，"其实你的腿，那天我就已经看见了，所以你不用回避。既然要和你一起生活直到让你腻味为止，怎么可能不让我看见？"

说完，写意静静等待飓风的来临，大不了被那手杖扔过来再砸一下。可是就算砸死她，她也不想看见他这个样子，一提到那条腿就如此介怀，生气都比冷漠刻薄要强。

越掩饰说明越介怀，越介怀说明心中仍过不去那道坎儿。

如此一口气说开了反倒轻松，这种事情对他来说长痛不如短痛，他不仅需要面对她，还需要面对外面其他人的眼光。

他闻言脸色阴沉至极，眼中骇然已经聚起狂风，可是他偏偏很平静地开口："看就看了吧，一条废腿也没什么可藏着掖着的。"即使这样说得平淡，他的语气也如万年寒冰一样凛冽寒冷，说完倚着手杖在沙发上坐下。

"如果连你都不能平静地看待自己的腿，那么如何能让其他人正视它？假肢做得再逼真也是假肢，况且它也不能让你戴一辈子，你不能在那种虚幻的表面下掩盖自己，而且何医生说你长期强制性地戴……"

"够了！"他粗暴地打断她，"沈写意，你又开始自以为是了，别做着一副站在高处怜悯我的样子，对我说教。我的事情哪里要你来多嘴？你当你自己是什么人，竟然在我面前指手画脚的？如今是我缺了一条腿，哪天我想废了另外一条你也管不着！"

他带着极盛的怒气，对写意又是讥讽又是嘲弄的。

写意忽然觉得有点儿累，垂下眼睑，不想再跟他还嘴。

是的，她自己当是他的什么人了？

本来也是，她太高估自己了，居然妄想开导一两句就能让他从阴影中解脱出来，真是自讨没趣。

自始至终，他都没有把她当回事儿。心情好便逗逗她，心情不好就让她滚一边去，哪有半点儿把她放在心上？在公司里，任人在背后指指点点，他也不会为她多说一句，他无论待谁都比对待她好一百倍。

她却仅仅因为他昨晚的温柔而在他面前趾高气扬了起来。

她思索至此再看到他的腿，不禁鼻间一涩，潸然地落下了眼泪。

写意极不自然地别过脸去，她从不在人前流泪，而这一刻却不知为何眼眶含满了泪水，控制不住地涌出来。

"对不起，厉先生，是我自抬身价地同你多嘴了。"她说完也不敢擦泪，扭头就走，生怕对方察觉到自己的失态。

留下厉择良独自坐在那里，手指一屈一张，终是在她离开前什么也没说什么也没做。他听见她的房门轻轻合上，好像也随即关上了两人的心扉。

他坐在沙发上，听着外面的大风在呼啸。

他懊恼地找不到什么东西发泄，只将拳头越握越紧，越握越紧，终于忍不住便狠狠地将手杖扔出去，砸落在地之前将茶几上的烟灰缸和果盘碰落。于是一前一后落到地砖上，连续哐啷的两下在这样的黑夜里显得特别突兀。

写意直到进屋关上门才抹了抹脸上的眼泪，以前解决案子的时候被对方当事人威胁过很多次，她都是左耳进右耳出，就连朱安槐那样反复刁难她，她也嗤之以鼻。可是她居然会被他那么简简单单的几句话就弄哭了，好不争气。

写意趴在床上蒙住头，眼泪不流了，鼻间的呼吸却混浊起来。况且蒙久了，被子里也憋气只好又掀开。她有鼻炎，一哭就要犯病，天气骤变也要犯病，然后鼻涕就流个不停。

她已经对他够容忍的了，这世上她沈写意除了他以外还迁就过谁，顺从过谁？可是他依旧对她那么坏。

忽然，写意听见楼下传来两声哐啷，她蓦然坐了起来。她害怕是他不小心从楼梯上跌倒，什么也没多想吸了吸鼻涕，急急忙忙地出门下楼去看，却见厉择良好好地坐在那里，只是将东西摔得一片狼藉。

她又自作多情了一回，讪讪地想退回去，但是已经被厉择良看见了。

"写意。"他有些生硬地叫住她。她听到那两个字身体一僵，昨夜他也是那么叫她，叫到心尖上了。可是现在叫她干什么？难道刚才还不够他解恨，还想再叫回去讥讽她一顿？

"我去睡觉了。"她板着脸说完就要转身离开。

"写意，"虽说他的语气依旧生硬且很不自然，却比方才放缓了些声音，"你过来。"

我不！

她原本就是想这么回答他的，这会儿让她过去，她就过去，要是一会儿要她滚，她就滚？可是当她的目光触到他的眼睛后，那个"不"字无论如何也说不出口了。

他的眉微微蹙着，一双眸子平时在阳光下看起来原本是棕色的，可是现在却如两点纠结的黑墨，溢满了哀求。

那样的眼神，令任何人都无法拒绝。

"干吗？"她走到他跟前，有些不情愿地嘟囔着。

"过来。"

她按照他的吩咐又朝前走了两下，止步，"好……"一句话没说就被惊呼替代，因为坐在面前的他忽然伸手抓住她的手腕，使劲儿一拉，她身体瞬间失去平衡不禁侧坐在了他的怀里。

她想挣扎着起来，却被他紧紧拥住。

"我……"写意脸颊绯红。

"嘘……"

他将头埋在她的发间，似乎在贪婪地嗅着她身上的气息，半晌没有说话。

第五章　感情升温

外面的狂风呼啸，可是被窗玻璃隔绝在外以后，更显得室内的安静。在屋子里，写意似乎只能听见自己的呼吸声。

过了许久，才听见他轻声说道："对不起，我又冲你发火了。"但他没把头抬起来，好像说的是一件世界上最丢脸的事。

写意愣了愣。

"我也不对。"她这人就是吃软不吃硬，一时间不知道该说什么，只好也跟着认错。

"你刚才哭了，写意，"厉择良说，"我不要你哭，即使你永远没心没肺跟我作对，我也不要你哭。"

写意听见这句话之后心中原本揪在一起的情绪，像吸了水的海绵一样缓缓地舒展开，鼻子又开始酸酸的，有那么一丝感动。

"我哪有没心没肺？而且也没有专门和你作对。"她还不忘记狡辩一下。

他抬起头，伸出手掌，说："把手给我。"

写意不知缘由，乖乖照做。

却见厉择良略微倾了倾上身，拉着她的手放在了他右腿的残缺那里，隔着薄薄的一层布料，她感觉到了残断面以下的那种陡然缺失。

她手心一惊。

"怕不怕？"他小心翼翼地问。

写意没有立刻回答，只是收回手转过身去，蓦地抱住他。

抱得很紧。

有那么一点儿害怕。

她在心中默默地说，却不敢告诉他。

在那一刻之前，她从没发觉原来真心拥抱一个人的时候心会变得那么柔软。

"你每天吃几顿？"他忽然问。

"三顿。"她奇怪。

"既然只吃三顿怎么这么重？压得我双腿发麻。"

"……"

这个男人说这些话真是非常没有情趣。

"写意。"过了会儿他又叫她。

"嗯?"她正在专心地研究他漂亮的手指。

"关于那天合约的话,我收回。你做的报告我认认真真地看过,跟薛经理商量后,公司才会采纳,不是因为其他的。我之所以那么说,只是因为我太在乎你。"说到此处,他微微敛起目光,垂头道,"如果伤害到了你,我为此道歉。"

写意静静地听完,凝视了他半分钟,看得他很不自在。

然后,蓦然之间她笑了笑说:"我接受,但是有条件。"

"什么条件?"

"第一,你不准再说我胖,又嫌我磨蹭。"

他点头。

"第二,不许再往菜里放葱,还有黄瓜我也不吃。"

他又点头。

"第三,可不可以早上看见你不叫'厉先生早'?"

他欣然接受:"没问题。你以后见我什么都不用叫,光鞠躬就行。"

"……"写意顿时无语。

4

他好像刚才一个人坐在那里的时候抽过烟,指间还残存着烟草味。

她一根一根地察看他的手指,右手中指那里有块小茧,明显是写字磨出来的。再看左手,食指指节的根部和大拇指上也有茧子。奇怪,做什么事情这里会磨到?

"看什么?"他问。

"这里有茧子。"

"哦。"他抬起手来自己看了看,"打桌球磨的。"

第五章　感情升温

　　他这么一说，写意倒想起来，上次见过他的公寓里专门空着一间大屋子就摆着一张斯诺克台球桌，可见，他是真的很喜欢打台球。

　　"那个东西你也喜欢？无聊死了。"她每次看到电视里转播那种节目就立刻转台，当时心里还在想，难道这种东西都有人看？

　　"你这种人最应该练练。"

　　"为什么？"

　　"练你的精气神。台球其实很简单，关键是你在下手以后给对方留个什么样的局，一旦瞄准目标屏住呼吸一击而中。就像做生意一样，一是看准，二是力度适当，三是有气势。"

　　"这和我有什么关系？"

　　"你就缺点儿气势，哪像什么律师？你这是碰上我了，要是遇见别人谁请谁烧钱。"他搂着她淡淡一笑，"很多人都是拣软柿子捏，那彭经理本来就是见你年纪轻轻又初来乍到的才有心刁难你，你又不是厉氏的员工怕她做什么？也不拿点儿律师的架势出来。和我闹别扭的时候挺横的，一出去就蔫儿了。"

　　"那你当时都不替我说句话？"说起这事她就来气。

　　"这也要我替你撑腰，你之前都怎么过的？"

　　"哦。"她讪讪地答。

　　"以后有时间我教你。"

　　"不学，没兴趣。"

　　"那下次要是有大赛，先带你去看看。"他仍不放弃要培养出她这个兴趣爱好的愿望。

　　"不看，肯定会当场睡着。"

　　他听见倒也没恼，只是淡淡地笑了笑，又将头埋在她脖子的发际处。

　　"写意。"不知道两人就这么坐着过了多久，他突然叫她。

　　"什么？"她应着没有抬头，继续埋着脸研究他的手指。

　　"我们不如找点儿事情做。"

　　"什么事？"

他没有回答她,她也懒得追问。

"写意。"他缓缓地又叫。

这男人没事就喜欢叫着她玩吗?

她狐疑地抬头,哪知刚一抬头便被他吻住了,他亲着她的脸颊慢慢又转移到了唇上。

唇舌间带着一种苦涩的烟草味。

她不禁朝后仰去,有些回避。他却腾出一只手撑住她的后脑勺儿,让她的脸不得不面向他,然后环住她的腰的那只手又紧了紧。

稍许之后,他又停下来离开她的唇,用指腹轻轻勾勒在她的唇线上,来回游走。

"为什么要答应那个合约?"他的眼神有些迷离。

"是你要挟我的。"她星眸微启,面红耳热。

"是不是要我心里越难受,你就越满意?"他撩开她唇边的发丝轻轻地问。

"什么?"

他说得那么小声,似乎只是喃喃自语并不是说给她听的。她也没有听清,还来不及细问,那缠绵的吻就已经再次落下来,随之起伏的呼吸也喷在写意的皮肤上。那样炙热滚烫的气息,一起一伏引得她的触觉酥痒。

她的手插到他的发际,张开那已经绯红的唇轻轻地回应了他。他却为了这样的她而全身绷紧,灼热的欲望做出诚实的反应。

"写意。"他呢喃地又喊了一声,嗓音低沉的。

"嗯?"写意的脸已泛红。

"起来去关灯。"他不舍地离开她的肌肤,缓缓地说。

她果然乖乖照做以后,又缩回他怀中,感受到了他的进一步渴求。她没有退却,他扶住她,让她仰躺到沙发上。

"你……要不要我帮你?"黑暗中她红着脸问,怕他的腿不方便。

"只需要你放松,配合我。"

"我们的进展是不是快了点儿?要不要换个地方,或者换个时间?"

第五章　感情升温

她临阵倒是突然有些打退堂鼓。

"休想。"他带着喑哑声音说，手上继续解她的扣子。

"我们有些事情还没有说清楚。"她想转移他的注意力。

"什么事？"

"关于……不如我给你讲个阿里巴巴和四十大盗的故事。"写意说，山鲁佐德对付山鲁亚尔国王的方法不知道在他身上是否适用。

"我没兴趣，而且你肯定看这名著的时候没认真，他们是一边亲热一边讲故事的。"

"没有吧。"《一千零一夜》她也读过，怎么就没看出来？

他突然埋头轻轻噬咬着她，写意咬住唇蹙起眉，轻轻哼了一声。

她一伸手，想抵住他的胸口，却是一空，直接碰到了他结实的胸膛，上面布了一层细密的汗。

她的触摸让他难耐地微微一呻吟，说："和我们现在一样。"

他加重了力道。

不仅是唇连他的手指每落下一处都会使得她的气息一阵紊乱。

"我后悔了好不好？"她哆嗦着问。

"迟了……"他的亲吻继续在她身上游走，直至禁区。

不知道何时写意醒来发现她还躺在沙发上，但是盖着衣服，屋外下了一阵的雨这会儿终于停了下来。身边依旧是那个人，幸好沙发很宽敞，她睡了一夜倒一点儿也不觉得难受。她动了动，想在他的臂弯中换个更舒服的姿势。

她一抬头就看到了他星亮的眼眸。

"你醒了？"他先开口问，见她醒了才挪了挪身体，可见刚才他还是有些难受。

"嗯，你没睡着？"

他哪能睡得着？一是这地方太窄不说，她枕着他的臂弯，血脉不通压迫得难受；二来他一遇雨天腿疼就会加重，本来就是下楼来吃药的，如今药没吃到被搅和了不说,刚才一番云雨平复之后才觉得疼痛加剧了。

可是他不敢乱动一下,生怕惊扰了她的好梦。

"刚才在想什么?"写意刚才见他瞪着眼一个人在黑暗里发呆,又问。

"在想以前。"

"以前?"写意突然有了兴趣,"以前的旧事?初恋?"

"你先回自己卧室,我再跟你讲。"他说,"顺便帮忙拾一下那边的拐杖。"

写意起来一看,原来那根拐杖被他扔到那头去了。

他话语中的意思她明白,他依然不喜欢别人看他缺一条腿地一个人挣扎着上楼的情景,即使是她。

一个人的心结不是那么容易被打开的。

他已经放下骄傲为她退到了尊严的极限,若她再得寸进尺恐怕会前功尽弃。

写意沉默了一下,照他的话去做了。

她一个人等在自己的房间里,躺了下去,等着时间一秒一秒地流逝,过了很久,甚至她怀疑自己弄错了地方。他让她回的,究竟是她的卧室,还是他的卧室?

她这样想,却还是不敢出门去看,生怕又惹恼了他。她又在床上翻了个身,一会儿听见身后的门开了,一浅一深的步子。

他躺下来,从后面搂住她。

写意转了过去,靠在他的怀里。

"以后不要住有楼梯的房子了。"她说。

"没事。"

他摸了摸她的头。

"你初恋时几岁?"

"干吗?"

"你刚说回卧室,你就跟我讲的。"写意说。

第五章　感情升温

"我只说给你讲以前，又没答应说这个。"

这个男人竟然跟他玩起了文字游戏。

"那就说以前。"她决定，退一步。

"我困了。"他说完，随即就闭眼。

"喂，你说话不算数！"

他假装没有听到，继续闭着眼睛。写意看着他，半天没动，呼吸很平稳的样子，好像是真的快睡着了。

"好，"她从牙缝里挤出一句，"我以后再也不会上当了！"

他也没反应，似乎是困了，大概刚才真的是一直没合眼，写意想。

他睡着的样子蛮可爱的，嘴唇抿得紧紧，头微微埋下去，安静极了。她细细地将他的脸上上下下、左左右右全部研究了一番。

突然，他闭着眼睛说："你要是再不睡，明早起不来迟到了的话，看彭经理怎么收拾你。"

5

写意闻言，气愤地说："你装睡！"

"写意……"他笑吟吟地睁开眼睛，伸手摩挲着她的脸蛋，"那你的过去呢？"他问。

"我？"她的眼眸微微闪烁，"我……不记得了。"

他终于也要问了吗？

他没有接话等着她继续说下去。

"我出过车祸，有些不记得以前的事情了。"她终于鼓起勇气说出这句话的时候，眼睛微红，唇角有些发颤，似乎倾尽了勇气。

顷刻之后，她又敛收神色，想轻轻推开他转过脸去。

"以前所有的事？"他故意问。

"其实不是全部，只有一些，就是我读大学时候的事有些不记得了。"她静默片刻后幽幽地说。

"找回来了吗？"

"我——困了。"她忽然一挑眉换了种轻松的语气，闭上眼，有些捉弄地将他刚才的那句话原封不动地送还给他。

他无奈地蹙了蹙眉。

"找回来了。不知道的时候很好奇，老是问自己，也追着问别人我中途消失记忆的那几年是什么样子，有没有很惊天动地的爱情故事。"她回忆到此处，不禁一扫刚才不安的表情，微微地笑了，她笑当时的自己怎么就好像个傻姑娘一样。

是啊，当詹东圳陪着她留在德国疗养的时候，她便想，在这段失去的记忆里，她曾经为谁哭为谁伤心过，又为谁笑，惹得谁心疼过？她统统都不记得了。

会不会有个恋人在什么地方苦苦地等待着她，而这个约会却被她就这样遗忘了呢？

结果，詹东圳说："没有。这天下除了我以外，你上哪儿还能得到第二个这么深情的人去？"

"去你的。"她当时就想踹他一脚。

他陪了她去学校，大家习以为常地从她身边路过，那些路人有的认识她，理所当然也有些人不认识她。那些同学中有人喜欢她，还有人不喜欢她，其中也没有一个与她特别亲近的朋友。

对于这个，她没有怀疑。她一直都是那样的一个人，熟人很多，狐朋狗友不少，却鲜有真正让她交心的死党。

当然，恋人也不是没有。詹东圳也带她去寻觅过那个昔日的恋人，结果是一个黑发蓝眼的英俊混血小伙儿，让她惊呼："不可能，我只对中国人有兴趣。"

"可不是，我开始也不相信，没想到你口味这么重。"詹东圳的戏谑，换了她一个大大的白眼。

那人看到写意，惊喜地立刻追上来叫她："Lisa！"写意知道这是她的德语名字，那个男的又说道："原谅我好不好？我再也不三心二意了。"

语气有些哀求。

写意当下就明白了一切，笑着牵住东圳的手说："对不起，这是我的新男友。"

詹东圳非常配合地回握住她。

想到这里，她笑着对厉择良感慨："可是弄明白以后才发现原来我就是那么普普通通的一个人，好失落。"而且身体复原转了学校以后她恶补了好久，整整拖了一年才够分数毕业。

厉择良一直没有说话。

"不过，他们说我的性格好像有点儿变化，不如以前那么外向了。"她补充道。

其实，用东圳的原话说："比以前淑女了一点儿。"如今她不喜欢和人起冲突，能忍就忍了，也没什么大不了的。

"人长大了，棱角自然要被磨平些。"他淡淡地下着定义，再听不出什么语气。

第二日，窗帘不知何时已被拉上，所以外面的光线一点儿也透不进来。

写意醒来时他已不在旁边，可是被子上、枕头上全残留着他的气息。他似乎从不用香水，连抽烟喝酒后都会将自己洗得干干净净，所以身上没有什么味道。

可是，她仍然对他的气味很敏感。

她坐起来挠了挠头，然后下了楼，却不见有人，正好楼梯旁的书房开着，里面有响动，她以为他在书房里，便轻轻走了进去。

还是没有人，只有那只小猫在自己撕咬着一个小皮球，那个皮球的内部似乎装着几个铃铛，被它翻来翻去弄出了响动。它似乎很不解这个皮球为什么会有声音，于是便用爪子刨来刨去。

写意不禁环视了一下这间书房的四周，陈设很简单，只是那张书桌她太喜欢了，超级大，而且像个书案一样古色古香的。

应该说整个书房和外面其他屋子的格调不一样，所有器物都有些古风。

左边的储物架上整整齐齐地收藏着一些篆刻的工具，还有一些章料。

厉择良居然还有些这么闲散雅致的爱好。她细细一看，那些石料都是没有刻过的，大概成品都被收起来放在某个地方了。

书桌一角的镇纸镇着一沓抄好的毛笔小楷。她移开镇纸，将那些两尺的宣纸拿起来，看了看。她只见过他签在文件上的钢笔字，没想到他写的毛笔也一样漂亮。

一张又一张，有的写得潦草，有的写得狂放，还有一些大概写时心平气和，所以看起来还算中规中矩。可惜，她天生就不太会欣赏这么传统的东西。

她打算将东西重新放回去，就在这时，一张纸从那沓宣纸的底部落下来，大概是长期压在一起粘在一起了。

她拾起来，上面写了四句话：

十里平湖霜满天，寸寸丝断愁华年。
对月行单望相护，只羡鸳鸯不羡仙。

那张纸好像以前被叠起来过，只是后来又被外力抚平了。字迹依然和刚才那些纸上的一样，是厉择良的字迹。而且那宣纸似乎被放了好多年，纸边已经泛黄。只是旁边，另一个人斜斜歪歪地加了一行蓝色的圆珠笔上去。

阿衍啊，阿衍。

短短的五个字，加在两行美丽的诗句旁边，有点儿恶作剧的味道。

这首诗她依稀知道，只是她背诗就像她记人家的名字一样只记得人家叫王什么华，郭文什么，仅仅是一些片段，并不能这样逐字地念出来。

阿衍……写意在嘴里默默地念叨这两个字。

第五章 感情升温

"你看什么呢?"厉择良的声音从背后的门外传来。

写意立刻转身,将手中的东西背在身后。

"你居然会写毛笔字?"她眨了眨眼。

"是中国人都应该会。"

"摆设也古典。"写意又环视四周后下了个定义,"听他们说你的名字有来历。"这当然也是听八卦得来的,不过她一时忘了具体出自哪儿。

他瞥了她一眼:"良禽择木而栖,贤臣择主而侍。"

转过身离开后,又说:"早饭在桌子上,你再不吃季英松都要到了。"

她出书房之前,偷偷地将那张纸折成豆腐干大小,藏在袖子里。

客厅里的他又在习惯性地看新闻,全身上下已经穿戴整齐,还将早饭做妥,看来这人的心情还算不错。

厉择良刚到公司,就见薛其归在办公室等他。

"怎么了?"他问。

"东正那边过来的传真。"薛其归说。

厉择良淡淡看了一眼,说:"要让我们先垫资?"

"是的,让我们先垫资然后他们后期跟上。"薛其归为难地说。

厉择良十指交握,撑在桌面支住下巴,蹙眉想了想:"你们先做个投资的方案和预算出来,考虑下垫资的可行性,暂时不答复他们。"

第六章

小别胜新婚

> 这个世界上，也许再也找不出第二个能令他如此的人。

1

詹东圳正在埋头签文件，公关部经理赵凌菲亲自泡了杯咖啡给他。

"詹总，你要的咖啡。"

詹东圳抬起头来看她一眼，笑嘻嘻地说："怎么麻烦你端进来？"

"给你报告好消息。"

"什么事？"詹东圳放下笔，他虽然这样听话地问，但是赵凌菲晓得他似乎已经猜到。

"今早把传真发过去，现在还没有回音。"

"没有回音还是好消息？"

"至少没有立刻拒绝，所以估计厉氏那边有戏。"她想起当詹东圳说出这个提议的时候，当场有几个人能料到是这个样子？

其实，原本要卖蓝田湾就是詹东圳一个人力排众议以后才有的结果。哪知后来爆出那样的市政规划，让这个项目身价立跌，几乎打垮了整个东正的根基。

第六章　小别胜新婚

不过，就是这么利润不高的项目居然引得厉氏的橄榄枝。

"人家无非也是想陪着我们做点儿小生意，打发时间。"他幽幽地笑。他笑起来，眼睛柔柔地弯下去。

"这一笔生意做完，你也应该考虑下自己的事。"赵凌菲一边将他桌上已经签完的文件整理好，一边说。

"什么事？"

"你说呢？别跟我装傻。"

"难道是娶你？"

赵凌菲闻言咯咯地笑了："你少来。"

"你这样，好伤我的心。"

"平时在人前戏弄戏弄我这老太婆就行了，别一直没个正经的。"她前些年和丈夫离异，她比詹东圳又长了好几岁，私下里就一口一个"老太婆"自称。

"其实……"他的睫毛耷拉下去，"有时候挺委屈你的。"

"是啊，东正少东家嫌弃糟糠之妻，另结大龄狐狸精，这样的八卦新闻我想起来都头疼。"

詹东圳又笑。

"这弱水三千，你也别只巴望着那几瓢啊。我们B城上下，青睐你的小姐妹们多了去了，或者你看不上的话其他地方的也去找找。"

"嗯。"詹东圳淡淡地回了个笑脸。

"沈大小姐那边，你都多久不联系了，挂个电话去吧。"赵凌菲说。

"忙完再说吧。"

赵凌菲看着他，再不知道该说什么。他天生个性柔和，谁说什么开导的话都不会恼，只是静静地听。可是，有时候听着是一码事，照不照做又是另一码事。

她拿着要的文件离开，走到过道上的时候，回头看了一眼他的办公室，摇头笑了笑。

刚才詹东圳嘻嘻哈哈地对她说"难道是娶你"，这样一句话让她这个过尽千帆、被人看作人精的大龄妇女也略微有点儿动心。

不知什么样的女人,能拒绝他。

可是,他们都不会成为对方的那杯茶。

从昨天开始,不知道受到什么气压的影响,便一直淅淅沥沥地下着雨,和以往夏天的感觉完全不一样。

一杯接一杯的咖啡灌下去,他仍然觉得不大提得起精神,也许就如某人所说,他天生就是败家的料。

"詹总。"他刚仰在沙发上,助理又来内线电话,"三点了,上周安排了四点要到市委秘书三科。"

"好的,你准备车我立刻就出发。"说着,他扣好衬衣,拿起西装看了下腕表又出门去。车上等红绿灯的间歇,他给谢铭皓拨了个电话。

"铭皓,是我。"

谢铭皓听见詹东圳的声音,跟写晴做了个手势准备从病室里出来。

"铭皓——"写晴怕生,看了眼医生然后拉住他的衣角。

"写晴听话,我接个朋友的电话。"谢铭皓捂住话筒,小声地哄她。

见写晴怯生生地点了点头,谢铭皓才轻轻拉上门,走到过道上。

"东圳,我正陪写晴在医院复诊,所以下午没去开会。"

"嗯,我知道,她有些好转了没有?"

"对了,任姨说那天晚上,她突然问写意来着。"谢铭皓说。

"她想起写意了?"詹东圳略微吃惊。

"也不全是,就那么一下,吃饭时不经意地问了一声,而且很平静。后来我们再问她,她说她不记得这么说过。"

"哦……"他应了一声。

谢铭皓只出去说了几句话,写晴待在里面情绪就开始烦躁起来,她极不适应陌生的环境。

"铭皓。"她站起来喊。

谢铭皓听见忙说:"写晴叫我,我挂了。东圳,任姨说好久没见你叫

第六章 小别胜新婚

你过去坐坐。"

"算了吧,我去了怕又会闹起来。"

"你……"谢铭皓不知道怎么说,"如果没事,任姨希望你来看看她也是好的。"

詹东圳迟疑了一下说:"好吧,我这边要是结束得早就去一趟。"

开完会又去应酬着陪人吃饭,赵凌菲陪着他,自然是替他挡了不少酒。

他酒量很差,很多次都是偷偷到洗手间吐掉,要是赵凌菲见他脸色不对,自然就帮他耍滑。

赚钱赚到这个份儿上也够受罪的,他特别讨厌有时候和一大桌人吃饭,还有人不停地劝酒,劝来劝去的,直到双方口水磨干,时间花光,饭菜全凉,简直称得上是地老天荒了。

他曾经对赵凌菲说:"我觉得大家最好在喝酒前把自己能喝的量上报,然后一次性倒好,自个儿喝自个儿的,自个儿吃自个儿的,方才尽兴。"

赵凌菲笑:"那喝酒还有什么乐趣?"

"本来喝酒就不是件出乐子的事。"

从酒店出来已不早,赵凌菲又去安排下一个节目,而他找了个借口先走了。可是,那一夜他也没有去沈家,车到门口还是没有进去。

夜里,他给写意打了个电话。

"啊……"她在电话那头支支吾吾的。

"怎么了?"

"我这里不方便。"写意说,然后瞄了一眼在旁边看电视的厉择良,今天吃了晚饭以后厉择良突然决定搬回了他那套高层的公寓里。

这样搬来搬去的,不烦啊?

写意很想抗议。

"我想找你聊天。"詹东圳说。

写意一脸无奈,难道这人听不懂她说话?她不是说了不方便吗?

这是她和厉择良独处的第二夜,却是在这间公寓里的第一天。厉择良从公司一出来回厉家老宅直到现在,心情明显不如昨天好,闷闷的,将频道换来换去也不怎么说话。

这美人果真难博一笑,写意想。不然人家周幽王为什么为了逗褒姒乐一乐连烽火都用上了?

2

"我真不太方便。"

"写意,我想你。"詹东圳蜷在床上说。

"你喝醉了?"

"没有……"他说。

"没有才怪。"写意没好气地说。

"你过来看看我吧。"他撒娇。

写意沉默了一下,觉得这人说话有些不对劲:"你被女人抛弃了?"

"你真是狗嘴吐不出象牙。"詹东圳苦笑。

"想找人电话聊天,信息台有这种电话服务。想找情人当面倾诉,你去安排些女友A、B、C。若是有心理问题,我帮你联系医生。请问詹总,你还有什么要求?"

詹东圳笑了笑:"可惜,我只要写意陪。"

"你怎么了?"写意不禁站起来,走到阳台去。

"我会不会就这样孑然一身,孤独终老?"

"胡说。"

"在每个地方我好像都是多余的。"

"你后悔我让你……"

"不是。"他打断她。

"难道你今天去看写晴了?"

"没有,我只从铭皓的电话里听到她的声音。"

第六章 小别胜新婚

"那——明天去看看她吧。"

"算了,我不喜欢。"

挂了电话,写意从阳台回来,撞上厉择良阴霾的脸色。

"什么电话还要出去接?"

"啊……一个朋友。"写意解释道。

他瞥了她一眼,看得她有些发毛。

于是又补充:"是女的。"

他转过脸去继续盯着电视屏幕,误让写意以为他对这个答案很满意,却没想,他过了会儿又突然冷嗤地嘲讽着说:"不知道那个詹东圳听见你说他是个女的之后,会有什么反应。"

写意一愣,他原来装成那样其实是在暗地里侧耳聆听她说话。

"女的就女的吧,想来被詹东圳知道了也不会怎么样。"撒谎被当场戳穿,面子上总是挂不住的,可是她嘴里也不肯服输,嘟囔着说。

"在你眼中他是千般都好。"他冷哼。

写意瞧了瞧他那张黑着的脸,这男人说话怎么一股小媳妇儿的酸味?

"你不会……"写意眼珠一转,"呀——你不会是连这也要吃醋吧?你这个男人怎么比我还小气?你在公司见我就黑脸,一见其他女下属就如沐春风的,搞得好像个个都和你有一腿一样,我要是你那样岂不是要被气死?况且你以前那些风流韵事在公司里传来传去,我都是左耳进右耳出,没有和你计较,今天我才接个……"

"沈写意!"厉择良终于恼羞成怒地高声阻止了她。

写意嘴巴无声地开合几下,终究还是迫于他的淫威没有继续说下去,然后她就一直盯着他瞧,看着他那张被她盯得很不自在的脸,须臾之后写意蓦然就笑了。

"有时候你真可爱。"要不是她忌惮着他依然保持着冷峻眉目,她铁定要扑上去给他一个熊抱。

"沈写意,你上一边儿去。"他恶狠狠地说完,关掉电视,拿了本书坐下来看。

"我要看电视。"写意小声地抗议。

"你就不能找点儿有营养的事情做?"

"你要看电视的时候,看电视就是一件有营养的事情。你现在想看书了,书籍又成了人类的营养源泉,明明……"她委屈地蹙着眉说,最后小声得只有她自己一个人听得见。

"嗯?"他语调尾音拉长上挑,显然是对写意的挑战有些不悦。

"呃——其实我想说的是书籍明明是人类的朋友。"她被迫也得看书,她走到沙发背后的书架前,有些傻眼。

一排一排的社会学、经济学、营销学、管理学书籍。

果然很有营养。

晃眼一看书架上的书都是干干净净,没有什么折痕和污渍,似乎少有人看过。她随手抽了一本出来,发现这些书都不仅仅是摆设。很多页上面有他的笔迹,有的地方被铅笔给细细勾起来,还有备注。她不是个喜欢在书上写字的人,总觉得有些糟蹋东西。

可是当看到他在一页一页的印刷纸上留下的那些笔迹时,心中不禁对这些书和这种习惯都开始有点儿喜欢了。每一个字都称得上是凌厉俊雅,着实看得人心欢。

可惜了今夜好好的一场读书会,只有厉择良一个人在看书,而写意变成了看书主人的字。这样一本本地翻过去,她不是为了汲取知识而只是为了寻找每本书上偶尔闪现的那使人迷恋的字迹。

厉择良抬头看了看正读得津津有味的写意,正诧异她看这类书居然没瞌睡,眼眸却突然锁住写意手里现在拿着的书,是曼昆的《经济学原理》。

他眼波一闪,眸子微沉,说:"那本给我。"

写意闻言,回望了他一下:"我正在看得起劲。"正解应当是,我对你的字正膜拜得起劲,好不容易找到这本上面的字最多。

"给我,你自己换本看。"他下达命令。

写意一阵无语。

好吧好吧，写意深吸一口气，她是个大度的姑娘，不跟他一般见识，于是递给他，又重新回到书架前，决心找本字更多的。哼！

趁着她转过去，背对沙发的时候，厉择良翻开那本书的最后几页。他曾经在上面连续地写着一个人的名字，密密麻麻写了很多次。似乎越写越烦躁，以致页脚最末尾那个下面的"心"字的最后一点已经戳破了纸，划到了下一页去。

他的指腹轻轻在纸上抚过，那个"意"字那里因为纸被划破触摸起来有些凹凸不平。

他从小耐性不好，所以父亲专门请了人教他练字，以至于后来一遇见烦心的事便使用这个方法使自己心平气和。可惜，在某一个时候居然毫不见效。至今，他仍记得他写完这个名字以后，愤然地一把将笔扔出去的心情。

这个世界上，也许再也找不出第二个能令他如此的人。

写意找了半天，终于心满意足地拿了本马基雅维利的《君主论》，刚要回来坐下，却没想到厉择良淡淡地瞧了一眼封面，又说："那本我也要。"

这本你要，那本也不行，是真这么巧还是说这男人在存心刁难她？写意琢磨着。

"那好，还你。"她再次大度地谦让，说着，又准备去找，她就不信他一个人能同时看个四五本。

突然，他说："算了，你看电视。"

写意悄悄白了他一眼，心想：老大，你早说嘛。

3

写意看电视当然也是以娱乐八卦为主。

她一时觉得电视太小声，听不清楚，就将音量偷偷按高一格。看了一眼厉择良，见他没反应，便又偷偷加了一格，见他还是没有异议，便又加了一格……

折腾了半天,总算将音量调到了让她心满意足的大小。

等到厉择良的眼睛有些累,抬起头来看她时,发现此人已经窝在沙发的那一角睡着了。他放下书关掉了电视,将手撑在沙发的扶手上,单手支颐地看了她许久,才起身将她抱起来。她迷糊中呓语了半声,像只小猫一样朝他怀里钻了钻。

这个细微的动作使得他的心底一下子像被什么东西填得满满的,可惜心尖却略微有些疼痛。她的体温、她的气息甚至是这般的睡脸都是让他眷恋多年的,曾经有一度,他认为自己再也无法拥有了。

即使这些都是虚幻的梦境,那么就让自己永远沉溺其中也好,也许……确实不该对她那么凶。

他叹了口气,轻轻地将她放在卧室的床上。

"写意。"

"嗯。"她迷迷糊糊地应了一声。

"起来刷牙,你刚才吃了糖。"

"不想刷。"她闭着眼睛喃喃地说。

"不然会牙疼。"

"不会的,我困了想睡觉。"她嘟着嘴皱起眉头,有些撒娇,"就这一次行不行?"

他一听见,心里异常柔软,没有再说什么,就替她掖好被子,自己洗漱去。

第二天,詹东圳终究还是没听写意的话到沈家去。

他忙了一天,下班开车回家路过滨河公路,河风从天窗吹到脸上,格外舒适,连他都不知道自己有多久没有停下来看过这个城市的风景了。

于是,他将车靠在路边,自己沿着河岸的堤坝缓缓地走了一小段。路上有不少人一家出来乘凉散步,夜幕渐渐黑下来,远远看见对面城市的新区灯光璀璨。

第六章 小别胜新婚

那灯光中,却没有一盏是为等待他的归来而点亮的。

詹东圳独自走了一段路,眼见已经离车太远,就准备折回去,却在夜色中,看到了迎面而来的谢铭皓。

谢铭皓也在东正集团旗下上班,他们随时都可能在公司碰面,可是这时的谢铭皓旁边站着沈写晴。她被谢铭皓牵着手,缓缓地散步。两人没有说话,却能看出来关系十分亲昵。

詹东圳此刻进退两难。谢铭皓先瞧见他也是一怔,随后抓紧了写晴的手,也不知道如何是好,就没有主动和詹东圳打招呼。

写晴无意间抬起头来,一眼便看见了詹东圳,眼神并不是对陌生人那样的无视,而是一眼将他锁定。

随即她的眼波一聚,发出一声尖叫,蹲在了地上。

詹东圳惊呼一声"写晴",急忙大步走上前去,准备扶她。哪知他一碰到她的手,她更加疯狂,一面叫一面张嘴就朝他的手臂咬下去,接着又在他身上的其他地方继续撕咬。

谢铭皓急着去掰开,又怕弄疼她,只将她箍住。她的手又开始拼命挣扎,伸出手想抓扯什么,詹东圳不但没躲,反而继续站在那里。

很多人已经开始朝这边看。

谢铭皓说:"东圳,你先走吧。"然后将写晴掰过身,死死压在怀里。

詹东圳愣愣地点头,静静地走回了车上。

他在车里坐了一会儿,手臂上那个牙印,烙得很深,尖牙咬的位置已经破皮,他从车内的后视镜里看见堤坝上的两个人已经深深地相拥在一起。

他突然发动引擎,飞奔出去,直到彻底看不到后面的情景才开始慢慢减速。

到了城区,却再不知道往哪里开。

他停下来,想跟什么人打电话,却又止住。手指不停地翻弄着掌中的手机。

他在车中静默了许久,才启动车子,开向别处。

他打了个电话给赵凌菲。

不到一会儿,她就在约定的酒吧出现。

"难得你也想在这种热闹的地方享受一下生活,怎么了?"

"突然想喝酒。"

"你不是最烦这玩意儿吗?"

詹东圳笑笑没有说话。

"算了,难得出来,我们不说这个,跳舞吗?"

"贴面舞?"他笑了。

"那得容我先去洗手间补补妆,免得面对面让你看见我的鱼尾纹。"说着,赵凌菲果然拿起手袋去了洗手间,留下詹东圳一人独坐。

其间有不少美女来搭讪,他都是笑笑拒绝。

他看着台上的歌手在慢悠悠地唱着老旧的情歌,思绪却飞到了别处。

如今只有在每次看见他时,写晴才有以前的影子,也不知是喜是忧。

从前的沈写晴并不是一个像如今这般安静的人。

他永远记得第一次见到她的场景。

詹、沈两家是世交,他少时却因为身份的原因很少在沈家出入。

直到那次生日会上,一个小姑娘从楼梯上穿着一条周正的裙子缓缓地走下来,他才算第一次见到写晴。这位沈家大小姐像个骄傲的公主一样,众星捧月般被人团团围住,连正眼都不曾瞧他一下。

恐怕任谁也没有猜到日后她要嫁给他。

后来每次见面,她都是那样,无论对他也好对写意也罢,总是鼻子朝天,眼神中充满了鄙视与不屑。她打小交友广泛,一直是人群的中心,护花使者自然也不计其数。

与他和写意都不一样。

可是即使这样看不起他,她不是也遵从了父命与他订了婚?他得知这个消息的时候,心中一骇,哪里料想到她这样如此傲慢的一位公主会这么容易就屈服了!

他也记得,她又用了怎样的一种口气故意在他面前,指着写意的鼻子说:"你凭什么能姓沈?野种永远都只能是野种!"

他和写意从小同病相怜,这样凶恶歹毒的一句话不仅仅是羞辱了写意,还一并羞辱了他。

话音未落,那时同样执拗的写意扬起手就掴了她姐姐一巴掌。

4

要不是为了父亲,顺从他的意思,写意无论如何也不会踏进沈家的大门。

爸爸说:"写意,爸已经老了,从前做了很多错事,可是如今只是希望你们姐妹能亲近些,好好相处。"

可惜,两姐妹从未好好相处过。

"除了用'野种'这个词,你可以用任何不堪入耳的话骂我,但是冬冬也在这里,你不可以这样口无遮拦。"写意怒道。

詹东圳站在写意的后面,拉了拉写意的手,示意她算了,毕竟写晴是她的亲姐姐。

可惜,这一细小的动作却落入了写晴的眼中,她抚着火辣辣的脸颊,怒火中烧:"口无遮拦?你也配和我说这句话?真是有什么样的妈就有什么样的女儿!什么冬冬不冬冬的,别给我来这一套,他姓詹名东圳,是我沈写晴的未婚夫,和你苏写意没有半点儿关系。"

是啊,他已经是她的未婚夫,不仅仅是她儿时的青梅竹马了。她从小就只有他一个好朋友,如今不但父亲被人分了去,连他也不再是她一个人的了,"冬冬"二字已不能再叫。

写意颓然地放开詹东圳的手。

她不喜欢这样的家,不喜欢这样的现状。

妈妈说:"走吧,你出去开开眼界也好。"她一直是那样的一个女人,逆来顺受又贤淑安静,和女儿完全不一样。

那一年,写意只身去了德国。

当初写晴在答应那门婚事的时候,趾高气扬地在她跟前走过的神色她一直耿耿于怀。

写晴说:"本来我是压根儿看不上他的,他在詹家再有前途也不过是昙花一现。可是我知道有些人喜欢他,离不开他。我这辈子只要是想要的,就没有拿不到的。我最恨别人跟我争东西,所以我一定要抢一抢别人手里的,来试试是不是真的有快感。"

写意定了定神,垂下头去忍住了没有说话。

姐姐写晴自小就生得绚丽夺目,走到哪里都是目光的焦点。只有一个人从不将她放在眼里,那个人见任何人都会将眼睛眯起来,绽放出柔软的微笑。

若是被逼迫着喝酒,只要那么一小口,他的脸就会醺然粉红。

所有人叫他东圳,可是他却有一个只给写意特权去叫的名字。

冬冬。

不过,后来的那一巴掌下去,终究彻底撕破了彼此的脸。

可是,如果人生能再选择一次,也许写意掴姐姐的那一巴掌是无论如何也落不下去的。毕竟那个时刻所有人都很急躁,以至于根本没有人察觉到写晴的心情。

这天上班,写意突然接到任务要和策划部的人一起出差,她回到自己的住处拿了一些日常用品。她过去经常出差,已经跑出了经验,回家收拾一下就可以走人。

策划部的车在楼下等她,准备一起去机场。

第六章 小别胜新婚

写意咬着唇,不知道要不要跟厉择良说。或许他已经知道,又或许她就走两三天,这么小的一件事情,万一他并不上心,若是这么莽撞地打电话过去,正好又打扰了他的正事,反而显得她矫情。可是不提前知会他,他要真追究起来一下子生了气也很烦人。

旁边有公司的人在,她也不知如何给他打电话。

她这么琢磨着,便决定发一条信息。

"我去C城出差,后天回来。"

这几个字看不出什么毛病,正常的陈述语气,就算碰他钉子也不吃亏。她反复端详了一阵,才发过去。

第二次发信息给他,依旧和上次一样,半天没有回音。

要是他没看到,那也不能怪她。

可惜即使这样想,心中也忍不住升起失落。

每次都这样……

过安检的时候,策划部的静姐突然问:"你等电话?"她发现写意一路上一直不停地翻开手机看。

"哦,没有,我看时间,而且我怕自己晕机。"写意不好意思地笑笑。

"晕机?"

"有时候有一点儿,不过没什么,蛮近的,一个小时就到了。"她刚说到这里就发现手机振动起来,低头一看是厉择良的电话。

"要出差?"他问。

"嗯,后天回来。"

"公司里怎么没人事先通知我?"

写意白了一眼,很想说:又不是叫你出差,人家是让我去,通知你做什么?

"我马上要登机,准备关机了。"她说。

等了等那头没有声音,写意以为他也准备挂断了,没想到刚想挂电话却听他叫:"写意。"

"嗯?"

"晕机怎么办?"

"我带了药。"

"……那种东西别常吃,对身体不好,到了给我来个电话。"他顿了一下又说,"我看天气预报说那边下雨了,小心感冒,别因为怕热就使劲儿吹空调,到了就跟我联系。"

他絮絮叨叨念了一阵,声音从听筒里传过来,这种家常的念叨在杂乱且时常上演恋人别离和重逢的候机大厅里,显得格外温柔,一下子就暖了写意的心。

她挨着电话那一边的耳朵慢慢地发烫起来。

"小沈,你怎么了?感冒发烧了?"陈静狐疑地问。

写意等到厉择良挂了电话,急忙摆手:"不是。"然后摸了摸自己滚烫的脸蛋。

静姐为人老辣,一猜就中:"和男朋友告别,舍不得了?"

"没……不是。"

"俗话说小别胜新婚啊,别把男人惯太坏,就让他等去吧,保准等你回来像黏蜜糖一样,舍不得孩子套不住狼。"静姐笑。

写意不好意思地笑了笑,关了手机放在手袋里收起来。

他只是那么小小地温柔地唠叨了几句,就不禁让她心里的小兔扑通扑通地乱跳。

飞机上,静姐拿了包蜜枣让写意尝尝,写意吃了一颗就摆手。

"我不吃了。"

"减肥?"

"怕牙疼。"

"嘿,"静姐笑了,"才多大年纪就这样。"

等他们出了机场,这边果然是在下雨。分公司已经派了车来接,行李

第六章　小别胜新婚

都没来得及放去酒店，就直接奔分部而去。

车路过 M 大的校门，写意不禁回头望了望。

"名校啊，气势都不一样。我家闺女一心想考到这里来，就烦着我带她来看看。"静姐看见那个 M 大的招牌，说道。

5

到了公司，大家连水也没顾得上喝一口，就急急忙忙开始和那边的人开会。开到一半，正轮到写意发言，突然有位秘书从外面敲门进来："吴经理，有个电话。"

分公司的吴经理头也不回地说："小王，我说过，大家正在忙，叫对方一会儿再打。"

"可是……是厉先生打来的。"小王进退两难。

"谁也不……"吴经理说了一半，猛然反应过来，"你说谁打来的？"

"总裁厉择良先生。"小王郑重地说。

"厉总？"吴经理再次确认。

"厉先生找总部过来的沈写意小姐。"小王一边说，一边从这群人中环视一圈。她不认得谁是沈写意，她只是好奇总部那边过来了个什么样的人物，能让厉择良亲自打电话过来。

要知道这位厉先生可是众多女性的理想情人，那样英俊不凡的一个人，连腿疾都可以让人忽略。她也是上次跟着上司去总部年终汇报工作，远远地瞧过他本人一眼。

没想到尽头上那个梳着马尾身材有些高挑的女孩儿站起来，很坦荡地，微微举手示意了一下："我是沈写意，请问在哪里接电话？"

小王微微一笑："请您跟我来。"

旁人从表面上并不能看到此刻一脸坦坦荡荡的写意心里是如何地抓狂，而且恨不得找个地洞钻下去。

该死的厉择良，这个时候大动干戈地找她做什么，明摆着要捉弄她。

她到了经理办公室，腹诽着拿起电话。她不抱希望地"喂"了一声，因为一个来回花了这么多时间，凭那男人的一点儿耐心，估计早就挂电话了。

"嗯。"那边传来一个略微不悦的单音。

"我是沈写意。"她顺便望了那位王秘书一眼。

"沈写意，你登机之前我和你说什么了？"

"你说什么了？"写意一时被飞机和刚才的会议搞得晕头转向，随口问回去。

这下子，他不但没有回答她，反倒在电话那头静了一下，随后咔嚓一声，无情地将通话挂断了。

写意对着电话里的忙音，很气愤地皱起眉头。这人在搞什么，也不打她手机，打了个工作电话过来，兴师动众还劳民伤财，结果说不到三句话又莫名其妙地挂掉。

她咬牙切齿，愤愤不平地看着手里的电话，突然发现那位秘书还坐在不远处，正在用一种探究的眼神看着她。写意立刻一扫被挂电话的霉气，冲秘书笑了笑，然后很职业地挺起腰板走了回去。

可惜，当她一推开会议室的大门，发现大家好像都没有继续下一项，只是所有的目光都齐刷刷地聚焦在她的身上，都很好奇那位总裁先生千里迢迢地找她做什么。

"小沈，"静姐第一个开口，"厉先生有什么吩咐吗？"

写意能感觉到这似乎是所有人都想了解的，或者他们更想直接地问："找你干吗？"

她面不改色地走到座位边坐下："厉先生电话委托我问候下 C 城的各位同僚，说大家干得不错，都辛苦了。"

在座的女性，都是振奋地一笑，又加足了马力准备继续奋勇干活儿。

果真是盲目崇拜，写意想。

过了一会儿，静姐才想起来问写意："既然是问候分公司的人，为什么厉先生不直接给吴经理打电话？"

果然是姜还是老的辣，反应都比别人快。

"因为他脑子抽筋了。"写意写东西头也没抬，含糊地说。

"嗯？"静姐没听清。

"估计就想顺带叮嘱下，让我们明天细心些。"

将第二天和对方谈判的资料准备完毕以后，吴经理做东去吃饭。

趁着大家点菜的当口，写意去了洗手间，随手翻出手袋里的手机看时间时，发现下飞机以后就一直忘记开机了。

她顿时明白了。

登机前，他叫她到了一定要给他打电话，她当时只是随意地应了一声，并没有放在心上。是不是因为她一直没有消息也没给他回电话，他一直找她，最后才把电话打到了吴经理的办公室去？

所以她回他一句："你说什么了？"他听到才那样生气。

她发自心底地微微一笑，刚将手机放回手袋，就感觉它又振动起来。她急急忙忙找出来一看，是关机后没有收到的一条接一条的信息。

15：36 PM
你要是下飞机打开电话，就给我回一个，要是路上晕机就不要去公司了。

16：20 PM
你早该到了，写意，为什么不开手机？

17：18 PM
我下班了。

17：32 PM
沈写意！！！

四条短信一条比一条简洁，最后演变成了只发了她的名字，后面还加了触目惊心的感叹号,她原先还以为他真不会发短信呢。

然后不到六点她就接到了这人的电话。

写意叹了口气,果然是很没有耐性的人。

她正准备再次将手机放回手袋里,却又收到了一条信息。

19:56 PM,是刚刚才发的。

短短的一行字:

刚才很担心你。

她的目光触及屏幕上出现的这句话的那一瞬间,几乎是屏住了呼吸,胸腔里的心脏猛然一收,缩成了一团。当她回过神来要呼吸的时候,心脏又倏地一下子舒展开。那阵温热的血液像温泉的暖流般从心口抽搐着蔓延至全身,血脉突如其来地层层扩张开,心在胸口就此剧烈地跳动起来。

她回到包间的椅子上,坐了半天才舒展开手指,在屏幕上敲打着:"我刚才真的是忘记开机了,对不起。"

"小沈,你点个菜啊。"吴经理招呼她。

"谢谢,你们点就好。"写意说。

"吴经理,人家小两口热恋,你就别打扰了。"静姐笑了。

没过几秒钟,他就回了信息,看来对于发信息他不是没有兴趣,只是缺一个人来激发强化。

"吃饭没有?"

"正准备吃,你在干什么?"

"我也在外面陪客户吃饭。"

"看来吃饭好像是人类最乐此不疲的活动。"

"不是,人类最乐此不疲的活动绝对不是吃饭。"

"那是什么?"

"是我们整整两天没做的那个。"

…………
写意不禁又羞又窘。

她当然明白他指的是什么，而且她敢打赌他肯定是当着很多人的面，故作深沉且面不改色地将这个信息输入手机发给她的。

第七章

我的阿衍

阿衍,这个世界上,原来只有你才是我一个人的。

1

吃过饭,静姐去探望她在 C 城的同学,又有很多人要去逛 C 城有名的夜市,叫写意一起去,但写意累得要命,摇着头就回了酒店。本来她和静姐分到了同一间,但是静姐说她不回来,她便只好在总台拿了门卡一个人住。

她一到酒店,就把电视机开得很大声,感觉不那么冷清。洗澡的时候写意隐隐觉得牙疼,她开始还没在意,后来躺在床上居然疼得翻来覆去地睡不着了。

她就索性坐起来继续看电视。

可是好像没什么用。

一疼起来,就连脉搏一起一伏地跳跃也能加重疼痛,后来变成不仅仅是太阳穴,连带整个右边的头盖骨和耳朵都开始疼。

写意耷拉着脑袋,靠在床上,很失落。她将电视调到娱乐节目,并且

第七章　我的阿衍

将音量开得很大,电视里面不停地有爆笑声传出来。这不但掩盖不了写意的失落,反倒衬得她更加沮丧苦闷。

她这人平时很乐观,乐呵呵的到哪里都是开心果,可是一旦独处或者生病就忧郁悲观得要命。

正当她自己在内心挣扎着去找个诊所看看或者买点儿止痛药的时候,电话响了。

是厉择良的电话。

写意捂住疼痛的右边脸颊,犹豫着要不要接。她不喜欢让人家看到这么软弱的自己,尤其是在他的面前,感觉就像是一个弱者在摇尾乞怜一样。

她任那手机在床头柜上呜呜地振动。

响了许久,她都没有接。

过了一小会儿,信息的提示音又响了。

"你回去没有?"

显然,厉择良没有觉得她是故意不接电话的,大概只是认为她还在外面没有听见。写意叹了口气,想了想决定回他三个字:"我睡了。"

正要确认发送,却没想到又进来了一个电话,她一不小心就按成了"接听"。

她傻了一秒钟,缓缓地将手机移到耳边。

"喂。"她说。

"你回去了?"他问。

"嗯。"

她听见他旁边很嘈杂还不时有人大声说话,好像那顿饭还没有吃完。可是噪声只是持续了那么须臾,就安静了下来,他似乎是专门出去换了个地方说话。

"睡觉了?"

"嗯。"

她连续闷闷地应了两声。

"你怎么了?"他又问,那语气使写意明显感觉到他说这话的时候在皱眉。

"没怎么。"

"酒店就你一个人?"

"嗯。"

"你怎么了?"他又问了一次,似乎略微有些不悦。

"没怎么。"她原封不动地再答了一次。

她回答完这个以后,电话的那头久久没有回音。沉默的时间如此之长,几乎让写意以为是他或者自己的手机没了信号。直到那边随着包间的门一开一合,又传出来些许喧嚣,写意才确定他是真的故意没有说话。

写意听见,有个熟人路过时跟厉择良打了声招呼,打破了电话里的这种沉默。他放下电话,跟那人心不在焉地寒暄了几句。

然后他又一次将电话放在耳边:"你怎么了?"这是他第三次这么问,语气生硬了许多。

"没怎……"她的脾气也跟着拧起来,哪知话音未落,他就冷酷地切断了通话。

写意盯着屏幕愣了愣,有些发狠地将手机关机,又扔在了一边。她坐在床上,抱着膝盖。

他问她怎么了,她也不知道怎么回答。

她心里突然就觉得对他有一些排斥,真的是排斥。

可是,他这人一点儿也不懂得迁就她,居然就这么硬生生地将电话挂了,而且这是一天中的第二次。

难道他不知道恋爱中的女人本来就会莫名其妙地生气,也会莫名其妙地生出不安吗?

难道他也不知道女人使小性子的时候,哄一哄就好了吗?

相处这几天,他对她经常这么凶,时常还需要她觍着脸去逗他,不让他生气。他是真的在意她,还是只当她是个消遣?

第七章　我的阿衍

写意想到这里,捂住那疼得厉害的右脸颊,将头埋在膝间心中异常伤感。不知道怎么忽然心里一揪,流下泪来,她在人前极少落泪,可是暗地里独处的时候却爱哭极了。

她借着电视声音的掩饰,一个人抱着枕头居然大声地哭了起来,将一肚子苦水全部发泄出来,鼻涕沾在了上面也不管。

哭着哭着累了便转成嘤嘤抽泣,抬起头找了抽纸来擦眼泪和鼻涕。

这个时候,床头的内线电话响了。

她知道,无非是客服部介绍早餐情况,或者是有人问需不需要特殊服务的,这是出差住宿的商务酒店经常遇见的情况。她吸了吸鼻子,接起电话。

然后尽量用平静的声音"喂"了一下。

一般情况下,那个询问"特殊服务"的人听见是女性接电话什么也不说就会直接挂掉,彼此心照不宣。

可是,她"喂"了一声以后,居然听见对方有些犹豫地喊了一句:"写意?"

这还能是谁?

当然她是怎么都逃不过他的五指山,这让她忽然想起那个电影叫什么来着,《黑客帝国》?任她无论走到哪里,就算是附近商场里的电话响起来,说不准也是他找她。

"你关机了?"他有点儿气愤。

"就许你挂我电话,我就不能关机?"她皱起脸顶回去,鼻音重重的。

他又沉默了一下,好像在分析什么线索,然后蓦地问:"你身体不舒服?"

"不要你管。"她赌气。

"感冒了?"

"我没有,也不用你管。"

"你牙疼?"

"不关你的事。"

"买药吃了吗？"他蹙了蹙眉头问。

"疼死我也不关你的事。"她闷闷不乐地说，就想将刚才吃闭门羹的怨气全部退还给他。

他倒变得好脾气了，没有恼，只是说："等我两分钟。"

写意放下电话，只道是他手边有什么紧急的事情要办，或者有什么重要的电话要接进来。她嘟起嘴，怨气还留在肚子里没开始发泄，他就又搞消失。

总之，就是这个男人听见她生病了，好像也是不着急的样子。

她跑了趟洗手间，对着镜子观察了一下自己微微肿起的腮帮子，走出来刚好两分钟，房间的电话响了，他果然受过德国教育，很守时。

"我刚才让林秘书查了一下，十一点有飞C城的航班，你在酒店里等我。"他三句话就将事情简明扼要地说清楚，而且不容置疑。

"等你做什么？"写意一时还没消化这句话的意思。

他刚才说的什么来着？

"你说的是真的？"过了一会儿她把手机开机，又发了一个信息。

"假的。"

"哦。"

她讪讪地回了一个字，然后靠在枕头上看电视剧，频道转来转去始终没有好看的，牙疼已经导致了她整个脑袋里都像是一团糨糊，她就这样频繁地换台。

不知道过了多久，她的眼皮开始打架，总算想睡了。迷迷糊糊间听到电话又响，她去拿座机的话筒，"喂"了半天发现是手机在响。

此刻，约莫已经是凌晨三四点了。

"喂。"她将手机送到耳朵边上。

"写意，开门。"

"啊？"她有些蒙。

"开下你的房门。"

"干吗?"她坐起来。

"开门。"

她纳闷儿着走过去照做。

她在房间里关了灯睡觉,因此光线很暗,门打开的时候走廊的灯光从他背后射进来,高大修长的人影映入她的眼帘,那一瞬间,她呆立在原地。

须臾,她的大脑才和动作配合在一起,继而,情不自禁地踮起脚张开双臂抱住他。

他居然真的……真的就这样突然出现在她的眼前,就像个奇迹。

这是她第一次那么主动地抱了他。

他心神怡然,扶着她退进屋子,反手将门关上,随即一低头就吻了她,一个甜腻得要命的吻。

"我以为你是逗我玩的。"

"我从来不逗人玩。"这倒是句实话。厉择良说完,从包里掏出药给她,然后帮她收拾东西,带她离开了酒店。

在出租车上,写意问:"为什么不住这里?"

他斜睨她:"难道你要你室友早上回来看见我躺在她床上?"

这个……确实是个问题。

"那我们现在去哪儿?"

"一个地方。"厉择良看着窗外的路灯,心不在焉地说。

已近五点,天色开始蒙蒙发白,可是气温却有些凉人,出租车驶入学院路旁边的一个僻静的小区里面。

他们下了车,上了三楼,厉择良掏出钥匙,找了半天没找到合适的那把。

写意提心吊胆地问:"你确定你进得去?"这半夜三更,很容易被人当成是小偷的。

他面无表情地瞪了她一眼:"我确定。"然后在旁边的花盆底下找到了一把备用钥匙。

屋子里的沙发和床都用布盖起来,好像很久没有人住过,可是每个地方却都一尘不染,似乎又有人时常来打扫。

两居室的房子,屋子的陈设很简单。她没多想,找到卧室倒在床上便睡着了。

房间拉着窗帘也不知道睡到了什么时候,只觉得肚子咕咕叫,她挣扎着撑开眼皮,眼前赫然出现的是厉择良的睡颜。

他侧身面朝她的方向躺着,闭着眼睛,嘴唇抿得紧紧的。他还没醒,也许真的是累极了。他一个人一宿没睡,飞了将近一千公里赶到酒店找到她,仅仅是因为她那小小的牙疼。

若是还说他丁点儿不在乎她,那是假的。

他睡着时,眉心是舒展开的,呼吸很慢而且很安静。他的睫毛不长却很稠密,和他的头发一样带着种浅浅的棕色,她不禁伸手去摸了摸。

没想到这一个轻微的动作却弄醒了他,他缓缓睁开眼睛时,还是没睡醒的样子,眼神懵懵懂懂的,有些孩子气。

写意一边在心里窃笑一边闭上眼装睡。

他有些迷糊地翻身平躺,揉了揉眼,朝写意看了看,又恢复刚才面朝她侧躺的姿势。不过没有继续睡,而是一伸手将写意拉进了怀里,说:"你居然敢趁我睡觉捉弄我。"

写意强忍笑意,继续闭眼。

"还装睡?看我怎么收拾你。"他挑起眉,说着就张嘴去亲她的耳朵。

她从小就异常怕痒,就在他唇边的热气喷洒到她的耳边的那一刻,她忍不住尖叫起来,大声地笑着一边躲一边推开他的胸膛。

可惜床就那么大,如何躲得掉?她转而以攻为守,伸手挠他的胳肢窝。他捉住她的一只手,准备再去捉另外一只,她便手脚并用地拼命抵抗。

她的力气也不小,再加上动用了那副不太中用的牙齿以后才硬是没让他得逞。

她对他来抓她的那只手臂是又咬又啃,逼迫他退却。

"看来你和二郎神是一伙的。"

"为什么？"她玩得气喘吁吁，问问题的时候都没有丝毫放松警惕，就怕他是故意和她说话，分散她的注意力，好趁机下手。

"是啸天犬转世。"

"呸呸呸，你才是啸天犬！"说着又去咬他。

"看，这不就是铁证，不知道有没有狂犬病。"

她气得抓狂，就想咬他一口泄愤。

一时玩到忘情，写意笑着和他挣扎间伸脚不小心踢到了他的腿，两个人的动作同时一滞，厉择良微微蹙了下眉。

"我弄疼你了？"写意松开手，揪着心问。

就在她放松警惕的那一瞬间，他以迅雷之势钳住她的双手，将她压制在身下。

她这回却是真的丝毫无法动弹，而厉择良完全一副扬扬得意的表情。

"你使诈！"她很生气地说。

"兵不厌诈。"他坏笑道。

"你讨厌，讨厌！"

"敢说我讨厌？"他扬起唇角，将她两只手腕并在一起，用左手捉牢后，腾出右手轻轻松松地就伸过去挠她的胳肢窝。

"起来，不许弄我。"她急忙躲闪，可是四肢都在他的掌握下，怎么躲都是无济于事。他的手指一碰到她的痒处，她就又是叫又是笑，才小一会儿就上气不接下气。

"还说我讨厌吗？"他趾高气扬地问。

"就是……讨厌。"她还宁死不屈。

于是，他又挠她的腰。写意想哭又想笑，实在招架不住。没过多久，两人的头上都是一层细密的汗。

"不要闹了。"她咯咯地笑到眼泪都憋出来了。

"以后还要说我讨厌吗？"

"不说了。"她开始妥协。

"谁不说了?"

"沈写意不说了。"她的浩然正气还没有坚持几分钟就缴械投降。

"沈写意不说谁讨厌了?"他步步紧逼,不让她心服口服就决不罢休。

"沈写意不说厉择良讨厌了。"她这下认错认得倒是挺干脆。

他倒蛮讲信用的,听见这话便立刻停止了进攻,心满意足地点点头:"早说啊,何必逼我用刑。"

哪知写意等他松懈,狡黠地一笑,挣开他准备趁机挠他的腰肢,再给他点儿颜色瞧瞧。可是厉择良的动作却先于她,迅速躲开,接着又一次顺利将她的手钳制住。

"这回你惨了。"他突然很严肃地说。

"我错了。"她这回很识时务地立马认错。

"要是再犯,恐怕可没上次那么容易就算了。"他非常了解她什么地方最怕痒,于是俯身张嘴去调戏她的耳垂。

他用唇含住,舌尖来回拨动那小小的耳垂,惹得她心里像有很多只蚂蚁在爬行似的,酥痒难耐。

"不许亲那里。"她尖声叫喊,同时使劲儿摇头,可惜怎么也甩不开他的唇。

他很正经地说:"不许亲那里,那我就亲这里。"作势又要换到右边耳朵。

"都不许亲!我认错了。"她大声求饶。

他本来就是存心捉弄她的,怎么肯善罢甘休,眼见又要亲下来。

写意情急之下,不禁叫出:"阿衍,你不许亲!"

他身形蓦然一滞,停了下来。

2

他敛尽刚才和她嬉闹的神色,很慎重地看着她。

"你……"发出一个音,却没有接个所以然出来。

第七章 我的阿衍

　　写意趁着他迟疑之际迅速地从他的魔爪之下逃脱，一跃站在床边，然后得意地冲他眨了眨眼睛："看来阿衍果然是你的名字。"
　　"你……你怎么知道？"
　　"我偷看了你书房里的纸条，上面有这个名字。"她像奸计得逞一般说道。
　　"嗯。"他应了一声，垂下眼帘却没再多说话。这让本来想得意扬扬地将那句"兵不厌诈"再送还给他的写意，一时间手足无措起来。
　　"你生气了？"她看他。
　　"没有。"他云淡风轻地笑了笑，又躺了下去，然后手臂摊开，又说，"写意过来，我抱一下。"
　　写意刚刚才吃过他的亏，哪肯这么轻易又回去。
　　"说不定你又想使诈骗我。"
　　"真的不是。"
　　听见他的保证，她才半信半疑地又缩回被窝儿去，枕在他的臂弯中。
　　"为什么要叫阿衍？从没听过谁这样叫你。"她一说出口，又觉得后面一句是多余。她并没有和他身边的人有过多的接触，公司里谁敢乱称呼他？而老宅里的谭叔也不会。她为了强调这个问题的重要性，又问了一次："为什么要叫阿衍呢？"

　　这一次他听见这个名字变得很平静，合着眼，隔了许久才说："你陪我再睡一小会儿。"他很轻易地就岔开了话题。
　　"你不喜欢我叫这个名字？"她不死心地将谈话的内容又拐了回来。
　　"没有不喜欢。"
　　"没有不喜欢的话，就是喜欢？"她追问道。
　　"嘘！"他这一次连擦边的答案都没有给她，做了个噤声的手势，准备沉入梦乡。
　　写意气鼓鼓地看着他，这人每次都这样搪塞她。即使如此愤愤不平，她倒真的就那样听话地睡着了。几分钟后，厉择良却睁开眼睛。

其实他压根儿就没有任何睡意,他轻轻地将手臂从她的后脑勺儿抽出来,走到客厅去。

待写意再醒来,却发现他出去了,桌子上压着他留的纸条。

"我帮你请了假,今天不用去上班。冰箱是空的,只有牛奶和饼干。你先吃,我出去走走。"

字条末尾落的是"阿衍"二字,写意伸手去摸了摸那个落款,在口中轻轻地念了一遍,他果然还是喜欢这个名字的。

"你在哪里?"她拨了他的电话。

"刚回小区外面。"

"陪我去逛街好不好?"

"我不喜欢逛街。"他坦白。

"就当陪我一次。"她撒娇地说。

他静默了片刻问:"要去哪儿?"

男人第一次学会投降,写意取得了阶段性的胜利。

于是,写意飞速地收拾穿衣,关门后乐颠颠地跑下楼去,出了小区大门,远远就瞧见厉择良站在斑马线的对面。

她常见他都是着正装,全身挺得笔直,此刻他穿了身很休闲的衣服和上班的时候感觉完全不一样。

他在街边等着红灯,但不知道在想着什么,眼神落在别处,没有看见写意。

她在马路对面,张开嘴,很放肆地敞开嗓门儿叫了一声:"阿衍——"

旁边一同等红绿灯的人,有些奇怪地回头看她。

她看见厉择良也闻声掉过头来,发现人群中招手的她,他扬起嘴角浅浅地笑了起来。

其间隔着川流不息的车辆,写意愣愣地看着他的笑脸,那是她第一次觉得他的眼睛也是笑意盈盈的,居然完全没有阴风阵阵的感觉。

他俩并肩走在 C 城最繁华的步行街上。

第七章　我的阿衍

写意指了指旁边排起长队的麦当劳外卖点："我想买甜筒吃。"

"我等你。"他毫无自知且坦荡荡地说。

写意看着他："为什么你不去买？"

"我又不吃。"

"可是我想吃。"

他斜视她："我想知道，你没和我一起的时候是怎么过的？"

"大不了，我现在就去找别的男人帮我买。"一边威胁，写意一边就朝着迎面而来的两位金发帅哥走去。"你好"说完正要找话题继续搭讪，却被厉择良黑着脸拉回来。

"沈写意……"他没好气地说，"你……"

"我怎么了？人家帅哥肯定比你豪爽，不信我们试试？"

"你敢！"他有些生气。

"你要是买给我吃，我就不敢了。"她换了个语气，看着他，"买嘛买嘛。"

"……"

"阿衍，给我买嘛。"

绝招使出来之后，写意心满意足地看着厉择良掏钱在窗口排队。幸好两人在外地，熟人很少，不然任谁看见都会大跌眼镜。

其实，她现在并不太喜欢吃甜食，特别是这种小孩子的东西，只是对于他那稀缺的宠溺很贪心。

她手拿甜筒走在街上，旁边是表情不太自然的厉择良。步行街上的人熙熙攘攘，偶尔有那么一两个人回头看他，小声地指指点点。

无论多么精良的假肢，都使得他的腿看起来有些异样。她电光火石间就明白他不爱逛街的原因了，心里有那么一点儿愧疚。

原来，他嘴硬得要命，暗地里是这么的将就她。

有人迎面而过时，撞了下写意的肩膀，她侧身的时候不小心碰到厉择良的手。和她比起来，他的手要凉一些。

她咬了一口甜筒外面的脆皮,在拥挤的人流中靠紧他,再一次碰到他的手以后,趁机轻轻地将它勾住。那一瞬间,他看着前方的目光似乎没有任何波动,脚步也没有任何迟疑。

扑通、扑通、扑通……她数着自己的心跳,从未觉得时间流逝得是如此之慢且如此难熬。没想到她和他连最亲密的男女之事都做了,如今牵下手还会紧张成这样。

在这短短的时间里,她已经设想了万一他会不喜欢她这样子,而在后面将要发生的所有的尴尬场面。甩开她?挖苦她?或者抽身而走?

就在她快要心灰意冷的时候,他却将她的手反握住。他的手指尖微凉,掌心却湿热,动作也是轻轻的。

她蓦然就乐了,心里甜甜的,就像嘴边的奶油冰激凌。

3

"腿会不会累?"她牵着他的手问。

"还好。"

"还好是什么意思?"

"不累。"

"要是我累了呢?"

"那我们就回去吧。"刚说完,手机就响起来,他看了写意一眼。

写意笑笑:"接吧,说不定有正事。"说着一个人就到旁边的店铺门口欣赏人家的橱窗。

"厉先生。"来电的人是薛其归,"那个事情……"

"我看了下策划书也没有什么不可行的,而且他们开出的条件很丰厚。"

"确实是。"

"做生意的话,风险是在所难免的。"

第七章　我的阿衍

他们说了许久，其间厉择良回身看见在橱窗前站着的写意。她前面的珠宝店橱窗里，摆着一个玻璃柜台，柜台里面放着两个金质的卡通小熊。

她似乎很好奇，弯下腰去。大概她只注意到柜台忘记了橱窗，缓缓弯下腰的时候，砰的一下，额头磕到了玻璃。

同时，他也不禁跟着她微微仰了下头。

她的第一反应是故作镇静地四处张望了下，在确定没有人注意她的丑态之后才吃痛地揉了揉额头。

"厉先生？"薛其归说了半天，见厉择良没有答话。

他一时走神，薛其归只得将刚才的话又说了一次。

谈完事情挂了电话，他走过去："在看什么？"

"一对卡通的小熊，好可爱，居然是金子做的。"她指着它们笑。她这人一直很庸俗，从小就爱金灿灿的东西。

以前詹东圳送她生日礼物，是对很雅致的耳坠，亮晶晶的戴上刚好配她的小耳垂，可是她却泄气地说："真不好，又不能吃。"

詹东圳瞠目结舌："可以换很多斤大米了。"

"而且我喜欢金子。"

"进去看看？"厉择良问，看来他比较了解写意的喜好。

"不看了，也不买。"

珠宝店里的店员看见两人站立在橱窗前说话，便微笑着出来问："小姐，可以进来坐坐。"

"喜欢就买了。"他很平静地牵着她走进去。

写意这才恍然想起来眼前站的就是一个钻石王老五，什么都可能缺就是不缺钱那种。

写意没有扭捏，欢天喜地地准备买了。

店员说那种小熊有三种型号，分别是多少克多少克，然后一一摆在写意面前。

"我要最大的那个。"她指了指。

"小的好看。"他建议。

写意瞅了他一眼,小声说:"你好小气。"

"……"

厉择良双手投降,掏钱付账。

写意一点儿也没有扭扭捏捏地推辞。

她一直有一种观点,男女在家庭和社会地位上是平等的,如果是普通朋友或者同事,只要是你不想和人家的感情生活有瓜葛的,那便一定要分清经济账,不要想占对方便宜。

但是,如果他是她心中不一样的那个人,那当然可以他付账。

难得遇见两个这么爽快的买家,店员小姐欢天喜地地送两人出门。写意走的时候瞅了瞅那一根一根的小黄鱼,很眼馋。

回到家里,写意趴在桌子上盯着两只黄金小熊,垂头丧气地说:"真的是小的可爱些。"果然贪心没有好下场……

傍晚,客厅的沙发上,写意靠在厉择良的胸口上问:"明天回去吗?"

"可以让小林帮你请假,我们再多待几天。"

"你不忙吗?"

"有事的话,他们会联系我。"他说。

写意听着他的心跳,过了会儿又说:"为什么要叫你阿衍呢?"

"小时候的名字。"

"小时候?"

"我读书的时候有个名字叫厉南衍,后来改了。"

"为什么改了?"

"问卦的时候,算卦的说,那个名字命薄,于是家里就给改了。"

"你们家搞迷信。"

厉择良笑了。

"我不喜欢前面那个名字。"写意说,"不过我还是喜欢叫你阿衍。"

"以前有人可不是那么说的。"厉择良不经意地说。那个时候她说她比较喜欢厉南衍这个名字。

"谁啊?"写意追问。

"没有谁。"

"女朋友?初恋?"写意来了兴致,"你答应过要给我讲你以前的事情。"

他想了想:"其实没什么可说的,也不知道怎么说。"

"那我问你答好了。"

"我答了有什么好处?"他问。

这人果然骨子里都是生意人,写意腹诽。

"以后你也可以问我啊。"她央求着说,"我就问三个。"

厉择良用手指绕着她的发梢,点点头。

协议达成。

"认识我之前谈过几次恋爱?"第一问。

"恋爱的界定是什么?"他反问她。

"啊……"这个问题难倒她了,只好换一个,"在那个纸条上写阿衍的人是谁啊?"

"这是第二个问题了?"他向她确认一下。

"没有,刚才的你都没回答,只能算第一个。"她气呼呼地说。

"回答后面这个?"

"嗯。"

"以前的女朋友。"

写意心里咯噔一下,有些异样的情绪,不禁又问:"她是谁啊?你们怎么认识的?怎么又不在一起了呢?"

"你一口气问了三个,你准备用剩下的两次机会让我答哪两个?"

写意衡量了下轻重,无奈地说:"你回答'你们怎么认识的',你要详细地说,不能敷衍我,不然我真要生气了。"

"我们……一直在一个学校。"他说。

是的,他们一直念一个学校,无论是高中、大学还是在德国,他曾经一度误会这天底下真有这么巧的事,哪知后来才知道是她一直在刻意地追着他的脚印跑。

"不过第一次怎么认识的,我倒忘记了。"他又说。

"你耍赖!"

"我真的忘记了。"他很诚恳地说。

"……"

写意顿时像只泄了气的皮球,这男人就爱和她打太极,嘴巴紧得很。

"你还有最后一个问题。"他说。

"不问了。"她闷闷不乐。

"那算你自动弃权。"

他不但不哄她,还落井下石地来了这么一句。写意气极了,抬头朝他下巴狠狠地咬了一口,直到他吃痛地蹙起眉,写意才心满意足地松开牙说:"最后一个问题我留着,以后再问。"说完,就跑去了洗手间。

她也不能老受他压迫,一点儿也不反抗是不是?

厉择良看着她的背影,沉入了回忆。

他和她第一次见面是在什么时候?这么多年,他确实有些不太记得清了。是哪一个秋天或者夏天吗?好像他们都还在念高中,到毕业的最后两学期父亲为了让他不受家庭因素的干扰,把他送到很远的 B 城托付给了姨妈。

他靠在沙发上,听见她在洗手间里放水洗澡,他的手支着下巴,又想了想。

4

好像,那一天是校运会的最后一个比赛日。

他们班男生进入了 4×100 接力的决赛。他那个时候虽说跑步不错,可惜不太喜欢出风头,哪知当时他们班的班主任老师一直都在试图说服他。

最后，他只好上场。没想到因为是最后一次参加校运会的机会，其他人都很拼命，从预赛、复赛一直到了决赛。

自己跑的第几棒，他都不记得了，第二棒或者第三棒？接力赛一直都是田径的压轴项目，看的人很多。他也拼了全力，和另外一个班的选手几乎并驾齐驱将其他组的人甩了老远。可是就在快要交接棒的那一刻，一个女生兴奋地大喊："厉南衍，加油！"然后就万分激动地从外面冲到跑道内。

眼看就要撞上她，但是他想收脚已经来不及了，于是两人重重地撞在了一起，接力棒也飞到了别处。

两人一起被挽到医务室之后，不断有同班同学为了他来质问、责骂那个女生。

她不停地向人家道歉，然后埋下头一直不敢看他。

他看见女生垂着头的时候，眼眶里分明有亮晶晶的泪珠，而衣服胳膊肘的位置已经磨了个洞，里面渗着血丝。他的膝盖和手掌被塑胶跑道擦破了很大的几块皮，全身像散架了一样，所以，他能想象她伤得肯定也不轻。

那么漠然的他居然有些不忍地问了句："喂——你还好吗？"

没想到只是这么一句漫不经心的问候，居然就让她抬起头来咬住嘴唇，破涕为笑。

"学长，我叫苏写意。"

"哦。"他漫不经心地应了一声。

"我们以前见过的啊。"她完全忘记伤痛，兴奋地提醒他。

"嗯。"他没有兴趣。

"我是一年级七班的，教室就在二楼的楼梯口那里。"她叽叽喳喳地说，"你每天都从我们教室门口经过……"

他开始头痛，非常后悔刚才自己为什么要去招惹她，幸好校医及时出现了，打断了写意的骚扰。

校医一点一点揭开他伤口上面的布料，他有些抽痛地扯了扯嘴角。

她嘟着嘴内疚地道歉:"我真的不是故意的,就是一时激动就跳出来了,结果还害得你们班没名次。"

"没什么,反正也没意思。"他淡淡地说。

这是他的记忆中能想起来的最早的一次交流。后来她曾说,他们确实在那之前还在别的地方认识过。可惜,他始终记不得还有什么。

那个时候的写意只有十四岁,无论是年龄还是个子都是全班最小的,完全是没有长开的样儿,就是一扎着两个小辫儿的小矮子。可是她却很吃得开,什么打抱不平的事情都管,以至于很多男生都不太喜欢她。

她学习一直都不怎么努力,上课老和老师唱对台戏,被请家长是常有的事。

一日,他去办公室交试卷,正巧看到写意站在办公室,旁边坐着的大概是她妈妈。

老师说:"她居然带着班上好几个女生到人家家里面去理论。虽然,那个男同学确实不该那样欺负乡下来的女生,可是这些事情,也应该报告给老师,让老师解决吧?"

老师的最后一句话,实际上是转过来对写意说的:"你们这样做,人家家长闹到学校来,说是给他家里的小孩儿造成了心理阴影,你说怎么办?怎么班里什么坏事都和你苏写意有关?"

苏妈妈闻言对着老师好脾气地道歉。

可是写意自始至终没有说一句话,只是低着头。

他路过的时候,写意察觉了,抬起头来看了他一眼。她那原本拧在一起的眉毛,舒展开了,还偷偷地冲他挤了挤眼睛。

他和往常一样,挪开视线无视她,走出办公室。

她个子小小的,也不知道这样的身体里面怎么会爆发那么大的声音。每次他打球,她只要在旁边都会扯着个嗓门儿喊:"厉南衍,加油哦!加油!"

寒假考完试,学校放了假,他去市图书馆看书,没想到偶然碰到写意。从那以后就一直没有消停过,每日定时出现在他的面前。

"我妈妈在这里上班。"她乐呵呵地解释。

他没注意听,只是埋下头去看书。

"你好用功,听我们老师说你要考 M 大?"她又找话题闲聊。

"你的名字真好听,可是大家都这么叫又没意思。"她坐在他对面,下巴搁在桌子上,津津有味地盯着他垂下去的睫毛。

自始至终都是她一个人压低了声音在自说自话,他就没搭理过她。

"不如我重新想一个。"

她平时最爱给人取绰号。

詹东圳的"冬冬"二字,已经是很客气的名字了,比如同桌毕海湖,她就直接叫人家"beautiful",幸好是女生的,还算文雅没什么损失。

不过,还有个同学名字是鄢正华,她给人取了个"胭脂花",搞得人家一个大个子男孩儿有了这么一个绰号。后来,全年级都知道,七班有个面黑的男生叫什么花,而忘记了他原名。有一次上体育课,这男生在后排和人聊天,体育老师气极,大声喊:"胭脂花,别讲话!"全班同学同时一愣,然后哄然大笑。

其实他姓厉,惹得她挺想叫他"板栗"的,简单又上口,但是肯定不能取这个,不然他的目光也许会将她当场碎尸。

她绞尽脑汁地想。

"阿衍,"她说,"我就叫你阿衍吧。"

他在刷刷刷写字的笔尖微微一顿。

"我叫厉南衍。"他申明。

"阿衍真的很好听耶。"她难得想出这么好听又不损人的名字。

他忍无可忍地站起来,收拾东西走人。

她追着解释:"人家黄药师的老婆叫冯蘅,本来这么个名字很普通,可是黄老邪称她阿蘅,阿蘅啊,叫起来好揪心,一下子就变成一大美人儿了。"

写意一边说一边自己沉醉，待回过神时发现人家已经走了好远。

后来父亲到 B 城来看他，顺道请朋友沈志宏吃饭，叫了他一起去，几家人和和睦睦地坐在一起。

沈志宏有个小女儿，长得白白净净，虽说嘴巴很甜，仍然能一眼就看得出是被大人宠坏的孩子。

沈志宏知道他念十六中的时候，不禁脱口问道："你也读那里啊？"

临走那会儿，沈志宏在暗地里忽然又对他说："南衍啊，我的写意也念你们学校，一年级七班，见过没有？"

"见过。"他对长辈都是老老实实地回答，却是不明白沈志宏和苏写意有什么样的关系。

"那你真的就是她回来跟我提的那个阿衍了？"沈志宏无奈地摇头。

阿衍？阿衍。

他不知道如何回复，只好点点头。

"她跟我说，阿衍要考 M 大，那么她也要考那个学校。"沈志宏呵呵一笑，拍了拍他的肩膀，"小伙子，多教教她。"

就这么一句话，让写意在纠缠他时都变得理直气壮起来。结果，整整一个寒假，都有这么一个女生追在他后面"阿衍，阿衍"地叫。

那天大年初八，这个时间他倒是记得很清楚。

写意又如往常一样地在路边蹲点，准备继续当跟班儿追着他去图书馆。她背着书包，穿了一件短短的桃红色羽绒服，下面配着一条白色的裤子，一副淑女搭配，很难得。头一天下了很大的雪，她一个人在雪地里等他，鼻子和脸蛋都冻得红彤彤的，远远地就在马路对面大声地叫他。

在图书馆里，多遭了他几回冷脸，她也学乖了，不再骚扰他，静静地带了作业去做。遇到不会的题，她拿来问他，他却没什么耐心跟她讲，就将答案算出来扔给她了事。

没想到她很聪明，自己也能弄懂个六七成。

她认真做了一会儿，就将作业做完了，于是多动症又开始发作，唯一治疗自己多动症的方法便是和他说话。

"阿衍。"

她当然是等不到他心甘情愿地答应她，所以她继续自说自话道："我是不是挺烦人的？"

他挑眉，她终于有自知之明了。

写意有些失落地趴在桌子上，不知怎么的突然看到他放在那里的钢笔。她一时觉得很漂亮，便随手拆开来看，那笔和平常钢笔吸墨水的方式有些不一样。

她好奇地拧来拧去地琢磨着，没想到一使劲儿，咔嚓，轻轻地响了一声，吸管拧断了。

他闻声抬起头来，看到自己心爱的钢笔在写意手里断成了两截，里面墨水洒了一桌子不说，滴到他借给她的参考书上。他这人爱书成痴，连褶子都不折一个，何况是泼上一管墨水。

她尴尬地笑了笑："我……不是故意的。"

他不能再忍了："苏写意，你离我远点儿。"

"阿衍，我真的不是故意的，大不了我请你吃冰棍。"那天室外零下八九度，她却特别喜欢在这种天气吃冰棍，可惜不是每个人都有她这种恶趣味。

她从书包里拿出纸巾，将书本仔仔细细地擦干净，还交给他检查。

"继续做作业。"他说。

"可是做完了。"

"那你就回家去。"

"我要等你。"她怯怯地说。

他瞄了她一眼，翻开课本将后面容易点儿的题勾了一些给她做，还说："做作业的时候不许讲话，不许搞小动作，不懂的地方抄在旁边，最后再一起问我。"

写意笑嘻嘻地点头。

就此，这位姓厉的严苛的家庭教师，开始了对写意长达数年的多重教育工作。

他们坐了几个小时，从图书馆出来，走到路上，他一直觉得有人在后面指指点点。他转过头去，那些女生又掩住偷偷笑的嘴，迅速地转身。

总觉得有些蹊跷。

走到十字路口，写意大叫："阿衍，快点儿，要红灯了。"说着就拔腿冲过马路。

他却留在了这边。

写意跑到马路中间的时候，他才蓦然看见她的裤子上一大片红，那红色被她的白裤子衬得触目惊心。

脑子轰地一下，他明白了。

"喂！"他喊着跟着她冲过去，没想到跑到一半已经是红灯，两边的汽车飞速地从他前面奔驰而过，差点儿发生意外刮到他。

他只好停停走走地左躲右闪才到了对面。

写意浑然不觉地笑说："呀，原来你要闯红灯。"

他冷冷地扫了她一眼："你……"话到嘴边却不知如何开口。

他那个时候已经快成年了，对女生的这种事情已经不再陌生，也不会好奇，当然知道裤子上是什么。

"我怎么了？"她侧着头奇怪地看他。

估计她压根儿就不知道发生了什么事，他也不是她的生理卫生老师。

他将大衣解下来，递给她说："穿上。"

"我一点儿也不冷啊。"她纳闷儿。

"叫你穿上！"他加重了语气。

写意只好接过，狐疑地穿上。大衣很长，套在她身上，已经过了膝盖，当然也遮住了尴尬的地方。

"你不冷吗？"写意问，他只穿了一件毛衣走在雪地里，显得有些

第七章　我的阿衍

奇怪。

"快点儿回家！"他严厉地说。

"怎么了？"她一边走一边还在问。

"回去就知道了。"他不太耐烦地说，面色却是微微一红。

"对了，我还要请你吃冰棍的。"

"还敢吃什么冰棍，快回家！"他这次是真的恼了。

那是写意的第一次生理期，自己却大大咧咧地毫无自觉，而且，居然有人念到高中了才开始发育。

她年纪小不懂事，也不会体贴人，不知道他将衣服给了她，穿着单薄的毛衣跟她在零下几度的寒风中走了很久。

后来他考去了 M 大，他平时和同学相处得很和睦，可惜就是有些大少爷的习性，不喜欢宿舍里的生活，便独自住在校外，想过几年清净日子。

元旦那天，他一个人借着假期去了趟 C 城附近，看冬日里的大海。

第二日回来，宿舍里的老乡侯小东在路上遇见他说："昨天有人来学校找你，找着了吧？"

他茫然地问："什么人？"

"一小女孩儿。"侯小东不怀好意地笑，"厉择良啊，我可是怎么都没想到啊，平时我们的系花都不能入你老人家的法眼，原来搞了半天你是有目标了啊。"

他回去没见有什么人，于是进了屋子关门做饭看书。

到了中午，他准备去超市买东西，穿上大衣打开门的时候却跌进一个人来，是写意。她好像一直靠坐在门前，好像睡着了，所以一开门便摔了个四脚朝天。

她仰躺在地上，倒着看到他以后，愣了愣，然后突然就撇着嘴哭了："阿衍！"

她背着妈妈辗转地从 B 城来，从车站问到学校，从学校问到寝室，再从他室友那儿问到了这里的地址。昨天在这里蹲到天黑，幸好二楼的大婶帮她找了旅馆住了一夜，早上起来买了零食又开始在这里蹲点。

哪知他已经回来了。

写意从地上爬起来，手伸在他的大衣里面去，环住他的腰，哇哇大哭。

十五六岁的人独自赶了一千一百公里就为了来看他，一个人千里迢迢走到陌生的城市，除了他以外什么人也不认识，眼看天黑却还没有着落，心里肯定很害怕吧？可是她却一直忍到看见想见的那个人的时候才哭出来。

"饿了没？"他问。

"不饿，零食都吃撑了。"

"你爸他们知道你来吗？"他有种不祥的预感。

她支支吾吾地说东扯西。

"他们知道还是不知道？"他加重语气又问了一次。

写意最后还是老实交代："他们……不知道。"

他闻言，立刻拉起她就要送她回去。

"不要。"写意死死拽住他的衣角。

她一抹眼泪，仰起倔强的脸蛋，又说："他们吵架了，还要我叫任姨妈妈，我才不想回去！"

他停下来，回过身，默然地看了看她，才半年不见她就长高了不少，脱了些稚嫩。

他知道她是沈家的私生女，其实他一直比较敬佩沈志宏，只是没想到事业如日中天的沈志宏，在感情上却有一笔糊涂账。

他一边和沈家那边及时联系，一边照顾她。

白天他去上课还带了个小小的拖油瓶，一进学校大门，他就下令："我走前面，你在后面跟着我，但是不准跟我讲话，知道吗？"

第七章 我的阿衍

她立刻老老实实地点了点头。

她明白要是她有丁点儿不听话,第二天铁定就会被送回家去。

幸好当时他们管理系几乎都是上大课,一百多人,同学都认不全。她一个人被他安排在大教室最不起眼的小角落里,埋头做着姓厉的家庭教师布置的作业。

只有那位 A 城老乡侯小东才知道这个秘密。

"小写意啊,"侯小东说,"我们不做作业了,下午猴子哥哥翘课带你去坐海盗船。"

写意一听,两眼放光:"海盗船吗?我以前……"她本来很兴奋地说到了一半,便看见他扫过来的目光,却又垂下头去说:"我……还是喜欢做作业,阿衍也是为了我好,我不能给他添麻烦,只有好好学习才能实现自己的梦想,做个对社会有用的人来报答父母。"她非常有觉悟地将这一席话倒背如流。

他听见以后,满意地收拾东西,领她回家。

却不想,写意中午吃饭不小心将衣服湿了个透心凉。她换上他的衣服,长得不像话,他只好带着写意临时买点儿衣服,他又不太好意思去逛女店就叫上侯小东一起。

侯小东说:"难得学习委员居然也会主动拉我旷课,你跟我说一声,我翘课带她来不就行了?我不会把她给拐去卖的,况且这小鬼,精着呢。"

这时,写意换好外套出来给他们看,"怎么样?"她问。

他摸了摸面料:"料子不太舒服,估计不暖和,换一件。"

她听话地又进去换。

路上有女孩儿拿着串儿冰糖葫芦,写意瞧得很眼馋,侯小东倒会察言观色,立刻说:"小写意,要吃什么的,猴子哥哥给你买。"

写意却不敢立刻答应,只是怯生生地看了厉择良一眼:"吃串草莓的好不好?"

他说:"你吃了又要叫牙疼。"明显是不同意。

"哦。"

这段对话及时终止。

侯小东站在两人中间,看看写意,再看了看厉择良。

"啧啧啧,厉择良,不仅是今天,我老早就想说你了。"侯小东摇头,"你知不知道你最近就像一只生养儿女的老母鸡,对下一代保护过度了。"

后来过了几天,好不容易等写意松了口,沈志宏急忙就跑来接她回去。上车的时候,她伸了个小脑袋出来,信誓旦旦地说:"阿衍,我明年一定要考到这里来。"

5

结果,第一年落榜。

她年纪本来就比其他人小,以前不是笨而是根本没用心学,幸好补习了一年以后,居然真让她考上了。

等她好不容易熬到C城来念书,他已经大四,正在着手准备去德国。她哭丧着脸说:"阿衍,我好累啊。"追他追得好累。

那个时候,她已经长得很高挑,不再是虎头虎脑的男孩儿模样。看见侯小东也不会规规矩矩地喊哥哥了,都是"猴子,猴子"地乱叫。

"这谁啊,不是厉择良的拖油瓶吗?怎么长成大姑娘了?哥哥我可还记得当年被人硬拉着陪你去买内衣哦。"侯小东戏耍她。

"呸——这种事还好意思嚷嚷,小孩儿的便宜你也占,要是我告诉你女朋友听,让你吃不了兜着走。"写意说。

她骨子里就不是吃素的,谁也不怕。

可是她每每遇到什么路见不平的事情,正要发作,他只要微微扫她一眼,她就听话地闭嘴噤声。

"简直就是耗子见了猫。"侯小东曾经这样形容,"不该啊,你这人平时待人挺亲和,怎么和写意在一起就跟冷面阎王似的?好像……"他想了想，"好像一个必须黑着脸的古板老爹。不知道做老爹的你要是某天嫁女儿，会不会将女婿嫉妒得要死。"

这样的大学生活是写意梦寐以求的，因为，她又可以做他的小跟班儿了。

那套两居室的房子，早因为两年前她离家出走跑到这里的那一次，就被收拾成两间卧室。可是，如今他却不许她继续行使以前屋主的权利。她住在学校的集体宿舍里面，每次没到天黑就被厉择良撵回学校去。

可是，那不是她的初衷，所以她每次都和他找借口拖延时间。

"七点半了。"他看了下表，这是下逐客令之前的开场白。

"我的题还没有做完，做完就回去。"她拖拖拉拉地说。

"回寝室做。"

"可是我有不懂的地方要问你。"她继续和他拉锯。

"我又不是学法律的，你问我做什么？"

"呃……"

这个借口确实过时了。

有那么一次，她确实困得要死却不想回宿舍。

"该回去了。"他走过来说完，却发现原本坐在沙发上看电视的写意已经睡着，也不知她是真睡还是假睡，他轻轻地叫了一声："写意？"

她纹丝不动。

他只好妥协。

于是狡猾的写意意外地找到了对付他的绝招：一到下逐客令的时间她就闭上眼睛装睡。这是写意第一次战略性的胜利，并且屡试不爽。

后来他也由着她，将原先她那间屋子收拾出来给她住，但是约法三章，只能周末住在这里，平时必须按时回宿舍。

他平时非常低调，很多人只猜到他家比较宽裕，却不知是那么惊人。

大四了,他和同学一起准备毕业设计和论文,不再是独来独往,经常和分在同组的同学一起做功课。那时候,毕业班很多人都在外面有了小窝,却数他的地方最舒适、最宽敞,于是同学都聚在他那儿。

独自生活了将近四年后,厉择良虽说还是不苟言笑,但是性格开朗了许多,特别擅长讲冷笑话,时常笑得侯小东捂住肚子倒在地上,全场却只有他这个说笑话的,一本正经地不笑。

写意经常坐在一大群学长旁边,侧着头观察他和别的男生说话。

男生们窝在屋子里研究课题讨论论文,每次要买什么东西,都是大家猜拳来解决。

那天,外面寒风萧萧,几个男生一时兴起要喝热奶茶,轮到侯小东去买。

侯小东不情愿地走到客厅,看见窝在沙发上很闲的写意,说道:"小写意,我们渴了。"

"水管里有自来水。"她正看小说看得起劲儿,头也不回地答道。

"我们都想喝热奶茶。"

"下楼出小区大门左转,前行两百米不到就有家热饮店。"她说。

"你好有空间感。"侯小东感叹。

"那是。"她挑眉说。

"可是你的阿衍哥哥也很想喝。"

"啊?"写意立刻抬头。

"你自己猜拳输了就自己去买,这么冷的天,别又扯上她。"他对侯小东说。

"老厉——"侯小东走回去,将椅子转过来对着厉择良,语重心长地说,"你的舐犊之情也太严重了吧,这样子很不利于孩子身心的发展。"

"我去买。"写意却没犹豫,穿上羽绒服就开门出去。

过了两分钟就听见敲门声,侯小东一边开门一边感叹:"瞧这父女之

第七章　我的阿衍

情的力量，腿脚赶得上飞人了。"

打开门，却是一个迟到的男生。

男生解围巾急急忙忙地走进来，大声说："唉，来迟了。刚才坐公交车差点儿遇见撞车。我们后面一辆别克飞快地擦上来，突然冲到人行道上去，撞到了路灯。司机好像喝醉了，连安全套也没系，碰了一脸血。"

几个人都没觉得有什么异样，点点头安静地继续做事。

独独是厉择良听了过后翻过一页书，云淡风轻地说："原来你开车还要系安全套，没想到。"

侯小东笑喷了，大伙儿也同时一起哈哈大笑。哪知，笑完后侯小东一转身，却见写意正好站在那里，正听见这几句话。

大家有些尴尬。虽说男生之间这样带颜色地相互调侃是常有的事，却从没在这种小女生面前显露过。侯小东捅了捅厉择良，小声说："老厉，你惨了，说荤段子被你的拖油瓶听见了，光辉形象咔嚓一下全毁了。"

写意面色如常地走了进来，将热气腾腾的奶茶放在桌子上："阿衍，你要的喝的。"然后又出去看书。

"还有我们的呢？"侯小东眼巴巴地问，"你只买了一杯？"

"自己买去。"写意得意扬扬地瞧了侯小东一眼。

之后，她傻傻地问："为什么你跟我在一起的时候，脾气和跟他们一起时不一样？"

这样一个探索内心根源的问题别指望他能回答。

就连寒假，写意也去Ａ城缠了他好些日子，但在沈志宏的强调下，写意没有住到他家去，而睡在酒店里。

厉择良无事的时候就爱在屋子里写小楷，她也跟着临摹他的字。他倒没有管她，由着她去，知道她不出三天多半就会换新兴趣。

果然才过了两天写意就说："不写了，学得我想把毛笔给折成两截。"

他挑挑眉，继续写他的，也不管她。

她不敢吵闹，只好趴在旁边看。后来趁他出书房去没注意，她随手拿了支笔在裁好的雪白熟宣上，歪歪斜斜地写：阿衍啊，阿衍。

翻到第二页又写了几个字：我们出去逛街好不好？
第三页：不写了好不好？
第四页：我好无聊。
见他接了电话进来，她迅速地抽了一沓白纸上来将那几个恶作剧的字给压在了最底下。

夏天是写意最爱买衣服的季节，她一个月的生活费，只有几百块，苏妈妈虽然温和却在金钱上很固执，绝对不许她随便用沈志宏的钱。
如今一到外地就成了脱缰的野马，每每不到十来天，全月生活费就挥霍光了。
所幸，她一直傍着个大款，穷得只剩下钱的大款。
"阿衍，买这个。"
"阿衍，我要买那个。"
"阿衍，我们今天去吃大餐好不好？"
当然，同来混吃混喝的还有侯小东。

这样的生活让他的开支直线飙升。
其实他平时一个人的时候挺节俭的，除了必需品从不乱花钱，她的到来几乎将他三年内存下来的奖学金一扫而空。
可是仅仅是爱花钱还不够，她还爱显摆。
写意班里有个男生家里小富，在班上很拽，每回来上学都开着一辆日本跑车很拉风的样子，很多女生像采蜂蜜的蜜蜂似的绕着他转悠。
写意对这位花花少爷是正眼也不瞧一下，倒让他觉得有点儿伤自尊。
可是对方一周换一个女友，这样的行为让将自己视作女性保护神的写意很气愤，哪还会对他有好感？
"苏写意，上来我载你兜风。"那天，写意、侯小东恰好走在路上，男生突然刹车停在他们面前，有些轻蔑地看着侯小东，对着写意说了这么一句话。

第七章　我的阿衍

"切！"写意瞥了他一眼，"这种破车我才不稀罕。"

"破车？这车四十多万一台，你旁边这位姓厉的同学不吃不喝挣几年的话，也不知道买不买得起。"这花花大少听说过写意和管理系一个姓厉的男生的事情，他便误会侯小东就是传说中的厉择良，于是故意挑衅道。

侯小东代人受过，乐呵呵一笑。

哪知，写意却说："我们阿衍家才没有你这种奇形怪状的破车，人家坐车都只坐一个天使里面有一个字母B的那种，不知道你不吃不喝挣一辈子买不买得起。"她不认识什么车，就只能这样乱七八糟地形容一下，再将那句话回敬过去。

随即还高傲地扭过头说："猴子，我们走！"

那男生留在原地，"脑子有毛病吧，什么一个天使里面有个B，自己装的自行车还……"他说到这里顿住，"一个天使里有个B，宾利？"

侯小东笑得东倒西歪地将这番情景描述给厉择良听。

"什么破玩意儿，送我都不要的。这种坏人，到处糟蹋姑娘就算了，还敢跟阿衍比。要是比学习和样貌，他就给我们阿衍提鞋都不配，可他偏偏还要觉得他很有钱，我们阿衍一根手指头就能……"

厉择良无趣地横扫了她一眼，禁止她再说下去。

"丢人。"他黑着脸说。

"是啊，他这样真丢人。"

"我说的是你。"继续黑。

真不知道沈志宏半生英明，怎么生了个这样的女儿。

二十岁的写意和现在的模样已经差不多，个子高挑，脸蛋却有些婴儿肥。纯黑的直发留得长长的，总是扎成简单的马尾，一副利索的样子。她怕热，喜欢穿极短的牛仔裤，将一双长腿露出来。

不说别人，就连见识过她小时候丑态的侯小东一见她的腿，都忍不住多看几眼。

他只要发现,就会冷冷地对侯小东说:"你往哪儿瞄?"

"你家闺女儿不错啊,要熟了。"

暑假到了,他八月就去德国,却还要在学校处理些事情,就先送写意回家去。

"我不想走。"其实是怕这一走他就去德国了。

"学校放假了,你留在这里还不是闲逛。"他说。

回 B 城时,侯小东同来送写意,她坐不惯飞机,只好替她买火车票。

"我要是不在旁边,他会不会被别人抢走?"趁着厉择良去买东西,她问了侯小东一个非常实际的问题。

"小写意你放心啦,你死皮赖脸追了他这么多年都没到手,其他女的更不可能功力比你还深厚。"

"我哪有死皮赖脸的?我们是两情相悦,好不好?"

"你这话,敷衍敷衍我或者骗骗你自己还行,你敢在你的阿衍哥哥面前说?"侯小东故意翻白眼。

"可是……"她词穷。

"你见过有你们这样'两情相悦'的吗?"

"也许有啊。"

"你信不信他一直当你是小屁孩儿?"

侯小东当场打击她。

"这样好了,我举个例子,你们有没有……"他本想问得大胆一点儿,但是怕吓着小姑娘,于是改了口,"有没有接吻?"

"没有。"

"你们有没有牵过手?"

"没有。"

"他有没有说过喜欢你?"

"没有。"

"有没有送过花和礼物给你,或者讲过甜言蜜语?"

"没有。"

"那你俩一天到晚在一起都干什么了?"

写意想了想,得出一个惨淡的结论:"学习。"

这时厉择良拿着饮料回来,问:"什么学习?"

侯小东连忙拍了拍写意的肩膀,呵呵一笑:"我在教你家小朋友从小要立大志做大事,还要好好学习。"

两人送了写意上车,从月台出来,他问:"你跟她说什么了?"

侯小东嘿嘿笑着原原本本地叙述了一遍。

他一个人回到住处,突然觉得屋子异常安静,看了会儿德语教程,总觉得有些累,便倒在床上睡着了,不知道睡到什么时候,门突然被钥匙打开。

他睡眼惺忪地翻过身,却不想一个人三五步跑进来,扔下行李就趴在他身上,让他着实吃了一惊。

"阿衍……"两个字刚一出口,写意就眼睛红红地落下泪来,后来越哭越无法收拾,就只听见嘤嘤地喊着他的名字。

他撑起身体,睡意去了大半,坐起来:"你怎么折回来了?"

"阿衍,你不要我了。"她哭得泣不成声地说。

他哭笑不得:"怎么突然就……"

"猴子说你不会喜欢我,可是阿衍,我喜欢你,所以你不能不要我。阿衍永远都是我一个人的,无论你当我是小屁孩儿,还是当我是拖油瓶,都只能是我一个人的。你去德国之前是我的,去了德国还是我的。阿衍这辈子只能为我夹丸子,只能跟我讲题,只能替我去买衣服,只能带我去看牙,只能给我做饭,只能对我说甜言蜜语,只能牵我的手,只能吻我,只能和我两情相悦,只能说喜欢我,永远永远永远都是我的。"

她带着一种孩子气的哭腔,把一大段语无伦次的告白用撒娇的方式说完。他听了以后没有回答她,却隐约觉得心里潮乎乎的。

久久之后,他才说:"你还小。"

她已经哭累了睡在他的怀里,什么也没有听到,他轻轻地吻了一下她的额角:"写意,等我回来吧。"

不过,还来不及等他回来,她就到了德国。

她在海德堡见到他,说:"阿衍,这个世界上,原来只有你才是我一个人的。"虽然她面带笑容,可是说这句话的时候,眼角却带着泪花。

如今过了多少年,他们又重新躺在这张床上。

屋外淅淅沥沥地下着细雨,打在窗户的玻璃上。

厉择良深夜无眠,看着旁边的睡脸。她脸上的婴儿肥已经褪去,可是睡觉时喜欢微微张着嘴的习惯却是一点儿没变。

"写意。"他叫她,"写意。"

"嗯?"她渐渐醒了。

"写意,我疼。"他说。

写意连忙坐起来,焦急地说:"怎么办?腿哪里疼?我帮你揉揉。"

"不是腿。"他说。

"那是哪里?"她有些急。

"这里。"他捉住她的手,放在胸口,"这里疼。"

写意皱起眉毛:"你居然捉弄我。"

"真的。"他微微一笑,"真的很疼。"话音一落就将她拉到胸前。

他看了看她的额头,喃喃自语地说:"那一次亲的这里,这次我就从这里开始。"随即,就落下绵密缠绵的吻。

第八章

过往如烟

如果我们不看结局,那么他们不就一直停留在那个幸福的地方了。

1

去机场的路上,路过 M 大的大门,写意又朝车窗外张望了一下。

"回去看看?"他问。

"不了,一个人也不认识了。"她摇摇头。

"我也是这个学校毕业的。"他说。

"是吗?"她惊讶地掉过头来说,后来才想起来,似乎听小林说过。他以前读书很厉害,后来还拿到全额奖学金去海德堡大学留学。

在回 A 城的航班上,写意又开始找话题。

"看来我俩真有缘分啊,一起念过好多学校,会不会以前在某个地方遇见过?"她笑眯眯地念叨。

"也许。"他掉过头去看另外一边窗户。

"不过你这种人,多半正眼都不看我一下,是不是?"

"嗯。"他没注意听她说什么,一走神就"嗯"了一下。

"嗯什么嗯?"写意的五官皱在一起,"你应该说'不是啊,我厉某人觉得沈小姐沉鱼落雁、闭月羞花,所以对沈小姐一见倾心,相逢恨晚'。"

"要起飞了,坐好。"他止住了笑意说。

飞机升入高空以后进入平稳期,他找了本杂志来看。

"我有一个问题。"她将脑袋靠在他的肩上。

"嗯?"

"为什么会喜欢我?"

"什么为什么?"

"我好平凡的,虽然心地善良,虽然有正义感,虽然心灵很美,虽然长得也不差……"她"自卑"地说,"可是为什么你偏偏喜欢上我了呢?"

他放下杂志,想了想说:"我有说过我喜欢你吗?"

"……"

呃,确实没有。

她有些沮丧。

过了会儿,写意又轻轻地叫:"阿衍。"

"什么?"

"你很爱以前那个人吗?也叫你阿衍的那个。"

他没有回答。

"为什么要分开呢?"她又问了一次。

本以为永远也得不到他的答案,没想到他却放下报纸,透过写意的脸庞看着窗外的云海,许久之后才开口。

"我做了蠢事,伤害了她。"

"那……你们还相爱吗?"这是写意最关心的问题。

"不爱了。"他淡淡地说。

可究竟是他不爱了,还是她不爱了,还是两个都不爱了,统统都没有向她说明白。可惜,他没有再继续这个话题。

这一天,杨望杰和尹笑眉去超市买食材,却很巧地看见了写意与厉

第八章 过往如烟

择良。

"这个好像比较适合卷发。"写意在拿着两瓶洗发水慢慢研究其中的区别。

"那就买那个。"厉择良说。

"其实我也好想烫个卷发。"她说。

"以后再说。"他一边说一边将另一瓶洗发水放在推车里。

"阿衍,我剪成短发会不会好看些?要不然挑染成酒红色?"

他在前面推车,她追着他问。

"就现在这样吧。"

"为什么?我想改个发型的。"

"长得就丑,怎么改都是一回事。"他说。

她倒一点儿不生气,沾沾自喜地跟在后面慢悠悠地说:"可就是不知道为什么,我都丑成这样了,还有个人喜欢得要死。"

"估计此人是后悔得要死。"

"……"

走了几步,她又问:"你说我弄成卷的怎么样?"

"不许剪,不许烫,不许染,除此以外你想怎么弄都可以。"

…………

他俩一路絮絮叨叨地说着话,从那边走过去,并未注意到对面的杨望杰和尹笑眉,虽说他俩没有手牵手,但是亲昵的态度显而易见。

杨望杰从未见到那样撒娇的写意,也没想到多日不见她已经和厉择良走到了一起。他知道最近厉氏有个大手笔,已经投资到 B 城的开发项目中了。听说最近在和东正集团合作的蓝田湾,已经率先投资了几个亿。

这个,出乎很多人的意料。但是当年,若不是厉择良出人意料地买下业兴的烂尾工程,怎么轮得到厉氏企业后来在地产界的叱咤风云?当时若有一丝闪失,刚经历过风雨的厉氏便有可能化为乌有,可是他却成功了。如今看来,他又找准了契机。

如果她中意的是这样的人,那他也只有自叹不如了。

"呃，那不是沈小姐吗？"尹笑眉说，随即又看到了旁边的厉择良，"他们真在一起了啊。"她还记得上次哥哥婚宴时，他俩就坐在一起。

"嗯，还要买什么？不买就走吧，估计你哥在家等急了。"杨望杰答。

"我和厉择良也是校友哦。"尹笑眉回家在厨房里准备东西的时候，想起什么说道。

"M大？"

"是啊，但是我进学校的时候他就毕业了，所以只是听说过这号人物，我们是校友。他那时候就好优秀的，还拿了全额奖学金去海德堡大学留学，虽说后来没毕业就回来了，但绝对不像我连M大都是靠老爹开后门进去的。"

"你们一群小女生，只要见到长得好、有点儿家世的，就认为人家优秀了。"

尹笑眉故意嗅了嗅鼻子："怎么厨房里有股酸味儿？望杰，你是把醋坛子弄洒了还是自己在吃醋哦？"

咯咯笑罢，她却接着说："他在学校读书那会儿，根本没有人知道他是B城厉家的小少爷，所以并没有在学校引起什么轰动，都是他后来功成名就以后被邀请来参加校庆，我们才听说学校出了这号人物。"

"他的腿一直都是那样？你们也不介意？"

"大学时腿是好的，据说还爱打篮球来着，后来不知道怎么的，好像是在德国出的车祸吧。"

"车祸？"

"什么车祸？"哥哥尹宵插嘴，伸了个脑袋进来问。

"我们说厉择良的腿估计是在德国出的车祸。"

"德国？不是吧？我怎么听说是在B城呢？"尹宵说，"因为当时这事商界内还小小地轰动了一下。"

"轰动？"尹笑眉问。

"以前听过别人说，有八卦消息揭露那起车祸是蓄意谋杀。不过也说不准，现在的消息就是唯恐天下不乱，后来传来传去地很不像话，大概是有损企业声誉,厉家就出面封锁了消息。"

"啊?"听到尹宵说到此处,两个人都不约而同地张大了嘴。

他俩还没来得及问,尹宵就被老婆叫了出去。

"什么谋杀?"尹笑眉改问杨望杰。

"不清楚。"杨望杰答,"无非是争夺遗产财产之类的吧,有钱人家估计都逃不过这个俗套。"

两人一对眼,又将尹宵捉回了厨房,继续拷问。

"什么谋杀?"

2

"以前厉氏和海润集团一直合伙做生意。"尹宵娓娓道来,"那两家走得近,一起做 shopping mall,狠狠地赚了一把,但是后来 B 城那边的餐饮部发生了恶性中毒事件。"

"出人命了?"尹笑眉问。

"好像是有人死了,当时事情闹得很大,对于两家上市公司简直就是毁灭性的重创啊,股票天天跌停盘。而且政府也介入了,就在这个时候厉氏将海润推了出来,不但拍拍屁股撤资了,还向政府提供了大量事件的资料。"

"那海润怎么会那么容易就松手?"杨望杰问。

"是啊,大家都觉得奇怪。"

"是不是海润内部出了问题?"杨望杰分析说。

"大概是吧,如果那样的话厉氏理所当然不会替海润背黑锅,于是两家就分道扬镳了。"

"朋友危难都不帮个手。"尹笑眉蹙着眉说。

尹宵呵呵一笑:"商人重利轻别离,这种时刻还管什么朋友不朋友的,自保是关键。那一次厉氏也是元气大伤,后来索性改投地产了。"

"海润的人还不恨死厉氏了。"尹笑眉继续削着土豆皮。

"也许仅仅是恨还不够。"尹宵说出一句意味深长的话引起杨望杰的注意。

"还有什么？"杨望杰问。

"海润的老板沈志宏，因此突发脑出血去世了，海润顿时崩溃。"

"那么后来厉择良车祸，就是他们说的谋杀？海润的人谋杀厉氏继承人以泄愤？"

"厉氏继承人？不。"尹宵冲杨望杰摇摇手指，"那个时候的厉择良已经接管了整个厉氏，他就是那次事件的决策者。"

"啊？"尹笑眉放下手中的小刀，插嘴道，"厉学长这么……"她一时找不到不褒不贬的词语形容他。

尹宵笑了笑，接过她的话说道："歹毒？他本来就不是一般人。想想那个时候的厉择良才多大？二十五六？惭愧啊，望杰，我们真惭愧。"

杨望杰无奈地笑了笑，那种人一出生就注定不平凡，有什么可比性？若是他和尹宵也是那种家世，也不一定就比他差。

"那车祸真的是海润的人干的？所以要人家的命？"尹笑眉问。

"不知道，但是车祸在B城啊，那是海润的地盘。"尹宵答。

"谁说是在B城？明明是在德国。"嫂子卿晓月走进来掺和到话题中。

"哥哥说的。"尹笑眉吐吐舌头。

"是在德国吧。"卿晓月淡淡地说。

"你怎么知道？"尹宵随口一问。

"你不知道女人都很八卦吗？尤其是对英俊的男人更加八卦。"卿晓月做了一个被帅哥迷倒的表情。

"我也很英俊啊。"尹宵说。

卿晓月闻言，故作呕吐状，然后就跳开了。

接下来，一场原本很严肃的厉择良往事发布会以这对夫妻的嬉闹而结束。

杨望杰却久久不发一言，他原来和厉择良这类人是没有丝毫交集，也

第八章 过往如烟

谈不上什么嫉妒不嫉妒之类的,是什么打破了他平静的心态?

海德堡大学。

不知怎的,这五个字一直在杨望杰心中萦绕。晚饭的时候,他总寻思着在哪里听到过。倒不是他以前没久仰过海德堡大学的大名,而是就觉得似乎听一个人提起过。

他突然想到第一次见到写意的时候,表姐夫吴委明是这么介绍的:"小沈是海德堡大学的海归哦。"

当时写意还笑着说:"自费去的,因为在M大混不下去了,后来还差些被当了。"

脑中突现这个场景,杨望杰猛然停下筷子。

"望杰,你怎么了?"尹笑眉问。

"尹宵,你刚才说海润的老板叫什么?"

"沈志宏。"

杨望杰心不在焉地吃过饭,辞别尹笑眉开车回家,一路上越想越觉得有些不对劲。也姓沈?如果他没有记错的话,写意老家也是B城。M大、海德堡、车祸、B城、姓沈,这些事情是不是太巧了一些?

杨望杰有些事情想要求证,拿起电话想拨给尹笑眉,犹豫了一下改发信息。

"厉择良比你大几届?"

不到十秒钟,就有了回信。

"大四届,我进校他刚好毕业,怎么了?"

"那沈写意呢?"他写了这条,看了看又删除。他以前好像听尹笑眉提过,写意高她一个年级,而且问沈写意的事,尹笑眉也许心中会感到不舒服。

那么如此推断,写意和厉择良在M大学有一年的交集,而后又同时留学在海德堡大学,会不会他们的感情不是而今偶然产生,而是那个时候就建立了?

那么,她为什么不认识他?杨望杰清清楚楚地记得他第二次约写意吃饭，在他的提示下，她才惊异地发现厉择良的腿有问题。所以她应该不认识他。

可是，海德堡才多大点儿，同时在此留学的中国人不认识也混个眼熟吧？何况还是国内大学校友。

是因为她的失忆症？

他不是个爱管闲事的人，却独独对写意的事情很上心，为了什么？他心里也清楚得很。他犹豫着给写意拨了电话，她似乎待在家里，寒暄过后，杨望杰回到正题。

"听说你找到男朋友了？"他说。

写意一时不知怎么回答。

"我刚才和朋友在超市遇见你和厉总在一起。"

"啊？"写意知道她和厉择良的事敷衍不了了，只好笑笑说，"我们居然没看到你们。你也真是不够意思都不打声招呼，罚你改天请吃饭。"

"听说你们是大学校友，留学也一起，这样的缘分攒了很多年才修成正果吧？"他又刻意地将论题拐到他想问的焦点上面去。

"其实说起来都惭愧，我和他以前并不认识。"写意说。

又说了几句，杨望杰挂掉电话，更加觉得蹊跷。听写意的口气，如果她不认识厉择良，是因为失忆引起的话，那么厉择良也不认识她？

不过，也许写意姓沈真的只是巧合，不可能巧到她恰好就是沈志宏的女儿，否则，厉择良为什么要留个仇人家的女儿在身边？

一天之内吸收的信息太多，杨望杰一时间觉得脑子有些乱。

翌日，杨望杰在公司做完工程报表，正好闲下来想起昨天的事情，要满足他日渐膨胀的好奇心，没有私家侦探却有互联网。

他在网站搜索了"沈写意"三个字，相关的网页倒不是很多，估计这个名字还是不太常见，细细地看了下，有个消息倒是让他想起朱安槐这个人。

"辉沪银行的少东家因骚扰下属未果恼羞成怒买凶……"很长的一段

第八章　过往如烟

新闻，里面有句话：原告律师沈写意。

杨望杰喝了杯水，又继续找下去，却没得到什么惊世骇俗的关于写意的新闻。没有车祸，没有失忆，没有海德堡，甚至没有海润。

"沈写意"三个字，在这个互联网上几乎就是一张白纸。

就在他要放弃的时候，却在搜索的最后一页看到一句话。

"演员名单：沈蕙……苏写意（法律系）。"

本来这条新闻和他搜索的名字没有直接关系，但是却因为搜索引擎功能强大地将沈蕙的"沈"和苏写意的"写意"凑到一块儿。

这样的一个消息其实根本不会引起杨望杰的注意，但是网页上的"校庆中，学校话剧社《萨勒姆女巫》获得成功……M大校园新闻"的字样却吸引了他的目光。

这明明是尹笑眉口中说的那个话剧社和那幕话剧。

他仔细看了下新闻时间，比尹笑眉进校早半年。除了这一点儿误差以外，一切都能和写意对上号。

可是为什么是"苏写意"？

3

他再也忍不住拨电话问了尹笑眉。

"是啊，她改过姓，之前姓苏嘛，就是去德国留学前半年改的，不过刚开始大家都还挺奇怪的。"听杨望杰开门见山地问了后，尹笑眉回答说。

"的确奇怪。"

"嗯。都成年了还改姓，难道不奇怪？可是呢……现在这种事情不是很常见吗？也许是母亲改嫁吧，据说以前是跟着母亲姓的，这种事情大家怎么好追着问？"

杨望杰独自坐在椅子上。

苏写意，沈写意，这两个名字在脑子里不停地转来转去，正好尹宵到办公室来找他开会。

"怎么了，老兄？一副魂不守舍的样子。"

"尹宵，你能不能帮我查下沈家的事情？"他知道尹宵在这方面有些门道。

"什么事？"

"家事。"

"家事？"

"我想知道沈写意和沈志宏有什么关系。"

"沈写意……是谁？"他不太记得住哪里出现过这个人。

"帮个忙。"

过了几天，尹宵果然将结论告之杨望杰。

"海润的老板沈志宏有两个女儿，大女儿沈写晴，小女儿沈写意。"尹宵说，"沈写意是私生女，迫于外界和家庭压力，成年了许久才准进沈家的门。"

"沈写意是沈志宏的私生女？"

"不错。"

杨望杰心情有些异样，他不知道原来写意居然有这样的身世，难怪听说她总是无偿在社区为那些在社会底层挣扎的女性提供法律援助。

晚上七点半，写意吃过厉择良做的晚饭正在刷碗，这是他俩多日以来明确了的分工。她以前以为像他这种商人，应该有很多应酬，没想到许多时候都是她在加班，他准时回家做饭。

这个时候，电视里正在播财经新闻。

"本周纳斯达克指数连续下挫以及原油的涨价引发全球股市持续下跌，沪深股市指数已经冲破三年来最大的跌幅，从五月份到现在短短三个月总市值蒸发一千二百亿人民币。"

写意看了电视一眼，挑了挑眉毛。办公室里大家都偷偷看股票，一有什么风吹草动就齐齐地扑过去看。

第八章　过往如烟

可惜，即使股市连连下跌，却一点儿也没影响厉总在家做饭的心情。

"难道你不买股票？"写意问。奇怪，吴委明等人在电话里跟她诉苦股市时，号得像被宰杀的猪。

"你买了？"

"没，我视钱如命，怎么舍得去冒风险？要是跌个五六万什么的，我保准从这阳台上跳下去。"

"那别从这个阳台跳，否则尸体摆在那儿业主要跟厉氏退房。"

"这楼也是你们的？"写意诧异地问，过了会儿才想起来用一种哀怨的眼神对着他说，"你就不能有点儿同情心？难道我跳楼都不拉我一把，还说风凉话？"

她洗碗洗到一半时电话响了。

"电话。"他说。

写意在围裙上擦了擦手就去拿手机，是好友周平馨找她，一番哭哭啼啼却是和老公吵了架向写意诉苦来了。

写意哄着她："别哭了平馨，我就来，在家等我。"

"我想去喝酒。"

"好，我们就去喝酒。"

"男人都不是什么好东西！"周平馨饮泣怨恨地说。

"嗯，男人的确不是……"她看了厉择良一眼，后面三个字弱下去，没有附和出来。

写意讲完电话去换衣服："我要出去一趟，平馨哭得厉害。"

"这么晚了。"他坐在沙发上有些不乐意。

"阿衍，"写意从后面圈住他的脖子，"我一会儿就回来了。"

"我陪你。"

"不要吧，我就是陪她谈谈心，你在家里等我。"

她拿起手袋准备换鞋，却被厉择良叫住："写意。"

"怎么?"她回身。

他走过去伸手将她头发上的线头拿下来:"出门都不照照镜子,还是老样子。"

"有时候你挺婆婆妈妈的。"写意说。

厉择良勾起唇角微微笑。

"你去不去了?"他提醒她。

"嗯。"写意穿好鞋,突然想起什么,又回过身来,"等我回来哦。"随即将嘴巴凑过去像蜻蜓点水一样亲了下他的唇,偷他一个 goodbye kiss。

她原本个子就不矮,但是为了凑准位置还是踮起了脚尖,哪知他却反应极快,顺势将她拉住,锁在怀中,低头深吻下来。

写意被他吻得心慌意乱,红着脸趴在他胸前。

"写意。"他说。

"嗯?"她的耳朵贴在他的胸口,他一说话就能听见闷闷的振动声。

"我们永远都这样,可以吗?"

他垂头盯住她,那双眸子原本色浅,如今在灯光下好像深了几分,隐约含着波涛,却是种让人读不懂的繁复眼神。

写意眨了眨眼睛:"您老人家在对我告白吗?"

原本严肃的话题被她这么一逗趣就给搅黄了。

"你总爱和我对着干。"他揉了揉额角。

"哪儿有?"她申辩,"你叫我吃番茄我就不敢夹土豆,你让我加班我就不敢走人,这么听话的女人上哪儿找去?居然还要说我处处和你对着干。"

他很无奈地摆了摆手,让她快走,临时强调说:"不准陪人家喝酒。回来的时候打电话给我,我去接你。"

却不想,她赶到周平馨家门外,敲了半天没人应门,她翻遍了手袋才发现忘记带手机了,又走到街上打公共电话。电话通了后,周平馨告诉她

第八章 过往如烟

自己在迪吧里喝酒，电话那头音乐声震耳欲聋。写意知道这女人是借酒消愁，风风火火地又赶去。

周平馨倒还好，没有喝得烂醉如泥，只是望着舞池发呆。她在A城只有周平馨这么一个朋友，或者说她好像自从那次事故以后一直都有些自闭，除了工作从不与人交好，但在唐乔遇见的周平馨让她有种撑起翅膀来保护的欲望。

"写意，我要离婚。"隔着刺耳的电子音乐，周平馨大喊。

"你俩不是挺好的吗？"

"他钱包里居然有买女装的收据，却不是买给我的。我问他，他却不解释说我不信任他，然后开车就走了。"周平馨在噪声中大声嚷嚷，写意听了个七八分。

她捏了捏周平馨的脸蛋："男人不都这样，宁肯自己呕血也不朝别人解释，这才是魅力啊，平馨。好好问问他吧，别自己跟自己怄气。"

"要是他真在外面有女人怎么办？"

那就把他下面咔嚓掉，写意本想这么说，可是劝人不能这样，只好道："不会啦，你老公心比金坚。"

"你少在那儿说风凉话。"周平馨说，她知道写意现在和厉择良住一起，"你如今是在恋爱蜜月期，不知道婚姻的苦。"

…………

就这么一句一句地，劝来劝去，因为在这种地方说话是要用吼的，于是一会儿下来，两人的嗓子都哑了些。

不知道什么时候了，写意才记起来要跟厉择良说一声，不然厉总很生气，后果很严重。噪声大得可以谋杀人的听力，她知道他最怕吵，于是借了周平馨的手机准备去外面打。

酒吧一出来是地下室，上了十多阶楼梯才到街面上。

她一边爬楼梯一边拨号码，没注意前面，一不小心撞到一个人身上，一失手手机掉到了地上。

4

"沈律师！"那人流里流气地叫住她。

写意抬头一看，瘟神上门——是朱安槐。

"朱先生。"写意一脸晦气地朝他笑了笑。

"都是缘分哪。"朱安槐说。旁边还跟了两个小弟，一看就是半夜无事出来瞎混。

上次才应付他一个人，写意都是闯了男厕所才逃走的，而且他没守着等她估计也是碍于厉择良在里面。如今她一个人单枪匹马，朱安槐身边还多了两个帮手，恐怕更难了。

他们站在楼梯的暗处，虽然身边有人出入但是碍于这种地方，又是三个男人站在一起，虽有路过的望过来，却没人驻足。

写意权衡了一下形势，幸好周平馨没出来，不然她那个性子还不知道会闹成什么样，一般情况下就像遇见流氓，大不了劫财劫色。

劫财就不用了，他就是一小开。

劫色的话，摸几下也死不了人。如今虽说没个路过的男人见苗头不对出来为她说句话，但是这朱安槐还不至于真要怎么着。

想到这里，她自己也定下心来，不住地给自己鼓劲儿。

若是她越慌，越让他觉得想怎么着就怎么着了。

"今天怕是身边没有护花使者了吧，其实沈律师啊，你不知道我平时最仰慕你这样的知识女性。长得漂亮，身材好，还是律师。特别是你在法庭上义正词严替那个女人告我的时候，简直就像我想强奸的那个人就是你一样，你说我冤不冤哪？当时我要是把你给睡了，判个十年八年的我还算值得，可惜……"朱安槐说话的语气变得极为轻佻，还伸手撩起写意搭在肩上的发丝拿起来在鼻子前嗅了嗅。

"朱少爷，你的老毛病又犯了。"写意说。

"别在我面前装清高，姓厉的不就是比我怀里多点儿银子？你还以为他真有什么好？那么一个残废，做起正事来肯定比不上我让你那么享受。"

第八章 过往如烟

说完朱安槐还朝旁边两个人不怀好意地笑了笑,"况且,说不定他根本就不行。"

写意皱了皱眉头,原本就是想好了不和他计较,打打马虎眼就过去了,可惜她高估了自己除了厉择良以外对异性的承受能力。她平时最讨厌和人有肢体接触,而且还是朱安槐这样的人。

何况,说她也就算了,但是连带厉择良也一并被他这样侮辱,她是真正有些动怒了,她非常嫌恶地拍开他的手,嘴上却忽然笑道:"可是啊,你要真有本事到厉择良跟前说去,在背后嚼人家舌根,有什么能耐?你这样的人,也只能在女人面前逞逞能,最后还不是得让朱家人出来给你擦屁股?现在这么多人看见了,朱少爷,你要是再动我一根毫毛,我保证让你上明天的头条。"

写意连讥带讽地说完,冷冷地瞥了他一眼,挥了挥手:"劳烦你让一下。"随即弯腰去拾周平馨的手机,却一下子被朱安槐拉一个反转。

"放手!"写意瞪住他。

"想这么就唬住我?"朱安槐咬牙切齿地说,"你以为我真拿你没有办法?要不要我们几个带你去别的地方乐一乐?"

话音一落,写意再也忍不住,扬起巴掌朝朱安槐掴去,那一掌落在他脸上一声脆响。他怒着双手一拂,写意下意识地退后半步,没想到踩空了楼梯,跌了下去。

在医院,周平馨忍住眼泪拨了个电话通知厉择良。

厉择良是颤抖着声音才将医院的地址问清楚,反复叮嘱叫她照顾好写意。电话挂断没多久,那个英俊的男人就像疾风一般出现在医院里。

周平馨以前只在远处见过他几回,也知道平时他是出了名的整洁,可是他现在连一件简单的短袖衬衣的扣子也没扣全。

他在护士站焦急地问过之后,直直地朝她这边奔来。

"你是周平馨?"他一把拉过她问道。

周平馨咬住唇点头,她明显感觉到厉择良的手抖得厉害,手心冰凉,神色不定，大概还从没有人见过他如此失态。

"写意在里面？"

还没等周平馨回答他就推门进去了，他一眼就看到写意躺在病床上，眉毛拧在一起，额头上缠着纱布，露在外面的胳膊也是因为擦伤上了药。

他走去，拨开夹在她嘴角的发丝。

"医生说只要她没吐，就没什么大问题。她刚才醒了一会儿，迷迷糊糊地要我给厉先生打电话。"周平馨小声地说。当然写意没说这么清楚，只是喃喃地叫着阿衍。

幸亏，周平馨还晓得阿衍是谁，这才发觉自己最应该通知厉择良。

可是也不知厉择良听没听她说，微微地蹙着眉，眸子里透出来的那种眼神，旁人瞧着都揪心。他站在床前轻轻用手指摩挲着她的脸，也不避讳她和旁边给写意打针的护士，可见他平时就没把什么人放在眼里。

哪知他就那么失神数秒，转身刹那已经敛尽方才的神色，对着周平馨的时候，此人又恢复成厉氏那个俯瞰众生的厉择良。

他双眸骤然沉下去，语气却很平淡地问道："怎么回事？"那种目光让周平馨忍不住胆战。

"写意陪我去喝酒，中途她说给你打电话就一个人出去了，结果没想到从楼梯上跌下来。"周平馨说。

"她自己跌的？"

"据说当时旁边还有几个人。"

"人呢？"

"见苗头不对就跑了，我也没见着。"

厉择良眼睛微微一眯，五指一张一合忍住了怒意，嘴里仍然淡淡地说："很晚了，你先回去吧。"

这听起来就像客套话，而散发着的那种凛然的气势下却是异常不容人抗拒的严肃命令。周平馨还真害怕他在心里连她一起责怪，不敢多待，瞧了写意一眼，立刻从命。

第八章 过往如烟

周平馨走了以后,他去值班室问了问医生写意的情况,确定除了皮外伤之外没有特别严重的地方。

"只是……"值班医生说,"怕撞到脑子,但是现在没办法确定,只能注意下她吐不吐,最好明天一早做个全面检查以防万一。"

厉择良点点头,回到病房前拨了个电话给季英松和薛其归。

他推门进去,又盯住写意看了很久。写意的手上挂着点滴,睡得有些不安稳。其实,从小她就不怕打针吃药,似乎比他还勇敢一些。

这时,季英松赶了过来。

厉择良轻轻地退到走廊上,正好薛其归回了个电话过来,两人简单地来回说了几句就挂掉。

"是朱安槐?"季英松问。

"嗯。"厉择良眼色一凛,"是我疏忽了。"他原本是留了一手的,这种小少爷打算教训他一下就行,但是没想到他居然真对写意下手。

"你准备怎么办?"

"叫他把手剁了,然后滚到这里来谢罪。"

"朱家怎么会同意。"这朱安槐是没什么本事,但他是辉沪三代的心头肉,朱家怎么能让他受半点儿委屈。

"否则他们付出的代价会更大。"

"你……"季英松知道厉择良不是那种人,但是也真的很怕他为了写意一时冲动,因为保不准里面躺的那个人有什么闪失,他做出些偏激的事情出来。

厉择良冷笑道:"英松,这个世界上杀人的办法多得是,拿钱请人去索命放血这类是最蠢的,我还不想做。"

季英松听了便不再多说,他知道厉择良已经胸有成竹,是铁定要拿朱安槐泄愤了。

那么冷酷的一人,回到病房的时候全然不见刚才凌厉的气魄。他将刚才季英松带来的日用品放在床头,又看着写意。

她的唇抿得紧紧的，可见做着梦，睡得极不安生。

他替她掖了掖被子，却不想她喃喃地冒出一句呓语："阿衍……"

这两个字像个烙印，渐渐沁透心肺，他胸口顿时觉得微微一暖，惹得嘴角泛起淡笑。

"写意，疼不疼？"即使他知道她现在肯定听不到，还是忍不住这样问了一句。

输液管里的药水似乎滴得有些快，他伸手一摸，她那永远热乎乎的手却有些凉。他拉了把凳子，坐下来将那只手轻轻捂在掌中。

就这样，守了一夜。

5

一大早，已经陆陆续续有护士医生来交接班。厉择良去了趟洗手间回来，一进门就发现写意已经醒了，一双大眼睛盯着窗外的树叶出神。

很多年前也是这个情景，他们说她很多人和事情都不记得了，他却不信。他挣扎着去那家医院看她。她也是那么静静地坐在医院花园的一角，发呆似的看着树上的叶子。

她大概仰久了脖子酸，垂下头来，目光扫过他的脸庞，不见丝毫停顿。稍过片刻后，她又掉头去看轮椅上的他，偷偷地对旁边的护士说："那位先生的腿没有了吗？"

"大概是吧。"护士说。

"好可惜，难得见到那么英俊的东方人。"她默默地点点头，出于礼貌不再盯着他看。

那个时候，她病得很严重，时常神情恍惚，前一秒钟做过什么事情都会不记得，所以她又忘记了，其实车祸后他们也见过的。

厉择良的关门声惊动了靠在床上发呆的写意，她闻声看过来，瞧见厉择良后，眯眼一笑："阿衍。"

第八章　过往如烟

"嗯,有没有觉得哪里不舒服?"厉择良就怕她摔出什么毛病来。

"有啊。"她说。

"哪儿?"他警觉地问。

"我肚子饿了。"她笑着说。

"季英松一会儿就带早点来了。"

"我想喝你做的粥。"她撒娇,"香香甜甜的荷叶粥啊,上周我肚子疼你熬给我吃的那种,你说下一次吃可以放薄荷叶来试试。"

这话让旁边替她换药的护士都忍不住微微地笑了。

写意当着陌生人的面这么说他,使他反倒有些窘迫,于是,他有些尴尬地咳了一下。

做完CT出来,路过其他病房,她在走廊上就听见有人冲着电话大声:"抛,抛,今天一开市就一定要替我出货。"声音一点儿也不冷静。

"大家都被股票整疯了?"她狐疑地说。

"你应该庆幸你没买,不然我就该到公寓楼下收尸了。"他说。

"估计你也赔了不少,厉兄,看来你这人看得开,心脏也蛮强劲的嘛。"她哈哈大笑。

"我不只心脏,还有个地方也很强。"他淡淡地说。

"……"

写意沉默了下,张望四周有没有人偷听,真不知道这男人怎么一肚子坏水呢。

"你好坏。"她说。

"我说错什么了?"

"坏人,就知道想那种事情。"

"我说写意,"他看着她,很义正词严地教导道,"你这脑子一天到晚都在想些什么?随便一句话都要往那方面想。"

"……"写意再次被击败。

写意回到病房开始一边吃着早餐,一边复述了自己从楼梯上跌下去的过程。

呃……当然她将朱安槐侮辱厉择良的那几句自动过滤了,不然她无法保证这个男人不会立即提刀去砍人。

"这种人,我恨不得把他大卸八块,世界上居然有这种人渣,一定要叫他付我医药费,还有误工费。"说完,写意恶狠狠地咬了一口苹果。

厉择良坐在旁边听着,也没怎么接话。

写意皱起眉:"你好歹附和我一下嘛,不然我这样骂起来很没有成就感。"

"怎么附和?"他问道。

"你可以说,没错,就是人渣,一定要他给医药费。"写意恶作剧地教完后,他居然真就学着她那么说了一遍。

搞得写意很受宠若惊地伸手摸他的额头:"阿衍,你不会见我摔着了就伤心傻了吧?"

厉择良笑笑没恼,却让写意明显感觉到他很心不在焉。

那几天来看望她的人很多,唐乔也好,厉氏也好,她突然觉得自己也蛮有人缘的。一般情况下厉择良是夜里出现,白天有人时消失。写意心中琢磨了一下,不知道是因为他俩在搞办公室地下恋还是因为他有别的事情忙。但是,他在病房的出现还是让大部分熟人知晓了写意与他的关系。

出院后,厉择良将老宅的厨子叫来每日给写意做午饭,她在家吃吃喝喝养了好几天。

一日,突然接到吴委明的电话。

"写意,辉沪出事了。"

"啊。"

"什么时候?"

"今天早上。"

"怎么了?"

第八章 过往如烟

"一早朱安槐和他老爹都被警察带到经侦科了,估计不到明天就会看到新闻。"

"怎么回事?难道……"难道是厉择良干的?写意紧张地问。

吴委明拿起电话向写意复述了自己得到的内幕。

原来,朱安槐虽然在辉沪挂了个总经理的名字,不过没有实权,但又因为父亲的关系可以在账目上做些手脚。

他挪用辉沪的公款去炒股买期货,上半年赚了以后,却还很贪心,没有取出来将公款补回去。从五月开始股指下滑以后,这三个月两股指数已经下跌到最高点的百分之七十不到。

这是什么概念?平均一万跌成七千!

"如果你是朱安槐你怎么去还这些公款?"吴委明问。

"那种人渣我做不来,而且这种偷鸡摸狗的事情我更不会做。"

"如果,我说如果,考下你智商看脑子摔坏了没有。"

"我要是他,"写意想了想,"往坏处做的话,干脆弄一批大项目的空头贷款出来,做假账。公司内部人一查到就说是内部关系,再搬出董事长的名义做担保。"可是这样会形成恶性循环。

简言之就是,拿银行的钱去做股票,赔了以后急需还回去的公款漏洞填不了,就再造一些假的贷款去还前面的漏洞。而那些贷款根本就是空户口,如果借钱的是张三企业,可这世界上哪儿找这个企业去,一查就穿帮。

他家虽然是开银行,但只是帮人家保管一下,钱终究还是别人的。

"你要是做起坏事来,肯定要比朱安槐聪明得多。他一遇大事就腿软,这法子不是他想的,是他老爹为他擦屁股做的,所以银监会和经侦科一来查账,就把父子两个一起兜了进去。"

可是像辉沪这么开空白贷款的,还要胆大的才行。

但是为什么这么巧地查到辉沪身上,而且还一查就准?写意和吴委明两人都没有相互点明。

这个写意明白。

她说让朱安槐付医药费，只是因为当时心里很不服气随口说说而已。和那种人打交道，吃点儿亏就像被狗咬了一口而已。她一直是这么想的，因为她也确实惹不起他。

但从这个事情上看，如果不是厉择良，还有谁能在一天两天内可以做成？

估计在辉沪有心腹做他的内线，一个心腹培养成型要多少时日和精力？所以他必定将这个事情筹划了许久，然后在朝夕之间将辉沪化为乌有。

他不是一个简单的商人。

想到这里，写意将环住抱枕的手一点点收紧。

6

"其实，你不该这样动用那个内线。"薛其归说。

他们培养内线将辉沪那些见不得人的把柄捏在手里，其本意并不是要搞垮辉沪，而是在万不得已的时候为厉氏准备的一个可以反弹的筹码。

而厉择良居然为了泄一时之愤，提前动用了它。

厉择良看着窗外没有答话，薛其归识趣地不再提什么，退出办公室去。他侧了侧头，不知道怎么的，最近厉择良在公司的话越来越少，个性越发阴沉得厉害。

他回到家中发现写意有些异样，问道："你看新闻了？"

"嗯，这医药费是不是太多了点儿？"她说。

"写意，"他原本在拿碗筷，却停下手中的动作，"你现在和我在一起，倘若有人要动你半根头发那都是和我过不去。"

他似乎有些不悦。

确实——他为她出气,她却在怜悯对方。

写意察觉到他的异常,从后面环住他的腰,说:"阿衍,你生气了?"

"没有。"他倒否认得直接。

"没生气的话难道是在吃醋?"她故意说,"我同情那个朱安槐你吃醋?"

"不可能。"他又说。

他明明气得要死却还嘴硬。

"是啊,你怎么会吃他的醋?那个姓朱的不可能比得上我的阿衍。再说这种人本来就是做尽坏事,我们这样做是为民除害,替天行道,除暴安良,锄强扶弱,劫富……"写意说了一半发现最后这个成语不对,劫富济贫的话用在厉择良身上不恰当,于是换口说,"完全是为民出力,精忠报国。"

他最爱听写意拍马屁,听了一席狗屁不通的废话脸色居然缓过来。

自恋,自恋,自恋,真自恋!写意皱起五官,朝他的背后做鬼脸,并且腹诽。

"你说什么?"厉择良鬼使神差地转过头来。

写意迅速地换脸,憨厚笑道:"我是说侠之大者,厉总也。"

吃过饭后,她就腆着吃撑的肚子赖在沙发上看电视,最近生病有福享,连碗都不用刷了,所以果真是病弱有特权。

"我要看财经新闻。"他说。

才表扬了他,他就开始不怜香惜玉了,解下围裙就去换频道。

"可是……"她看了看厉择良,"可是我头晕,一看那些新闻主播面无表情地说国际时事就更头晕,连那天擦伤的胳膊也开始疼了。"她本来是瞎掰,但是却做得煞有介事,一半央求一半撒娇着说。

他看了看她,不知道在想些什么,一会儿居然破天荒地说:"那我们去电影院看电影。"

啊?

写意张大了嘴。

这只宅男居然要出门了。

"不乐意?"厉择良斜着眼问她。

"乐意!"她立即点头如捣蒜。

A 城的九月,白天还是骄阳似火,可只要一入夜就会有些泛凉。

拿到票以后,写意便买了爆米花和可乐,拉着厉择良在影院大厅里等待入场。

"吃不吃?"她将爆米花递给厉择良。不过,答案猜都猜得到,多半是那两个字。

"不吃。"果然。

写意挑眉,他就不能换一些口头禅?

"我会高难度吃法。"写意眨了眨眼睛,"表演给你看。"

说着,她就捡起盒子里一颗爆米花朝半空中一投,抛了老高。她仰着头,张开嘴,判断无误地将回落的小东西收入口中。

她得意扬扬地一边眯起眼睛笑,嘴里一边嚼着说:"厉不厉害?"

"幼稚。"

他云淡风轻地,只用两个字就将她的举动下了个定义。

写意不服气地瞪了他一眼:"我还会更高难度的。"随即同时扔了两颗,又仰头移着脚步去接。这时,旁边走来一对男女,双方都没有注意眼看就要碰上了。

他一时手快,一下子将她拉过来。

她重重地撞到他的怀里,手上的爆米花撒了一地,可乐正好倒在厉择良的裤子上,很多人探头张望。

他有些无奈地低头看了看那些可乐。

写意躲在他胸前,窘迫得要命。

"我又出丑了。"

"我见惯不惊了。"他拍拍她,"所以幼稚的事情最好少做,特别是人多的时候。"语气第一次这么苦口婆心。

第八章 过往如烟

"怎么办？丢脸死了。"

"你要是再不从我身上离开，估计看到你丢脸的人会更多。"他说。

呀——

写意这才想起来，迅速地和他分开，刚才她的姿势活像含情脉脉地在公众场合对一位帅哥投怀送抱。

她绯红的脸一直保持到入场以后，电影开幕，影厅熄灯。

电影是很久以前的《City of Angels》，正好遇上该影院的爱情电影大展播，但是这个电影是写意第一次看。

看到女主角 Maggie 在森林里，放开掌住自行车把手的双臂，迎风飞扬，脸上绽开着璀璨的笑容的时候，写意却突然在黑暗中寻觅到厉择良的手，紧紧地握住。

他回头去看她，借着屏幕的灯光，他看到她的脸上挂着泪痕。

那样极致的幸福下，全场的人都在为着两位主人公的爱情而会心地微笑的时刻，只有她一个人在默默地流泪。

他反握住她的手，低声问："写意，你怎么了？"

"不知道，总觉得他们这样太甜蜜了，反而让我有了一种不好的预感。"

厉择良闻言起身拉起她。

"那我们走。"

写意纳闷儿："为什么？"难道她又惹他生气了？

"走吧。"

她就这样被他莫名其妙地在电影中途被拉出影院，刚到街面，遇见黄家的孀妻孟梨丽从百货商场里面出来。她将手上的口袋交给司机，转身走了过来。

"厉总，沈律师。"

厉择良点头也与她打招呼。

孟梨丽的目光移到他俩牵着的手上，写意有些不好意思地松开。

"没想到沈律师找到了这么好的缘分，恭喜啊。"她笑着，真心感叹。

几句寒暄之后,双方就分开了。

"你和孟梨丽也很熟啊。"写意问。

"商界的朋友,说不上熟与不熟。你们认识?"

"以前黄先生过世,黄家的少爷和小姐和她争遗产,正好我在负责。"

厉择良点头:"她将黄家的正源银行打理得不错。"

过了会儿,她又追着问他:"为什么不看完?"

他虽然一直不说话,却又丝毫看不出他在生气,那又是为什么?

"阿衍,你怎么了?"她继续又问。

许久他才淡淡说:"如果我们不看后面,那么他们不就一直停留在那个地方了。"

听过之后,写意不禁笑了。

稍许,她正色,连本带利地回敬了他四个字:"你才幼稚。"

第九章

一刀两断

缘分的意思，也许是从什么地方开始，便会从什么地方结束。

1

休整了一个星期的写意准备第二天回到公司上班，早上起来迟了，她急急忙忙收拾东西，吃饭。

刚出门出电梯，要上车时写意发现又没带手机，于是耽误了许久。

"C078 的政府拍卖会定在下周二。"季英松说。
"保证金交过去了吗？"
"交了，薛总说，业兴那边做了万全的准备。"
"无论怎么万全，还不是靠钱说话。"厉择良冷笑。
"可是，如果竞标成功我们需要当场交诚意金。"
"不是如果，是一定成功。"厉择良打断他，"钱方面也不用担心，这阵子紧一紧就好。"
"蓝田湾的事情……"季英松说。
"这个你不用过问。"

说到这里，已经看到了写意的身影，他俩的谈话在写意归来的时候默契地戛然而止。车开了，季英松又恢复成了一块只会开车而不多说一句的季木头。

"怎么了？"写意一上车便觉得气氛有些凝重，"背后说我坏话了？"

"我们在讨论，会不会你回去翻了半天以后才发现手机就在自己包里。"他眯起眼睛笑。

"你怎么知道？"写意吃惊地瞪起眼睛。

很久没去公司，有些人看她的眼神都有些奇怪，她一转身就有人在背后窃窃私语。

在员工餐厅里，小黄她们远远看见她，有些不好意思地坐过来说："写意，真对不起，不知道你和厉先生……"

原来他们已经知道了她和厉择良的关系，也难怪，医院里人来人往的，哪能没有一点儿风声？

"以前买吻的事情，是跟你开玩笑的，希望你不要放在心上。"小黄红着脸说，"也一定不要在厉先生面前提。"

"呀，"写意惊讶地说，"我还收集了很多他用过的一次性杯子，那不是没有销路了？"

其实，她只是说来宽她们的心。

小黄她们两个怔了怔，然后会心一笑。她们知道她在说笑，但是从中能看出写意还是那个写意，并没有因为飞上枝头变成凤凰而趾高气扬地看不起她们。

旁人都以为，沈写意和厉择良是灰姑娘与白马王子的故事，普通的公司小职员机缘巧合地钓到了厉氏的白马。灰姑娘小小地病一场，于是白马王子为伊消得人憔悴。这样的故事，简直就是厉氏大楼八卦席中的饕餮盛宴。

不到两天，写意被唐乔调回律师楼，这个缘由乔函敏没说，厉择良没说，她也明白。和客户搞成这样，影响总归不好。

第九章 一刀两断

他说:"这样也好。"

写意也点头。

回到唐乔,看见熟人的面孔,写意觉得异常轻松。没有专门的办公室,和大伙儿坐在一起,桌子都还留在那里。

来了些新同事,亲切地叫她:"写意姐。"

年纪大的前辈称呼她:"小沈。"

周平馨唤她:"写意。"

这里和厉氏统统不一样。那里什么制度都很严厉,着装不能有半分逾越,连女同事之间聊天都只能是偷偷摸摸的。

写意惬意地伸了个长长的懒腰,开始工作。

下午,吴委明从外头办差回来,看见写意就打趣地说:"哟,地王夫人也要上班啊?"

"什么地王夫人?"写意纳闷儿。

"你不知道啊,翡翠区那块C078开出了本市第一高价,你们那位厉先生荣升本市地王之主。"

她除了对这块地略有耳闻以外,公事上因为住院已经没有插手厉氏的事情。

"啊,价格很高?"

吴委明报了个价格,随即摇头感叹道:"这么贵简直是让人咂舌,主要是和业兴抢得太凶了。"

哦,以前和厉氏有过节的业兴地产。写意没说话。

车上他和季英松谈论这个问题的时候,他说没有问题。没有问题——他长久以来都是给人这种感觉,那样的语气就好像天塌下来也是一句话就能解决的事。

"半路杀出个程咬金,在拍卖价格上抬高不少才吃下来。前段时间才投了巨款给蓝田湾,现在又拍成地王,厉氏果真是财大气粗。"吴委明感叹,"不过,写意啊,难道你们从来不谈这些?"这个"你们"理所当然指的是她和厉择良。

"我们不说公事。"写意说。

"难道只谈情？天呐，写意，教我两手吧，我就找不到那么多情来跟你嫂子谈。"

"去你的。"写意笑。

写意下班时，天上落下蒙蒙细雨。她撑起伞，走路去坐地铁。路边有家花店，正在朝里面盘货。好大一篮子的百合就放在门口，等着里面挪地方。她不禁蹲下来，嗅了嗅，没有刺鼻的香气。

她知道厉择良一直喜欢百合，而且是不带香味的那种，和她偏爱的金灿灿的金盏菊是完全不一样的类型。

花店的小妹问："姐姐要买花吗？"

"要。"写意说。

她抱着所有的金盏菊回到家，空不出手来开门，于是厉择良来应门，看着拥着那么多花的写意突然出现在他的眼前。

她笑着说："送给你。"

他愣了须臾。

她刚进门换下鞋，他就拿起上衣说："饭菜都搁桌上了，趁热吃。"

"你要出去？"

"嗯。"厉择良答。

紧接着，一连许多天，他都很忙，每次回家她都已经睡熟。她知道，拍卖以后交了保证金还不行，必须在规定日期内到账一定比例的款项，否则一旦违约，不仅那八位数的保证金化为虚无，还要吃官司。

所以，他肯定在筹钱，或者四处走动。

那一夜，他回来轻手轻脚走到卧室，脱了西服站在床边，弯腰垂头凝视她许久之后，柔软地亲了下她露出来的手背。

第九章 一刀两断

"啊?"她在熟睡中觉得有些痒痒的,蒙胧地睁眼来看。

"醒了就翻过来,别趴着睡。"

"阿衍。"她翻身仰躺。

"嗯。"他顺势坐在床沿。

"累吗?"

他微微笑:"不累。"

写意探起上身,抱住他,"瘦了,真的瘦了,尽是骨头,抱一下都硌手。"她心疼地说。

"哪有?"他又笑。

"再瘦下去我就不抱你了。"她说。

"那就别抱吧。"他讪讪地垂下眼睑。似乎那点儿小肚鸡肠的毛病,又开始发作。

"小气鬼!"写意说,"逗你玩呢,这点儿玩笑都要生气。"

他继续垂着眼帘,不置一词。

"阿衍——"写意唤他。

"阿衍!"又叫了一次。

他依旧没说话。

"好了,好了,"写意投降,"我错了,不威胁你了,你不要不理我啊。"她一边撒娇,一边张开双臂准备补偿他一个熊抱。

却没想这个时刻,厉择良却再也忍不住勾起嘴角来。

他明明在偷笑。

写意的动作停在半空中,神情一滞,过后才反应过来说:"哈,你捉弄我。"

即使这样她却没生气,继续送他一个大大的拥抱,然后张着嘴巴呵呵地乐了。

"累不累?"她扑在他的怀里问。

"你刚才问过了。"

"是吗?"她转动脑筋想了想。

"为什么要问两次?"他问。

"啊?我一时忘了。"

"是忘了,还是想马上考察一下我的体力?"他嘴角泛起坏笑。

"……"这人又来了。

是不是真没有担心他的必要?

当晚,厉择良果然证明了他良好的体力。

2

虽然他掩饰得很好,可写意毕竟不是三岁小孩儿,哄一哄就真不知道东南西北了。他脸上的那层阴霾越来越深沉,只是回到家里就装作兴高采烈的样子。

最近烟也抽得很凶,但是他不在房间里抽,知道写意不喜欢烟味索性躲到阳台去,抽完回来洗过手才和她讲话。

今天,好几次写意听见他一个人在阳台上咳嗽。

"感冒了?"

"没事。"

刚说完"没事",却又咳了两声。

写意急忙去药箱里替他找感冒药。

"筹钱的事情恐怕难办。"私底下吴委明说。

太急了,数目那么大。

"确实。"写意答。

没有哪家企业是提着钱去做生意,钱都是银行的。以前,厉氏长期是和辉沪搭线的,如今为了她,两家已经翻了脸。

她果然是添麻烦了。

写意幽幽地兴叹一声,却突然想起个人来。

那人当时就应允说:"沈律师要是日后有什么要我帮忙的,我一定尽力。"

写意听着没放在心上，如今想起来，不知道这个人情还值不值钱。

她问吴委明："你那里有孟梨丽的电话吗？"

"有，你没有？"

"我删了。"

如今孟梨丽不就是正源银行的当家老板娘，或者说是老板也不为过。写意拨了孟梨丽的电话，约个时间拜访她。

如今孟梨丽已不能和半年前那个等待分割遗产的遗孀同日而语了，但她对写意还是那么客气。

孟梨丽没有将约会定在办公室，已算是平易近人了。

下午四点，写意向乔函敏告了假，就拿起手袋出门。吴委明说："正好我也无聊，不如陪你壮壮胆？"

写意感激地看了他一眼。

于是两人齐步朝目的地出发。

一路上写意已经想好，态度要如何谦卑虔诚，才好博得今日的孟梨丽一枝橄榄枝。就像她以前刚刚开始出庭一样，两人在车子里你一句我一句地演练模拟台词。

写意早到了十分钟，没想到孟梨丽到得更早。

"不好意思，我们迟到了。"写意只好这样说。

"是我来早了。"孟梨丽笑，"难得沈小姐约我。"

"其实……"写意略一犹豫，"无事不登三宝殿，其实是有事想要孟女士帮忙。"

"什么女士不女士的，我比你大好几岁，叫我孟姐就行，就是不知道沈律师赏不赏脸唤我一声姐姐。"她盈盈一笑，眼波流转，煞是迷人。

"孟姐。"写意和善地点头，"那也叫我写意吧。"

"写意，也是好名字，若是我们家卉有你一半善解人意就好了。"孟梨丽说。

眼看话题越扯越远,写意略微觉得不妙,是不是对方不想插这个手?

没想到,孟梨丽扯了些家常后,话锋一转,开门见山地问:"你说叫我帮忙,是为厉氏筹钱的事情?"

她一猜就中,果然是有些准备的。

"是,还请孟姐帮忙。"

"朱家老太太给我们这一行都留了话,谁贷给厉氏就是跟她老人家过不去。如今朱家虽然失了势,但老太太的话还是有些分量的,厉总那样做,总归太冲动了些。年轻人嘛,哪儿不能有些磕磕碰碰的?他将事情做得太绝了。"

听到这里写意的心已经凉了一半。

"要是孟姐可以引见,我愿意去朱家请罪。"虽说她骨子里倔强得要死,但是只要如今能帮他,自己如何做都心甘情愿。

"这个怕是不妥当吧。虽然我和厉总不熟,但是他的脾气我也听说过一点儿,估计就连你来见我,他也是不知道的。"孟梨丽摇头说。

"他个性执拗些。"写意不好意思地说。

"殊不知,这种个性却是很受女性喜爱。"孟梨丽道。

"写意,"孟梨丽顿了顿,又说,"这个忙我愿意帮。"

写意有些惊讶地看着她,停顿了一下后,绽放出笑颜,然后和旁边一直一言不发的吴委明相视一笑。

"谢谢。"她真心实意地答谢。

"我帮忙的原因只有一个,不是因为我对厉氏有信心或者我对厉总有兴趣,或者想取得什么回报,而是为了你,写意。"孟梨丽伸手握住桌子上写意的手,说,"在我一生中最无助的时候,是你在帮助我。家卉与我不和,在众人面前侮辱我的时候,连身边的男伴都逃之夭夭,你却替我挡在前面。"

"那是……我的工作。"她笑。

孟梨丽说:"我能答应你,确实也是厉总有能力,值得一试。不过这

第九章 一刀两断

只代表我的意见，我会向董事会争取。昨天厉氏正好在和我们正源联络，要是行得通就做个顺水人情吧。"

"谢谢。"写意又说。

孟梨丽笑道："那天在街上遇见你们，我这个旁人看着都觉得幸福。希望有情人终成眷属。"说到这句，她的目光中流露出淡淡的惆怅。

回去的路上，吴委明说："没想到这个孟梨丽做事挺耿直的。"

晚上，写意像小猫一样黏在厉择良怀里。

她一直在琢磨着怎么对他开口，才能让他接受，才能顾及他那高不可攀的自尊。

"阿衍，要是我做了件会让你生气的事怎么办？"她问。

"难道你还做过什么让我高兴的事？"他揶揄。

她生气地张嘴咬他的下巴。

他吃痛地笑，笑了两下却岔到气，开始咳嗽。

"你是不是又没有按时吃药？"她问他。

他没说话便是默认。

"这么大个人了，还怕打针吃药。"写意摇头。

一大早，薛其归就风风火火地走到厉择良的办公室里。

"厉先生，正源同意贷款了。"

厉择良原本正在柜子前找资料，听见薛其归的话微微一错愕。

"怎么回事？"

薛其归原原本本地将情况说了一遍。

"昨天，沈小姐见过孟梨丽？"他听了之后忽然问。

薛其归说："不清楚，我马上去打听下。"

薛其归走了以后，他继续留在书柜前找东西，翻了十多分钟，其间小林进来一次，为他添水。

第二次她进来看见他还在那里。

她狐疑地问:"厉先生,您找什么?"

听见小林的话,他微微失神,原来他是这样烦躁,连薛其归进来之前想找什么,都忘了,只是机械地重复着这个动作。

小林见他神色不佳,不敢多待,放下杯子就退了出去。

3

过了一会儿,薛其归在电话里给了他答复。

"她一个人去的?"厉择良问。

"还有那个同事吴委明。"薛其归答。

"嗯。老薛,你安排下,今晚请正源那边的人吃顿便饭。"厉择良说,"我上次让你开户转钱的事情做好了吗?"

"户开好了,但是数目有些大。"

"你办就是了。"

下午写意好不容易早早下班,在超市里面买了食材和食谱,准备回去复习一下淡忘了的厨艺。她推着推车,选了很多他爱吃的东西。

她一个人挤出地铁,再提回家,可惜,刚进屋就收到了厉择良的信息。

"我晚上有应酬,不回家吃饭。"

他不冷不淡地写了一句。

她看着屏幕上的两行字,心头不知道怎么的,隐隐有些难受。平时要不是回她的信息,他几乎不会主动发信息联系,有事情都是直接讲电话。

可是,他却破天荒地这样告诉她。

是不想和她说话,还是现在忙得抽不开身?

大概是后者吧,她安慰自己。

八点、九点、十点、十一点……墙上挂钟的时针走了一格又一格,厉择良还没有回家。写意越来越没有耐性,将电视机的频道换了几百次,开

第九章 一刀两断

始抓狂。

她好心准备做饭给他吃,他居然说不回来就不回来,还在外面花天酒地,快到深夜也不归家。

讨厌!

真讨厌!

十分讨厌!

一会儿坚决不理他!绝对不能心软!

写意下定决心就去洗澡,放水的时候似乎听到他进屋关门的声音。她暗暗在心中敲定,一会儿一定要摆一副深闺怨妇的脸色给他瞧瞧,让他知道厉害。

她洗了澡从浴室出来,直接回了卧室,但还是忍不住瞅了厉择良一眼。他坐在客厅沙发上,后脑勺儿朝着她,所以看不见他在那儿干什么。

总之回来了也没有主动和她说话,写意气呼呼地一把关了客厅的灯,扔他一个人在黑暗中,然后爬到床上蒙住头睡觉。

憋了三四分钟,外面的男人还没有动静,既没有起身去开灯也没有走动。

被定身了?写意纳闷儿。

她狐疑地起床探出头,看到他还是那样坐在黑暗里,一动不动。她挪动了下步子,却一不小心踢到了旁边的椅子腿。因为是光着脚丫,所以直接磕到脚指头。

还疼得要命。

他忽然说:"磕到哪儿了?过来我瞧瞧。"声音倦倦的,有些慵懒的低沉。

她不理他,强忍着疼痛假装是自己出来喝水。

"写意。"他喊到。

她继续无视,径自朝厨房走去。

"写意,我头晕。"他说。

此句一出,立刻奏效。

她顿了顿，停下脚步迅速转身问："怎么了？"

厉择良挑起唇角，戏谑着说："你不是准备不理我了吗？"

写意虽然看不见他在暗处的表情，也能想象到他说这句话的时候神色是如何的趾高气扬。

他居然故意说头晕来使诈。

"呸！"写意恨得牙痒痒。

"过来，我抱下。"他继续厚脸皮地说。

"没门儿！你身上不是烟味就是酒味，臭气熏天的，沾着都恶心。"她站在那里和他对峙。

他一点儿也没生气，反倒沉沉地笑起来。

"哼！"她抗议。

"帮我倒杯水。"他笑着说。

"想得美。"

"写意，"他柔柔地叫她，"我嗓子烧得难受。"

他那样服软地叫她，似乎不是装出来的。她心里倒是真有些担心了，听话地去倒了杯水走到面前给他。

递给他的时候，她碰到他的手滚烫得吓人，心中一惊。

"怎么了？"她急忙蹲下来，摸了摸他的头，似乎正在发高烧。

原来是真头晕。

"喝多了些，有点儿头晕，睡一觉就好了。"他冲着她笑。

看到他这样笑，写意估计他也喝得差不多了，不然平时哪儿有这么傻。

"明明在感冒还去陪人喝酒，还要不要命了？什么叫喝醉什么叫发烧，你都分不出来？"她越说越气，随即又去为他找退烧药、感冒药。

他喝酒时，脸色会越喝越青，平常看不出来喝醉与否，但是只要过界，全身就会滚烫。可是，绝对不是现在这种烫人法。

喂他吃了药，写意扶他到床上，然后接了热水拿毛巾替他擦身。

他躺在床上。

第九章　一刀两断

　　写意替他一颗一颗地解开衬衣扣子，里面的胸膛渐渐露了出来。他的肤质很奇怪，这样醉酒和发烧，也没有红。倒是热毛巾一碰到，就开始泛出淡淡的粉色。

　　虽然抱过很多次，也碰过很多次，但是这样一点一点地擦着那副结实的胸膛，写意居然有些不好意思起来。

　　他半眯着眼看她，问："你脸红什么？"

　　这男人喝醉了以后似乎智商会变低，说话很直接。

　　"要是一会儿还不退烧，我们就去挂急诊。"她说。

　　"不去医院。"

　　"干吗不去？"

　　"我看见医院就烦。"他说。

　　"那我住院时，你天天朝医院跑什么？"

　　"那不一样。"

　　"怎么不一样？"写意又换了盆水替他擦手和脸。

　　"那些针是扎你，又没有扎我。"他懒懒地说。

　　写意狠狠地剜了他一眼，看来他还没醉糊涂。

　　她替他冲了蜂蜜水，放在床边，以防他夜里口渴。做妥一切已经是凌晨了，写意这才钻进被窝里休息。

　　本以为他已经睡着，便轻轻地用手背试了试他额头的温度，看他是不是还在发烧，却被他突然捉住了手。

　　"写意。"他闭着眼睛叫了她一声。

　　"什么？"

　　"谢谢。"

　　"嗯，你以后对我温柔点儿就行了。"她大度地说。

　　"我说的是正源的事情。"

　　写意一愣怔，原来他已经知道了，难怪刚才无论是信息也好，回来默默地坐在那里也好，都是在闹别扭。

　　可是，不知道怎么的他却想通了。

写意听了微微笑道:"不用谢。"

贷款的事情似乎就这么定下来了,还挺顺利的。

这一天,写意无意间看到办公室里的电视上正在播报的一条新闻。

"A 城与 B 城城际新高速于本月确定最终方案。"

周平馨感叹说:"这多好,修好了以后,你们回家不知道省了多少时间。"

写意答:"是啊,以前那条旧高速有些绕道,而且路况也差。"

而 A 城另一头的厉氏已在昨天的第一时间得到这个消息。

上班头一件事情,厉择良就找了薛其归:"那个城际高速的线路规划图拿到没有?"

"可能还要等一两个小时,那边还没开始办公,我们已经联系了东正。"

厉择良点点头:"我们一定要在媒体知道之前得到确切消息。"

中午,写意突然接到厉择良的电话,说他要去 B 城出差。

"要不要给你带什么东西?"他问。

"长顺街的绿豆酥。"写意不假思索地回答。

这是她的最爱。

"好。"

"什么时候回来?"

"大概明天。"他说。

"嗯。"

"晚上锁好门,有陌生人来不许随便开门,睡觉前记得刷牙。"他又开始絮絮叨叨地说她。

"好了,好了。知道了。"除了她以外,大概没有人知道这个男人这么啰唆。

4

A 城开始进入了淅淅沥沥的秋雨季节。

厉择良失约了，他连续好几天都没能回来。

但是每次和他通话，他总是说："没事，就是琐事多。"

那一日，写意正在上班，又接到厉择良的电话。

"写意，你出来一下。"他说。

"啊，干吗？"

"我在唐乔外面。"

"啊？"写意一怔，不可能，他明明在 B 城。

"再不出来，我就要正大光明地走进去叫你了。"他唬她。

"你真的回来了？"她又再次确认。

"快点儿。"他有些失去了耐性。

"你怎么不提前跟我说？"

她一边讲电话一边走到电梯口，朝外张望，却不想迟疑了几步就猛然被一只手一把抓住，手的主人迅速地将她拉进旁边洗手间的小隔间，然后哐啷一声，锁门。这一系列的动作完成得一气呵成，不过就是转瞬之间的事，完全让她措手不及。

等写意反应过来，吓得刚想尖叫，却被人捂住嘴。

"嘘！"

写意定睛一看，居然是厉择良。

"你干……""吗"字还没出口，写意就被他封住嘴。

他一手撑在她脑后，一手搭在她腰间将她死死地抵在门上。动作利落熟练，舌尖先是在她干燥的唇上来回舔吸，直至湿润以后才转入口内，他的舌头一刻不停地在她的唇齿间探索游移。

这样热烈求索一个舌吻，害得她有些气短，胸膛起伏却不知如何摆脱他的索求。因为缺氧，头开始有些眩晕，她的手撑在他的胸前想推开他，想使劲儿却是全身柔软无力，只得随他摆布。

"写意。"他声音喑哑地唤。

她趁着他说话之际，寻找到呼吸点，大口喘息却说不出话来，只好点头表示听见了。

他说："我想你，很想很想。"话语里透着难抑的情愫，随即将她揽进怀里，下巴放在她的头顶。

"干吗拉我到这里？"

"难道你要我在走廊上吻你？"

写意仰头瞄了他一下，此人脸上果然全是一副我很猴急的表情。

"我们居然在洗手间接吻。"她一脸潮红地笑道。

厉择良补充说："而且是男洗手间。"

写意瞪大眼睛："男洗手间？"

"不然，你还以为是女洗手间？"他眯眼坏笑说。

"我……"

"你也是常客了。"他揶揄她。

"……"

几天不见，突然觉得他又瘦了许多，她有些怜惜地摸了摸他消瘦的脸颊和眉骨。

"那边的事情忙完了？"

"没有，我抽了几个小时，中途逃跑了。"

"逃跑了？"

"写意，"他又一次将她拥进怀中，"写意。"他又唤了一声。

"嗯？"

"我想你，真的很想，很想。"他又一次重复着那句话的口吻好似一个孩子。

"什么时候想我？"写意仰头故意问。

他听话地回答："吃饭的时候在想，睡觉的时候在想，就连和他们说

第九章 一刀两断

话的当口我也在想。"

她听得心神一荡，踮起脚主动吻了他。

只是那么轻轻的一啄，他溢出一丝哼声，张开唇，湿热的舌彼此纠缠在一起，温热湿软。他一边吮吸着她，一边在双臂渐渐加重了力道，似乎要将她融入胸膛。

一番忘我的情动之后，他依依不舍地离开她的唇，低吟着她的名字："写意，写意，我的写意。"

"嗯。"她特别喜欢他这样沉吟地念叨着那两个字，于是暖暖地应了一声。

"嫁给我。"他说。

她还沉溺于方才的情绪中，刚想不经意地又答一声，却突然顿住，猛然抬头问："你说什么？"

"我说，写意嫁给我。"

写意一抹汗，差点儿就着了这个男人的道，幸好没瞎答应，他就爱在这种时候钻空子。

"我才不要。"

"怎么了？"他全身一僵，拥住她的手有些乏力地松开。

"你确定这是在求婚？"

"算是吧。"他的心低沉下去。

"你不觉得在这种地方求婚，有些……"她朝他示意了下他身后的马桶，"有些不雅？"

出来的时候，厉择良先探头，看到四下无人，才咳了一声报个信，让写意出来，没想到刚到门口就撞到周平馨从对面出来。

周平馨最先见到的自然是从男洗手间里走出的厉择良，然而，随即她又见到在后面鬼鬼祟祟尾随而上的沈写意。

"你们……"周平馨张大了嘴，指了指写意，再指了指厉择良。

"他说洗手的水龙头坏了，我进去看看。"写意面不改色地解释。

"哦。"周平馨挠挠头，也说不出哪里不对劲。

两个人乐颠颠地走出唐乔。

"幸好碰见的是平馨，不然就惨了。"写意伸了伸舌头。

"其实……"他看了她一眼，犹豫着要不要对她说。

"其实什么？"她侧头问。

"你们那层还有什么人叫写意吗？"

"没有了，怎么？"

"要是洗手间里面还躲有其他人的话，你会更惨。"

"……"

确实。

这男人吻她的时候一遍又一遍地念叨"写意"二字，要是还有别的人在其他隔间的话，听见这响动，不难想象这个沈写意和人关着门在里面做什么……

真那样，绝对是没脸见人了，惨绝人寰。

她翘了班陪他回家。

他离开是在接近天黑的时候，之前他一直黏着她，半步都舍不得离开。在季英松来了三次电话催了以后，他才出门。

他走的时候，突然回身："写意，我说的是真的。"

"什么？"她侧头问。

他没答她，直接将口袋里的东西放在鞋柜上，转身带上门。

写意怔怔地看着他留下来的那个淡绿色的首饰盒子，打开一瞧，里面装着的是一枚六爪的钻戒。

他说，他说的是真的。

他要她嫁给他。

可是，他却没听到答案就匆匆忙忙抽身走了，是真的忙不过来听，还是不敢听？

那一夜，厉择良没像往常一样给她来电话说晚安，拨手机过去也不

第九章 一刀两断

通,写意也不知为何睡不安稳。

早上挤下地铁,走到唐乔正好九点,却见大伙儿没开工,正围在一起看电脑里面的新闻视频。

"你知道吗?"吴委明紧张兮兮地问她。

"知道什么?"她有些莫名其妙。

"那你过来看。"吴委明说着将刚播的新闻转出来给她看。

还是关于A城与B城城际新高速的事情,但是其中的那几句话对厉氏来说好似重弹。

"我们的高速穿越蓝田山是绕道还是打隧道?"记者问。

"经过专家的详细讨论和评估,会钻一个三公里的隧道。"总设计师回答说。

"设计这个长达三公里的隧道,有没有考虑过岩石层和暗河的情况?"

"这个我们在规划中完全考虑到。"

"这么长的一个隧道,它的通风问题如何解决?"

"我们在设计中加入了四个地下通风口,但在最后的土层扫描中我们发现或许隧道的通风口甚至是隧道本身都会破坏蓝田湾温泉的地下泉眼。"

"那您的意思是说,蓝田湾的天然温泉会因此枯竭?"

"恐怕是的。"

看到此处,写意张大了嘴,与吴委明对望一眼。

"那会为此改道吗?"记者又问。

"改道的概率不大,毕竟这是政府的一级工程。"那人无可奈何地笑笑。

写意对着电脑,缓缓地在椅子上坐下来,一时间脑子有些蒙。

"厉择良呢?"吴委明问。

"在B城好几天了。"

"他知道?"

"不知道……"写意补充道,"我的意思是我不知道他知不知道。"她思绪已经乱成了一片。

吴委明撑头:"没了温泉,这种消息一出来,估计蓝田湾多半停工,否则一套也卖不出去。"

写意一时之间,心乱如麻。第一个念头便是给厉择良打电话,号码按上去自己看了一眼,却又删了。

5

杨望杰知道这个消息比写意等人还要迟。

他有个同事买了厉氏的股票,似乎下午一开盘就跌得厉害,于是连连叫唤,杨望杰凑过头去看。

"厉氏跌惨了。"同事摆头。

"只是调整吧,大公司不会太离谱。"杨望杰说。

"杨兄,你不知道啊,厉氏的蓝田湾吃瘪了。"

"怎么?"

同事将新闻上转播蓝田湾的事情娓娓道来。

杨望杰听后目瞪口呆,急忙找了尹宵。

尹宵也是一筹莫展:"有些棘手啊,要是厉氏一有闪失,会殃及池鱼啊。"私下他和杨望杰在厉氏手下接了南城的观澜院其中一个小项目,他们也是厉氏的承建商之一。

"等等看吧。"杨望杰说。

毕竟厉氏也是大公司,不是说没就没了的。虽然那样大手笔的投资,居然下得如此盲目。他知道平时厉择良在厉氏是说一不二的性格,虽说表面上谈笑风生,见人都和和气气,骨子里透出的个性却是绝对不许人拂逆他的。

"我叫人去B城打听一下。"尹宵说。

"也好,未雨绸缪,这边也准备下。"免得到时候工程拿不到钱。

第九章 一刀两断

杨望杰离开的时候，尹宵问："你上次叫我查的沈写意，就是我结婚的时候你带来的那位小姐吧？"

"是啊。"

"你小子是吃着碗里，还望着锅里？小妹要是有半点儿委屈，我要你好看！"尹宵半开玩笑半当真地对他说。

杨望杰笑，看来上次拜托这哥们儿去查沈写意，倒将他和沈写意的瓜葛一并查得清清楚楚。

"不敢，不敢。"杨望杰说。

"说真的，"尹宵隐去笑容，"那个女人惹不得。上次就是因为她，厉择良才和辉沪银行翻脸的。"

这事业内皆知，明里不说什么，但是私下传得很厉害。

"可是，"尹宵疑惑，"理论上厉择良害得他们沈家家破人亡，她怎么可能和厉择良在一起？或者说，厉择良怎么会让这样的女人留在身边？"

杨望杰笑笑，没说话。

那是因为写意全都不记得了。

晚上，杨望杰陪尹笑眉出去吃大闸蟹，吃到一半突然接到尹宵电话："望杰，大事不妙。"

"怎么了？"

"破坏你和笑眉吃饭的心情了，情况有些棘手，你得回来一趟。"

杨望杰迅速地送了尹笑眉，回公司见到心事重重的尹宵。

尹宵转过来看他，神情凝重。

"我刚刚从正源董事会那边得到的内部消息，他们会在明天一早宣布撤回对厉氏的贷款。"

"啊！"杨望杰定在原地。

"所以我们要想办法把我们之前的钱拿到，还有你手头上有厉氏的股票的话全抛吧。"

"正源怎么会突然……"

"这种时候小心驶得万年船,估计正源也是这种心理。"尹宵说。

"上周要给,钱还没到位吧,现下又不给,这翻脸也翻得忒快了。"害得他们这种小商小贩也措手不及。

"还有一个事情。"

"什么？"

"听说正源给厉氏贷款,是沈写意牵的线。"

"她怎么会有那么大的交情？"

"这就不知道了。"尹宵耸耸肩。

杨望杰这才想起来那次的事情,写意为孟梨丽挡了一掌,他也在场。

虽说他们投在里面的钱不是很多,但毕竟是两人认定的第一桶金,也是很紧张,于是商量着事情,忙着四处托人,杨望杰就在办公室的沙发上凑合了一夜。

早上,杨望杰洗了把冷水脸,和尹宵下楼吃些早饭,却没想到在街角那家有名的馄饨店门口遇见写意迎面而来。

她精神很不好,施了些粉,也掩不住那副黑眼圈。

"写意。"他叫她。

"是你啊。"写意笑着打招呼。

"这是我朋友尹宵。"杨望杰介绍。

写意点头："我喝过尹先生的喜酒。"

辞别以后,尹宵看着她的背影："人挺漂亮,难怪勾得我们杨兄以前神魂颠倒的。"

"尹宵,我和她是普通朋友。"杨望杰笑。

"她对你普通,你对她普不普通,难道我还看不出来？到此为止,到此为止啊,妹夫。"尹宵揶揄说。

朝另一边走的写意拐了个弯,过了马路下楼梯去坐地铁。

第九章 一刀两断

她看见前面有个个子高高的男子,背影很像厉择良,她蓦然一惊,过了几秒又傻傻地笑了笑,他怎么可能这个时候出现在这种地方?每逢这种时刻的地铁里沉闷得像一个铁罐子,就算你想转个身也要费极大的力气。

他不是遭这种罪的命。所以没有人能想象要是有一天"厉氏"这两个字一钱不值的时候,厉择良要如何自处?

他那天专门从 B 城回来看她,还有他说的那些话。他从来没对她说过什么甜言蜜语,可就是昨天他讲了一次又一次,好像就怕没有什么机会再表达了一样,甚至在那样局促的情况下向她求婚。

一点一点联系起来,就是一副要诀别的样子。

她没有再找他,他也没有。
也许他很忙,也许他原本就是想消失。
若是他能想起她来,没有找不到的。

早晨高峰期的地铁站,原本就很嘈杂,有人看手机,有人打电话,有人拿着热腾腾的早点一边等车一边往嘴里塞。

她知道厉择良在家吃饭的时候连话都极少说——从小被教养出来的习惯,早餐吃什么、晚饭吃什么估计都是头一天定好的菜谱。

所以这样平民的生活,他一辈子也无法体会。地铁来了,站台上的人们蜂拥而上,有人从她身后冲上来,撞到写意的肩膀。她手一滑,将手机掉到了地上,她急忙弯下腰去拾,却不想人太多,谁只是碰了她一下,她就一个踉跄狼狈地朝前扑去,就在这个时候一只有力的手拽住她,将她拉起来。

写意回身定睛一看,居然是厉择良。

"我本来想突然出现得更加有惊喜一点儿。"他站在流动的人群中,冲她淡淡地笑。

"阿衍。"她微微一张嘴,叫出这两个字。

"嗯,有没有惊喜?"

"你……"写意吸了口气,问了句最想问的,"你怎么在这里?"

他却避而不答,反倒开玩笑似的说:"沈小姐,好巧,我也是来坐地铁的。"

6

这一天,气温骤降,可是他的笑脸就像冬日的暖阳,一扫这天气带来的阴霾,可惜扫不去写意和他身上的沉重。

她知道,那是他一贯的强颜欢笑。

他说完,走了几步拾起手机还给她。

鲜见他用这样的态度说话,一时间写意怔了怔,才问:"那边的事情呢?"他怎么可以将那边的烂摊子扔下不管,如此气定神闲地站在这里?

说话间第二班地铁又来了。

他问:"你不上车了吗?"随即不待她回答就拉着她挤了上去。

其实,她不知道,他一早就出现在楼下,却踌躇着不知道要不要上去,于是等到她出门上班。他便跟着她坐了公交车,再过马路,挤地铁。他就那么远远地看着她,静静地沉溺其中不想受到打扰。

他们找了个地方落脚。人流跟着涌进车厢,他将她护在角落里。突然在人群的夹缝中,他摸索着握住她另一只垂下去提着通勤包的手。他的那只手,指尖有些凉,掌心却是温热的,修长的手指覆盖着她,握在掌中。

写意一丝刘海儿滑到额前,她将右手从他掌中抽出去,顺手换了左手拿包,右手抬上去拢了拢头发。

里面有个乘客临到开车又慌张着要下去,那人莽莽撞撞地从厉择良身边挤过去的时候,写意看见厉择良的眉心微微地皱了一皱。

写意瞄了瞄,旁边挤得满满的座位,问:"需不需要找个地方坐下?"她很担心有人撞到他,或者站久了腿疼。

厉择良摇了摇头:"不用。"

"要不你站里面,我站外面?"她提议。

第九章 一刀两断

他没同意。

过了一会儿写意又说："我不怕挤的,我就站外面好了。"

旁边有个人闻言看了看厉择良,又看了看写意,估计是有些奇怪写意的这句话——女人保护男人?

厉择良淡淡地瞥了她一眼。

写意噤声。

到了第二站,人更多了,他和她之间的距离不得不拉近,她的脸已经贴在了他的脖子下面。每个人都有自己特有的一种气息,他也有,但他那种味道真是蛊惑人心。

这个时候厉择良的电话响起来,是薛其归。

他看了下就挂掉了。

不到一分钟,电话又响了。

还是挂掉。

写意看了他一下。

他察觉到写意的目光,只得接了起来,眼眸看不出任何波澜,只是连说了三个"嗯"以后就挂掉,那种冷峻的语气几乎能冻人了。

电话挂掉以后,写意感觉他的身体有些僵硬,脸色霎时白了,过了好一会儿才恢复过来。

"我……"她顿了顿,又说,"我们应该好好谈谈,所以我一直等你回来。"

吃完早饭的杨望杰回到办公室里刚刚合眼休息下,就被尹宵很激动地叫起来。

"望杰,东正集团十分钟前召开新闻发布会,宣布单方面终止合约。"

"单方面终止合约?"杨望杰从椅子上冲起来。

"东正集团宣布放弃蓝田湾计划,而且不会对蓝田湾进行后期投资了。"

"什么?"杨望杰一愣,"那他们岂不是损失很大。"

"可惜损失最大的还是厉氏。"尹宵说,"这无疑是对厉氏火上浇油,这样的重创，破产是迟早的事情。"

听到写意说的那句话，厉择良凝视着她："你想说什么？"眼眸深不见底。

正好快到站，广播里的女声机械地报着站名。有人挪动位置，准备下车；有人在招呼着同路的朋友下车，车厢里开始有些嘈杂。

地铁渐渐减速，最终停下来，人群又蠢蠢欲动。

她将脸朝远处挪了挪，在嘈杂的喧哗中说："我们……结束吧。"

我们结束吧。

那五个字一出口，仿佛周围都安静了下来，那一瞬间，车门打开。

人潮汹涌。

整个世界静止得好像只有他们两个人。

他站在那里，有人擦身而过，再次撞到他。但是他一直直挺挺地站在那里，一动不动，一秒、两秒、三秒……仿佛天荒地老。

"结束什么？"他勾起嘴角，怆然一笑。

他们将地铁坐了一站又一站，眼看人流挤上来又涌下去。不知道站了多久，乘客越来越少，直到他俩这样站在空旷的车厢中，已经显得很碍眼。

写意觉得腿脚都站得发麻。

她才想起来，他是不能久站的。

"刚才薛其归不是将所有都告诉你了吗？"她说，"你坐一会儿吧。"

他不答话，还是保持着那个姿势，丝毫不动。

"你要是自己不待见自己，我无话可说。"她说。

他如石化一般，一直盯着她。

写意别过脸去："我还有东西要还给你。"

她说完垂下头去，将手伸向手袋，想掏什么东西，却在即将拉开手袋拉链的时候,他一下子将她的手按住,阻止了她的动作。写意从来没有见他用过那么大的力,他紧紧地捏住她的手,为的就是不让她将那件东西掏出来。

她想挣开,拧了一下却无法动弹。

他五指的指尖,因为用力变成失血的惨白。

她用另一只手去掰开他,可惜他依旧死死不放手。

于是,他们僵在那里,形成一个奇怪的姿势。

这一节车厢里面只剩三四个人,似乎是到这里来旅游的外地客,有些不解地朝他们看。

许久以后,他终于说:"沈写意,你不能留一点儿尊严给我吗?"由于长久没有说话,他的嗓子有些干涩,一开口显得略微低哑。

"为什么?东正集团为什么要这么做?"杨望杰问。

"你有没有觉得有奇怪的地方?"

"什么奇怪?"

"有人说,之前沈写意在厉氏工作时,是她极力主张与东正的合作计划。那个时候她正和厉择良走得亲密。而沈家和东正又是世交。"

"那又怎样?她可能只是帮个忙。"

"望杰,你真的没有串联起来?蓝田湾、辉沪、正源,哪一样和她没有关系?你不觉得这完全是她为厉择良设的一个套?"

杨望杰猛然抬头:"不可能!"

尹宵又说:"沈写意让厉氏与东正合作蓝田湾,一下子就要了那么多钱,让厉氏前期投资。为了沈写意,厉氏和辉沪闹翻。然后在拍卖会后,厉氏陷入资金困境,是她自告奋勇去找正源贷款。若不是这样,你觉得以厉氏的根基真的找不到一家银行贷款?然后将蓝田湾断水的消息放出来,厉氏震荡,再使正源出来翻脸不认人,最后压轴出场的是詹东圳,三管齐下,还怕厉氏不倒?"

"不可能。"杨望杰错愕着,又重复说了一次。

她和孟梨丽交好,是偶然。

她恰好认识詹东圳而已,所以与东正集团的关系也是偶然。

她和朱安槐之间,不过是律师和被告的关系,她只是想要为那位女性伸张正义,一定还是偶然。

"不可能……"他又喃喃自语了一次,却是再也没有上一句有底气。

"没有什么不可能的,我早说过沈写意不是一般的女人。厉择良害死她的父亲,害得他们沈家家破人亡,如此的杀父灭门之仇岂有不报?"

"可是……她不可能,因为她已经失忆了。她什么都不记得,怎么可能去找厉择良报仇呢?"

"失忆?"尹宵微微张嘴。

"她出过车祸,对过去很多事情都没有印象了。"杨望杰解释道。

"一切都忘了?"

"不是,好像记得一些又不记得一些。"

尹宵听后,怔了稍许又不可思议地笑了:"这种桥段你也相信?有没有失忆除了她自己,谁知道?"

"厉择良,你的尊严?"她冷嗤。

"写晴疯了以后,你想过她的尊严吗?"

"我父亲因你而死,你想过他的尊严吗?"

"我自杀之前,你又可曾顾全过我的尊严?"

她瞪大了眼睛,一句一句地质问他,满目悲凉却一滴泪也没有。

"我曾经是那么敬你爱你,甚至将你视作我人生唯一的依靠,可你是怎么对待我的?你就那样活生生地剥夺我的一切,赶尽杀绝的时候,你皱过眉头没有?你有过迟疑没有?"

以前等不到他的答案,而今要是等到也无济于事了。

写意又说:"其实,你谁也不爱,只爱你自己。"

"所以你从头到尾都是演戏。"他淡淡说。

"是。"

第九章　一刀两断

"哦,我都忘记了,你大学时不是你们话剧社的台柱吗?这本事就是那个时候练出来的?你让詹东圳陪你演这么一出,有什么代价?"什么代价让詹东圳也抱着鱼死网破的心态,来报复厉氏?

"和你无关。"

厉择良忽然冷嘲:"难道没有让你嫁给他,或者陪吃陪睡?你不是很善于这个吗?"

她咬了咬唇,却又立刻恢复神色淡然一笑:"厉择良,再世为人的沈写意不一样了,你这样一点儿也不会激怒我。我和他有什么协议,不用你操心。"

语罢,她又去拉开手袋,这一回他没有再使劲儿阻止她。于是写意轻易地挣开他的手,将那个浅绿色的首饰盒拿出来。

这是那日他给她的戒指。

"厉先生,承蒙错爱,这东西只能送还给你。"

地铁到站,自动门打开,已经没有人上下了。

她将东西递给他,他不接。

"我们在一起的这半年里,你一步一步报复我的时候,有没有过一丝迟疑?"他问话的时候凝视着她的双眼。

他的发色很浅,衬着皮肤有些白,而那双眼睛也是浅浅的棕色。

可是此刻,眼睛却变得深不见底,两边的眸子似乎着墨一般要将人的心魄都吸进去。

写意微启嘴唇,迎着他的视线,吐出两个字:"没——有——"

他闻言,合上眼睛,嘴角微微一抽,竟然笑了笑。

眼眸睁开,满目悲凄。

写意再一次将盒子递到他的手边,他依旧不接。

她轻轻一松手,任由东西掉到地上。

盒子盖弹开,那枚六爪的婚戒从里面跳出来,蹦了一下,刚好碰到椅子脚的金属架上,当的轻轻一声脆响,随即落到地上,转了两圈,滚到一边。

她转身,头也不回地下了地铁。

7

戒指落地的瞬间,她从他眼前抽身离去。

他背对着站台,也没有回头。

不知是不愿还是不敢。

他以前一直以为这世界上恐怕没有什么事情,能让他厉择良感觉害怕,可惜就是这么简单的一个转身,如今却做不到。

如果回过身去,看到的仍然是她决绝的背影,情何以堪?

最后一句决裂的话,好像撕裂了他的心。在她回答他之前,中间间隔的短短的一秒钟,他曾经有一种冲动,宁可舍弃一切东西,付出任何代价,只要……只要换一个他想要的答案。

可惜,那曾被他深吻过的双唇,曾噘起嘴向他撒娇的双唇,微微一闭一启时发出"没有"两个音后,毁灭了他最为微小的希冀。

小时候的写意笑起来,右边有酒窝,左边没有,特别是缠着他,"阿衍,阿衍"这样叫的时候,笑得好像一朵盛开的花。

而今,什么都没有了。

地铁又合上门,缓缓地发车。窗外从站台的明亮,转换成了一片漆黑,玻璃上映出他的脸。忽然,他就想起那个场景,她所说他们第一次遇见的场景,就是那么一瞬间,心明似镜,所有都记起来了。

也是在地铁里面。

他在去 B 城念高中的时候,就坐过一年地铁上下学。

那天早上,一个女孩儿牵着她的母亲一起挤上车。母亲似乎身体状况不太好,就近的一位小伙子站起来,让座给女孩儿的母亲坐。

第九章 一刀两断

就在女孩儿牵着母亲朝那座位挪动的时候,一个中年男子却一步踏过去:"哎哟,这么舒服的位子居然空着。"

说罢,他迅速坐下,他明明知道是别人让的座,却毫不介意地自己争了去。

女孩儿说:"那是让给我妈妈坐的,她闪着腰了。"

"我的腰也闪了。"中年男人不屑地说。

于是,大家有些尴尬。

女孩儿倔强地咬紧下唇,气极了却无可奈何。

母亲说:"写意,算了,妈妈的腰不疼。"

旁边的人,都是忙着上学上班,多一事不如少一事,并不出来说句话。

看见一切的他,从很远的地方站起来解围说:"阿姨,你坐我这里。"

当时,她对他说的人生初识的第一句话是"谢谢,哥哥"。

缘分的意思,也许是从什么地方开始,便会从什么地方结束。她和他辛苦地用了将近十年的时间画了一个圈,最后回到了原点。

厉择良挪动脚步,才发现几乎不能移动,双腿都已经发麻。他艰难地依着扶手,在旁边的椅子坐下。

他靠在椅背上,仰起头,很多往事如潮水般涌上心头。

她说:"阿衍,要是我做了件会让你生气的事怎么办?"

她说:"阿衍,你不许亲。"

她说:"厉先生,您这是在对我告白吗?"

最后那一天,他求婚的时候,她说:不。

所以自始至终,这半年里,她没有对他应允过任何承诺。

不一会儿,双腿恢复知觉后,随之而来的是令人窒息的疼痛,他缓缓地垂下身,拾起那枚戒指和盒子。

厉择良将戒指完整整地放回盒子里,端详了许久。

他静静地等着到站，下车，路过垃圾桶的时候，一抬手将戒指扔了进去。

写意一路疾行，紧紧地咬住下唇，双拳紧握，不小心碰到迎面而来的行人的肩膀，也没有丝毫减缓她离开那里的速度。

地铁已经启动，她不知道他下了没有，还是继续又坐下去。

写意走到街面上招了辆出租车，坐到了后排。

"小姐去哪儿？"司机问。

写意没有答话，似乎根本没有听见。

"小姐，您要去哪儿？"司机好脾气地又问了一次。

"啊？"写意回过神来，"随便，你绕圈吧。"

这时候，手机响了，是吴委明。

吴委明焦急地说："写意，蓝田湾……"

"我知道。"写意打断他，"替我向乔姐请假。"

"嗯？对了，你怎么还没到？又迟到了！"

"替我请假。"她又说。

"好，下午来吗？"他问。

"暂时请一天，我挂了。"

写意将手机放回手袋的时候，看到自己常年带在手边的红色记事本。

她不是大人物，不习惯预先排好每日的日程，但总怕忘事，所以但凡有什么重要的约会或者要事、地址都记在上面，随身携带。

记事本里面夹了一张纸，纸叠成了长方形，此刻正好冒了一个角出来被她看到。她深吸一口气，迅速地将那张纸重新夹好。

出租车路过二环路路口的游乐场大门，远远看见有小商贩在卖气球。今天不是节假日，风也吹得凉飕飕的，可是门口依然很热闹，好像是什么小学在里面搞活动，一排一排的，穿着校服戴着海军帽的小朋友，前一个后一个地手牵着手朝里面走。

第九章 一刀两断

写意望向窗外，不禁说："师傅，就在这儿停吧。"

她下车，过马路，进了游乐园。

那些孩子吵极了，时不时还尖叫，她绕过他们走了进去。

她第一个坐的是翻滚列车，整趟车就只有三个人，她和前面两个谈恋爱的大学生。火车缓缓开动，随着一点一点地上升，身体上扬，眼睛渐渐看到上空，她的心也开始悬起来。上升到顶端的时候，火车微微地顿了一下，然后朝下——飞速地下坠。

她先是紧紧捏住扶手，眼睛一点儿也不敢再睁开。

但是当火车整个翻过来的时候，她放开双臂，闭住双眼，大声地尖叫。

她从小脑子里的内耳前庭器比别人敏感，别说这种游戏，就连出租车也晕，所以很少来游乐园。

她心里害怕极了。

可是，此刻，她就是要那种恐惧蔓延在心中，把胸腔填得满满的，才能装不下其他的情绪。她旋转着，放任着自己尖叫。

写意下来的时候，双腿都是软的，整个人处在一种飘忽的游离状态。她头晕目眩地走到角落里，蹲下来，有些想吐的感觉。

她去搜手袋里的纸巾，翻了半天没翻到，于是有些神经质地将手袋倒过来，钥匙、签字笔、钱包、手机掉在地上。

其中，还有那张纸也从记事本里掉出来。

叠成长方形的一张宣纸，被她夹在记事本里好几个月了。

她怔了怔，拾起来，将那张工工整整地叠了四次的宣纸缓缓展开。宣纸其实有好几道折痕，新的旧的，交替着。

纸上留着两行小楷：

十里平湖霜满天，寸寸丝断愁华年。
对月行单望相护，只羡鸳鸯不羡仙。

那字迹俊雅凌厉，不难看出下笔人的个性，旁边斜斜歪歪的五个字是她留的："阿衍啊，阿衍。"

这张纸是她先写的这些字，然后不知道什么时候被他找到，才添了后面的诗。那年暑假，他们一起看过这电影。当时她很喜欢，于是叫他帮她记在心上。

却不想隔了许多年以后他仍然记得，居然还写到了这张纸上。

她在书房里看到，便起了心偷它。

此刻，写意鼻子一皱，忍了许久的泪终于落了下来。眼泪滴到纸上，她急忙用手去抹，但宣纸却是吸水的，泪珠立刻吸附进去，一点一点地洇开，迅速地散了那些墨迹。

她转而去抹脸上的泪痕，却是越抹越多，越抹越多，最后，一个人蹲在那里，抱住膝盖，简直泣不成声了。

眼泪止不住地流。

那个被她连写了两遍的"阿衍"，也随之缓缓洇染成团。

不知道过了多久，她抽噎着，摸到电话，拨了詹东圳的号码。

此刻的詹东圳正忙得焦头烂额，他在会议室里看到写意的来电，微微一愣，本来正要对董事们说的话，说了一半也放下，退出会议室。

他走到角落，打开接听。

"写意？"

"冬冬……"她哭着说。

"嗯，我在。"

"冬冬……"她抽泣，"冬冬，冬冬，冬冬……"地一直重复。

詹东圳心里一颤，他知道她只是想发泄而已，所以静静地等着她一直那样叫。

其实，他也明白，在电话另一头饮泣的写意此时心底深处，最想呼唤的那两个字，并不是"冬冬"。

许久之后，等她哭够了，詹东圳轻轻地说："写意，回来吧。"

第九章　一刀两断

"回哪里？"写意吸了吸鼻子问，对于写晴和任姨，她也只有责任没有亲情。

她一时竟然不知道哪里才是她的归处。

小时候，有妈妈的地方是家，回到妈妈的故乡有姥姥、姥爷的地方是家。后来，到 C 城念大学，有阿衍的地方就是家。在德国留学，有阿衍的地方还是家。

可是，就是那一个阿衍，她追着、黏着、胡搅蛮缠地跟着的阿衍，被她放在心里一次又一次念叨着的阿衍，就那样满不在乎地打碎了她的整个世界。

她曾经问他："那要是我死了，你的心会不会痛？"

时到今日。

无论如何。

他们再不相欠。

写意，和写意的阿衍，都已经不在了。

第十章

海德堡往事

爱情是公平的，如果一直付出的话也会累，也许他们已经错过最爱的那一刻。

1

詹东圳一个人从 B 城马不停蹄地开车赶过来，他心急如焚，担心她会一直那么哭下去。

他按照写意留的地址，在游乐场找到她。

没想到，那个时候的写意，面色恬静地坐在公园的木椅上，和前面的几个小朋友说话，神色已经平静下来，全然没有电话中的失态。

她和那些小孩儿几分钟就混熟了，一起猜字谜，赢的人分糖吃。

有个胖乎乎的小孩儿找了根枯树的枝丫，问："阿姨，你说这是什么？"

"木棍。"写意说。

"四个字的。"

写意想了想："一根木棍。"

确实是四个字，她从小就这样，无厘头的，捉弄人是一流。

詹东圳在旁边看得只摇头想笑。

第十章 海德堡往事

果然,她的答案让小胖有些措手不及,急忙摆手说:"不是不是,不是这个意思,就是用四个字说的那种话。"

"那叫成语。"写意乐了。

"对、对,就是成语,怎么说?"

这下可考到她了,她侧了侧头,蹙着眉:"不知道。"太难猜了。

小胖得意扬扬地说:"这叫完好无损。"

然后,他又将枝丫折了一下,树皮还没掐断,继续说:"这是藕断丝连。"

写意听到,笑了笑,接过那棍子,一下子掰成两截,问:"那阿姨考你,这是什么成语?"

小胖挠了挠头,眉毛拧在一起,摇头说:"老师还没教,我不知道。"

写意眨了眨眼睛说:"是一刀两断。"

飕飕的秋风吹乱她的头发,她恢复往常一般,唯一哭过的痕迹只是那双红肿的眼睛。她一直坚强得要命,从来没有在他面前落过泪,哪怕是父母去世的时候。

他见孩子们拿着糖离开,才走向她:"你干吗对着电话哭得稀里哗啦的?"

"那是因为我牙疼。"她说。

詹东圳替她在 B 城找了个僻静的住处,让她一个人住。写意关掉手机,拒绝看电视,窝在詹东圳给她找的公寓里。

那牙疼果真来得凶猛。

因为牙龈发炎,她整个脸都肿了起来,她只好出门去药店买药,药店推荐了一大堆品种。

她皱眉:"这些都不是我以前吃的那种。"

"以前吃的是什么?"药店的人问她。

她怔了怔:"我……不知道。"

在回家的路上，写意突然打了车去西郊东山的墓地。

写意远远看见那两座墓碑，从上数下来，路边第三个和四个。左边是父亲，右边是母亲。母亲不是他合法的妻子，为了尊重任姨，没有用双棺将他们葬在一起。

照片上是父亲笑着的样子，他和她一样，只有一个酒窝。小时候，她那么调皮，那么捣蛋，可是父亲提起她的时候，依然很自豪，总说："我的写意，我的写意……"

以至于写晴那么讨厌她。

所以写晴说："别以为爸爸叫你回来，你就是沈家的人了。我告诉你，无论沈家的财产，还是詹东圳，我都不会让你分去半点儿。"

她当时淡淡地一笑，她什么都不要，只要她的阿衍。

在德国，有阿衍。

厉择良永远是人群中最出色的那个，在金发碧眼的人群中，他那样的亚裔却仍然惹人注目。修长的身材，眼睛是内双，头发修得刚好，不太长也不太短。每次剪完头发之后，耳后的皮肤会暂时暴露在空气中几天，白皙而且细腻。

和那些打着耳洞，头发梳成莫西干样式，身上飘荡着刺鼻体味的白种年轻人完全不一样。

每逢遇见女人对厉择良侧目，她便拉住他的袖子说："我一定要把你盯紧点儿。"

写意去的那会儿，他已经在投资股票，和朋友合作开公司，常年开车往返于法兰克福和海德堡之间。他的脾气并不如现在这般古怪，只是有些寡言，为人很低调，这也是早被写意熟知的个性。

她来得突然，德语不好，费了很多时间在语言上，也因为如此，除了学校一般不出门，所以，一般都是他带食材回来做给她吃。

第十章　海德堡往事

那天，厉择良又去了法兰克福，晚上不会回来。

德国的冬天来得特别早，也比 B 城要冷得多，四点多天就黑了大半。

写意从学校回来的时候天色已经暗下来，可惜又将手套和帽子忘在了图书馆。随着暮色深沉，气温也是急剧下降，冻得她够呛。

她又懒得绕回去取东西，于是一个人抄近路，想从小巷里尽快赶回家。

整个巷子只有她一个人，脚步踩在雪上咯吱咯吱的，好像有回音。她走到一半，才开始害怕，紧张地回头去看，有些慌。

再一次转头以后，发现远远的前方急匆匆地走来一个人。

她心中一紧，就怕遇见醉酒的流浪汉，于是将一钱不值的手袋朝胸前挪了挪，使劲儿攥住。眼看那人越走越近，她停下来，心提到嗓子眼，只想回头撒腿就跑。

就在这个时候，那人放慢了脚步，用中文喊了一句："写意？"

那一瞬间，写意一愣，随即飞奔着跑去，扑在他的怀里："阿衍！"

"你一个人怎么不走大街？"他说话的时候气喘吁吁的，好像从别的地方急忙赶来的。到了灯光下，写意才看到他走得急，在那么冷的天气里，额头居然冒出细密的汗。

"你下午说你不回来啊？"

"忙完了就回来了。"

下午下了大雪，他在法兰克福的时候突然想到，不知道这么冷的天气留她一个人在家会怎么样。于是，他开了一个小时的车回家，发现家里没人，又朝图书馆这边找来。

"那你来接我？"写意侧头问他。

他板着脸，没有答。

写意乐呵呵地哈热气来搓手，她没戴手套，衣服上也没兜，所以十指已经冻成红色。

"手套呢？"他问。

"忘在学校了。"她说。

"什么时候长点儿记性,丢三落四的。"

他说完,将她的手捂在掌中搓了搓,他的手平时有些凉,可在那个时候却是暖暖的。

她傻傻地笑:"阿衍,你真好。"

他一抬头才注意到她只穿着羽绒服,帽子、围巾都没戴,便放开她的手,将自己的围巾取下来为她套上。

"哪儿还冷?"他问。

"手冷。"她撒娇道。

这下他没辙了,他不习惯戴手套,冬天的时候手都是揣兜里。于是,他解大衣的纽扣,准备替她披上。

"不要,我哪儿有那么娇气,要是惹得你感冒了,更折腾。"

写意眼珠子一转:"这样吧!"

她抓住他的右手,一起揣在了他的大衣口袋里。他当时穿着一件藏蓝色的大衣,兜里都是他刚才烘热的温度。

她的左手,和他的右手,同时将那个口袋撑得鼓鼓的。

然后,写意嘻嘻地冲他笑:"这样就好了。"

她的五指从厉择良的指缝中穿过去,顺利地与他扣在一起。

厉择良的手不经意间似乎僵了僵,紧接着,他没有刻意地迎合,也没有刻意地抗拒,只是那么自然而然地摩挲了几下,将温暖传递给她。

接着,她抬起自己晾在外面的另一只手,嘟囔着说:"对不起啊,右手小姐。阿衍的右手写出来的字很漂亮的,所以写意就先握他的右手了。不过,等一会儿阿衍就会来暖和你的。"

厉择良哑然失笑。

于是,两个人就这么一起并肩回家。

不知道是走得急,还是气温突然升高了,或者是她紧张的缘故,握着厉择良的那只手的掌心开始有汗。她想伸出来擦一擦,却又不敢。

她怕自己轻轻一动,惊动了他,再也不肯让她握。

那是他们第一次牵着手,要不是她厚着脸皮冒出这么一个主意,还不知道是不是要等到猴年马月去了。从第一次相识到第一次牵手,居然已经过了七年。

过了一会儿,他问:"那只手不要了吗?"

"什么?"

"你的右手。"

"要!"

于是两人掉了个方向,换手又牵了一次。

写意一路乐呵呵地笑。

"乐什么?"他问。

"没什么啊,没捡到钱。"写意敛笑,学着他平时的样子,板着脸说。

其实,她在心里琢磨着,是不是以后就一律不买手套了。

2

厉择良还有一个爱好,便是看球。

她很难想象,他那样内敛的一个人,怎么对那个运动感兴趣,虽然知道他从来也不玩。

他倒不是很狂热的那种,只是周六都会空一点儿时间,打开电视机看当地的转播。他看球的时候,会沏一杯茶坐在那里,一个人静静地看。每逢他看到激动之处,就握紧拳头,会一下子站起来,再缓缓坐下。

"他们踢来踢去老是不进,多烦啊。这么多人抢一个球,不如让裁判一次多发几个。"

他冷冷地瞥了她一眼。

她立刻噤声。

才过一会儿,她在旁边就又开始坐不住了。

"难道你选德国的原因,是为了看球?"她问。

"那我来看球,你来做什么?"他反问。

"……"

写意看了看他,这个问题问得很没有挑战性,难道他还不知道她来做什么的?

那个周末刚好是圣诞节前的最后一轮球赛,他开车载她去临近的法兰克福一起看现场。临走的时候,她背了个小包,将所有需要的东西带齐了,出发。

他突然问:"手套带了吗?"

"啊,"写意故意说,"我好像忘带了!"

"我明明见你放在椅子上。"他说。

"是吗?"她装傻。

"是的。"他斩钉截铁地说,然后递给她赶快回去拿的眼神。

奸计还没开始实行就被识破了。

她哀怨地看了看他,却不得不遵命。

她从来没有去现场看过球赛。

他们的位置很靠前,正好坐在主场球迷的中间。

写意抬起双手,跟着他们学那些手势和喊口号,全然是一副投入的样子,再也没有抱怨无聊。中场下起雨,幸好她穿着雨衣,他戴着鸭舌帽。

当主队进球的时候,写意和旁边球迷一起蹦起来。

她抓住厉择良的手,兴奋地大叫。

他微微一笑,拉住她:"别喊了,嗓子都喊哑了。"

那一场比赛,升班马法兰克福奇迹一般力克卫冕冠军拜仁慕尼黑,场外天寒地冻还飘起了纷纷的雨雪,球场内的热情却一浪高过一浪。

主裁终场哨声吹起的那一瞬间,大家都欢腾起来。

旁边的一个和写意击掌庆祝的德国球迷,激动地将手上的队标围巾绕在写意的脖子上,大喊:"Sie haben uns glueck mitgebracht!(译:你给我们带来了好运!)"说完,毫无征兆地捧起她的脸,在脸蛋上狠狠地亲了一口。

写意心里也乐得很，还给了对方一个大大的拥抱。

她随即跟着那群人一起高歌一起退场，上了一级台阶，发现厉择良还留在后面，帽子压得低低的，瞧不到眼睛。

她伸手准备碰他一下，说："阿衍？走了。"

就在她碰到他胳膊的那么一瞬间，他拉过她，将脸凑过来。

她刚才上了一级的台阶，显得还比他略高一点儿，所以需要他稍微抬头，她雨衣上的帽子还戴着，因此耳朵能听见雨滴打在雨衣上滴滴答答的声音。

她看见他靠过来的脸，些许一怔，转瞬之后才明白他要做什么。

旁边有球迷在霏霏细雨中燃起烟花，庆祝主队的胜利，还有很多人久久不愿意走，球员刚刚致谢，于是他们主动掀起一波又一波的人浪。

他就站在这些人之间，在过道上，脸渐渐地接近她。

写意睁大眼睛，呆呆地望着他那双凝视着自己的双眸，不自觉地微微张开双唇。

没想到半空中，两人的动作被阻，因为他的鸭舌帽帽檐正好戳到写意的眉骨上，她吃痛地眯了眯眼睛。

他随即迟疑了一下，神情一顿，挪开脸，没有再来第二次。

写意也是茫然了一阵，之后却又隐隐觉得失落。

她平时大大咧咧，可惜骨子里还是没有那么开放。

前一分钟还被其他人亲了一口，当时还毫不介意，可是当对象突然换成厉择良以后，她居然一下子也害羞起来。

回程的路上，写意开车。她学了车，因为医生说自己开车的话会让晕车的症状缓解。

厉择良平时有些懒散，既然有人乐意开车，自然用不到他。回去的厉择良盖着帽子，遮住脸，坐在副驾驶座上似乎是在闭眼睡觉。

两人除了必要的那几句，竟然没怎么说话。

几个同去看球的朋友心里高兴，回到海德堡又找酒吧喝酒，自然也拉了他俩去。

"我也要啤酒!"写意跟着大家一起喊。

厉择良淡淡地瞥了她一眼。

她立刻不情愿地蹙了蹙眉头,口是心非地纠正说:"怎么可能呢,我滴酒不沾的,只喝苏打水。"

厉择良恰好在酒吧遇见熟人,两男一女。

那个女的姓董,据说是某市市长家的千金,长得极为乖巧。写意见过她几次,每次看见厉择良几乎每句话必以"择良哥哥"这称呼作为开头。

写意理所当然地非常不喜欢她。

那位董小姐不知道听旁边两个男的说了什么,望着厉择良掩住嘴轻轻笑。那双片刻不离厉择良的眼睛,在写意看来,真应该挖出来熬汤。

她越想越气愤,大叫:"我要啤酒!"叫完以后,再看了一眼厉择良,她的举动根本就没有引起他的注意。

她赌气一般,拿起杯子咕噜咕噜地喝下去。

待厉择良和人寒暄完回头一看,写意居然已经在喝第二扎啤酒了。

她酒量一直很浅,就连喝家乡的米酒也会醺醺然,所以啤酒下肚脸蛋已经醉得通红。她将下巴磕在吧台上,眼神发直,此刻闷闷不乐地卷起食指有一下没一下地弹着那啤酒杯。

最后,他半搀半扶地将她带回去。她这人一醉就睡觉,当然半醉的时候却是最啰唆的。

烂醉如泥的写意仍然不忘气鼓鼓地唠叨。

"干吗不经我同意就叫你择良?"

"哥哥这两个字,这也是她能随便喊的?"

"恶心不恶心。"

"讨厌,真讨厌。"

"下次把舌头也切下来。"

"不熬汤了,让阿衍红烧比较好吃。"

"什么乱七八糟的。"他摇了摇头,然后掏钥匙开门。

第十章　海德堡往事

　　他刚一放手，她就歪到一边去。他没办法，只好将她架在怀中，下巴正好抵在她的额头上。

　　她皱了皱眉说："你的胡子扎到我了。"

　　他不禁微微一笑，挪开下巴，将钥匙插进锁孔里。

　　写意傻傻地看着他的笑脸，趁着门打开的那一刹那，她突然踮起脚尖，抬手拽住他的衣领，就那么仰头主动地吻了。

　　她吻得那么青涩，就是啄了下他的嘴唇。

　　放开他以后，写意居然伸舌头舔了下自己嘴唇，心满意足地说："好……软。"那表情活脱脱的就是一只偷腥成功的醉猫。

　　白天两人没吻成，这下终于成了，一只叫写意的猫好歹解了馋。

3

　　他别过脸去，尴尬地咳嗽了两声，说："进屋吧。"说完，他将写意搀进去，扶到沙发上，正要起身脱外套，却被写意抓住衣襟。

　　"干吗？"他问。

　　"你不可以被别人抢走。"她黯然地说。

　　他顿了顿，顺势坐在她旁边，挑了挑眉说："看来你一点儿都没喝醉。"

　　写意一下子红了脸，急着说："我怎么没醉了？我就是喝醉……"话到这里，她突然觉得自己的解释反倒是画蛇添足。

　　她再看一眼厉择良。

　　这个男人正在很努力地忍笑，那模样完全是戳穿她把戏后的幸灾乐祸。她一时恼羞成怒，扑过去张嘴就想狠狠地咬他一口，可惜一下子没想好落嘴点，就见下巴的角度比较好下手，于是张大嘴咬了他的下巴。

　　让她意外的是口感竟然那么好，所以忍不住多咬了两下。

　　哪知她的虎牙很尖，咬人的时候虽然没使劲儿却也疼得他两条眉毛都皱在了一起，她笑得咯咯咯的。

　　"写意。"他揉着下巴。

"嗯?"

"咬疼我了。"他说。

"怎么会呢,我轻轻咬的。"她虽然嘴上那么说,但还是忍不住凑过去仔细看了下,果然在下巴的皮肤上有了几个浅浅的牙印。

写意内疚地嘟起嘴巴,又用指尖摸了摸那几个牙印:"阿衍,对不起……"然后很孩子气地朝它们吹了吹气。

她的手指落在皮肤上面痒酥酥的,脸蛋近在咫尺,嘴唇噘起一点儿轻轻吹气,那气息扰乱了他的心绪。

他心神一荡侧下头,封住了她的嘴。

写意先是吃惊地瞪大了眼睛,渐渐地才缓过来。这和她那蜻蜓点水一般的吻截然不同,几秒钟就破坏了她呼吸的节奏。

他的吻有些生疏,丝毫不敢长驱直入地探入她的口中,只是浅浅地舔吸。怀中的写意努力地调整了一下自己的呼吸,然后将手搭在他的肩上,微微张开嘴,青涩而又美好地回应了他。

他嘴角露出一丝极淡的笑意,拥住她的手臂加了些力,使她更贴近自己。

缠绵之间,她的脑子从一种半清醒状变得晕乎乎的,仿佛一下子站在了云端,一下又觉得自己像是含着一块浓情的巧克力,那种丝柔顺滑的感觉在舌尖依依不舍地停留着,然后一点一点地化开。

这一次,她好像是真的醉了。

彼此的唇舌终于相离,她怯怯地睁开眼,却又不敢看他的脸,轻喘着依在他胸前,而唇上的那种柔软的触感也久久地停留着。

厉择良定了定心神,缓缓地说:"门口那个不算,这个才是初吻。"

"为什么?"

"哪有那么多为什么?"他黑着脸说。

侯小东曾经对她说,厉择良不轻易亲近人,但是当他一旦不排斥你接近,就说明你已经成功了一半。

第十章 海德堡往事

那现在看来,她好像成功了另一半。

就是那么一个吻,好像突然就拉近了她和他的许多距离。直到那日,写意才知道,原来她的一切辛苦都没有白费。

他也是喜欢她的。

从此跟屁虫升级成了女朋友,农奴翻身做了主人。

写意喜滋滋地迎来了新的一天,可惜,过了几天以后,她发现女朋友和跟屁虫的待遇好像没什么区别。

他还是会对她凶,而且管东管西的。

只是——

好像又有那么一点点不一样。

元旦的头一天,厉择良带着写意,和几个熟识的留学生凑一起,开车去杜塞尔多夫看新年倒计时。

快到凌晨的时候走到莱茵河边,等着倒计时的人已经挤得水泄不通,虽然有些蒙蒙细雨,但是人们的热情丝毫不减。

写意也兴奋地和其他人一起乱蹦乱跳,他宠溺地任由着她闹。莱茵河边有出名的酒吧街,一家接一家,满是从周边来迎接跨年倒计时的人。

半夜温度下降得厉害,大家凑一起一边等着新年的到来,一边站着拼酒。

厉择良却拦着写意,不许她喝酒取暖。

她闷闷不乐地瞅着他。

"难道我就不怕冷?"本来一说话吐气就能成一团白雾,她为了强调气温很低,还刻意地使劲儿哈了几口热气出来证明一下。

后来写意牵着他,离开集体,单独跑到桥上去。

"莱茵河就从我的脚下流过去啦!"

这一河段的莱茵河比以前写意看到的要宽得多,加之在这样的气氛下,她更加觉得兴奋。

她趴在栏杆上，朝下面探头，河面上正好可以看到自己在桥面路灯下映出来的影子，开始还觉得好玩儿，多看了几分钟就觉得头晕。

桥上的风更大，冻得她缩脖子。

厉择良随手解开大衣的纽扣，从后面将她裹了进去。

写意怔了一下，自然而然地靠在他的怀里，他正好将下巴抵在她的头顶，那样的亲密。

凌厉寒风四处乱窜，可是此刻的写意却觉得暖烘烘的。有的人已经等不及，自己点燃了烟火。

"阿衍。"她叫他。

"嗯？"

"我觉得，我好像很幸福。"写意轻轻说道。

可在那么嘈杂的气氛中，不知道他听见没有。

她不知道为什么一年后，他可以那么云淡风轻地毁掉这一切。

若是要一个人为了爱倾家荡产、众叛亲离的话，那是不切实际的。这个，她明白，她不存有那种奢望。

可是，如果说他一点儿也不在乎她的话，她不相信。

写意原本坐在墓碑前面，眼见天色渐晚。她站起来一转身，发现詹东圳在不远处。

詹东圳回去找不到她，第一个念头就是写意跑到这里来了，一看果真不错。

"东正没有垮吧？"她问。

"还好。"他笑笑。

"没骗我？"

"我什么时候骗过你？"他说。

"少来，以前我出车祸之后你不就骗了我？趁着我想不起来还给我编排了一个混血男友，也亏你想得出来。"

第十章　海德堡往事

詹东圳嘿嘿一笑，不好意思接话。

无论是写意，还是他们，都将那次的事情称为车祸。其实，彼此都知道，那不是车祸。

车子冲出马路，没有一点儿刹车的迹象，完全是直冲冲地从路上朝着河边的悬崖冲下去。现场所有的迹象都表明，她不是深度醉酒就是企图自杀。

她不喝酒，那明显就是第二种。

厉择良去了趟德国，他们见了面之后，写意就开车出了车祸。幸好有人报警，还把她从水里救了起来。

昏迷了两天的写意醒过来就什么也不记得了。

可是她看到他的时候，歪着头迟疑了一下，口里试探地问："冬冬？你是冬冬？"那一刻的詹东圳简直无法形容自己有多喜欢听见她叫这个曾被自己唾弃的绰号。

原来她记得他，只是丢失了成年后的记忆，还有和某个人共度的那些时光。

写意记得，最后那一天自己开着车，对着电话淡淡地说："大二时我看过一部电影叫《天堂电影院》，里面的老人对男主角讲了个故事，我挺想讲给你听的。"

"写意！"他在电话另一头打断她，并且下令，"你马上停车！"

"阿衍，听我说好不好？就听我讲一次好不好？听我说完。"她的语气，出奇地平静，平静中带着一种绝望。

"有一次，国王为女儿开宴会。有个士兵在一旁站岗，看到公主经过他面前。公主是个绝色佳人，士兵一下子爱上了公主。但卑微的士兵，怎么配得上国王的女儿？有一天，他终于设法接近公主，并告诉她，没有她，他活不下去。公主对士兵说：'如果你能等我一百天，且日日夜夜在阳台下等我，百日之后，我就是你的。'听了这话，士兵就在阳台下等候，一天，两天，十天，二十天……公主每天晚上都往外望，他都伫立通宵。风吹雨打都阻止不了他，乌鸦停在他头上，蜜蜂蜇他，他都一动不动。但是在第九十天的时候，士兵全身已经苍白消瘦，眼泪从眼眶里流了出来，他已经支撑不住了，甚至连睡觉的力气都没有了。公主一直注视着他。最后，在第九十九天的晚上，士兵站了起来提起椅子，走了。"

她一直以为自己说完这个故事肯定会哭，可惜她眨了眨双眼，眼眶里居然没有泪，电话那一边的厉择良没有说话。

"以前一直弄不懂为什么他要走，为什么不等到第二天。而今我才想明白，是不是他们已经错过了最爱的那一刻。爱情是公平的，如果一直付出的话也会累。那个士兵第九十九天夜里离开的时候，公主的心是不是很痛？如果她会心痛的话，那么为什么不在那之前就推开窗户让士兵进去？"

车子转了个弯，看到了美丽的莱茵河。

她在心里琢磨，这个时节的莱茵河是不是很冷呢，不知道落下去会不会很刺骨，或者落下去以后什么都感觉不到了呢？

她挂掉手机前说了最后一句话。

"阿衍，在你的窗下守了九十九天的写意累了，现在也要走了。"

"你后悔了？"回去的路上，詹东圳问她。

"没有。"写意说，"一点儿也不后悔。"

一个星期以后，写意回到 A 城。

路上，她颤巍巍地打开关了许久的手机，一下子冒出来很多信息，两三下就将信箱撑满了。一条一条的，有未接电话的提示，还有各种各样信息。

写意轻轻地就按了"删除全部"。

她不想看，而且，她也相信，厉择良不会找她。

他是如此骄傲的一个人。她这样骗了他，报复了他，让他而今的处境

第十章 海德堡往事

如此难堪和尴尬。

如果他恨她的话,那样最好。

当这种恨意变成相互施加以后,她才有毅力坚持下去。

唐乔里很多不怎么相干的人,都用一种奇怪的眼光看写意。

"你跑哪儿去了?怎么电话都不接?"吴委明问。

"回老家探亲。"写意笑笑。

"听说厉择良……"

"大明,我给你带了特产。"她打断吴委明。

吴委明并不知道写意和厉择良那些不为人知的过往,一心还想安慰写意。可是,立刻被写意岔开。

和吴委明寒暄了几句,见乔函敏来了,写意便去她的办公室找她,然后递了份辞职申请。

"你要走?"乔函敏问。

"是的,给乔姐带来麻烦了。"

"也许你只是想放个长假休息一下,我再给你十天假期?"乔函敏挽留她。

"乔姐,我……"

"再考虑下,写意。至少把你手上的事情做完,等我们重新招到合适的人。"

乔函敏这样说,公事公办,写意只得点点头。

本来她准备了结这边的事情,再也不回来的,从此两人的生活再也没有交集。

不过,事与愿违。

4

下午,写意突然接到律师的电话,那律师姓邱,在A城律师界鼎鼎有名。

"沈小姐,我作为厉择良先生的委托律师,这里有一份财产赠予合同需要你确认签字。"

"什么赠予合同?"

"厉先生一个月前在我这里签了一份赠予合同,受赠方是沈小姐你。"

写意听着那个天文数字一般的金额,呆呆地放下电话。她撑住头,不禁苦笑。他想做什么?用钱赎罪?

他心里究竟在想什么,也许没有人琢磨得透。

她迟疑了一下,用手机拨他的手机,在按确认之前她又改用座机打了他办公室的电话,接电话的是小林。

"小林,我是沈写意,我找下厉先生。"她说。

"写意?"小林怔了一下,"厉先生……他不在。"

"谢谢。"写意笑了笑,是不是他已经拒接她的一切电话,让小林挡驾?

"写意,你拨厉先生的私人号码吧。"

写意肯定不会照做。

她从小就很倔强,遇到她倔脾气一上来,别人说东,她必定要走西。无论父亲还是母亲,都拿她没辙。

可是,就是这样一个孩子,却一直肯听他的话。

回家洗澡的时候,写意一开衣柜发现自己的很多衣物和日用品都放在了厉择良那里,她一直没有回去取过。

可是,里面有些必需的东西。

她揉乱了头发才想了个办法,让周平馨替她打了个电话过去,公寓里没人接。她和周平馨才飞速奔到厉择良楼下,然后又拨了下座机,再次确认没有人以后,写意将门卡交给周平馨,让她上去。

万一遇见厉择良,实在不行,就说帮她取东西的。

结果,周平馨上去后三分钟,来了电话:"写意,没人。"

"哦,那就好。"

第十章 海德堡往事

"你自己上来一起收拾,那么多东西。"周平馨说,"上来吧,万一厉先生回来,有我呢。"

于是写意只好上楼。

她进屋也没多想,急急忙忙就收拾自己的行李。

收首饰时耳环落到床下,她只好趴下身体去捞,手指一伸却碰到个东西,刺破了手指。她捡出来一看,居然是个深紫色的玻璃碎片。

碎片的颜色很特别,所以写意一下子就认出来了。那是摆在飘窗上的一个水晶花瓶,有一次写意差点儿打碎它,如今它却是真的碎了。

想到这里,写意脑子里电光火石间明白了什么。她环视了下四周,然后回到客厅又看了下,家里但凡易碎易坏的摆件全部换过。估计经过了一场洗劫,所有的东西,只要能摔的,都被他摔了。

写意垂下眼睑,难道是他明白真相的那一天?

她叹了口气,不过倒和现在他的脾气很符合,一生气就砸东西,以前的厉择良完全不是这个样子的。

走的时候,写意将房卡放在茶几上。带上门的那一刹那,她最后看了一眼鞋柜上的房卡,心里百般滋味难辨。

她就这么一声不吭地跑到他家偷偷来拿东西,终究不妥当。写意想了想,告别周平馨以后,在路上给厉择良打了一个电话。

电话响了许多下,一直没人接,直到传来语音提示。过了会儿,写意刚到家,他拨了回来。

"我是沈写意。"

"嗯。"他说。

"我刚才去你那里取了点儿东西,不好意思,没事先跟你说一声。"

"嗯。"他又是这个字。

"再见。"写意说。

在她说完这两个字后,时间似乎停滞了瞬间,他顿了一下。

她不知道他在哪里,但从电话里听得出四周安静极了,好像能清晰地感觉出他鼻间的呼吸声。

"再见。"他平淡地回了两个字，然后挂上电话，似乎让人觉得方才他的停顿都是种错觉。

写意放下手机，将行李整理出来。却在衣服堆里看到一本书——曼昆的《经济学原理》，估计是周平馨替她收拾的时候放进来的。难道周平馨以为她会读这么无聊的书？

这类型的书籍，她沈写意都是敬而远之。

写意苦笑着，随手翻了下那书，书页像扇子一样，呼呼地翻过，却在最后几页瞄到几个熟悉的字眼。

她疑惑着又翻回去，随即就看到上面写了自己的名字，出自某人之手，并且被翻来覆去写了很多遍：

"写意，写意，写意……"

一个接一个地在纸上重复着，越写越潦草，页脚有一点是上一页的"意"字戳破了纸印下来的。

不知道他什么时候写的，但一定是在他们从德国分开以后。

所以，他才不让她翻他的书吗？

写意用指尖轻轻抚过那些字的时候，好像他就在耳边轻轻呼唤着自己一样，那声音已经成了蛊毒，种在了她的心中，时不时阵阵抽痛。

她将脸深深地埋在那本书里。

是的，她骗他，一直骗他，从头到尾都在骗他，连最后那句话也是骗他的。

可惜她却那么软弱，连报仇都做得不够好，以至于她曾经一不留神就在那间屋子里，将"阿衍"二字脱口而出。

真不知道是自己太入戏，还是根本就不想从戏里面出来，所以，连写意自己都怀疑，究竟是恨他报复他，还是为了忘记仇恨忘记一切，替自己找个冠冕堂皇的借口能待在他身边。

若是要她回想下，哪一年是她最快乐的时光，那肯定是和他一起在M大。那个时候，没有家庭的烦恼，就一心想着玩，好像天下间最大的悲伤

第十章 海德堡往事

莫过于他责骂她。

枕头下放着那本书，写意一个人难眠到深夜，一早起来订了张最快去 C 城的机票。

她没有带行李，就只拎了手袋，停停走走地去了 C 城许多地方，最后，写意站在他们一起住过的那栋小楼下面。以前是因为离学校近又特别安静，所以他才住下来。楼房有些陈旧，夏天的时候来，有一面外墙已经长满了爬山虎，可惜这个季节叶子早就掉光了只剩下一墙枯藤。

写意走上楼，端开旁边的花盆，钥匙却不见了。

她没有注意上回走之前，厉择良有没有将钥匙放回去，但是那把钥匙确实不在那里了。于是，写意怀念地摸了摸那个门把手，然后背靠着门坐下去。

她将头仰起来，轻轻靠在门上。

很多很多年以前，她也是这样坐着，就在几近绝望的时候，房门却突然打开，让年少的她跌了个四脚朝天，随即有个清俊的身影映入她的眼帘，像曙光一样照亮了一切。

那个年纪，高兴到极致的时候却哭了。

而今，她又只能苦笑。

写意坐了一会儿，身上泛凉就拍了拍灰尘走了。那个时候的她，并不知道厉择良其实就在里面，同当年一模一样。

其实，厉择良一个人到 C 城许多天了。

他一直是个很有责任感的人，无论是什么时候他都没有将厉氏的责任放下过。大哥早年去世，所以厉家所有的希望都背负在了他身上。

这却是他第一次那么任性地将烂摊子扔给了薛其归，什么也不管什么也不问，就这么放任自己沉沦。

厉氏破产也好，倒闭也罢，他统统不想再理会。

5

他这些天拉着窗帘,躲在屋子里酗酒然后看碟。他有一张碟,是写意大学一年级校庆时在社团演话剧时留下的。

那碟片是写意他们社团内部的人自己用 DV 拍的,很不专业,没有用支架,整个镜头都在晃悠,而且断断续续。

当时写意一时兴起就和大家一起刻了一张做纪念,可惜不过三两天,碟片就被她扔在自己卧室的抽屉里,也没收捡。

他每年冬天都要回这里住几天,有一次突然找到它。于是,闲来无事,总是一个人闷在屋子里看。片中的写意站在舞台上有种平时少有的严肃和稳重,偶尔抿住嘴酒窝就会露出来。

昨夜写意打来电话,他的手居然抖了一下。他盯住屏幕半晌,等了许久,铃声断了。他不确定自己是否还有勇气去面对她,上回在地铁里,写意留下的最后一句话,已经使他崩溃。

她说,没有。

她这半年里报复他的时候,从头到尾,没有一丝迟疑。

短短的两个字,化成一把利剑插进心脏且不见血。

他起身去洗手间洗了个冷水脸,然后想了下才又拨回去。

即使心存恐惧,他还是拨了回去。有时候爱情真像吸食鸦片,明明知道会是那么一个结局,却始终无法抗拒诱惑。

她客气地向他告别:"再见。"

是再见,还是永不相见?

此刻的他一边喝酒一边看,来回地重播,通宵不睡,就这么盯住电视屏幕,捕捉着那个身影,眼睛熬得全是血丝,也还是一动不动。

里面的每一句台词、每一个表情,他都能记住。

厉择良又狠狠地呷了一口酒。他已经喝得麻木,除了知道是酒以外,舌头已经尝不出味道。他看得入神,烟头燃尽,烫到了手指,好一会儿才

第十章 海德堡往事

觉得痛。

忽然,他听见门外似乎有什么响动,艰难地站起来去开门。门打开一看,什么人影也没有,微微一低头却见地上留着一个手机。

手机的式样是他最熟悉的,手机上还有一个吊坠,是个金色的小熊。两件东西加一起,让他肯定这是写意的东西,化成灰他也认识。

那一瞬间,他心中升起了欣喜。

随即就看到写意从下面噔噔噔地跑上来。

写意抬头突然看见楼梯上站着的厉择良,倏地一震,他居然也在C城,而且就在离她仅有一墙之隔的地方。

她预想过很多种他们再次碰面的场景,毕竟大家都在A城,而且唐乔还和厉氏有合作,完全不想碰面是不太可能,可惜,她却没料到这样的情况。

他几天没有刮胡子,胡子楂儿冒出来许多,显得下巴的青色很深,清俊中透着一种和平时不一样的颓废。

写意尴尬地指了指地上掉的手机:"我不小心将手机掉在那儿了。"

他默默地看着她,半天没有说话。

她也觉得自己这话有些犯傻,千里迢迢地跑到他的门口就是放一手机再来取?好像就是故意选择时机出现。

"我到C城来休假,顺便到这里看看。"她又解释。

每当她脑子短路时都是这样,越描越黑。

厉择良还是盯住她不放。

"我……"她一时再也想不起什么有逻辑的理由可以解释她的电话为什么会掉在人家的大门口。

他俯下身拾起东西,递给写意。东西交接间,她不小心触到他的指尖。

厉择良生硬地说:"既然来了,就进来坐坐。"随即转身回屋,即使是提个邀请都显得那么霸道,根本不给她选择的机会。

写意原本很想抗拒,可是当她看到厉择良的腿,回绝的话到嘴边也咽下了。他没有戴假肢,右边小腿以下的裤管是空的。他开门的时候拄着手杖,身体倚在门框上,所以她之前没有怎么注意到。一个简单的转身回屋的动作,对于他却是那么困难。

她不知道他的腿究竟是怎么残的,外界只说是在 B 城发生了车祸,风言风语地传来传去没有任何准信。

在踢伤他的那一回,写意也是第一次知道那是截肢。他将自己的隐私保护得太好了,以至于她无法从第三个人口中了解真相。

以前他的跑步和篮球都很好,可惜他不太爱动,总是懒懒散散的。打篮球时,他的位置是控球后卫,即使是场上跑动最不勤快的那个,大家也爱听他的。

他一直对完美这个概念有种执念,所以但凡做事都要做得最好,无法容忍有任何瑕疵,念书也好,做事也罢,都是这个样子。

所以,她真的无法想象,刚刚截肢的时候他是怎么熬过来的。当时她也不在国内,一直在德国疗养,从没有听说过他的任何消息。

屋里的光线很暗,拉着厚厚的窗帘,根本分辨不出日夜,空气中飘荡着浓郁的烟味,酒瓶摆了一桌子,电视机开着,放的还是那张碟。

他做的第一件事情就是将电视关掉。

"喝水吗?"他问了以后才发现这里能喝的东西只有酒,于是起身去烧水。

"我坐一会儿马上就走。"写意说。

他停下脚步,背对着写意。

"有一件事情,我必须说明,"写意说,"邱律师手上的赠予合同,我不会签字。"

他的身体一僵。

"我送人的东西从来没有收回过。"连被退回来的婚戒最终也被他扔了。

"你知道,只要我没有签字,就不会生效,况且我不相信现在的厉氏

第十章 海德堡往事

不需要这些钱。"

不提这事还好,一提他就觉得一肚子火,于是冷嘲道:"那钱本来就是以你的名义存进去的,你不乐意的话大可以取出来一把火烧了,岂不更解你心头之恨?"

"厉择良,你……"她自觉词穷,"你"字脱口却不知道如何接下去。

他一直想告诉写意,我给你钱,是因为我怕我一旦失去一切以后,会让你过苦日子。可惜他如今正在气头上,一开口就完全变了味儿。

"我怎么了?你不是恨我入骨?现在我替你想法子,你还要怎么样?"他转身回来盯住她,他这人越是生气,便越爱说些讥讽嘲弄人的反话,"与其让你千方百计地伙同外人来算计我,还不如我自己送上门去,不就图个让你省事省心?"

"或者,"他又说,"就当这几个月你演戏给我看的辛苦费,陪睡过夜不是还加钱吗?"

这样一席羞辱的话,让写意顿时煞白了脸。若是其他人这样说她,她保证会上前一掌拍下去。可惜,他是厉择良,不是厉择良以前也是阿衍。

"你用不着和我赌气,拿话讽刺我。"写意倔强地仰起头,"况且以前的你不是这个样子的。"

"以前的我又是什么样?"他冷笑。

"估计那时还没疯。"

写意说完,拿起手袋,迅速起身夺门而出。

留下厉择良一个人站在屋子里,门还开着,就听见她又咚咚咚地跑下了楼梯。明明……明明刚才看到她出现在眼前的时候,他心里是万分惊喜的。

可是——他不知道自己怎么了。

是的,他有失心疯。

他就是从上回高速路撞车前和她第一次怄气开始,就患失心疯了。

写意一口气跑到大街上,幸好是在这川流不息的马路上,不然她不敢保证自己不会哭出来。

她看见厉择良那么糟蹋自己,心痛地想劝他几句的,没想到两人之间的话题最后居然转变成这个模样。

他讥讽她的话句句在理,让她哑口无言。他俩都知道对方的痛处,便故意字字戳在上面,像一把双刃的匕首,相互伤害。

他也永远不会像电影里面的男主角一样追出来,抱住吻她,然后热切地说:"我爱你,一切都是我的错。"

也幸好他没有这样做,否则她不敢保证自己会不会因此更加心软。

绿灯亮起来,她随着人流一起踩着斑马线过马路。小时候她过马路的时候,也喜欢专门选择白线来踩,避开水泥路面。如果人生的道路也可以这样选择就好了,不喜欢的地方便可以不用落脚。

本来看见他之前,以为伤口已经愈合,可是破开来一瞧,原来不过是自己欺骗自己。

6

厉氏股票一跌再跌,他居然就那样弃之不顾,一个人躲在他们共处过的地方沉沦,这完全不是她所认识的厉择良。但是,他肯定不会放任自己太久,她了解他。

写意回家自己一个人窝了好几天,然后才销假回到唐乔上班。她从其他人口中知道厉择良已经回到了厉氏,并且四处积极融资,残局并非无法收拾。况且像他那样的男人,只要自己不放弃,就没有什么能够击倒他。

A城说起来是个大城市,若是没有交集和缘分,那么分别住在南城和北城的两个就此分开的恋人,也许一辈子也见不了面。她和乔函敏去威斯汀见客户,却在那里遇见了厉择良。

刚上电梯,乔函敏察觉落了一份文件在车里,于是让写意回停车场去取。

她从停车场出来坐电梯去了多功能厅,到那里却发现在场的人她全部都不认识,自己好像记错地方了,电话里确认地方以后,才发现是同一层的另一个地方。

她又回去走另一个方向,就在路过电梯时,叮咚一声,电梯停下来,然后两扇门缓缓打开。写意看见电梯里有三个人,一个是季英松,一个是小林,而另一个——是厉择良。

他居然是坐在轮椅上的,手里拿着一个文件夹,正在蹙着眉读。

最先看到写意的是季英松:"沈……小姐。"

厉择良神情顿然一滞,然后才缓缓地将目光从文件上抬起来,却在看到电梯外写意的双脚的时候,又埋下去,继续和季英松说话。

小林圆场说:"沈小姐,好巧。"

写意淡笑着点点头。

他们恰好也是到这一层,季英松推着厉择良下了电梯。

小林故意说:"那天沈小姐不是正好找厉先生吗?那我和季经理先进去,你们慢慢聊。"她并不知道,写意想谈的那个事情他们俩已经在C城解决了,而且解决得比较决裂。

小林说完就拉着季英松迅速消失。

"我打电话是上次那个协议的事情。"写意急忙解释。

"我知道。"他淡淡地说道。

然后有些冷场,于是写意说:"那边还有人等我,我先走了。"说着就绕过,准备离开。

就在经过厉择良身侧的时候,他突然冷冷地说:"我书架上少了本书,你看见没有?"

"啊……"写意顿时窘迫,"我收东西拿错了。"

"那你准备什么时候还?"

"我……我有空给你送回去。"

"有空是个什么时间？"他咄咄逼人地问。

"今天晚上吧。"写意迫于无奈只得这么回答。什么宝贝破书，以前几个月也不见他翻一回，现在却好像不立刻看到就要灰飞烟灭一样。

厉择良坐在轮椅上，身体挺得笔直。因为是坐着，所以西服上衣的扣子是解开的。膝盖上放着一份文件，手覆在上面，衬衫的袖口从西服下露出来那一截，洗得雪白。

写意一直喜欢看他穿白衬衫的样子。

从某种程度来说，自小到大，在别人看来，她都不大配得上他。

她从来没有见厉择良坐过轮椅，无论身体是在何种恶劣的情况下，他都要坚持着像正常人一样站起来，这样的倔强已经有些偏执。

他的腿……

写意知道他最烦人家提这个，她也不是专门哪壶不开提哪壶，确实是忍不住问了一句："你的腿还好吧？"

他看了她一眼后，别过脸去，别扭地说："和你无关。"冷冰冰的四个字让他们之间的谈话戛然而止。

中午写意突然接到任姨从B城来的电话，说是A城医学院这几天来了个国外专家可以看写晴的病，可惜不巧的是谢铭皓又去外地出差了。

"我去接你们吧。"写意说。

"就是不知道写晴能不能坐车。"

写意一想，任姨的担心也有道理，那么嘈杂的地方万一她一时犯病很难控制。

"这样吧，我想办法。"

她能想什么办法？自己既没有车又不能开车，只得给詹东圳打电话。

詹东圳说："我送她过去。"

"可是……"写意见过写晴看到詹东圳的反应。虽说她大部分时间也是不太认识他，但是一旦受他刺激，歇斯底里起来比什么时候都疯狂。

"没事儿，又不是她每次看见我都会发作。"他的语气里面有些复杂

第十章　海德堡往事

的情绪。

于是，写意联系了医院，傍晚在高速路口接到了他们。一共两辆车，司机带着写晴和任姨坐前面，詹东圳开后面的一辆。

写晴果然很乖，一直很安静的样子，下车以后也是拉着任姨的手。她发质从来都很好，一天到晚又染又烫却没有损坏，如今也换成了普通的黑色。柔顺的长发被微风撩起，那副乖巧的模样，惹得旁边的异性频频回头。人家都说，小孩儿长得太过漂亮，长大了就会平庸，可是写晴从小到大都是美女，所以写意一直猜测，这种话是不是为了专门用来安慰她这种类型的小朋友，以使其心理平衡的。

写晴对待詹东圳的态度又变成了另一种模样，只要他出现，她就怯生生地避开，惹得詹东圳连连苦笑。而对写意还是一样，完全当她是陌生人。

"去酒店住吧。"詹东圳安排下一步。

写意原本为母女俩在家里准备好了床位："我那里能住。"

"你那里多大点儿地方，挤着伯母怎么办？"詹东圳的话惹得任姨笑了笑。

他多说了几句，好歹将任姨劝去了酒店。

待他们在酒店安顿下，写意长长地呼了口气。

"谢谢。"她对詹东圳说。

还是詹东圳了解她，知道要是去她那里住，她肯定会不自在，所以才故意和她唱对台戏一样。

"谢什么，这是个人习惯。"他抿着嘴笑。

"什么个人习惯？"

"爱护写意的好习惯。"

写意摇头笑笑，他说话向来顺听，和某个人完全不一样。此刻，她才猛然想起一件事情来。

"完了！"写意看了一下表，已经过十点了。

"什么完了？"詹东圳接嘴。

"我还有事,先走了。"

"那我睡哪儿?你家?"詹东圳问。

"随便你了。"写意急忙扔了家门钥匙给他,自己慌慌张张地赶去厉择良的公寓。写晴的到来打乱了她的日程。她完全忘了答应他的这码事。

可是人都快到了却傻了眼,她跑去做什么?书都没有放在身上,于是只好掉头回去,走到自家门口又发现钥匙还在詹东圳那里。

一来一回,心就这么冷却了下来。

她不能再这么沉溺,用着这些镜花水月一般的借口,放任自己和他一次又一次地藕断丝连。她缓缓地走了几步,给厉择良发了个消息:"我临时有事不能来,你的书,下回还你。"

厉择良看到这个消息,原本就已沉下的双眸瞬间冷凝。

他从七点就开始等她,从满心希冀,到忐忑不安,再到后面心灰意冷,到半夜等到的却是这么个结果。

他中午就让钟点工将家里所有的酒瓶全部收走,窗户打开散尽烟味。他推了晚上的应酬,一个人苦苦在沙发上坐了四个小时,一直在心里演练着想要是她按门铃他怎么做;她要是进来放下书就走,他该怎么应付;或者是她又和他抬杠,他要怎么说话;甚至是她要是和他别扭,不肯上楼,他要耍什么手段。一一想过,更在心中酝酿过。

在这四个小时的时间里,他几乎想象了所有方法,等写意到来的那一刻,如何挽回他们之间的关系。他这样地卑微,是厉择良的一生中从未有过的时刻,可是即便如此,一下子就被写意那么满不在乎的两句话给随手破灭了。

厉择良关掉手机屏幕,将手机狠狠地砸向对面的落地窗,手机碰到钢化玻璃受阻弹向地面。

第十一章

真相是假

他爱她,爱得如此刻骨铭心,甚至为了她可以放弃所有、毁灭一切,只要是她想。

1

写意在自家楼下等着詹东圳过来,一边将手机的屏幕一开一关,那个信息发出去了以后,他再也没有任何回复。

詹东圳及时出现。

他乐呵呵地说:"本来想晚点儿过来的,不过既然担负了给你送钥匙的任务,我就早点儿回了,顺便在这里凑合一夜。"

"你的脸皮真是越来越厚了。"

就在这个时候,电话竟然响了,是周平馨。

写意长长地舒了口气。

"写意,要死人了!"周平馨说。

"大半夜的,你说这种话才要吓死人。怎么了?"

"有个德国来的客户,乔姐让我找翻译,结果临时出了问题。"

"然后呢?"

"你会德语吧？"

"好像还记得。"写意笑了笑，原来是这个事。

"帮个忙，不然我搞砸了就糟了。"周平馨说。

"嗯，要我干什么？太难的我做不来啊。"她一口就答应了。

"只要陪人在风景区转悠一下。"

写意挂了电话，一边上楼开门一边复述给詹东圳听。

他听了后很认真地问："你陪的那个是男的？还是女的？多大年纪？"

写意瞥了他一眼："是老头儿。"

男人都喜欢瞎操心。

写意的房子是一居室，为了让房间更亮堂，显得客厅宽阔些，两间房之间是没有墙的，平时就将帘子放下来。

詹东圳来过，所以他才说写晴母女来了会很挤。

"我睡床，你睡沙发。"

他看了看写意铺的沙发，撇嘴道："这么冷的天，你就忍心让我一个人睡沙发？"

写意头也不回地说："不乐意就滚回你的五星酒店去。"

詹东圳投降，再也不敢抱怨。

夜里，詹东圳听见写意在床上翻来覆去的。

"写意？"他轻轻地叫了一声。

"嗯？什么？"他们俩一个在客厅一个在卧室，但是因为只隔了帘子，所以说话能很清楚地听见。

"你睡不着？"

"有点儿，夜里老是失眠。"

"你最近精神状态很差。"他这一回看见写意，觉得她比前一次更瘦，而且总是神情恍惚的。

"是不是头发太长了，让人觉得没精神？"

"短发显得利索点儿，和你的个性倒挺配。"詹东圳说。

第十一章　真相是假

"是吗？那我什么时候试试。"她留了长发很多年，最短都是过肩的，明明没有刻意地留过，但好像就是为了他的爱好。

"你和他后来见过没有？"詹东圳问。

写意翻到左侧："见过，他转了一笔钱给我。"

詹东圳沉默了半天才缓缓说道："其实有时候，放开点儿就会活得轻松一些。活着的人不但要继续活下去，还要活得幸福。我一直希望你幸福，写意。"

"冬冬，你帮我，后悔了没有？"

"上次你就问过我，我当时说我可以为写意做任何事情，但是……"他顿了下，"但是我现在有些后悔了。如果知道这样会让你更痛苦，我以前无论如何也不会答应。"

她拽住被子的一角，咬住唇倔强地说道："我没有痛苦。"

"我有句话一直想跟你说。"

"什么？"

"你有没有想过，厉择良在商界摸爬滚打这么多年，呼风唤雨的，什么没见过？你和我的这些把戏，有的真是露骨直白，特别是蓝田湾的合作协议，简直就是赤裸裸的不公平合同，可是他连眼睛都没眨就签了。"

"那又怎么样？"写意虽然故意那么说，但拽住被子的手却在渐渐握紧。

詹东圳又说："厉择良若真是那么笨，这些年靠什么吃饭？他有多难应付，你是当局者也许无法了解，可是外面的人谁不知道？何况他和你朝夕相处，难道他真看不出任何端倪？"

詹东圳说完这一席话，写意没有再吭声，屋子里寂静了许久。

"你睡着了？"他轻声问。

"嗯，我困了。"她模模糊糊地回答。

其实，她哪里会有睡意？

"难道他看不出端倪？"这句话在写意脑子里不停地回旋。

她突然想起那位邱律师提过赠予协议是一个月以前就已经放在他那里了，她当时总以为是对方口误或者自己听错了。

一个月以前？就是她替他找到孟梨丽贷款的那段时间。为什么那个时候他就准备了这份协议？还是说那个时候他就已经知道她的意图了？

或者说更早？

她不是没有这样想过。只是，自己的潜意识里一直在回避，一冒出这个念头就自动忽略地绕道。她不敢想，她就当他不知道，就当她是真正成功的报仇。

不，不，不。

她摇头，不可能。如果他真的知道她是在他跟前演戏，为什么要这么配合她？

可是——他确实是很"配合"地一步一步跟着她的圈套走，除了，开始有一点儿岔子以外，全部和她设想的一样。

刚刚开始，她接近他，他待她自然和别人有些不同，却又并不是着急，就像真的和她不相干一样。于是她趁着杨望杰带她去喝喜酒的当口遇见厉择良，然后在高速路上安排了那么一个有惊无险的车祸。可惜，这个苦肉计，并没有让他们之间有实质性的进展。之后她才另辟蹊径，用了和詹东圳的关系激怒他。

没想到，厉择良完全买了单，震怒下用蓝田湾来作为买卖的砝码强迫她和他在一起。那种手段和他平时的办事风格完全不一样，可是他却那样做了。也许得多谢那个有些侮辱性质的交易，才让她那么顺理成章地又回到他身边。

没有这个前提，所有的圈套都是白费。

一切的一切都是那么刚刚好，没有早也没有晚，完全就像他是特地来和她一起圆这场戏的。

忽然，写意想到车祸后她完好无损，他却受了伤，在病床上，厉择良曾经很奇怪地问过她一句话。

第十一章 真相是假

"沈写意,难道你不需要对我说点儿什么吗?"

难道从那个时候他就知道了这一切,因此他才突然对她冷漠古怪了起来?

所以,他才在厉家老宅的花园里,抱住她感叹:"不,你不在了。"

所以,他后来才说:"写意,我不要你哭,就算你没心没肺地和我作对,我也不要你哭。"

如此看来,也许厉择良的喜怒无常并不全是残疾后奇怪的心理,而是明明白白地知道她是为了报复自己而来,却还要天衣无缝地同她一起做戏的矛盾。

她先前的那种手段就已经够不光彩了,如今再回过头去看清楚事情的真相,更加觉得自己卑鄙。

她所拥有的唯一能够伤害他的利器,居然就是他给予的爱。

思索到此时,泪珠在她的眼眶里滚来滚去,终究还是一涌而出。她把身体蜷成一团,缩到被子里面去。她怕詹东圳听到她在哭,于是蒙住头,躲在里面轻轻抽泣。

她和厉择良从少年时代就开始,纠葛了十余年。

以前她不确定,在她假装失忆的那些时间,他故意装作不认识她,不唤回她痛苦的记忆是出于真正爱她还是心虚;她也不确定,那些时间里他那么温柔包容地待她,是出于习惯还是内疚。

如今,她终于知道原来他是那么在乎她。

他爱她,爱得如此刻骨铭心,甚至为了她可以放弃所有、毁灭一切,只要是她想。

2

在这寂静无声的深夜里,詹东圳自然知道她在躲着哭。他起身走过去,来到写意床前,弯腰伸手准备叫她,手到半空中却停了下来,缓缓收了回去，叹了口气。

第二天，乔函敏来找写意："周平馨说翻译的事情你负责了？"
"啊，对。但是不会搞砸吗？我不太专业。"
"德国回来的都不专业，还有谁更专业？"乔函敏笑，"没问题的，不是业务上的事情，就是去接待一下他们，然后别的地方有翻译。"
中午，写意和周平馨去接机，然后送他们去酒店。客户是一对老年夫妇，个性都很和蔼，居然是从曼海姆来的。
在车上，写意笑嘻嘻地道："我在海德堡留过学。"
老太太惊讶地说："海德堡离我们很近啊。"
"我以前念书的时候也常去曼海姆，是个大城市。"
老先生很风趣地插嘴："当你看到许多烟囱的时候，就说明曼海姆到了。"因为曼海姆是德国有名的工业城市。
写意嘿嘿地笑。
几番交谈后，写意知道夫妇俩的儿子和唐乔有业务往来。
"来旅游？"写意问。
"是啊，听我儿子说中国很漂亮，所以来看看。"老太太回答。
"另外看望些朋友。"老先生补充。
这时，周平馨说："我们到了。"
她和周平馨将夫妇俩送到酒店住下就算工作完成，一会儿另外有人来接待他们，但为慎重起见，写意还是留下了自己的联系方式。

写晴和任姨在 A 城落脚几天，写意四处帮她们联系看病的事情，后来还是动用了乔函敏的关系才终于有了着落。
这天写意请了整整一天假去陪写晴看病，那个医学院的附院，写意去过，就是上次和厉择良一起在高速出事故那回，就送的这里。到了医院，任姨和写晴进去，她去了洗手间。
从洗手间出来，她一转身就看见了轮椅上的厉择良。

第十一章 真相是假

写意一时手足无措，不知道朝哪里躲。他一抬头就已经看到了她，他好像正在等着做检查，没有穿医院的病服，但是穿得也很随意。

真是抬头不见低头见。

不过，奇怪的是他看到她似乎更加吃惊，目光一闪，皱起眉劈头就问："你来医院做什么？"

写意一愣，缓缓说："我……陪人看病。"

这时，任姨从诊室里出来。她说："医生叫我们去楼上的会诊室等他。"

写意点头："好，我等下就上去。"

任姨将写晴牵出来，准备上楼。不知道她是没认出厉择良，还是根本就没有注意到他，但是写晴却特地看了厉择良一眼，停了下来。

那一瞬间，写意以为会有奇迹发生，她会认出除父母亲和谢铭皓以外的人。

但是，写晴也只是歪着头瞧他，然后笑了笑。

"写晴，快跟妈妈走啊，医生还等着呢。"任姨哄着她拉走了。

厉择良看着两人的背影，蹙了蹙眉头："沈写晴？"眼中掠过太多复杂难辨的神色。

写意知道，以前写晴一直在沈家的海润替父亲打理生意，所以肯定和厉择良接触颇多。写晴是在父亲过世时生的病，但是具体如何，没人有确切的答案，谢铭皓说可能就是父亲去世给她打击太大造成的。

"是沈写晴。"写意说。

不知道为什么，就是厉择良那样一个不易察觉的眼神，就是写晴这么简单的一个停顿，冥冥之中让写意觉得似乎厉择良知道写晴的病因。

于是，写意故意说："好像写晴对你挺有好感的，和我相处这么久她都从来不正眼看我。"

厉择良冷嗤："她对谁有好感，我没兴趣。"

"……"

这是他一贯的冷场风格，若想知道什么，想要从厉择良的嘴巴里套出来，简直比登天还难。

等写晴看完病走出医院的时候，写意忍不住让任姨和写晴等了她几分钟。她上电梯，在护士站找到那个替厉择良推轮椅的护士问到他的主治医生。

护士说："厉先生的主治大夫是何医生。"

写意循着护士的指示在走廊尽头的办公室找到何医生的时候，才发现她们见过。上次她踢伤厉择良，深夜来的大夫就是何医生。

"他截肢后的情况不是很好，特别是最近残肢肿胀得厉害，假肢已经戴不上去。"何大夫解释。

"残肢肿胀？"写意不太明白。

"截肢以后，肢体肌肉开始迅速萎缩，功能急剧下降以后就直接影响血液和淋巴液回流。"

何医生握起右手的拳头和左手一起做了个挤压的手势。

"而且，下肢还要承受身体的重量，和假肢挤迫束缚在一起，血液更难正常回到心脏，这两个原因引起肿胀加剧。这是种折磨人的疼痛，所以，我们已经禁止他戴假肢了。"

"严重的话呢？我意思是如果继续这样发展下去怎么办？永远都不许他戴假肢了？"

何医生看了写意一眼："后果会比你说得更糟糕。如果病情恶劣，最严重的情况下我们只能往上继续切除，进行二次截肢。"

写意倏然一惊，错愕地张了张嘴。

离开之前，何医生又说："他酗酒而且嗜烟，这个毛病一定得改，你们多劝劝他。"

写意苦笑，怎么劝？就冲他对她的那态度，现在怕是她说什么话他也听不进去，他如今和她之间还比不上一对陌生人。

可是，她真的不忍心看到他那么糟蹋自己。

3

最近，周平馨又找到对写意的崇拜点，因为据乔函敏说，那对德国夫妇很喜欢写意，连连夸她。

"你德语说得真好。"周平馨又一次感慨。

"你还听得懂？"写意失笑。

"人家都说好，肯定是好了，而且讲得很好听，以前我听人说德语说出来挺难听的。"

写意只好笑笑。

她讲得一点儿也不好听，远远不及厉择良。他的嗓音不是特别低，但是说德语的时候很有韵味，以前就那样缓缓地教她念单词，低音中又稍带优雅，煞是迷人。

晚上，写意在家看电视，转到市台，居然看到厉择良出现在那个人物访谈节目里。他做事一直很低调，不喜欢这些场合，但是这次却一反常态。

厉择良坐在那里，穿着一件浅灰色的衣服，假肢是戴上去的。医生说的话，他是绝对不会照做，而且估计要是他不戴假肢也不肯出镜。

那位以刻薄著称的美女主持人，面对他却很客气，提出来的问题温和有礼。诸如厉氏资金滞留之类的疑问，都被厉择良面带微笑地一一否认。

"最后一个问题，厉择良先生。"主持人说，"您至今未婚，那么对于您的私人情感，有没有什么可以透露给我们的观众朋友？"

"我只是一个普通商人，不是社会公众人物，相信大家对我的私人问题也不太有兴趣。"这是他全场给主持人的唯一的一个软钉子，说完以后淡淡一笑。

那张淡淡一笑的俊颜定格成照片，第二天出现在经济周刊的封面上。写意路过报亭的时候，停驻不前，忍不住买了一份。

她坐在地铁里细细地读了一遍。她敢打赌，这篇文章的作者不是受厉择良授意，就是收了他的好处，处处为厉氏说话，不过这个人的笔杆子不错,马屁拍得不露痕迹。

忽然间,写意明白他近来频频高调不过是为了挽救厉氏的正面形象,让投资者重拾信心,所以,他即使坐着轮椅也要出来四处活动,这是以往绝对看不到的。

她翻回封面,将那张脸又看了一次。他一直不喜欢照相,所以她和他的合影屈指可数。想着这些,写意不禁将手指移到他的眼睛上,不知道有多久没看见他对自己笑了。

上一次是哪一天?好像是他从B城偷偷回来,将她捉到厕所里热烈地吻了她,然后向她求婚。他那样对她真心笑的时候,眉目比这照片上还要好看得多。那么一瞬间她有些失神,随即将周刊收在手袋里,在心底轻轻地叹了口气。

下午去酒店接那对德国老人转去内地某市旅游,写意要送他们去机场。写意没想到自己早到了一些,就坐在客房的沙发上,和老先生聊天等着老太太收拾东西。

老先生有强烈的国家荣誉感,总爱问写意,德国的某某城市去过没有,或者什么什么球赛写意看过没有。

话题聊到一半,写意手机突然响了,她去翻手袋,半天找不到。她冲老先生抱歉地笑了笑,然后将钥匙、记事本还有早上的那本周刊放茶几上,才将手机翻出来。

"写意啊,你到了酒店没有?"是周平馨。

"到了。"

"好的,我在机场等你们。"

刚挂了电话,却见老先生盯着那本周刊的封面,接着取过去。老年人都有点儿老花,但是封面那么清晰,他一眼就看到了厉择良。

"这是厉。"老先生自言自语地说。

"您认识他?"写意有些诧异。

老先生挑眉,有些自豪地说:"我们是朋友。"

朋友?难道夫妇俩说看望A城的朋友指的就是厉择良?天底下居然有

第十一章 真相是假

这么巧的事情，而且她从来不知道厉择良居然在曼海姆也有朋友。

"他好像在你们这里很成功，沈，你和他有些像。"老先生笑笑，"第一次在车上见到你就这么觉得。"

"有些像？"

"说德语的口音，用词习惯，还有如果一时找不到适当的单词，会侧一侧头。"老先生可爱地模仿着写意的神情和动作。

写意笑道："都是中国人的口音，和中国人的习惯。"她的德语就是厉择良教出来的，像的话也是很正常的，不过她是第一次这样听别人说。如今她不想再对别人阐述两人之间的瓜葛，就当这些真的只是一个巧合。

"不，"老先生摇头，"我也认识很多中国人，就你们俩那些习惯很相似。"

写意索性也不再否认。

老先生去取了老花镜，来来回回将厉择良的那张封面大照看了一次，然后递给写意："沈小姐，能不能请你替我翻译一下。"

她将里面的报道译出来，老太太也跟着在旁边听。长篇大论以后，屋子里沉默起来，写意放下书看着他们。

久久之后，老先生才说："没想到厉这么成功，不容易。"

老太太也感慨："那个时候我们都以为他熬不过来了。"

"怎么？"写意一时不明白他们的意思。

"沈，你们大概都知道厉的腿有残疾。"

"嗯。"写意点点头。

"他在德国出了事故，当时是我的丈夫将他从河里面救起来的。"老太太说。

"什么事故？"写意立刻追问，那急切的态度让两位老人都有些吃惊。因为对于导致厉择良残疾的车祸，她从来没有从任何人的口中得到过确切的信息，他一直将信息隐蔽得太好。

"他受伤以后落到河里面去，从上游漂下来，我和儿子一起救了他。"

听到这里，写意的心猛然收缩："那是什么河？"

"莱茵河，曼海姆那一段。"

有种强烈的预感在写意心中升起，她颤声问："施耐德先生，请问您能记得是哪一天吗？"

老先生想了想："我记不太清楚了，但是如果很重要的话，我可以查一查。"

"施耐德先生，这件事对我非常非常重要！"写意点了点头，脸色苍白。

老人看到写意的异状，知道这件事非同小可。于是，老太太让酒店接了个国际电话，询问了自己的儿子。

两分钟后，老太太将答案告诉写意。

十二月一日。

十二月一日！

她听见这个日期后，连呼吸都快停止了，双手牢牢地攥着自己的衣襟，千万种复杂难明的情绪一起涌上来，仿佛叫嚣着要从眼中倾泻而出。

写意倏然起身，然后失态地说："对不起，我……我……"那句话她都没察觉自己是用中文直接说的，声音发颤，然后她冲进了洗手间。

同一天。

居然是同一天。

他们在同一天因为车祸落在曼海姆段的莱茵河。

时间、地点如此惊人地重合在一起，答案让人害怕。

写意立即拨了詹东圳电话："冬冬，我有一个很急切的问题！"

"怎么了？"

"你说我车祸以后是被人救起来的。"

"是啊，不然你自己一心求死还爬得起来啊？而且门窗都关着。"

"救我的人呢？"

"回答过你很多遍了，写意，没找到。"他还照她的意思登了寻人启事，都没找到。

"为什么没有找到？"

"那天，别人发现你的时候，你一个人晕倒在浅水区，汽车已经沉下去了。旁边没有任何人，没有人知道发生了什么。"他不知道他将这些话跟写意讲过了多少回，可是今天她却突然又一次提起。

写意跟着他描述："窗户是从外面敲碎的，而且我当时因为头重重地撞到前面玻璃上，落水之前就已经失去知觉。"

"对，所以我们推测肯定有人救了你，不然后果不堪设想。"

"不是不堪设想，是如果没有那么一个人，我根本就不会活下来。"

"可以那么说。"詹东圳附和。

"可是，那个人是谁？"

他们的讨论又回到了原地，詹东圳有些无奈地说："我不知道，写意，我确实不知道。我们努力过，但是没有找到。"

写意深深地吸了口气："我现在知道了，也许是他——厉择良。"

是厉择良！

当她在洗手间里，对着电话将"厉择良"三个字说出口的时候，眼泪也跟着涌了出来。

"为什么？"詹东圳惊讶地问。

"我不知道，我没有证据，没有线索，但我感觉肯定就是他。"

那个在冰冷刺骨的河水中用手敲碎玻璃的人，将她从车里一点儿一点儿拉出来的人，用最后一丝力气将她送到浅水区的人，就是厉择良。

写意从洗手间里出来，手足无措地对两位老人说："对不起，我会请公司另外派人来，我有急事必须离开。"

老太太走过去抱住写意说："孩子，没关系，你去吧。我们不急，甚至今天都可以不走。"

写意含着泪，朝他们点了点头，迅速地离开了酒店。

她不知道可以朝谁求证，除了厉择良本人，还有谁可以给她确切的答案。情急之下,她联系了季英松。

"季经理,我是沈写意。"

"你好。"季英松说。

"我需要见你一面。"

"有什么事吗?"

"关于厉择良在德国车祸的事情。"

季英松稍稍停顿了下,在电话另一头说:"沈小姐,你应该问厉先生本人。"

"他不会跟我说的。"

"那我就没有办法了。"季英松很客套地拒绝了她。

"季经理,"写意咬住下唇对着电话有些绝望地说,"我求你了,求你告诉我真相,我需要真相,哪怕只是一句话。真心地恳求你,告诉我。"她从来没有这样苦苦哀求过什么人,为的只是一个真相一个答案。

面对这样的请求,哪怕是铁石心肠的人也会为之动容。

"沈小姐,我在出差,你要知道什么,现在就直接问吧,我可以立刻回答你。"

写意也不和他客套,直接就问:"厉择良的腿是怎么没的?"

"车祸。"

"什么车祸?和我同一时间、同一地点的车祸?"

季英松考虑了一下,缓缓说:"对。那天他不顾一切地开车去追你,你的车掉下去的时候,他正好在后面看到,他的车也突然地瞬间失控冲向路边的路桩,右腿大出血……"

季英松娓娓道来,每一个字都如针尖扎到了写意的心里。

实情是这样的,车祸后的厉择良随着她一起跳下河,那个时候他的腿伤已经非常严重。他在水中赤手将玻璃击碎,救她出来,然后用尽最后一丝力气将她推向岸边。待他漂了许久被施耐德父子救上来送到医院的时候,右腿肌肉已经坏死,只能切除。

"那……"写意左手去紧紧握住拿着电话的右手,才能止住它的抖动,"要是没有耽误时间,或者他没有跳到河里去救我,他的腿是不是能保住?"

季英松沉默了许久,终究吐出那个答案:"是的。"

写意闭上双眼:"谢谢。"

"沈小姐,"季英松说,"请你不要自责。当时的情况不用说要他一条腿,就是一命换一命他肯定也不会有半点儿迟疑。"

这一次写意没有再说什么,只是轻轻地挂了电话。最后那番安慰的话,原本是难得从季英松口中说出的句子,可惜对写意却是种莫大的讽刺。在那么多心痛得无法入睡的夜里,她对他的恨意就是化解不开的毒药,一滴一滴,渗入骨髓,将那些曾经甜蜜的过往,侵蚀得千疮百孔。

可是,如今一切感情又被他的深情一点一滴地拼凑起来,缓缓修复,渐渐看到光洁如新的记忆,她才恍然觉得自己连恨他的勇气都没有了。

自始至终,这么多年他从未说过爱她,但是当真相一层一层被剥开的时候,才发现它们叠加在一起的重量,早已胜过那三个字千百倍。

4

阳光难得从云层里照出来,射到人的身上暖洋洋的。原本天气预报还说近来会落雪,可是今天却冒了太阳。如此的暖阳在这种季节尤为难得,写意坐在厉氏大厦对面绿化带的椅子上,阳光悠闲地透过树叶的缝隙,化成斑斓的光影落在她的脸上。

不知道过了多久,大厦里走出一群人,其中就有厉择良。不知道他的腿是有些好转还是又强行上的假肢,总之是像个正常人一样站得笔直地出来送客。

一楼的大堂走到外面有两步台阶。写意远远地看到他一边寒暄着送客户一边下台阶,脸上是那些客套的微笑,却不知那沉重的右腿带给他的痛苦有多少。

她站起来，看着他的模样，心被揪成了一团。她甚至在想，如果当日她不那么冲动，也许现在出现在她面前的，仍旧是一双完美的腿。忽然写意有些怨恨那样自私的自己，为什么当时眼里只有恨，而完全看不到他的情意。

他笑着送走客户转身回去的刹那，看到了公路对面树影下的写意，他有些诧异，想走过去，迟疑了一下终究忍了下来。

他扭头叮嘱旁边的人先行离开，然后就那么站在原地和她相互凝视。

距离太远，她没有察觉他眼中闪过的欣喜。

马路上时不时出现呼啸而过的车辆将两人的视线阻挡数秒，但是迅速地又移开，两个人都一动不动。一个卖气球的小贩，牵着一大把彩色的气球，有小朋友来围观，正好挡在写意的跟前，于是她挪了下步子，再次寻找他的身影，却看见厉择良已经缓缓地朝她走来。

他走得有些缓慢，右腿提起来的速度稍微比左腿慢一些。他走了几步，中途眉头皱了皱脸色有些难看，不过也仅仅是一个转瞬，那样的表情便一闪而过，掩饰得很好，完全难以察觉。

也是在那个刹那，写意看到了他的表情，那个被掩饰得很好的表情，那个几乎让人难以察觉的表情，那个让她痛得无法呼吸的表情。她终于下定了决心，不论他对沈家做过什么，也不论他对这世界上的其他人做过什么，只要他爱她就够了。

这一刻，她姓沈也好，姓苏也罢，她只想做阿衍的写意。

"爸爸，对不起。我爱他，是真的真的真的很爱他。"写意咬着下唇，默默地对父亲说，"你的写意，也想要挽留自己的幸福。"

写意下定决心，立刻焦急地绕开人群，迎着他的方向跑去。她也顾不得这里有没有斑马线，左躲右闪地就直接穿马路。

有辆车呼啸而来，她一时没留神。

"写意，车！"厉择良焦急地喊。

第十一章 真相是假

她一转头,迎面的面包车以毫厘之差从她跟前擦身而过。

厉择良待她走到跟前,拽住她的胳膊,劈头就说:"谁让你这么过马路的!"一脸铁青。

他如此恼怒,让写意看得一愣一愣的。

"我……我没事。"

她被他捏得有些疼。

旁边厉氏的人进进出出,还不停地和厉择良打招呼,他突然察觉自己言行的异常,轻轻地放开她。

"你不上班,跑来这里做什么?"他问。

写意埋着头,心里千回百转也不知道怎么答,脑壳里迅速地旋转冒出句:"我还书给你。"啊,对,上次那书没还给他。

"书呢?"

"啊。"一时之间,她才想起这个谎没编好,"我好像忘带了。"马上就被戳穿。

"那什么时候给我?"

"今天晚上。"

几乎是情景重现。

"这一次,希望你不要再失约。"厉择良说。

吃过晚饭,她很认真地检查了一次手袋,书、钥匙、手机都在,然后做了个深呼吸——出发。

她走到楼下,使劲儿地仰起头才能看见他客厅的窗户,窗户开着,灯光露出来格外明亮。不知道在这么长久的互相伤害之后,他还会不会也敞开着心扉等她。写意开始有些庆幸,好在上次没把书就那么还掉,不然她真的没有什么借口再接近他了。

她按了门铃,他来开门,果然又戴着假肢。

"我来还你的书。"

"嗯。"他说。

两个人就这么站在玄关处,过了一会儿,厉择良才想起来让她进门。

写意换了鞋,坐到沙发上。

"喏,你的书。"她说。

"放那里吧。"他应着去倒水。

写意突然发现,他和人客气的时候特别喜欢替人倒白开水。

她将书从手袋里掏出来放在茶几上,却看见那书皮被手机和钥匙等堆在一起的杂物压皱了。她急忙用手展了展,没想到尽是徒劳,厚厚的封皮就那么不屈地翘起来。

厉择良爱书如命,她怕他为此和她生气,又摆弄了几下还是不行,完全是存心和她作对。她吹了口气,只得将书翻了个面,将封皮趴下去对着茶几成了封底,至少让他无法当场发现,接着就坐在那里装着若无其事的样子等他回来。

水放在了写意的面前,可是接下来要说什么呢?书还了以后,就应该走了,走了以后又拿什么借口再次见面呢?她对他说了那么决绝的话如今又怎么好主动开口?他毕竟已经不是十年前那个天不怕地不怕的写意了。

忽然,她灵光一现:"呃——我有句德语不知道怎么译。"

他看了她一眼,也不知道瞧出她是在无话找话说没有,就随口问道:"是什么?"

"想要筑造高塔的人,应该在地基上多沉淀,大概是这个意思,怎么翻译?"写意偷偷地看了他一眼。

这是她在替德国夫妇念那本周刊的时候里面的记者旁议厉氏的一句话,她一时不知该怎么译,也不晓得厉择良听见有没有觉得耳熟?只见他侧了下头:"可以译成 Wer hohe Türme bauen will, muss lange beim Fundament verweilen。"

"嗯。"

说完后,又冷场。

"啊,还有一句话……"

于是,写意开始孜孜不倦地向厉老师学习着德语知识。

几个幼稚的问题之后厉择良总算瞧出点儿眉目来,这些最小儿科的问题，估计是她存心没事找事。

他不再答她，反问："你在帮人家做翻译？"

"呃……有时帮下人家的忙。"

"就你这水平也敢去帮忙？"他斜眼瞥了瞥她。

"……"

看来这个话题不适合继续糊弄下去了。

就在写意绞尽脑汁地想其他还能说点儿什么的时候，任姨却来了个电话。

写意挂了手机后，表情凝重地说："写晴犯病了，我得去看看。"语罢就急急忙忙地去玄关穿鞋。

穿鞋的当口，她看了一眼厉择良和茶几上的书。

待写意关上门，他又开始点烟，随即打火机放茶几上，手收回来的时候在那本书上停滞了一下，将它拿了起来。

一翻过来就看到那皱巴巴的封面，她刚才那些小动作都一点儿不差地落入他眼中，和小时候一样，什么东西到她手上，都没有好下场。

他写的那些名字她多半已经看见了，什么时候写的他都快忘了。厉择良随手翻了下，却突然在自己的字迹旁看到了新添上去的内容。

每一个"写意"旁边都加了"阿衍"二字。他以前写了多少遍她的名字，她就在旁边又将他的名字重写了多少遍，密密麻麻的，完全不相似的笔迹下，两个名字却紧紧地挨在一起。

写意阿衍

阿衍写意

有一年冬天，她笑嘻嘻地将他的两个名字写在纸上拼凑起来神神道道地说："择良和南衍都是写意的，不如凑成'写意良衍'，还挺顺口的。阿衍，你不是喜欢刻章吗？也替我刻一个吧，就要这四个字。"

说完以后,她又盘算着将那个印章盖在两个人共同所有的东西上,都留个戳。

当时他并未放在心上,后来渐渐把这事给淡忘了。

写意良衍。

厉择良握紧拳头,仰起脸,闭起眼睛深深地吸了口气,静默稍许后迅速地灭了烟,开门追了出去。匆匆追到楼下,车来人往地穿梭,却左右不见写意的身影。

5

第二天,天空阴霾得厉害,云层压得极低。

乔函敏突然要写意去厉氏送材料,写意拿着那份材料眨了眨眼睛,这是不是太巧了一点儿?或者说是昨天自己没把握好,老天又重新给了一次机会。等她到了厉氏的销售部,销售部经理居然说还要她送到总裁室。写意听见这个地方,心里直倒腾。昨天她是送货上门来着,不过厉择良活脱脱就是一根四季豆,油盐不进。可是,今天的巧合是不是有些太不正常了?

她经过小林的面前,小林笑道:"厉先生在里面等你。"然后就下楼忙别的去了。

写意张了张嘴,有一种被算计的感觉。

她敲门,进门,关门。

他的办公室在厉氏大厦的顶楼,桌子背后是一整块玻璃,有种俯视全城的感觉。他背对着她,站在落地玻璃前看风景,听见敲门才转过身来。

"我送文件来。"写意站在门口支吾着说,"他们说要先给你看。"

他绕过桌子走到她面前取了文件来看,他倒是看得认真,半天没说话。写意有些沮丧,本来她以为自己能这么顺理成章地出现在这里,不是上帝给的机会而是他创造的。尽管比前几次好多了,没一见面就拿话讥讽她,可对她还是那么爱理不理的。

第十一章 真相是假

写意有些沮丧，这里是办公室，不像昨天在家，更难找什么话题和借口让自己留下来。如今他又傻傻地看文件，她还杵在这里完全像个厚脸皮的多余人。于是，她垂下头说："我走了。"

就在她转身的一瞬间，他突然伸手拉住她的手腕，她诧异地回头。他的动作很轻，并没有吓倒她，但却真的让她感到意外。看着写意那么惊讶地盯着自己，厉择良微微别过头去，放开手，立刻挤出一句话来。

"我正好有事也要下楼，一起走吧。"

写意又瞅了他一眼，乖乖地跟在后面。

路上遇见策划部的魏经理，他点头哈腰地说："厉先生，您好。"

"嗯。"厉择良没停下来，于是魏经理跟着一边走一边说，"我正找您。"

"我有事。"厉择良说着然后进了电梯，写意也跟了进去。

魏经理不识时务地正要往里面迈步，却被厉择良的视线淡然一扫，心中顿寒，急忙更正："我乘坐下一趟。"

电梯关了门。

里面只有他们两个人，他手里还拿着刚才那份资料。他穿着西服的模样，和以前念书的时候感觉完全不一样。第一次到厉氏来，她也是在乘坐电梯的时候遇见他，当时他们俩就像陌生人一样客套地说话，而自己也是这样迷恋地看着他在电梯门上的影子。

写意突然觉得有些不对劲，好像电梯没动。

厉择良似乎也意识到了这个问题，目光移到楼层按钮上，才发现他俩都忘记按按钮了。他离得比较近，于是伸手按了"1"。

这样一个动作让手中的文件夹不小心滑到了地上。

他刚要俯身去拾，写意却先于他弯下腰去。她知道，弯腰对他而言有些难受，就迅速替他捡起来。

就是那么一下，她将东西还给他，一起身却觉得头皮一紧，原来头发卡在了他西服的纽扣上。她的头发留了许久，平时除了简单的修剪从来没有剪短过，已经很长了。今天她来厉氏之前还专门将头发放下来，整理得漂漂亮亮的才出发。

"别动。"他将资料夹在腋下,腾出双手帮她解头发。

她的姿势很难受,身体直也直不起来。不知道他是有意还是无意,挪近了半步,她的头便自然地靠在了他的身上。她埋着头,看着他的手指一点一点地将缠绕的发丝解开。他很细心,一点儿也没扯疼她,温柔的动作就像触摸到了写意的心尖。那一刻,她有些依恋。

"好了。"他说。

写意不好意思地笑了笑,然后直起腰板。

头发从纽扣上解开,却还依旧绕在他的指尖,所以他俩还是那么近。她仰头对上他的目光,他看着她一言不发,掩不住眸中的复杂神色,有贪恋、有胆怯、有期盼……他的喉结动了一下,目光有些迷离,随即拉住她的发丝,缓缓地亲了下来。

浅浅的吻,带着怯意和试探,久违的亲密让写意的心微微一颤。

他的嘴唇有些凉,却异常轻柔,他从未用过这种小心翼翼的方式吻过她,那种感觉好像就是怕自己轻轻一用力就会将她吓走一般。

突然,电梯不知道下到了哪里,中途停了下来。写意一慌,立刻推开他,拉开距离。

待电梯门打开,外面却是一个人也没有。可是,当两人又重新回到那个封闭的空间,气氛却已经不太一样。写意推开他的那个动作,让他蓦然落回到残酷的现实中。

厉择良别过脸去,淡淡地解释:"刚才算是吻别,你不用放在心上。"突然之间又恢复成了那个冷漠的厉择良。

唇上还残留着方才温柔的触觉,如今却听到这么一句话,写意心中一痛,她不相信,她不相信他的吻是抱着种离别的心态。写意想再追问,张了张嘴,又觉得是徒劳,他嘴硬的时候硬要逼他回答什么,简直就是自讨没趣。他只会用恶毒的方式来武装自己,说出口的那些话来伤害她,也伤害自己。

"阿衍。"写意叫他。

第十一章 真相是假

厉择良听见那两个温暖的字,略微诧异地转过头来,写意趁机用双臂环住他的脖子,飞速地主动将唇压上去。

当时她真的很害怕他就那么推开她,然后冷酷地说:"沈小姐,请你自重。"如果他这样做,她不确定自己是否还有勇气再见他,于是写意使劲儿地拉住他,不留丝毫让他回旋或者拒绝的缝隙,急促而生疏地强吻了他,在他的唇上焦急地辗转吸吮舔咬着,迫切地期待着他的回应。

他微微一震,思维和动作都停滞了一秒钟以后才开始回吻。

不知道是按捺太久还是太冲动,他吻得非常激烈。

他紧紧地将她拥在怀中,似乎要揉进心里去。另一只手撑住她的头,迫使她贴近他。不再像方才那样还带着怯意,而是如潮水一般,不给任何空隙地掠夺了她的呼吸。

他的文件夹又一次掉在地上,合同散开,白色的A4纸纷纷扬扬地撒了一地。

以前写意一直都想不通,为何一个男人的唇吻起来能如此香软甜美的,只要纠缠上就会让人欲罢不能,如同鸦片。明知不能碰,可是一旦沾上了,就会让人甘之如饴地沉沦下去。是不是和他这个人一样,一旦有了瓜葛,即使天崩地裂都想继续爱下去?

写意已经意乱情迷,再也不管那电梯打开多少次,又关上多少次,有多少人惊奇地看着他们,或者又有多少人尴尬地转过身去。

她只知道,她要阿衍爱她,别人怎么说、怎么看、怎么想,她都不想理会。他就是她的欢乐、她的喜悦、她的幸福,甚至是她的整个世界……

阿衍是写意的,永永远远都是。

"写意,"他吻着她,缓音低语中情绪略微有些失控,"不准离开我,不准忘了我,更不准明明记得我却装成陌生人的样子。信不信,你要是再那么对我一次,我会疯的,我肯定会疯。"

写意含着泪使劲儿点头:"我再也不会离开阿衍,撵我走我都不走。"

那天,A城吹着冷飕飕的北风,还夹杂着细雨,不过写意全身都是暖烘烘的。这么多年了，她心里从来没有这么轻松过，为自己活的感觉，原来是那么自由。

她坐在回唐乔的计程车上，一路傻笑。偶尔回想起她和他居然当着那么多人的面接吻，就羞愧得要死，不禁又用手捂住脸。开车的是个年轻的司机，看到她奇怪的举动，时不时狐疑地打量了她一下。

待他又一次奇怪地看自己的时候，写意干脆转头去对他说："我又恋爱了。"然后继续傻笑。

那小伙子也不禁跟着她笑了。

"恭喜啊，那送你一首歌。"小伙子说完就打开音响放了那首《我爱你》。

从你眼睛看着自己最幸福的倒影
握在手心的默契是明天的指引
无论是远近　什么世纪
在天堂拥抱　或荒野流离
我爱你　我敢去　未知的任何命运
我爱你　我愿意　准你来跋扈地决定世界边境

偶尔我真的不懂你　又有谁真懂自己
往往两个人多亲密　是透过伤害来证明
像焦虑不安　我就任性
怕泄漏你怕　所以你生气
我爱你　让我听　你的疲惫和恐惧
我爱你　我想亲　你倔强到极限的心

我撑起所有爱围成风雨的禁地
当狂风暴雨想让你喘口气
被划破的信心　需要时间痊愈

第十一章 真相是假

梦想牵着怀疑　未来看不清
就紧紧地拥抱去传递能量和勇气
我爱你　我想去　未知的任何命运
我爱你　让我听　你的疲惫和恐惧
我爱你　我想亲　你倔强到极限的心

哪里都一起去　一起仰望星星
一起走出森林　一起品尝回忆
一起误会妒忌　一起雨过天晴
一起更懂自己　一起找到意义
…………

第十二章
地铁求婚

> 对于世界而言,你是一个人;但是对于某个人而言,你是整个世界。

1

下午,正好谢铭皓来接写晴回 B 城。天很冷,任姨为写晴戴了个帽子,衣领却没弄好,写意伸手去为姐姐理了下领子,引得写晴回头看她。写晴看起来十分单纯,眼睛又黑又明亮。谢铭皓将她照顾得很好,脸蛋圆圆的,完全是个红苹果。写意忍不住用手捏了捏,她也不反抗,就冲着写意笑。

如果她说她喜欢这个样子的写晴,任姨会不会生气?

她送走了他们以后,在路上突然收到厉择良的信息。

"一起吃饭。"

"好的。"她这样回复了他。

过了一会儿,她想起这件事来,又问他:"在哪儿吃?"

"听说宁静路有家意大利餐厅味道不错。"

这个"听说"是厉择良刚刚问的小林,他这人很注意这些,之前有女伴都是别人挖空心思讨他欢心,他从不留意,如今就只得用他的薄脸皮向

第十二章 地铁求婚

人打听。

写意笑了，又回："那还不如你做给我吃。"

过了几分钟，他回复过来：

"好，下班我来接你。"

写意看着屏幕上的字扬起嘴角，他接她下班，然后两人一起去买菜，回家做饭，这种点滴间平凡的幸福是她梦寐以求的，即使姗姗来迟，终究还是没有错过。

下班时间，他的车低调地停在公司斜对面的路边。写意匆匆跑下楼，进到车里面去。外面很冷，她搓了搓冰冷的手，然后突然贴在他的脸颊上，冰了他一个激灵。

瞧着厉择良的表情，写意顽皮地哈哈大笑。

他抽动着眉角，无奈地瞥了下前排的司机，还好司机正襟危坐目不斜视，就算看见了也装作完全没看见。写意这才发现开车的不是季英松，他果真是出差去了。她有些不安地瞅了瞅厉择良，看样子季英松没有和他说，她问过车祸的事情。

写意和那个司机不熟，也就不好太放肆，只得规矩地坐着。没想到过了会儿，他却伸了右手过来轻轻抓住她的左手。写意悄悄地瞅了他一眼，发现他正装作若无其事地看着窗外。

他的手并不比她暖和多少，但是当皮肤和皮肤挨在一起以后，却格外温暖。

回到公寓，厉择良首先给老谭去了个电话，告诉他不回老宅住。他从小家教很严，也养成习惯去哪儿都会和人打招呼，免得人家做饭等他。

写意问："你前几天都是回老宅？"

厉择良点头。

"那为什么每次你都在这里等我？"

他没有说话，放水淘米。

这时电话又响了，写意擦了擦手去接。

"沈……小姐。"还是老谭，而且他还是有些意外。

"嗯，谭叔，是我。"

老谭感叹："难怪今天他这么高兴。"

"有那么明显吗？"写意笑着说。

"我还说劝厉先生回家，或者是叫护理过去的，看来今天就算了。"

"怎么了？"

"他的腿最近肿得厉害，每晚都要按摩，不然第二天更难受。"

"那我劝他回去。"

"算了，沈小姐，你知道他的脾气，他不愿意的事情十头牛也拉不动。"老谭摇了摇头，而且他怕他俩又不小心闹僵。

"我试试吧。"

挂了电话，她回到厨房。厉择良问："谁的电话？"

"谭叔说，你吃过饭应该回老宅去。"

"回去做什么？"他停下动作。

"你的腿需要治疗。"

"我跟他说了我没事，改天再回去。"他停下了手中的动作，身体显得有些僵硬。

写意知道他不喜欢提这个事情，特别怕他突然发脾气。

厨房里的空气瞬间凝固起来。

写意走过去从后面环住他的腰："阿衍，要是你疼怎么办？"

"我不疼。"他的表情缓和下来，轻轻地说。

"可是我的心会疼，"她顿了顿，又说，"回去吧，我陪你回去。"

"真的？"他有些别扭地问。

见他松了口，写意急忙回答："真的。"

"那好。"他说。

那一刻她才发现，他不回老宅也许是因为她，他怕她不肯去厉家。想到这里，她将抱住他的双臂紧了紧。

"怎么了？"他问。

"其实只要有阿衍，什么都不重要，我们要是每一分钟都在一起就

第十二章　地铁求婚

好了。"

他们吃了饭回到老宅，一干人已经等在那里。

卧室里，厉择良卸假肢的时候拧紧了眉头，面色有些发青。那残缺的右腿又一次赤裸裸地出现在她眼前，却跟以前的感受完全不同。如果不是为了她，他又怎么会这样？她感觉眼眶一热，差点儿流出泪来。

"写意，你先出去。"他似乎觉察到了什么，他十分不愿意她知道他的腿在恶化。

"不，我要看。"她坚定地拒绝。

等漂亮的护理师出去取东西的间隔，他又柔声道："你先出去吧。"

"阿衍，这是绝对不可能的，"她眨了眨眼睛说，"留个美女单独在这里将你的腿摸来摸去的，我可不放心。"

他哑然失笑。

吃过药以后，他早早就开始犯困。

写意本来坐在床边陪他看电视，见他眼皮开始下沉，准备将电视调小声，环视了一圈却发现遥控器在另一头的枕头边上。他从刚才起就握着她的手，现在他还睡得浅，若是自己动一下估计会弄醒他。

电视进入广告时段，声音又变大了些。

她忍不住挪了挪位置，努力将那只手定住不动，用另一只手绕过他去抓遥控器。好不容易拿到手，将电视机搞定，她长长地呼了口气坐下来，却又见厉择良养的那只恶猫兴高采烈地进了卧室，然后轻轻一跃就跳到了他的被子上。

写意皱着眉头做了个让它赶紧下去的手势，可是那恶猫却一点儿也不识时务，反倒气定神闲地在被子上多踩了几脚，最后居然还趾高气扬地朝写意喵了两声。

写意气急，提起脚就将它踹下去。她这么一激动，不小心将手从他的掌中抽出来，脚上的棉拖鞋也掉了，这下却是真的弄醒了他。

他睁开眼睛："你去哪儿？"

"我不去哪儿。"她起身单腿跳了几步才将拖鞋穿上,而那恶猫还不服气地冲她叫。

"你怎么它了?"他问。

"我……我劝它去冬眠,结果它不听,就替你教育了一下它。"

"你见过猫要冬眠?"

"没见过,但听某人说过。"写意像是逮住什么人的尾巴,得意极了。

他们初识的那年寒假,图书馆有一窝刚出世的小猫。写意却老是捉小猫出来玩,那两只小猫还没足月,天天都耷拉着脑袋睡觉,可是只要一睡觉,写意就喜欢弄醒它们。

久了以后,她的十万个为什么的毛病又开始犯了,便问他:"为什么它们一直在睡觉?"

他那时对她很没耐心,索性解释说:"它们冬眠。"

从此,此话成了高中时代厉择良的典故。

他莞尔:"你还记得?"

"当然了,你的那些事情我都记得清清楚楚。"写意继续说,"还有那次,考四级之前你陪我复习英文单词,但是侯小东他们挤到我们那里看足球,球赛半夜才开始,他们就一直讲鬼故事消磨时间。结果我听了以后,好几天不敢一个人在屋子里睡觉,就在你房间打了地铺……"

因为药效的作用,他还没听她讲完,就睡着了。写意从来没照顾过他,第一次她觉得厉择良也有软弱的时候。写意微笑着看了看他的睡脸,替他掖上被子。

就是那一瞬间,他模模糊糊地说了句:"写意,对不起,对不起……"三个字连说了好几遍,声音却一次比一次轻,到最后渐渐微不可闻。也不知道是他的梦话,还是真的对她说的。待她仔细再看,确实已经睡着了。

写意站在那里默默地看了他许久,一时想起白天在出租车上听到的那句歌词:"我想亲你倔强到极限的心。"她俯下身非常轻地吻了一下他,然后关了灯,转身回到隔壁的客房。

第十二章 地铁求婚

厉择良一觉睡到凌晨三四点,醒来发现空荡荡的床只有他一个人,猛地就坐起来,然后掀开被子下床,却一不小心摔到地上。他借着床沿爬起来,摸索到床边搁着的手杖,费力地出门,走到客房。直到看见客房床上躺着的写意,他的心才稍稍安稳下来。

他害怕昨日的一切只是一个梦,这种虚幻的梦他做过很多次,每次醒过来都发现,不过是自己的一场空欢喜。他放下手杖,躺到她的床上,从后面拥住她,有一种前所未有的真实感。

她迷迷糊糊间摸到了一双熟悉的手,清醒了些,转过身来:"阿衍?"

"嗯。"他将头埋在她的发间,继而吻了下她的脸颊。

"你的腿……"她怕他是过来做坏事的。

"我就是抱抱你。"他有些依恋地贴紧她。

"怎么了?"

他低语缓缓道:"怕你不见了。"

听见这短短的一句话,写意似乎感觉到有种溢满香味的温暖在胃里缓缓蔓延直至心窝。她忽然想起一句爱情名言:对于世界而言,你是一个人;但是对于某个人而言,你是整个世界。

2

写意第二天早上一出门就发现外面白茫茫的一片,居然下了一夜的雪。今年的初雪就这样毫无征兆地落了下来,有种意外的惊喜。上车的时候,发现司机还是昨天那个。季英松既没回来,也没向厉择良汇报过什么,彼此心照不宣。

"晚上不能陪你吃饭。"他说。

"为什么?"

"见个朋友。"

"男的?女的?"她小气地问。

"无可奉告。"厉择良笑。

"你这么不配合,那我就不同意你去。"

"可我和人约好了。"

"那你带我一起。"

"好。"

本来她是随口说说,没想到他一下子答应得这么爽快,让写意马上怀疑是不是自己中了什么计,狐疑地看着他:"有圈套?"

"没有。"他又笑。

她盯着他瞧了半天,也没看出什么端倪,最后还是决定谨慎行事,于是说:"算了,相信你,我不去了。"

说完这个话题,写意又被同等红绿灯的一辆房车吸引去注意力。厉择良转头,将目光转向另一边的窗外以后,脸上的笑意才渐渐隐去。其实他晚上要去见的人,永远也不想让她知道。

他和对方约定的地点是江边那家很有特色的中餐馆,走廊上一路都是宫灯,然后绕过一面双面绣的屏风进了雅间。他先点了菜,去了趟洗手间回来,施耐德夫妇就已经到了。

老太太很和蔼地亲了亲他的脸,然后又将他仔细地端详了一下,感叹道:"厉,你又变英俊了。"

菜端上来,他和夫妇俩聊了些家常和近况。老太太聊到开心之处,还叫老先生取了小孙子的照片给厉择良看。厉择良待人一向有些居高临下,但是对于施耐德夫妇,他却一直感恩在心,就像对待自己家的长辈一样。一顿饭絮絮叨叨地吃完,临走的时候老太太突然想起前天的事情,问道:"厉,你认识一位叫沈写意的小姐吗?"

厉择良错愕稍许,说:"认……识。"

"我就知道,你们肯定认识,那么我们可能做错了一件事情。"

"什么事?"

"沈小姐临时做了两回我们的翻译,无意间提到你的车祸。"老太太说,"沈小姐听了以后,很吃惊,匆匆忙忙就走了,我希望我们没有做错什么。"

第十二章 地铁求婚

"什么时候?"他问。

"就是前天下午。"

前天……

厉择良送了两位老人回酒店以后在车上思索着这个时间。前天他在厉氏楼下看到过写意,她神色似乎就有些不对。他远远就瞧见,所以才想走过去,没想到她却突然穿过马路跑到自己面前。那个时候,她就知道了真相,于是跑来看他,找了个机会晚上又缠了他一次,还干脆在书上写了暗语……

他有些凄凉地笑了笑,原来是自己异想天开地以为,她真的爱他,所以就那样原谅了他,愿意和他在一起。现在再看,不过就是知道他为了她变成残废以后的一种内疚和同情。他将手里的烟盒越捏越紧,揉作一团,最后还使劲儿地捶了一下自己的右腿,任由痛意侵蚀自己。

这时,手机来了条写意的信息。

"阿衍啊,我们吃完饭好久了,你怎么还不回来呢?还在聊?快点儿回来,我去门口接你。"

厉择良看了这条信息许久,然后将手机关机,对司机说:"到处逛逛,晚点儿回去。"随即,打开车窗,露了点儿缝隙。夹着小雪花的凛冽寒风吹进来,一下子搅乱了车内的温暖和宁静。

好不容易确信这种幸福是真实的,这下又发现原来一切仍是虚无。

他突然很想抽烟,但发现刚才剩的半盒烟已经被自己捏成了一团,于是问:"老李,有烟吗?"

司机急忙说:"有,就是烟不好,怕你抽不惯。"

他什么也没说,接过去就开始猛吸,一支接一支,丝毫不停歇。

车子快到十一点才回到老宅,一见他的车停在门口,写意套了外衣,就从屋子里冲出来。

"阿衍。"她笑嘻嘻地跑到他面前。

"嗯。"他淡淡地应了一声,然后绕过她。

她觉得他有些不对劲,但还是笑着又问:"去哪儿了?这么晚。"

"你回去吧。"他停下来,回头对她说。

"你怎么了?"

"你说我怎么了?"他笑了下,"沈写意,你为什么突然来找我?对我这个仇人,你是良心发现还是决定既往不咎?或者完全是可怜我这个残废?"

"我……"写意有些语塞,她不知道他是听说了什么。

他冷嘲:"你不想说吗?那我替你说。你这么处心积虑地报复我,怎么就让你的同情心占了主导?你以为我是为了你截的肢,为了你才成了个缺条腿的怪物,所以你成了圣人,你内疚!你有负罪感!你觉得你对我有责任!告诉你,沈写意,我不需要!这天底下,我厉择良什么都缺,就是不缺人家的怜悯。我自己做的事情我自己乐意,别说截条腿,就是我当时跳下去死了,也是我自找的,和你没半点儿关系!"

他越说越恼怒,最后砰的一声关上门进屋,留她一个人在院子里。

"不是那样的。"写意看着他消失的背影,眼泪在眼眶里打转,却又知道说些什么来反驳他。

他说的不是没有道理,如果不是他残疾的真相展现在她的面前,她怎么能有勇气去面对他的爱?可是……又好像不全是。

"不是那样的,不是那样的……"她只得无力地重复着这几个苍白的字眼,缓缓地蹲下去。

大雪从天而降,她就这么站在天寒地冻的夜色中,自己却感觉不到什么是冷,任由雪花落在发间、脸上,然后触着皮肤化成雪水,只是在脑子里反复地回想着他的那些话。

过了一会儿,门再次被打开,厉择良走了出来,将手袋和伞扔给她冷冷地说:"沈写意,接你的车停在门口,带着你的怜悯,给我滚。"

待他转身回头的时候,却听写意带着哭腔唤了一声"阿衍",然后拉住了他的袖子。

第十二章 地铁求婚

这个名字一叫出口,她的眼泪随之流了下来。

他的脚步停滞。

"你第一次和我说话,是我让你比赛时受伤还丢了名次,你没有怪我,还问我疼不疼;那次,你大雪天借衣服给我遮丑,却被我害得发了好久的高烧,你没有怪我,只叫我以后作为女孩子不可以再那么粗心;高三时我离家出走,你带我去教室,后来被你的辅导员发现,你挨了骂也没有怪我;刚到德国的时候,我牙疼得厉害却不敢一个人出门,你为了领我去看医生而耽误了考试,你一点儿也没说我。我以前做了那么多那么多的错事,你都原谅我。你说,无论写意做什么,你都不会生气。"

她哭得语无伦次:"阿衍,你不要想反悔。我记得,你肯定那么对我说过。所以我那样欺骗你,你明明就知道也任由我骗,你没有生气,还对我说对不起,一遍又一遍地对我说对不起。可是,今天你却这么让我走,就这么不要我了。"写意说完已经泣不成声,像极了小时候伤心难过时的模样。

"所以,你心底肯定是在怪我,怪我害你成了这样,让你右腿残疾了,还骗你欺瞒你。可是,我真的不是故意的,我不是故意自杀的时候让你看见,要你来救我。我一直在想,要是可以换过来就好了,把我的腿换给你,只要能让你好好地站起来,好好走路,只要你不再那么疼,和其他人一样健康。可是,你为什么这么狠心就不要我了,还要撵我走?阿衍——你怎么不要写意了?为什么?"

她哭诉中的每一个字都刺在他的心尖,胸口疼得就要流出血来。没有人会不为之动容,即便是铁石心肠怕也软化了。他回身一把将她搂进怀里,心疼地说:"写意,别说了。你不要哭。"

写意将头埋在胸前,继续哭道:"那天,我确实是瞒着你,问了他们关于车祸的事情,要是我不问,你一辈子也不会告诉我。当时,我后悔得要死。要不是我当时那么任性,阿衍也不会变成现在这样。我分不清那是怜悯还是别的什么,我只知道,那个时候我就已经下定决心想和阿衍在一起,永远都在一起,再也不让阿衍为我伤心难过。可是,我真的搞不清这是因为内疚还是因为爱，我搞不清楚……"

这席话对厉择良而言，简直是一种良心上的折磨，他紧紧地抱住她，连声道："我知道了，别说了，别说了，写意。"

写意趴在他胸前抽泣了许久。

厉择良抬起她的脸，用手指抚去她的泪痕，可是刚刚一抹，眼泪又从眼眶里滚了出来。他的指尖触到那滴泪，好像有什么烫到了心底。他闭着双眼，将下巴搁在她的头顶，使劲儿地又一次收紧双臂拥住她。

雪花落在两个人的发上、肩头、睫毛上，渐渐地不再化开。

"写意，写意，写意，写意……"他一面念叨她的名字，一面放低了嗓音，语气轻缓到了极致，"你别哭了，不许你哭。你说的我知道了，我都知道了。"

"你都知道了还让我滚。"她哭得脑子都混乱了，逻辑顺序有些前后颠倒。

"是我鬼迷心窍。"他自责道。

"你还扔我的东西。"

"我错了。"

"这么冷的天，还不许我进屋。"

"我也没进屋。"

"你刚才明明就进去了几分钟。"

"好，那就罚我一会儿多站半小时。"他说。

"我才没你那么狠心。"她使劲儿在他身上蹭眼泪和鼻涕。

"对，没人比我更狠心。"他附和。

3

晚上，写意坚持要替他按摩腿，她神秘地说："我今天学了一手哦，肯定会慢慢进步的，往后你的腿交给我，只能让我摸。"

随即她就去熬泡脚的中药，过了会儿满头大汗地提了满满一桶水进

第十二章 地铁求婚

来。干湿毛巾和凳子都准备好后,写意蹲下去伸手碰他的腿。

"算了,写意。"厉择良挡了下她的手。

"难道你嫌我没人家温柔?"

"不是。"

"你是我的阿衍,对不对?"

"对。"

"那就好了啊。腿是你的,你是我的,那我碰下我的右腿有什么的?"写意继续刚才的动作。

厉择良迟疑了下,最后还是随了她去。

写意把他的裤管挽起来,然后将右腿轻轻浸泡在温温的药水中。

"烫不烫?"写意一边揉着一边问。

他摇头。

然后,她拿着浸了热水的毛巾从下往上搓,来回几次以后放下毛巾,又将双手合围用力地从残断处一点一点向膝盖撸去,以促进血液循环。待水温降低了以后,她用厚毛巾擦干他的双腿,平放在床上后又照刚才的那个过程重复了一次。

"写意,有一些事情,你虽然没问我,但是当年的那些事情我应该告诉你。"厉择良突然开口说。

写意看着他的脸,隐约预感到了他要说什么,于是立刻止住他:"我不想听,不想知道。无论你当年做了什么,都算过去了,我丝毫不想知道。"

"你不介意?"他直视她。

"我说我一点儿也不介意,那是假话,可是——"她顿了下,"我更在乎你,更怕你伤心,怕你难过,怕失去你。只要能和你在一起,什么都阻挡不了我。我也相信,爸爸也一定会原谅我。"

写意一字一句地将这些话说出口的时候,手在水中触着他腿上的皮肤。她没有哭,眼神异常坚定。

他看了她许久,眼神复杂,许久之后千言万语到头来只化作两个字,简单却沉甸甸的两个字:"谢谢。"

最终,她相信了他。

屋子里的暖气开得很足,所以一番工夫下来写意已经累得满头大汗,但是她仍不忘记问:"我有没有弄疼你?"

"没有。"他的笑容中腼腆一闪而逝。

"阿衍,我发现一个问题,"写意笑嘻嘻地说,"你明明平时在我面前挺横的,但我摸到你的腿的时候却特别容易害羞。"

面对写意的直言,他的眼睛微微一眯:"我岂止容易害羞。"

"还有什么?"

"还特别容易欲火焚身。"说着,他就撑起上身,抬头亲吻她。

"按摩……还没结束。"

"今天足够了,我们可以临时把下一项改成其他节目。"他提议道。

"可是,医生说……"

"医生说的都是狗屁,我自己的身体自己清楚。"他说话的嗓音有些喑哑,炽热的双唇开始往下渐渐滑动。

"那么这一次……"写意咬住唇,"这一次能不能我主动?"

他停下动作,看着她。

写意被他盯得浑身不自在,脸蛋烧得通红,解释说:"我真的不是怕你腿疼啊,纯粹是想主动一回。"此地无银三百两。

然后,她去关灯。

"其实,我有话同你说。"

"什么话?"

在黑暗中,写意伏在上面,摸索到他右腿。手指游走在那条笔直修长的腿上,一路向下,过了膝盖几寸之后再向下的时候,却是空落落的,什么也没有了。她的手指停在残断处,然后轻轻地吻下去。

"以后,我要用我的爱把这里没有的一点儿一点儿补回去。"写意说。

第十二章 地铁求婚

4

周五正好是她生日。

从小母亲就喜欢跟她过农历的生日,久而久之就成了一种习惯。但是每年都在变,所以也很少有人能记住具体是多少号。写意无意间走到书房,翻了翻他桌子上这页的台历,白白的一片,没有任何标记和折痕。

她有些失落,他是不是忘记了?

整整一周,厉择良都很忙,忙公司的事情,这在年终的时候是很正常的现象,而且蓝田湾对厉氏的打击确实是很沉重。

周五那天,他一早起来就匆匆出门了,中途他还给写意来了个电话,提醒她不要忘了晚上厉氏的酒会。他执意要写意也去,但对生日的事情只字不提。

写意有些失落,看来他是真的忘记了,等酒会开完今天也差不多过完了。

出门之前,她抓紧最后的机会小小地抗议了一下:"我不想去。"

可是,这种反抗在他眼中简直弱小得可以忽略不计了。

"由不得你。"厉择良说。

她哀怨地看了看他,只得乖乖地坐进车里。

那天写意穿着一件浅粉的短礼服,将一双修长的腿露在外面,这是头一天厉择良陪她去选的。

进大厅之前,写意有些紧张地将手伸过去挽住他,然后用另一只手极不自然地扯了扯裙子的下摆。

"很好,不用扯了。"他说。

"你不是不准我穿露腿的裙子吗?"

"偶尔可以给他们瞧一眼。"

"为什么?"

"显得我做人不算太失败。"

"你做人失不失败和我有什么关系？"

他扫了她一眼："我又不是十万个为什么，凭什么都得回答你？"

她正要拧着眉毛回嘴，却发现服务生已经将大门打开，喧哗迎面而来。她只好直起脊梁，面部保持微笑地挽着他走了进去。

这是厉择良第一次在正式场合带女伴，于是这对璧人一出现，引人纷纷侧目。

看到那么多人全在看自己，写意有些怯场："我想逃走。"

"你敢。"他抓牢她的手。

"我要是走了，你站在这里会不会下不来台？"

"你说呢？"他保持微笑，一面和人打招呼一面低声应付她。

"那你当众说你爱我，我就不跑了。"她咻咻地笑着说。

"你又皮痒了，是不是？"他挑眉。

"你再对我凶，看我当场吻你。"她虚张声势地想恐吓他。

"你敢吗？"他低沉地笑。

她嘴硬说："有什么不敢的，你们公司的电梯里我不也吻过你？"

"哦，你不说我都忘了。你使劲儿抱住我亲的镜头很清晰地被电梯里的摄像头拍下来，东西还放在我的抽屉里，下回放出来，我们再回味一下。"

"……"

果然姜还是老的辣。

走了几步，厉择良缓缓停下来，侧身转过来正对着她，居然还闭上眼睛。

"干吗？"写意心虚地问。

"你不是要就地强吻我吗？"

写意立刻脸颊绯红，扔下他迅速逃走，所以说，对人凶也是要有资本的，难怪以前就被他吃得死死的，现在还是老样子。

中途，写意去洗手间，门口遇见一个人，迟疑地叫了声："沈写意？"

第十二章 地铁求婚

写意转头，看见是位微胖的中年男士，有些狐疑。

"我是胡伯伯啊，你父亲的好朋友。以前我家有只大狗，你以前来过还喜欢逗它的，记得吗？"对方说。

"啊，大狗的名字是花脸。"写意恍然想起来，对他家那只热情四射的大狗印象尤其深刻，于是急忙点头问好。

老胡打趣她："真伤心，不记得人了，只记得狗。"

写意莞尔一笑："胡伯伯，您还是那么有趣。"

老胡又上下打量了写意一番："刚才看见你站在厉择良旁边就觉得眼熟，原来真是你。"

写意突然有些尴尬地垂下头，她和厉择良当众在一起，都是一个圈子里的人，要是被从前沈家的旧识看见，还不知道要怎么戳她的脊梁骨。

却不想老胡连连点头："好，不错，你们很般配，以前我还和你父亲讨论过你和小厉的事，这么好的青梅竹马值得珍惜。我昨天就听说，小厉会带未婚妻出席年会，我就想起那个时候，你俩一直都在一起念书，感情好，又门当户对的，就是后来遇到些波折，真是可惜了，没想到今天这小厉带来的人居然就是你。"

写意哑然，原来他执意带她来，是真的想要将她正式地介绍给其他人。

"恭喜恭喜啊，一定请我这个长辈吃糖。"

"好的。"写意腼腆地笑。

他说到这里又多了些感慨："上一辈的恩怨就随他去吧，小厉是个好小伙，只是当年年轻气盛了些，又遇上你姐姐不懂事。"

"我姐姐？"写意反问道。

"要不是写晴，你们家怎么会到这个地步？"

"胡伯伯，您能说清楚些吗？"写意脸色一变。

"难道连你都不知道？"

写意摇头。

老胡点了支烟，和写意走到僻静处："可见你父亲太爱你们两姐妹了，他一个人将所有的事情都替写晴扛了下来。如今过了这么多年，写晴又变成了那样，也没什么可隐瞒的了。"

他吸了两口烟，又说："当年你父亲身体欠佳的时候将海润交给写晴打理，她受人鼓动，妄想在你父亲的眼皮底下转移资产，控制海润的股份。可这哪是那么容易的事情？所以她动用了些非法的手段。然后海润出事，厉氏就撤资了。"他顿了顿，"难能可贵的是，无论外界如何传言，你和小厉的感情都还没受到影响。"

"难道和他没有关系？"

"不能说完全没关系，但是这个我可以理解小厉。毕竟厉家那么大的产业都突然压到他身上，不是没有压力。估计他当时以为等撤资让厉氏全身而退以后，再去帮助你父亲的，但是没有成功。所以说，若是有错，也是他太高估自己，太想两全其美。"

所以写晴才会疯了？当她见到自己一手造成的这个结果，她那么自负的一个人，肯定会崩溃的。

写意辞别了老胡，远远看着人群中卓然而立的厉择良，看着他的脸、他的眉、他的眼神，释然地淡淡一笑。无论真相是什么，对她都再不重要。

厉择良四处和人寒暄，过了一会儿好不容易脱身，便过来寻她。和她才说了两句话，又有人来和厉择良碰杯。

"厉总，带着个这么漂亮的女伴，怎么不向我们介绍一下？"对方笑问。

厉择良盈盈一笑："沈写意，是我的未婚妻。"

写意顿时面色绯然，使劲儿地掐了掐他，他却反手将她握住。明明是两人在别扭，但在旁人看来无比亲密。

等其他人走开，她立刻低语反驳："我才不是你的未婚妻。"

"哦？"他用目光扫过她，"那你是谁的未婚妻？"

"啊——我自己嫁自己总行了吧。"

"可是，我一直有一个疑问，你干吗到处写我的名字？"他眯起那双狭长的淡眸。

第十二章　地铁求婚

　　写意顿时窘迫，原来他早就看到那本书上的暗语了。那是她当时想出来的法子，总比当面直接表白要好。可是她此刻又死鸭子嘴硬，红着脸说："我……我练字，就随手写了几个，不小心写到你书上了。"

　　"哦。"他意味深长地点了点头。

　　"那你又干吗在书上写我的名字？"写意不服气地壮着胆反问。

　　"我也练字。"他脸不红心不跳地说。

5

　　从酒店出来，天空在街灯的照射下，看得见大片大片的雪花从天空中纷纷扬扬地落下。

　　在车上写意说："我在想，我怎么就成你未婚妻了？"

　　"是啊，真是鬼使神差。"他神秘地笑了笑。

　　过了一会儿，车开的不是平常回家的路线，而且到半途就停在路边。

　　厉择良叮嘱她穿好了厚厚的长外套，戴好帽子，将围巾也严实地裹好以后，然后将她拉下车，拐进了地铁站。

　　写意跟在后面，忙问："为什么坐地铁啊？"

　　"车坏了。"

　　"那我们打车吧？"

　　"我想坐地铁。"

　　"可是……"写意实在不想打击这个不食人间烟火的男人，现在十一点了，"地铁马上就收车了。"

　　"那你还磨叽什么，快点儿走。"他下令道。

　　两个人急匆匆地下到地铁站里，进门地方的工作人员还在，看来还没收车，工作人员敦促着他们赶快。里面人很少，零星有几个人在等最后一趟车。刚站定就听见隧道里有声音，然后一趟地铁渐渐地停在他们眼前，车门打开。

　　厉择良牵着她上去。

人很少，除了他俩以外，车厢的那头还有两个年轻人在坐着聊天，似乎也是情侣。写意不经意地一抬头，看到车厢上的线路图，才恍然发现这就是上次她和厉择良分手的地方。只不过，路线刚好反过来。那个时候，她把戒指还给他，他却不接。在僵持中，谁也没有让步，最后戒指掉到了地上。

地铁缓慢开动。

两个人就这么站着，三步之遥，你看着我，我看着你。地铁离开站台，渐渐进入黑暗中，情景好像又一次重叠在一起，同样是乘客寥寥无几的车厢里，同样是他们这样站在一起。他又拉她回到了这里，她好像预感到了什么。

他说："第一次见你是在地铁里，那个时候的写意小小的，扎了两个小辫。第二次，你在这个地方要和我分开，走的时候头都没有回。"

厉择良说话的时候，列车也飞速地穿梭在这个城市的地下通道中，那一刻的感觉好像不是去到下一个站，而是要带着她和他穿越时空，回到年少的某一年某一天。

"第三次，我们又回到这里。这就是上次我们一起坐的那条线，相似的车厢相似的地方，但是来去的方向却是相反的。我想和你顺着这条路一起回去。现在……"他顿了顿，从口袋中掏出一枚亮晶晶的戒指，"现在我们重来一次。"

说到这里，厉择良一敛神色，很慎重地单膝跪地，认真地凝视着她，一个字一个字清晰地说："写意，你愿意嫁给我吗？"

写意这一回是真的惊讶了，愣了数秒后脑子才反应过来。十多年间的往事一下子涌上心头，那一幕幕的片段在脑海里闪来闪去。

在运动会时她突然冲跑到他面前叫：厉南衍加油！

教室里，他递纸条给她说：同学，你裙子穿反了。

冰天雪地的寒假，在图书馆她缠着他同路回家。

他替她复习功课，她却带着娇憨朝他撒娇。

第十二章 地铁求婚

她高三离家出走去投靠他的时候,他一边板着脸训她,一边又将她照看得无微不至。

在他留学之前,她从火车上跑回来,厚脸皮地哭着对他告白。

在海德堡的雪地里,她带着怯意朝他索取温暖,才有了初次牵手。

不知道是从哪一个片段、哪一句对白开始,就像被下了魔咒般,结了一个扣在她和他的心中,最终将两人的一生都牢牢地锁在了一起。

记忆中那个穿着白衬衫的身影已经从阴郁含蓄的少年变成了一个成熟沉默的男人,偶尔温柔地笑起来,右边唇角先略有上扬,带动那双淡眸微微一眯一并漾出笑意。她喜欢看他的眼睛笑,从小到大都是。在亿万人之中,他只会对她一个人这样笑,也只会对她才有怒不可遏的表情。这么多的东西都是她独享的,如今他眉目间的青涩已经褪去,可是那颗爱她的心却越来越坚不可摧。

这样的爱情,他们竟然差点儿就错过了。

写意面目含笑,眼角却泛出点点泪花,缓缓地说:"我愿意。"

从他的眼睛中看到自己含着泪却溢满了幸福的脸,她不禁又重复了一次:"阿衍,我愿意。"

真的,愿意。她要和他在一起,一辈子都不再分开。

如果求婚仪式在这里结束,那刚刚好,等待着王子和公主深情地拥吻在一起。却不想厉择良刚要站起来,只听写意大叫一声:"对了,阿衍,你不要动。"然后拼命翻包里的手机。

"这个时候你拿手机做什么?"他蹙眉。

她将手袋翻了个底朝天,找到手机后立刻打开摄像头说:"把你刚才的话再说一次,就是从第一次见我那里开始,重新讲一遍,我要拍下来做纪念。"

他满脸无奈,眉角抽动了几下,猛地站起来夺过手机,随即低头吻住她,亲吻里有宠溺还有恶狠狠的惩罚。

"记住,是你先求婚的,以后可别赖在我身上,说我死皮赖脸地要嫁给你。"她一边吻一边不忘记将这个问题先说清楚。

"嗯。"厉择良有些不满,他这样吻着她,她还分心。

"可是你不让我拍证据,以后要是你翻脸不认账怎么办?"

"到时候你就拼死不嫁给我,不就行了。"厉择良善良地替她出了个主意。

不过,写意闻言之后急忙将头摇得像拨浪鼓,立刻说:"不行不行不行,那我可亏大了。"

6

回家以后,写意在灯光下看到那枚钻戒,奇怪地问:"这不是上次那个?"样式都不一样。

"嗯,是吗?"他和她打马虎眼。

"以前那个呢?"

"我扔了。"

写意哑然。

她不知道他确实扔了,不过晚上又回去找过。一个俊雅非凡的帅哥,一身价格不菲的行头,在地铁站里和一堆垃圾搅和在一起,简直就是引人驻足瞻仰。后来工作人员告诉他,垃圾桶中午就打扫过一次。于是,那么小的一个玩意儿,再也找不回来。

"对了,你记不记得今天是什么日子?"写意又问。

"求婚日?"

"还有呢?"

"还有什么?没有了。"

写意开始闷闷不乐:"阿衍,我生气了。"

厉择良似乎没听见,也没搭理她。

写意故意走到他跟前,再次加重语气重申了一次:"我真的很生气,非常非常生气。"还跺了跺脚以引起他的注意力。

第十二章　地铁求婚

厉择良的目光扫过她的脸，冷冷地说："怎么了？想造反？"他一发威，写意便成了泄了气的皮球，只得哀怨地瞥了他一眼，然后默默地走开，留给他一个满含委屈的背影。

看到她那模样，厉择良再也忍不住摇头，失声笑了出来。

"笑什么笑？"她嚷嚷道。

他从抽屉里拿出一个长方形有墨绿色花纹的小锦盒，放到她面前，笑道："生日快乐。"

"你没忘？"

"不敢。"

写意瞅了瞅他："你真谦虚，哪会有你不敢的事情？"

这次厉择良倒是好心情，不怒反笑地哄她："打开看看。"

写意看着他的笑脸，觉得四面阴风阵阵，就没什么好事："里面不会有蟑螂吧？"

他强忍住脾气没发作："是很重要的生日礼物，你一直想要的。"

"是金子？"她一面问一面动手解开扣，将小盒子打开。待看到里面的东西以后，她愣了一下，随之而来的是一种难以言表的喜悦之情。

那是枚田黄的印章，印身纤细鲜艳通明，四壁没有多余的点缀，摸起来细腻得如婴儿的皮肤一般。印底残留着一点儿印泥的痕迹，浅浅的红色，似乎被他用过一次。写意将印章放在嘴巴前面哈了哈气，迫不及待地找了纸盖上去，白纸即刻印出了四个篆体字：

良衍

写意

"你刻的？"写意喜滋滋地捧在手心里。

"嗯，喜欢吗？"

写意如捣蒜一般地点着头说："喜欢，真的很喜欢。"

她高兴得有些飘飘然，可是又觉得不过瘾还想盖在什么东西上，四下看了一圈正愁没找到合适的地方下手的时候，却瞧见厉择良那白嫩嫩的脸了，眼珠一转有了鬼主意。

"阿衍。"她不怀好意地叫声厉择良，想让他转过头来。

"你要是敢朝我脸上弄，小心我盖你满身。"他动都懒得动，早就将她的奸计识破。

"啊……我哪有那么幼稚？"

写意嘴上这么说，心里却不服气得要命，背着手将印章藏身后，偷偷靠近他，就在他注意力转移的时候，准备一下子扑上去在他脸上盖一下。

哪知厉择良反应极快，不但躲过去，还一把将印章夺走。

"看来有些人是不见棺材不落泪。"厉择良说完便用左手手掌将她两只手腕束缚住，还腾出右手去蘸了下旁边的印泥，然后得心应手地朝写意脸上戳戳戳地盖了三下。这一系列动作不但让她没有反抗的余地，还完全游刃有余。

于是，写意的左边脸、右边脸、额头上，各有一印，活脱脱就是只花脸猫。

"你要是还敢再来，我就只有继续往下……"厉择良说着就意味深长地将目光移向写意脖子以下的部位。

"我错了。"她识时务地投降。

厉择良心满意足地放开她。写意拿了纸巾一边擦着自己的脸，一边抓紧时机恶狠狠地朝厉择良房间里雪白的墙壁下手，连连盖了五六个戳来泄愤。她也只能这么发气。就在第七个下手的时候，她侧了侧头看着那几个红印，突然发现一个问题。

"我记得我当时要的是'写意良衍'啊，你刻反了，而且印章的字不是竖着念的吗？怎么变成横着的了？"

"没反，就是'良衍写意'。"他回答。

而且这样横着刻，无论从哪头开始念都是良衍写意。

"为什么你的名字要在上面？"写意蹙眉。

"男人本来就该在上面。"厉择良云淡风轻地说。

第十三章
余生有你

这女人肯定是被上天专门派来戏耍他的。

1

小时候,写意见过很多弱柳扶风的女同学,每学期八百米测试以后,她们的脸色难看得要死,好像随时都要倒下。于是每次体测之时便是男生们大献殷勤之日,他们及时地涌上去对体弱的女生嘘寒问暖,让人羡慕,可惜她沈写意偏偏就是跑三千米都只是咳嗽两声的强人。

隔壁有个姓黄的小姐姐,邻居阿姨隔段时间看到她经常会感叹:"黄妮啊,阿姨几天不见你,怎么又长高了,水灵了。"而这阿姨一看到写意,则说:"小意啊,身体真好。"

开始听得写意还沾沾自喜,后来她才发现别人对她的赞扬只在结实和身体好两个方面。久而久之,她得出个结论:原来,一个小孩儿如果样貌好,就夸她"漂亮";如果身材高挑,就说"又长高了";如果学习好,能夸"聪明、有出息";如果个性好,可以说"懂事的孩子";如果前面四个面都不占,那么好吧,只能说"健康、身体好"之类的了。

人家都是学习第一,舞蹈比赛第一,演讲第一,每次亲戚问到她,她只能不好意思地回答："登山比赛第一。"而且是男女同组……

所以"弱不禁风"这个形容词，曾经是写意梦寐以求的。

可惜，从小到大唯一和她作对的身体部位就是牙齿。从半夜开始她就牙疼得要命，又不敢对厉择良说。他白天去医院做了康复治疗，累得要命，好不容易不用吃药都能睡着。

结果还是被厉择良看出来了。

第二天一早写意就被他揪着去看病，医院诊室里亮堂堂的，隔壁有小孩儿在看牙齿，不配合医生，大哭大闹，一直叫妈妈。

她躺着，心慌地在灯光下张开嘴巴，厉择良则坐旁边。医生不停地让她张嘴，漱口，张大……

待她腮帮子都开始酸涩的时候，医生下了个结论："左边上下这两颗智牙要拔掉，不然还会疼。"

写意一听拔牙，脸色突变："我不拔。"

"不拔的话，还会继续疼，如果发炎的话会更难受。你们考虑下。"

写意瘪着嘴，乞求地看了厉择良一眼："我不拔。"

没想到厉择良说："拔吧，反正智牙也没用，以绝后患，免得你以后再疼。"这一句话等于收回了给写意的救命稻草。

厉择良接着去交了钱，然后带她又去照牙片。

回来以后，医生看过牙片，问了生理期、过敏史之类的问题以后，请本人签字后叫护士去取麻药。

"阿衍。"写意躺在椅子上伸手，向他求助。

厉择良走过去接住她的手，握住说："长期这样难受也不是办法，反正来都来了，要是以后怀孩子了，又不能随便吃药，疼起来怎么办？"

"哦。"写意面色一红，不再说什么。没想到他的理由讲得这么严肃，考虑得这么长远。孩子，这人已经想到要孩子了，可是距离婚期还有几个月，他不是想先上车后补票吧？

医生将麻药针伸进去，像蜜蜂蛰人一样，扎了几下，"等几分钟，麻药起效，就可以开始了。"随即护士摆了一个陶瓷的托盘在写意的脸边，

第十三章 余生有你

托盘里有各种型号的钳子、钉锤,还有刀,写意瞅见了后,要不是厉择良适时拉住她,她肯定是蹦起来就逃。

"阿衍。"她哀求。

"不行。"他斩钉截铁地说,"不会很疼的,不是还有我陪你吗?"

"你不要……走。"写意觉得嘴皮和舌头都开始发麻,说话都有些不利索。

"嗯,不走。"他依旧握住她的手,就站旁边。

医生用夹子戳了戳写意的舌头:"药效上来就可以拔了,疼的话就举手。"

哪知医生连戳了写意几个地方,她都说有知觉。

又等了一会儿,她还叫有知觉。

"有些人对麻药有抗药性的,要是这样,只能再加一剂。"医生说。

厉择良点头。

护士只好又去取了一支麻药,第二针打下去,等了十分钟,再试探,写意举手还是说有痛觉。这下医生没辙了,歪着头看着写意的牙说:"不可能啊。"

正在医生不知道怎么办的时候,厉择良却看出门道来了。她说话时舌头都不能打转了,还说人家麻药没起效。他还不了解她?分明就是在苟延残喘。

"写意,你也别拖延时间了,有句话叫躲得过初一躲不过十五。"他眯起眼睛说。

写意绝望地看着居高临下的厉择良,只得张开嘴任由医生处置了。

医生掰开写意的嘴巴,她左边的智牙只冒了点儿白色的牙尖出来,所以只要咬到一点儿,牙龈就会发炎。如今钳子很难夹稳,使上劲,医生试了试,无功而返。

"我们要用手术刀将牙龈切开一点儿,把牙齿剥出来,才能拔。"医生怕影响写意情绪,将病人家属拉到旁边小声解释。

厉择良闻言脸色微微变:"要切开?"

"切了后缝两针。"医生说，"不加钱。"

厉择良看了看写意，只能同意。

于是，手术刀伸进嘴巴，在牙龈上锋利地切了两刀，鲜红的血液从伤口涌出来，淹没到口腔里。医生用棉球蘸了蘸血迹。

而被切的写意，因为麻药的关系，自己又看不到，浑然没有痛觉，就巴不得医生快点儿，嘴巴张久了难受。

厉择良看到那蔓延的血迹，将握住写意的手掌渐渐收紧。

夹子不留情面地扯了扯伤口，将牙齿从牙肉中剥出来了。然后上钳子，使了使劲儿，牙齿动了动却仍旧顽固地不脱落。于是，又来了个医生，上了钉锤，来帮忙。这种拔牙的阵势，真是吓人。

一锤一锤，敲上来，写意才真正有了知觉。不是来自牙齿，而是头部，一震一震的，就有种眩晕的感觉。

她难受地闭着眼睛，无法看到侧边厉择良此刻异常惨白的脸色。他一手牢牢握住写意，而另一只手扭住写意躺着的那诊椅的边缘，因为太用力骨节都发白。

好不容易，将那顽固的牙齿拔出来，医生朝托盘上一放，擦擦汗说："休息五分钟，我们拔上面那颗。"

厉择良却拉起写意，意外地说："不拔了。"

医生说："也好，今天好好休养下，下次继续。"

因为麻药的感觉还没过，写意没什么痛觉，就和厉择良坐在走廊上休息了下。

"下次还要来啊。"其实她想通了，反正也不是很疼，早死早升天，不如一次性解决。

"不来了。"他说，"再也不来了。"

写意看了厉择良一眼，刚才他斩钉截铁地说不行的模样还历历在目，怎么突然就有了一百八十度转弯？"可是我们交了钱啊，不拔多浪费。"

"倒给钱，都不拔了。"

"可是，躲得过初一躲不过十五啊。"

第十三章 余生有你

"那也不拔。"

写意乐了,他居然想通了。

"可是,要是我以后疼呢?"她咬着止血棉,继续模模糊糊地问。

"疼的话,我买药给你吃。"

写意又瞅了瞅他,似乎明白了什么,又故意说:"可是,要是有小孩儿了,不能随便吃药啊。"

"暂时不要孩子也行。"他居然说。

"可是……"

"你哪儿来那么多可是?"他蹙眉。

听见厉择良这么说,写意恍然大悟:"阿衍,难道你害怕?而且人家拔的是我的牙,又没拔你的,你害怕什么?"

她想起他以前喝醉的那句"人家扎你又没扎我",于是,又原封不动回敬给他。

厉择良别开脸,居然没有再和她拌嘴,什么也没有说。过了许久之后,他才轻描淡写地吐出一句话。

"我心疼。"

2

临走的时候,医生叮嘱了一大堆注意事项,要她咬住止血棉,少说话、不许吃热东西、不许漱口等。

回到家,药效开始渐渐消退,嘴巴恢复了知觉,随之而来的不是疼,而是一种奇怪感觉,脑袋好像注满了水要爆炸一样,头晕乎乎的。

厉择良探了探她的额头,居然在发烧。

"阿衍,我难受。"她扑在他怀里,病恹恹地撒娇。

"我知道,"厉择良摸了下她的脸,"我不去上班了,陪着你。"说完就去拿外衣口袋里医生开的消炎药,随即倒了开水喂她吃药。

牙龈上的伤口一直在不停地出血。每隔半个小时,她就要去厕所吐一次，免得咽下去。可是吃药的时候，必须喝水，一喝水混着血的口水就一起下肚，尝到铁锈一般的血腥味，写意一恶心不禁将下药的水一起呕了出来，流到被套上脏了一片。

写意原本以为厉择良又要训自己，没想到他看到那血迹，眸色微变，竟然搂住她说："以后我们再也不去拔牙了。"

写意将脸枕在他肩上说："阿衍，我不疼，就是吃了药想吃甜的。"

厉择良便去替她找糖，水果糖拿过来，她却说："我要吃牛奶糖。"他一点儿没迟疑，立刻去换。

当日，厉择良终于让写意享受了一回，什么叫有求必应和无微不至，难怪电视上的女主角大部分都爱生病，原来还有这种待遇。

她一生病果然就金贵了起来，只要是她犯错惹厉择良生气，还没待他发作，她就耍赖说："哎呀，我牙好疼，还头晕。"每回出口就见效。

可惜，她身体天生强健，不到两天就恢复得活蹦乱跳的。所以，这样的理由会随着时间的推移和她日渐壮硕的体魄而变得越来越站不住脚。一定要慎用，写意心里琢磨。

这几天，他们准备搬回市区的公寓单独住。厉择良清楚她不太喜欢和那么多人住一起，还是两人回公寓住比较合适。于是趁着周末，写意拉着他去超市购置些日用品。

一路上写意都很留意他的腿，怕他有一点点疼，"我进去买，你在车里等我。"

"我很好，不用你来瞎操心。"他强调。

这天是周六，下午的超市特别拥挤。到处都是降价打折，商品促销，嘈杂极了。人来人往中，他怕她挤丢了懒得又去找，便一直牵着她的手。

走到音像品那一区，厉择良突然想起上次他们一起在电影院看的那个故事都没看到最后，她一直吵着要知道结局。于是他去刻意找了下那张碟，顺带又选了几部电影，让她晚上闲来无事的时候消磨时间，免得每次拉着他看黄金时段的连续剧，看二十分钟就插播十分钟广告，简直是活

第十三章 余生有你

受罪。

厉择良选好以后，习惯性地牵住旁边的手，拉着走。摸上去的第一下还没察觉，走了几步就是觉得手感不太对，转头一看，才发现自己牵着的竟是个陌生的女孩儿。

那女孩儿脸蛋红得像柿子，但是还乖乖地跟着他走了几步。

厉择良第一次在公共场合感觉如此尴尬，可是此刻他面不改色，故作冷静地放开人家，很绅士地说："对不起，小姐，牵错了。"

那女孩儿本来也是来选碟的，走到附近的时候，货架另一头的陌生人引起了她的注意，难得在这种地方看到五官如此英俊的男子，身材挺拔，举手投足间都透着一种成熟男性的魅力。他身边原本站了位异性，但是两人都专心致志地埋头看商品，走一走就错开了。她便忍不住挨了过去，站在他的旁边。

"是不是叫《天使之城》？"他忽然问，那声音低缓优美异常好听。

她不知道是不是问自己，于是模糊地"嗯"了一声。

然后，他将那张碟放到购物篮里，接着又仔仔细细地另选了几张。选东西的时候，他的手指微曲，缓缓地从一张一张碟的封面上面滑过，异常迷人。

所以当这只手突然来牵自己的时候，女孩儿诧异至极，却还听话地就这么跟着他走了。

他朝人家道过歉，略微愠怒地回头去找写意，发现此人正流连在过道上的一堆特价品中。

"阿衍，你看这个棉拖鞋好可爱，还配有同款的情侣鞋，我们买两双回去一起穿好不好？"写意央求着，丝毫没察觉刚才自家的男人差点儿红杏出墙。

"什么情侣拖鞋，买了你自己一个人穿。"

厉择良拉她走。

可是不到五分钟，他一不留神，写意又不见了，他只得再回去找。

整个超市就像一座迷雾森林，她时不时就被路边的诱惑拐走了。

他本来是下定决心这几天要忍住脾气迁就她的，可惜如此反复几次，一身耐性全被她消磨掉了。

"你陪我去找那种情侣的漱口杯，好不好？"

"不行。"他斩钉截铁地说。他最烦买东西的时候不干正事，东游西逛的，明明就不需要还得折腾半天。

"我把东西买齐了，不逛了，回家去。"他下令。

她低着眉，故作委屈地说："可是，我牙疼的时候，逛街可以转移注意力，不然头又要晕，饭也不想吃。"

写意使出撒手锏，故作可怜，全然装成一个受气包。

厉择良接触到她的眼神，自己也意识到这点，心底柔软了些，嘴角动了动。

"算了，"他无奈地说，"你随便逛吧，我陪你。"

写意背着他，得意扬扬地挑下眉，这招果然是屡试不爽。胜利！

她不忘乘胜追击，又说："你不许又嫌我磨叽。"

"嗯。"

"不许掉头就走。"

"嗯。"

"说话算话？"

"说话算话。"

"真的？"

"真的。"他忍了。

写意心满意足地微笑，然后说："那陪我去买那个。"

厉择良原本回答得是如此诚实可信、铿锵有力，可是当他随着写意的目光看去，立刻面色青黑，货架上居然是满满一架子女性生理用品。

"……"

这女人肯定是被上天专门派来戏耍他的。

第十三章 余生有你

3

第二天搬家的时候，小林早早来替写意清理些东西。她的手很矜持地从兜里拿出来，然后故意缓缓地从写意眼前伸过去。

写意第一次没注意看，于是小林又来了第二回，动作比头一次更缓慢，这一下写意才察觉问："戴个什么东西，这么晃眼睛？"

"是钻石。"小林沾沾自喜地说。

"好大一颗，"写意说，"你真是个小富婆。"

"这种东西当然不是我自己买的。"

"那谁送的？这么大方。"写意拉过她的手，仔细看。

"订婚戒指，某人送的。"

写意闻言一怔，惊喜地问："季英松送你的？"

"是啊！"小林兴奋地直点头，"他向我求婚，好像做梦一样。写意，我一整晚都没有睡着。"

写意看着小林的笑脸，伸手捏了一下："恭喜，恭喜。那种死木头也能被你感化，真是不容易。"

"你还不是一样。"小林眨眼。

随即，两个幸福的小女人笑作一团。

可就是这么一件事情却给厉择良带来了烦恼。

晚上，写意左右端详着自己的戒指："为什么小林戒指上的钻石那么大，我的这个这么小？"

"爱情不分贵贱。"他用至理名言来教育她。

"吝啬鬼。"

厉择良挑眉："不乐意就把戒指还我。"

他的话音未落，写意立刻将左手上的戒指宝贝似的护在怀里："不要！哪儿有人送了都送了，还想要回去的？"

这个问题，直到第二个星期两人去影楼照婚纱照的时候才被彻底解决。

化妆师甲说："沈小姐这婚戒真精致，和你细长的手指正好相衬。不像我们这里以前有些客人，巴不得将全副家当都穿在身上，就跟暴发户似的。"

化妆师乙附和："是啊，这才是大户人家的矜持。"

化妆师丙感叹："嫁给厉先生这样的人，真是有福气。以后沈小姐成了厉太太还不得要风得风，要雨得雨啊。"

写意喜洋洋地笑："其实，爱情是不分贵贱的。"

她不但从厉择良那里活学活用，还装腔作势地谦虚了一下。

婚期渐渐临近，一项接一项地紧凑进行着。去民政局登记的日子，提前就定好了。厉择良极为慎重，提前就推脱掉所有公务，特地将那一天空出来。头一个星期，还特地陪写意去选了身粉红色旗袍，穿在写意身上非常合适，衬着她高挑的身材，十分动人。

下午一点到三点都是吉时。

虽然传闻说这种登记之类的不需要看日子，但任姨还是叮嘱他俩宁可信其有，一定要遵守。

上午律师楼临时出了大事缺人手，只得将写意叫回去。

厉择良非常不悦。

写意连连保证，一定会早早回家，不误大事。哪知，她和吴委明一起忙起工作来忘记时间，待到大家肚子饿的时候，她才发现已经一点了。写意惊呼着打车去民政局，路上塞车，也来不及回去换旗袍，就这么蓬头垢面地赶了去。两点三十多，她在车里看到了站在民政局门口的厉择良。

厉择良青黑着脸："看来你还没忘，幸好还来了，不然我还以为你逃婚了呢。"

写意看他确实有些恼了，而且她自知理亏，只能小心地赔着不是，就怕他生起气来，真的不许自己去上班了。

她可不想做全职太太，厉择良提过一次，当时被她坚决抵制了。

第十三章 余生有你

还好，民政局办手续那里刚到上班时间，人还不多，他俩排了第一对。一会儿，来了对年轻男女，女的穿着一套粉红的裙装。

厉择良的目光扫了一下写意，见她根本忘记穿他陪她选的旗袍，于是眸色一沉，怒气更盛地说："一辈子就一次，你也这么敷衍。"

那年轻男子喜气洋洋地四处送喜糖。他原本也想给厉择良，但是碰到厉择良那冰山似的眼神，立刻望而却步，只给了写意。

写意接过喜糖笑着说："恭喜，恭喜。"

这俩人一看就是来领结婚证的。

接着，又来了一男一女，两人之间似乎是多瞧对方一下，眼睛都要生疮的模样。

女的一边坐下来，一边怒气冲冲地发火："我告诉你，别以为那狐狸精真看上你了，我保证她以后让你人财两空。"

"那也总比家里养个你这种母老虎好。"男人反唇相讥。

"什么母老虎？你敢说老娘是母老虎？"女的跳起来。

"你不是母老虎，难道还是华南虎？"

写意瞧着吵架的男女，不禁摇摇头，这俩人一看就是来办离婚证的。

过了几分钟，那位办手续的工作人员李某刚坐下来，刚才那发糖的男子立刻就又将喜糖送过来，放在桌子上，说："请吃糖。"

李某笑着说谢谢，然后看到排第一个的写意和厉择良。

她抬起头先瞅了瞅写意，又瞅了瞅铁青着脸的厉择良，疑惑地问："你们是……结婚，还是离婚？"

啊？

写意微愣。

厉择良眼睛一眯，是要发作的前兆。

写意急忙拉住他，笑着向对方解释："我俩不离，是来结婚的。"

4

婚期定在春意盎然、草长莺飞的三月。

婚礼的头一天晚上是婚庆公司安排的彩排，内亲和新人的好友便聚在办仪式的酒店吃饭。

厉家二老提前了好几个星期从澳洲回来，而写意那边，厉择良头一天就派人去将任姨、写晴和谢铭皓三个人接了过来，一起来的还有詹东圳。晚上吃饭，除了让写晴在房间里休息以外，一大家人总算正式见面。

吃过饭，厉妈妈和任姨又坐到一起。

"这么多年不见你了，一点儿也没变老。"厉妈妈说。

"老了，你才显得年轻，在国外保养得比我们好。"任姨笑。

"没想到真做了亲家。"厉妈妈感慨，"记得以前写意和我们老二念一个学校的时候，两个人还那么小就凑一起，老沈为此拿他俩开我玩笑，还说让老二做他的上门女婿，如今他在天有灵也算了了个心愿。"

"是我们写意有福气。"

"不，不，不，是我们老二的福气。他那臭脾气，就还只有写意才治得住。"

过了一会儿，厉妈妈看到谢铭皓忙前忙后的身影，又问："这是大女婿吧？"

任姨点头："不过，还没办婚礼。"

"那赶紧啊，好来个双喜临门，让你合不拢嘴。"

写意坐在旁边听着两位老人絮絮叨叨地拉家常，浅浅地笑。

厉择良在门口送长辈，忙完才歇下来。

写意走到他身后叫了声："厉老二。"

厉择良闻声诧异地回头，随即变了个脸，恶狠狠地说："我看你是觉得活腻了。"

可惜，写意今天一点儿也不怕他，"原来你在家叫厉老二。"她呵呵地乐了,最后还学了下厉妈妈的语气,"我们家老二啊……"

他扣住她的手腕笑道:"翅膀硬了?"

"你妈妈说了,要是你敢欺负我,她要打你屁股。"写意说完咻咻地笑。

"她的话,你也信?她这辈子还没教训过我。"

"那就难怪了。"

"难怪什么?"

"难怪你长大了这么讨厌。"

"我讨厌?那你还哭着非要嫁给我不可。"

"明明……"写意一下子急了,"明明就是你求我嫁给你的。"

"有吗?"他故意漫不经心地缓缓问了一句。

詹东圳从洗手间回来,就瞧见写意和厉择良在那里你一句我一句地拌嘴,就在此刻,站在婚庆策划身边的任姨叫住他,说明天有任务交给他。

写意选的是西式婚礼,但是新娘那边父亲过世,一时没有找到将她带到婚礼现场的恰当男性。

任姨说:"你看着写意长大,她当你就是亲哥哥一样,所以我们和主持人商量了一下,觉得你挺合适。"

"没问题。"詹东圳点点头,然后不经意地回头又看了写意一眼。

明天,他送她出嫁。

另外一头,一大群年轻人坐在一起七嘴八舌地合计明天早上迎亲的时候怎么刁难新郎,吴委明按照大家的意思洋洋洒洒地在单子上写一长串的计划。

商量完以后,周平馨将写意拉过来,要参考写意的意见。

写意得知了全过程,尴尬地扯了扯嘴角:"还是,算了吧。"她真害怕万一玩得超过界限,厉择良会当场翻脸。

"为什么?"吴委明说,"一定要新郎吃点儿苦头,可不能随便便宜他,这样你以后日子才好过。"

众人一起点头,其中不乏过来人,深知其中的道理。

可是,写意却蹙着眉,犹豫了半天说:"万一他一生气,不娶我了怎么办?"

听了写意的话,一大桌子的人都是一怔,然后同时哄的一声笑了出来。

番外一

山抹微云

写意篇

我小时候最烦的一篇作文题目便是《我最喜欢的一句名人名言》或者《我的座右铭》这种。我总觉得自己和伟人有那么大的差距，怎么可能理解他们的那些肺腑之言呢？

但是后来有一段时期，我却一直沉迷在歌德的一句话中。

我不记得第一次听到那句话是在国内的哪一本教科书上，未能身临其境，所以不懂。那次送阿衍去法兰克福的机场，独自返回学校时，在路边一块宣传海德堡的标志牌上再次看到歌德的那句名言，继而被彻彻底底地震撼："我的心遗失在了海德堡。"

海德堡是个很奇怪的地方，内卡河的另一边是一些红色的屋顶和狭窄杂乱的街道，都有一种说不出的浪漫和静谧。在来之前，我不知道海德堡是个这样的小城。我选择它的原因仅仅是阿衍，那么阿衍选择它的原因呢？

从杜塞尔多夫新年倒计时回到海德堡后，阿衍就回国了。其实每年跨年的这几天，他的心情都很低沉，并且喜欢一个人独处。就像那一年元旦我离家出走去找他，而他却一个人在海边待了一天一样。

所以，他能将回国的日期推迟到陪我去杜塞尔多夫以后，已经是最大的让步了。

下午，我走在去图书馆的路上，突然遇到了那位董小姐，她远远看到我就喊："写意！"随即走来甜甜地对我笑。

其实，我肯定比她大，但她总是觉得要高我一级，千方百计地想让我叫她姐姐。我跟阿衍抱怨过，他却从来不受理。

"听说你哥哥回国了？你一个人住有不方便的地方可以找我哦。"董小姐留下这席话，就悠闲地离开了。

我的脸皱到一起，有点儿不服气。

海德堡的华人留学生不算多，但是几乎都知道厉择良有个跟班儿似的小妹。

"为什么他们以为我是你妹妹？明明就不是。"我以前就不满地问过阿衍。

"那你觉得你是什么？"他反问。

"我……"我词穷。

过了一会儿，趁着阿衍转身过去煎蛋，我小声地抗议："手也牵了，嘴巴也让你亲了，你说我是什么？"

他似乎察觉我的不满，系上围裙低着头问："你一个人嘀咕什么呢？"

我慌忙地傻笑："我说你说我是什么就是什么了。"

真是有点儿像绕口令了。

原本就安静的小城一入夜便更加沉默，晚上我一个人待在家里，听见外面刮着的呼呼寒风，忽然就十分想他。

从法兰克福看球回来，第一次接吻以后，我们就再也没有做出过任何越线的举动。

那次我们去学校，有对年轻恋人在小径边的椅子上忘我接吻，然后男人的手突然伸进女朋友的衣服里……

我当时不禁拉他离开，然后说："真恶心。"

他深深地看了我一眼，别过头去没有说话。

我突然想起我俩接吻的情景，急忙摆手说："我不是说他们接吻，而是说那个男人很恶心。"

他径直走路，没有理我。

于是我继续解释："我不是说他们的做法很恶心，而是接吻还摸来摸去的，真恶心。"

他加快脚步，面色不善。

"我是说你亲我的时候都不那样，所以很恶心。"

他接着走，心情欠佳。

"我不是说你吻我很恶心。"

"……"

我越描越黑。

其实作为一位像我这般纯洁、矜持的女性来说，觉得和恋人牵手接吻是世界上最浪漫幸福的事情。可是，一旦上升到 sex 的高度，好像就有点儿不那么美好了。

我一直不觉得阿衍是什么好鸟。

从什么时候开始有这种想法的呢？

在 M 大他面不改色对一群男同学说关于安全套的笑话起，我才知道原来阿衍也是个正常的男生。猴子那群人，经常趁我不在时还在家里放一些不让我看的碟。

我那时都成年很久了，又不是从火星来的，当然知道他们看的是什么，可是阿衍从来没正视过我的年龄。我发誓，在他眼中我依然是那个生理期第一次降临，而自己毫不自知的小女生。

而翻过年头的阿衍就二十四岁了。

背地里，有女孩儿们讨论过关于阿衍还是不是 virgin 的问题，她们其至还上升到阿衍要是已经被破或者即将被破的话，究竟是被哪位挨千刀的女人或者男人破掉的这么一个高度了。

最后这个话题成了背着阿衍的一场赌局，连董小姐等人也成了里面的选项，供人选择下注。可惜，我偷偷地瞄了瞄，居然没有我。

她们谈论这些话题的时候，虽然象征性地回避了作为阿衍"妹妹"的我，但最后她们还是期待我来给她们做卧底。其实我也没有把握，在阿衍先到海德堡我又留在 M 大的这一年，他有没有找人做什么不纯洁的事情？

我一直好奇，为什么她们不押我呢？

但是这场搅得沸沸扬扬的赌局进行得非常隐秘，没有人敢让阿衍本人知道，包括我在内，不然我不确定他会不会把我扔回国内，然后一辈子剥夺我做跟班儿的权利。

阿衍的 boss 新带了一位研究生 Leonie，是德法的混血儿。Leonie 不是那种典型的金发美女，反而是一头柔顺的栗色直发，五官和皮肤都有种东方人的精致，并且酥胸细腰，美得不似真人，而且智商也和阿衍有得一拼。

有一回我去找阿衍拿钥匙的时候，正巧遇见他和 Leonie 迎面走来。Leonie 当时穿着一件低胸紧身露背裙，就剩两根细得快断掉的带子挂住重要部位。路过的男生不禁朝她吹口哨，眼珠几乎都掉在了她暴露在外的雪白胸脯上。

阿衍也随之看了一眼。

我敢肯定，他百分之百盯着人家的胸脯看了，眼神至少还停顿了三秒钟。为这事我真的生气了，足足半天没和他说话，就一直闷在屋子里看书。

他居然表扬我说："看来上次你挂的那门，终于让你想通了，你决定用心学习了？"语气很欣慰。

我差点儿当场吐血身亡，他究竟知不知道我在生气啊！

晚上洗澡的时候，我一个人在浴室里将我的胸研究了半天以后，终于下了一个决心。第二天一早，大家约好了去爬山，我将那件低胸的吊带套在身上,然后在内衣里垫了两片垫子以后,好歹有了点儿沟壑的感觉。

我开了卧室门走出去,阿衍正吃早饭。

他看了我一眼说:"外面太阳这么毒,穿成这样够你晒的,以后又黑又瘦更没法看了。"他说"瘦"这个字的时候,还不经意地瞄了下我的胸。

"……"

再毒的烈日也没有这人的嘴毒!

德国是个对性很开放的地方,别说是付费电视,偶尔某些正常节目上露点都是稀松平常的事。虽然他从来不当着我的面看,但是越是回避,我越觉得他这人虚伪,于是,我更确信阿衍不是好鸟。

有时候,我俩吃了饭晚上一起看电视。只要是爱情故事,难免一男一女说着说着就开始吻起来,然后折腾到床上去,甚至有的都不回卧室的,就在操作台、餐桌或者——沙发上。

正巧也坐在沙发上的我,是遥控器的主导者,于是换不换频道的重担大部分时间是落在我的身上。

屏幕上的男女缠绵到忘我。

我挺矛盾的,换台吧,好像显得自己很心虚。不换台吧,这样真尴尬。

我偷偷地瞅了瞅阿衍。他面不改色,仿佛看得就是德甲战况一样,我不禁又瞅了瞅。

他冷冷地问:"你洗碗了吗?"

"啊,没有。"

他用下巴点了点,示意我:还不快去。

然后我只得万般不情愿地走开,他就这么轻松地支开我,再拿过遥控器调小音量自己一个人认真欣赏。

猥琐,真猥琐。

人家都说独乐乐不如众乐乐,他恰恰相反。

内卡河有几处浅滩,很适合做露天的天然游泳场,突然热起来的那几天,很多人跳进里面去取凉。

一般人多的地方怎么少得了我？那自然也少不了阿衍。

而只要阿衍在，那么董小姐就喜欢来。

然后娇滴滴的董小姐居然会水球，正好和阿衍打对手。我既不会游泳，也不会水球，当然就只有靠边站。

我心中非常不爽，套上游泳圈学着其他人选了个高度从石头上跳下去。

扑通一下，我像个秤砣一样落到水里，四下溅起水花，泼了董小姐一脸。她不但不生气，还笑着对阿衍说："写意像个小孩子，真是挺可爱的。"

可爱你个头。

我借助游泳圈，又浮了起来，再爬上岸，继续跳。

多整她几次，她也学乖了，说这里人多玩不开，伙同他们去了远处。看见她借着抢球的当口，居然趁机碰他的手，我更生气了。

架着游泳圈，我看着董小姐那双咸猪手气不打一处来，呼啦一下又跳到水里。就这么一跳，因为很用力，头栽了下去，游泳圈太宽居然从屁股下面滑走了，于是再也没有东西当我的浮力。

我慌忙地在水里扑腾了几下，终究是徒劳，想喊出声，嘴刚张开河水便灌了进来。只能任由自己缓缓往下沉，我睁着眼睛看到阳光折射到水中，几乎能分辨河里的浮游物。

耳边嬉闹的人声似乎也渐渐远去。

就在视线慢慢模糊的时候，两只手臂将我一把拉了起来。头终于露出水面，那一瞬间我迫不及待地猛吸一口救命的空气，然后开始剧烈地咳嗽。四肢攀附着手臂的主人，死死不放手。

他捧起我的脸，皱着眉问："你的游泳圈呢？"

我这才看清楚是阿衍，也不知道是刚才眼睛也进水了还是怎么的，委屈地涌出泪水抱住他大哭起来："可吓死我了。"

其他人见我没事，也就散去，各玩各的。

不知道抱着他哭了多久，他终于失去耐性地说："好了，放手，我带你上岸。"

番外一　山抹微云

"不要，我还惊魂未定呢。"我说。

过了一会儿，他终于忍不住又叫我："写意。"

"嗯？"

"你不觉得我们姿势有点儿……"他在关键地方打住。

经他提醒，我才发现自己跟个八爪鱼似的缠住赤裸着上身的他，借助水的浮力正好将双腿环在他的腰上，还蹭来蹭去……

"我都命悬一线了，你还这么拘小节。"我伤自尊心了。

"腿放下去。"他说。

"我不放。"

"快点儿。"他黑着脸下令。

见他神色不对，我乖乖松腿。这一松腿不要紧，居然踮一点儿脚尖就沾到地了。啊——原来水这么浅……

阿衍回国的第二天，我接到了一个电话。当时已经很晚了，我在浴室里洗澡，出来就听见手机响，没多大迟疑就接了。

却不想，是写晴。

"苏写意。"她用那种惯有的趾高气扬的语气喊我以前的名字，"你在德国的日子过得很惬意啊。"

"托您的福。"我冷笑道。

"哦，我有事情通知你。"

"难得大小姐您还记得有我这号人。"

"本想没你什么事的，但是呢，我觉得好歹也该告诉你，后天我和詹东圳订婚，既然你俩感情这么好，要不要回来观礼？"

他们终于要结婚了吗？

半夜里，我打开阿衍的卧室，扑在他的床上，脸埋在枕间，深深地呼吸，努力让他的味道充溢在我的胸膛内。最后，终于忍不住拨了他的手机，听筒里能听见他那边呼呼的大风和海浪声。

他又去海边了。

这个时候国内应该快天亮了，那么冷的海边，他大概就这么坐了一宿。

"阿衍。"我喊他。

"嗯，做噩梦了？"他低声问。

"没有，就是你不在家里，不太习惯。"我撒娇。

我从没有告诉过他关于妈妈和沈家的事，更不提冬冬和写晴了，我不知道他有没有疑惑为什么我从苏写意变成了沈写意。他从来不问我这些，好像我改了个姓就如原本要吃豆浆却突然改成喝牛奶那么稀松平常。

我也不问他为什么要去海边。他总觉得我是个长不大的孩子，但是我明白，我早就长大了。我零零星星地听说了厉家的一些事情，阿衍有个哥哥，比阿衍大许多岁，可惜很多年前就去世了，仿佛骨灰就撒在那片海中。

电话里沉默须臾。

"写意。"他轻轻唤我。

"我在啊。"

"其实，挺想你的。"他说。

第二天，我赶了十二个小时的航班回到国内。我说不清究竟是为了写晴和冬冬的订婚，还是为阿衍口中那带着浓浓思念的四个字：挺想你的。

来机场接我的是冬冬。

我一看见他，便恼了。

"你喜欢她吗？你明明就不爱她，为什么还要和她结婚？"

冬冬半晌才说："写意，有时候一个人和另一个人会不会在一起，哪里是爱与不爱那么简单？"

我听了以后越发气得厉害。

这话我是一点儿也不明白，只是没想到很多年以后，自己居然也有了同样的感悟。

回家后，妈妈看着我，浅浅地叹气。

"你俩一起长大感情好，我也知道。但东圳是男孩子，他不能像你活得这么随性。你爸爸喜欢他，写晴也喜欢他，两家这么要好，这事本来就是件喜事，怎么就把你哭成这样了？"

"写晴哪里喜欢他了?她就是什么都想要赢,故意气我才一定要和他结婚的。"

"你怎么就知道你姐姐不喜欢东圳?"

"她不是我姐姐!"

我只希望她永远都不要出现在我的眼前,不要和我有任何瓜葛。即使这么想,我仍旧是沈家的女儿,得规规矩矩地去看望我爸。

从爸爸的书房里出来,写晴早就在客厅里等着我。

我斜斜地冷瞥了她一眼。

"别在我面前装得多清高似的,我警告你,詹东圳早就是我的未婚夫,如今我们正式订婚了,你要再来烦他,就是小三。"她冷嗤,"你妈就是专门勾引人家丈夫的,你可别来个女承母业。"

我气急三步并作两步地上去就想再掴她一巴掌,她上一次吃过亏,这回学机灵了,提前捉住了我的手腕。

写晴说:"我知道,你现在和那个姓厉的小子同居着。别以为有他给你撑腰,你就在这家里无法无天了。我沈写晴这辈子想得到的东西,还没有拿不到手的。如今抢了你的詹东圳,若是哪天我心情好,把那小子也抢过来给你瞧瞧。"

"你敢!"

"我有什么不敢的,要不要试试?"

我松手,有些颓然:"阿衍才不会。"

写晴眯起眼睛:"只要是男人都会选我,而不会选你。"

她说的并非不是实话。从小到大,都是这样,在沈写晴周围没有人会喜欢我。所有人里只有冬冬疼我,而对她的完美全然视而不见。可是如今就连他,也是她的了。

从沈宅出来,我不想回家,更不想让妈妈知道我和写晴的争执,现下一想竟然不知道偌大的 B 城,哪里才是我落脚的地方。每当这个时候,第一个想到的是冬冬那里,我拨了冬冬的电话,响了一下又迅速地掐掉。

我不应该找他了。

可是，他却警觉地拨了回来。

"写意，你在哪儿？"

"冬冬，你不要娶她好不好？她根本不是想嫁给你，她只是想气我。"

电话的那一头沉默下去，许久之后他缓缓地轻声反问："那写意，你嫁给我好不好？"

我倒是被这话噎住，一下子愣了。

"我……"

"我终究还是比不上你的阿衍吗？"他似乎是自嘲地笑了笑。

"不是，我……"

冬冬在那一头半天没有等到我的回复，便轻松地改口找台阶下："开玩笑的，我还有事先挂了。"

他第一次在我面前迫不及待地断了电话。

我嫁给他？

那阿衍呢？

我急急忙忙地拨电话给阿衍，可是在接通以后，听见那声熟悉的"喂"却茫然了，竟然不知道自己该说些什么。

写晴说连阿衍她也要赢过去，我直说他不会，当时那个语气不知道是讲给写晴听，还是讲给自己听。

阿衍，他不会的。

就算全世界都不要我，但是阿衍不会的。

一定，绝对，百分之百。

"写意，你怎么了？"他急忙问。

"阿衍，你在哪儿？还在海边吗？"

"嗯，我想一个人在这儿静静。"

"是不是以前我们待过的那栋海边的房子，在C城近郊？"我问这话的时候，心中有了盘算。

"是啊，你要来？"他淡淡笑着问，也并不知道我就在国内。

"好想你。"我有些哽咽。

"我不是过几天就回去了吗？"他异常温柔地说出这句话，让我觉得要是他就站在眼前的话，肯定会在说完之后将我拥在怀里，再揉揉我的头。

虽然，他一直任外人误会我是他妹妹，还对我又凶又坏，但骨子里是疼我的，容不得我受半点儿委屈。

我一直坚信着这点。

我翻出手袋里仅剩的钱，买了去C城的车票。车上我晕得厉害，吐到最后连胃里的酸水都没剩多少了。

到了中途，我撑着发晕的脑袋突然想，万一他中途离开了，万一他不在我认为的地方，那我这么千里迢迢地赶过去扑了个空那又该怎么办？

我这才后怕了起来，只得打了他电话，却接不通了。

可是，既然我几年前就干过这事儿，如今都到半道上了也只能咬紧牙关继续。

到C城的时候，已经是第二天清晨。纷飞的小雪，让这个清晨的光亮来得特别迟。车站周围都是繁忙的市井气息，因为遇到上班的高峰期，好不容易找了辆去郊区的车。

人到他屋外的时候，天已经大亮，我几乎吐得连站直的力气都没有。

我举起颤颤巍巍的手，敲了敲门。

里面没动静。

我使劲儿敲了敲。

还是没动静。

我有些绝望地靠在门边，有些绝望地对着门踹了两脚，就在准备踹第三下的时候，门倏地开了。

屋子里的暖气迎面扑来，然后我看到了那张朝思暮想的脸。他刚才似乎在洗澡，头发在滴水，下身急急忙忙地套了条裤子就来开门了。

一瞬间，他脸上的表情停滞了一下，显然他看到我，比我看到他要惊讶得多。

我一句"阿衍"还没来得及出口,便已经泣不成声地扑在他怀里。在妈妈、写晴和冬冬面前忍了许久的眼泪,再也关不住,顿时汹涌而出。

他任我抱着,让出一点儿空隙合上大门。

"怎么突然……突然跑来了?"他抬起我的脸,"怎么来的?我不是说了我就回去吗?还是昨天你给我电话的时候就在路上了?家里出事了还是怎么的?"

他的神色第一次显得比我还慌乱,一口气问了好几个问题。

我哭得更厉害,一句也不想答,趁着他嘴对着自己说话的当口突然地亲了他,接着环住他的脖子,上身紧贴着他赤裸的胸膛。

半晌之后,他放开我的唇,见我还有下一步动作便说:"写意,我们……不该这样。"

"为什么?我专程赶来就是为了这样的。"我负气地说。

可是临到最后,我又害怕了。

"阿衍……要不,再等等,我们可以先练习预演一下,以后再……"貌似彼此业务不纯熟。

"不用。"他在我耳边喑哑低语,"反正我不是好鸟。"

下午醒来,我发现身边没有人,慌张地下楼去找他。

"马上就可以吃了。"他头也不回地在厨房里说。

"阿衍。"我站在他身后叫他。

"干吗?"他还是不肯回头。

"你是不是不好意思啊?"

啧啧啧,想当初那群女人下注居然都不押我,真没眼光。

这下,他倒是迅速地回身,然后冷冷地瞪了我一眼。

我被他看得心虚起来,背上发毛,却强装镇定地说:"又不是我一个人的错,人家都说一个巴掌拍不响。"然后背过身去,脸色已经通红。

"……"

过了一会儿,阿衍说:"刚才你妈妈来电话,他们怎么都找不到你,

番外一　山抹微云

只好打到我的手机上了。"

"她说了什么？"我警惕地问。

"说你姐姐的订婚仪式，被半夜离家出走的你搞砸了。"阿衍一句话概括了所有来电内容。

后来我才知道，冬冬为了找我竟然没有去订婚的酒店。

隐隐约约在负罪感下，我居然冒出一丝不近人情的快意，那种快意是建立在我丝毫没有察觉写晴对冬冬有感情的基础上。

我原以为她并不在乎他，她也是一直这么表现的。当时的我，也并不明白写晴在我面前的自傲，居然掩盖了她流露出的真实情感。

很多年后我才恍然觉悟，原来长久以来都是我在抢她的东西。我抢走了她的父亲，抢走她温暖的家，还抢走她了的詹东圳，一直在赢的人是我。

很小的时候妈妈曾经告诉我，爱是信任。

我问："那你信任爸爸吗？"

"信。"

"但是他为什么不要我们？"

妈妈摸了摸我的头："我信任他，可是他也有他的责任。一个人活着，不全是为了爱。你任姨对他有恩，如果他不顾一切背信弃义地和我们在一起，那我会轻视他。"

那些话，对我来说一直都太深奥了，我不懂，永远也不想懂。

后来，阿衍来德国对我说："写意，你以前说过无论发生什么事情，你都会相信我。"

我顿时怆然一笑："信任？我爸爸死了，我妈妈也跟着他去了。我问你为什么，为什么，你却一个字也不想对我说，还叫我信任你？"

他转头看向别处，默然不语。

我吸了吸鼻子："我只想要知道是不是你做的，是不是？"

他走过来一边牵住我，一边缓缓道："写意，如果你认为是就是，不是就不是。"

我甩开他的手,生平第一次像避瘟疫一样躲开他,迅速地退到远处站定后,忍住眼泪淡淡地说:"厉择良,但愿你这一生都不要为此后悔。"

我转身开门上车,踩着油门冲了出去,任他怎么喊,再不回头。

前后两辆车在路上飞驰,在车里,我跟他通了最后一个电话。

最后,我说:"阿衍,在你的窗下守了九十九天的写意累了,现在也要走了。"

写晴篇

我要是跟谢铭皓讨天上的月亮,他不会只摘颗星星了事。

不仅仅是谢铭皓,我身边很多人都是如此。

独独詹东圳有些异类。

他从小就是清秀到有点儿女气的孩子,难怪写意一直欺负他,叫他扮女孩儿,这些着实让我对他更加不屑。

他是詹伯父在外头生的,詹家有三个儿子,他是老大,但是因为身份关系,总是不爱在家说话,连我们家也少来。他那两个弟弟都是扶不起的阿斗,整天就知道赌钱、赌马、与女人鬼混,将家底糟蹋得差不多了。所以就算詹东圳他再不济,也比那两个弟弟强,詹伯父的希望便就此寄托在了他身上。

可是詹东圳也是个奇怪的人,只要人多的地方让他说话,他铁定要脸红。

我曾听写意笑他:"你一个男孩子,怎么这样?"

"那应该怎样?"他反问她。

他唯一愿意亲近的女孩儿便是写意,仿佛和她相处就不会不自在。很多同龄的异性总以为詹东圳很傲气,不愿意多和她们说一句话。其实,我后来才可笑地发现,他那不是骄傲,是发窘。

写意又说:"真正的男孩子啊,应该是顶天立地,泰山压顶不弯腰……"

我为了听清楚,又走近了几步。

他俩本来在闲聊,但是听到我的脚步声,就停下来。写意瞥了我一眼,讪讪地闭了嘴。

我便讥讽说:"我一回家就听见两只苍蝇嗡嗡嗡地叫,正想叫人来拍死,没想到是两个人。"

詹东圳垂下头去,不说话。

写意却冷嗤:"苍蝇会叫吗?大小姐您没读过书吗?那嗡嗡嗡的是振翅的声音。"

那时候的写意正念高中,个子很矮,但是嘴巴却非常让人讨厌,也不知道那个总爱装得贤良淑德的女人,怎么生出个这种蛮横尖酸的女儿出来。

我微怒:"苏写意,这不是你的家,不要总趁着我不在,就偷偷跑到我爸面前撒娇卖乖。"

"爸爸又不是你一个人的,我也是他女儿,是他要我来的。"

"除非我死,否则这个家永远不欢迎你。"

她反驳:"无论你要死还是要活,他也是我爸爸。"

我怒意上扬:"滚,野种!你滚——"说着将提着的手袋朝她扔过去,却不想詹东圳将她护在了身后。

她听见我吐出的"野种"两个字,嘴唇哆嗦了几下,却再没出声。

我看到她的手扯住詹东圳的袖子,眼睛晶莹,一副楚楚可怜的模样。

真会做戏!

我讨厌她!

明明刚刚还趾高气扬地和我吵架,瞬间就变成了可怜人。

这世界上是不是只有我看得清楚她的本质?要是她喜欢的人,她就能从一只咬人的小老虎瞬间伪装出一副天真无邪、纯洁可爱的脸,还能将那满含委屈的眼泪收放自如。

在爸爸面前如此，在詹东圳面前亦然，也不知道这世界上还有多少男人被她这副模样哄得团团转。

詹东圳轻轻回握住她的手，牵着她拿起东西往外走，和我擦身而过的时候，他轻轻说："沈小姐，以后你不要用那个词了，很伤写意的心。"

那是他第一次和我说这么长的一句话，目的却是为了她。

她讽刺挖苦我那么多，他都听不见吗？还叫我不要伤她？

我冷笑一声："你是我什么人？有什么资格管我的事情？"

他白皙的脸上顿时一窘。

谢铭皓泊了车，随后进门，看到詹东圳便点头示意。谢铭皓比我和詹东圳都大一些，如今他跟着谢父一起都在詹家的企业做事，现下见了东家的大公子，碍着我在生气才没有多寒暄。

"写意，你怎么了？"谢铭皓问。

"铭皓哥哥，"写意吸了吸鼻子，"以后去找你玩，我走了。"

谢铭皓看着他俩离开的背影，喃喃说："你们又吵架了？"

"是她讨厌。"

"她还是个孩子，你比她大，能让就让吧。"他说。

"铭皓！"

从此以后，詹东圳就很少踏进沈家的门。我们偶尔有些交集，例如在某个朋友的聚会上遇见。他是最不善言辞的那种人，总坐在角落里淡淡含笑地旁观着。

和我恰恰相反。

我喜欢站在聚光灯的中心，享受着别人的目光，那些眼神落在我身上，或炙热或嫉妒或迷恋或沉醉，无论是哪种，我都觉得有一种满足感。

我悠然地说："你们怎么让詹公子一个人坐那儿啊，也不喝酒？"

此言一出，便有很多素日里渴望着巴结我的男女，顺着我的话去找他。

第一回，他好言拒绝，第二回、第三回，他就再也撇不开，只得喝下。一位李家的二千金，居然坐在旁边，说着说着就往他身上靠。他这辈子都是老好人模式，躲也不是，推也不是，窘迫极了。

我心中有了淡淡的不悦，送上门的便宜也不知道享受，真是迂腐。我放下手里的杯子，朝他们走去，那些人便识相地离开。

我坐下去看他。

因为那些红酒的缘故，他的脸上有些泛红，那精致的鼻尖，居然起了一粒一粒的红疹子，似乎是对酒精过敏了。

难怪他从来不沾酒。

"沈小姐。"他点点头，算是招呼了，随即起身就准备换地方。

一听这个称呼，我就怒火中烧。凭什么他看见她就是写意前写意后亲热地叫，看见我终究只有沈小姐三个字？

"詹公子，喝杯酒吧。"我故意拉住他，递给他一杯酒。

他摆摆头，"我实在不会。"

我皮笑肉不笑地说："詹公子喝她们的酒，不喝我的，好不给我面子。"

他为难地看着我："我……"

"你要是喝下去，我心情一好，兴许下次苏写意到我家来，便不为难她。"我笑吟吟地说。

"真的？"

"当然。"我挑眉。当然，是在我心情好的情况下，若是心情不好就不好说了。

我笑着看他接过杯子，仰头一口咽下，心中却犹如针刺。

物以类聚，他果真和沈写意一样惹人讨厌。

后来，写意去外地读大学，我也索性求了个逍遥。

我生日时，伙同了一大帮人去芭比狂欢，进去的时候正巧遇见詹东圳带着客户，他先瞧见我，再瞧到我身边的那伙人，目光一顿却什么也没说。估计他也有耳闻，那个时期的我已经鬼混得不成样，夜夜酗酒到天明，在某些人的怂恿下偶尔还嗑药。其他人不敢管我，也没有人敢对我父亲说。

"哟——"我倒是先开头叫他了，"詹大公子也来消遣啊，好久不见。"

"沈小姐。"

他依然只有这三个字。

我心中顿时不舒服,进了包厢就开始喝酒。来来去去,包厢里各种各样的人,有的人我都不认识。音乐声很大,搅得我头疼。所有人都疯得有点儿癫狂,一个女的居然脱了上衣站在桌子上秀艳舞。

某个男人伸手来掀我的裙子,我嫌恶地拍开他,但是后来醉意上头,只觉得人都缥缈了起来,也就随了他们。

突然,包间门被推开,房间里云雾缭绕,乌烟瘴气,根本看不清楚脸。一个修长的人影走进来,随手开了大灯,引得我不悦地眯起眼睛,还不忘咒骂了几句。

我定睛一看,居然会是詹东圳。

他扒开人堆,将我拉起来:"沈写晴,跟我走。"随即二话不说将我拖出了包间。

他的手钳住我,拧都拧不动。

我尖叫:"你放开我!"然后开始弯腰去咬他的手。

他无动于衷。

我只得被他拉着,直到出了芭比,到了对面的超市。

超市里的收银员都瞪着我们,我知道我俩一个浓妆艳抹,一个清秀斯文。

我故意噘着血红的唇,对那收银的说:"看什么看,我就是出来卖的,他是嫖客。"

那女的张大了嘴,半天没回过神来,惹得我哈哈大笑。

他没好气地去拿冰柜里的矿泉水,刚刚一出超市,便将那瓶冰水,一股脑儿地泼在我头上,顿时让我一惊。

"你好好醒醒脑子。"他说。

冰水顺着脸经过脖子,流到背心和胸前,冰得我一个激灵,顿时打冷战。这下,才觉得刚才踩着棉花的脚,有点儿落在实地的感觉。

这时,响着警报的车突然出现在对面芭比的门前,一群警察鱼贯而入。

我突然明白发生了什么事，就此有些后怕了。

"为什么要帮我？"我颓然地坐在他的车上问。

他倒没回答，只递了包纸巾给我："擦擦你的脸。"

他开车的时候很专心，一直正视前方，拿东西给我的时候也没有回头，我转脸看到他的侧面，很漂亮。

刚才他叫我什么？沈写晴。

沈写晴。

我暗暗里笑了一下。

终于不是沈小姐了。

"我送你回去，"他说，"这一次我就替你保密，但是别和那些人来往了，有药瘾的话赶快戒掉。你是姐姐，应该在写意面前做个好榜样。"

我原本翘起的唇角就此凝固，僵硬。

写意！写意！又是写意！

第二天，消息还是传到父亲的耳朵里，他震怒了。我从来没有见他对我发过这么大的火，将我在家关了三天。

我听见妈妈对他说："你平时也不管，就知道给她钱花，宠着她。如今出了事情，又打又吼的有什么用。女儿二十多岁了，如果不是你在外面的那档子事情，她哪儿有那么叛逆？"

"你又来了。我这也错，那也错。管她不对，不管她也不对，那你说该怎么办？"

妈妈长长地叹了口气："要不……找个人绑着她。等她成个家，找个人来管她。"

"找个人？"爸爸感慨，"哪有那么容易，说找就找？"

"这不就有一个现成的。"

爸爸问："你是说东圳？"

"我看着那孩子好，知根知底的，文静又不多话，性子也温和，不像他那两个弟弟。"

"可是写晴……"

"女儿这里我去跟她说。詹家那边你去,那孩子特别听他家里的话。"妈妈开始摊派任务。

晚上,妈妈果然来找我谈心,提到了这件事。

"我瞅着东圳真不错,好在你们都年轻,可以先把事情定下来,慢慢磨合,要是真不合适,我们再说。"

我板着脸道:"随便你们怎么好了,反正我现在是说什么也没用。"

这件事情仅仅过了两个星期就铁板钉钉了,万万没想到他避我如瘟疫一般,也肯答应。

双方家长一起出去吃饭,我等在洗手间外面讽刺他:"我是犯了事情身不由己,没想到你还挺乐意的。"

他淡淡地说:"合老人家的心意就好。"

也许在他心里,除非是那个人,其余娶谁都是一样。但是他念着她有什么用?她一天到晚就知道追着厉家的小子跑,根本没有时间搭理他。

我冷哼:"活该!"

没过多久爸爸就让我进海润帮着他做事,我的生活似乎真的开始步入正轨,再也不和以前那些狐朋狗友们联络了。

过了半年,妈妈想办个简单的仪式,名正言顺地将婚期定下来。我故意给写意去了电话,就想气气她。没想到她一口气跑回来,还故意玩失踪。

詹东圳为了找她,一宿没合眼,后来听人说好像看到写意坐上了去C城的长途车,他便毫不犹豫地追了去。

我从来没有见詹东圳忤逆过家长,或者做什么出格的事情,但是他却为了那个丫头连订婚仪式都没来,让两大家人都很尴尬。

我甚至有种想杀人的冲动。

数数巴望着娶我沈写晴的男人有多少,可是他就是不屑一顾。如今连订婚也不来,当众让我难堪,叫人看了多少笑话?他究竟是什么居心?

我气到极处给他打电话,他却说:"你不该拿话激她,写意年纪小,比我们都脆弱。"

番外一　山抹微云

我咬牙切齿地回答："对，什么都是我不好。她年纪小是我的错，她心灵脆弱是我的错。她存心惹得你魂不守舍，也是我的错。从她一出生到现在，就没有哪样不怪我。"

"我不是那个意思，你……"他叹气，"怪我，全怪我，我问了她不该问的话。"

我拿着手机，瞪大双眼："你问她什么了？"

他在电话那头沉默了许久才说："没什么。"

"你撒谎！"

他肯定在撒谎，他是个不会掩饰的人，一说谎就这样。

他对她说什么？他能对她说什么，引得写意这样，我不用脑子都想得到。

"詹东圳，你听着！"我盛怒之下对着电话喊，"我沈写晴是个宁为玉碎不为瓦全的人，虽然我一点儿也不爱你，但是我容不得一个要娶我的男人这么无视我。无论苏写意想从我这里得到什么，我宁愿毁了也半点儿不会分给她。"

我放出决绝的狠话，却觉得眼睛有些潮。

"如果还有下一次，"我深吸了口气，努力想把那些湿润的东西收回去，"如果还有下次，要么是我死，要么——我就要她死！"

说完这些挂掉电话，我突然觉得脸上有什么东西滑落下来。我是个不爱哭的人，因为一流眼泪就会弄花脸上的妆，一点儿也不好看。

这些日子，我戒烟、戒酒，还戒掉他不喜欢的那些朋友，像小职员一样穿着套裙每天朝九晚五地去海润上班。我努力地学习着如何生活，学得很辛苦。

可是到头来，他却一点儿也没看在眼里。

我突然觉得我怎么能卑贱到这种地步，几乎成了一个等待宠幸的深闺怨妇，真是作践。我不是写意，想起她倒贴男人的那种手段，我就发笑。

在这世界上，沈写晴想要什么男人得不到？

原来他的生活并不配我，我只适合纸醉金迷的世界，于是我又找回了那些旧习。之后，我在海润无论做什么，他们都碍于我的身份，不敢揭穿我，随我挪用公款。

后来海润和厉氏一起合作开发购物中心。

隔了很多年，我又见到了回国后在厉氏独当一面的厉择良。

听说他念高中的时候脑子好，性格却比我还嚣张叛逆，后来厉家的大公子因故去世后，他就完全变了个人。厉家故意将他送到这里来念书考大学，隔绝了以前的朋友，他似乎真的脱胎换骨一般，褪去一身邪气，还任由写意那丫头折腾。

他是个极其出色的男人，难怪写意这么舍不得他。他忽而从容矜持，忽而冷漠高傲，不知不觉间又会在人前立起一堵透明的墙，阻止任何人的接近。有时候，我和他相处都会恍然有种瞬间的迷失。

有一次我对他说："你都回国这么久了，那丫头没缠着你一起回来？"

他一开始还没反应过来，待明白我指的是写意的时候，轻轻地笑了。这个平时当笑都是种工作的人，居然在我提到写意的时候，嘴角泛起了浅浅的微笑。

他看了看我，几乎可以算得上是第一次正眼打量我，然后说："其实，你和写意长得还有点儿像。"他和我谈话从来不提私事，独独这回例外。

我不屑道："不可能。我要是长成她那样，死也不肯出门。"

他闻言又笑了笑。

我想起以前挑衅写意的话，既然她要抢詹东圳，那为什么我不可以抢厉择良？

但在真正接触以后我才发现根本是不可能的，我不会爱上他，他亦不会对我有兴趣。因为，我和他在骨子里都是一种人。

他多半和我有一样的感悟。

有人拉着我去炒期货，亏了很多，我在合作项目的账目里做手脚，在各个方面想法捞钱好将空白补回去，这种永无止境的缝补似乎扩大成了一个黑洞。

我和詹东圳的婚礼订在了十二月，婚期的临近并没有冲散那个黑洞隐隐带给我的阴霾。

东窗事发那天，我瞬间觉得天崩地裂。父亲知道真相以后非但没有像往常那般骂我，反倒握住我的手说："写晴，爸爸知道你为了写意和她妈妈的事情一直怨恨我，所以从小不是你不想听话，而是爸爸对不起你，让你生气，是爸爸有错在先，让你这么难受。于是你觉得自己越坏，对我就是越大的报复。真的，是爸爸的错。"

我潸然泪下。

父亲叫来厉择良，就我们三个人在办公室里。

爸爸说："择良，子不教父之过，写晴无论做了什么，都是我的责任。我知道你和写意好，你就看在写意的面子上，放过写晴。"

"爸爸！"我哭着叫他。

父亲拍拍我，继续对他说："写晴还有几天就要当新娘了，如今她捅的一切娄子，都由我一个人承担。"

"其实，"厉择良说，"沈叔叔，我们还可以……"

"没有其他方法，除非你愿意毁了你哥哥的心血，将厉氏拖下水。"父亲笑着摇了摇头，"不值得，记住，这不值得。你是商人，不是慈善家。如今有没有海润并不重要，我有两个女儿，这是我今生最珍贵的财富。写晴有东圳，写意有你，而只要你们两家都好好的，我就很满意了。"

厉择良沉默不语。

待他离开的时候，父亲突然叫住他："择良！"

他回身，站定。

父亲说："我们的这些话，希望不要让第四个人知道，对写晴的将来不好。而且尤其不能告诉写意，请你什么都不要跟她说，她还是个孩子，不可能明白这些事情。要是她知道我为写晴做出这些，肯定会更不喜欢她。"

厉择良神色一怔，许久才凝重地点头。

"你保证？"父亲追问。

"我保证。"他缓缓说。

君子一诺千金。

父亲笑了:"你明天替我去德国看看她,行不行?"

"这……我怕走不开。"

"去吧,这里有我。"

那个时候我就应该预感到什么。

直到第二天夜里,我推开书房看到父亲冰冷的尸体,才恍然明白,昨日那些话原来是诀别。

都是我的错,是我害死了爸爸。他那么爱我,我以前怎么还会怀疑他对我的爱呢?我伤心得发疯,却不敢对任何人说。我和厉择良都答应过他,不能说,不能说,不能说……

我戴着孝,看着那身为婚礼准备的礼服,倏地就觉得讽刺,谁还有心思结婚?可是为了父亲的意愿,我们明天还是得去注册,草草地登个记便了事。

然后全家突然就接到另一个消息——写意自杀了。

我永远记得詹东圳听到这句话时的表情,那张白皙的脸瞬间失去所有的血色,就像一张苍白的纸,随即又被一片青黑覆盖。

写意的妈妈哭得几乎要昏死过去,她从没出过国,立刻去申请护照和签证也要等好几天。究竟那边是什么情况,没有人知道,连厉择良也联系不上。

他说:"我去看看写意。"语气是从未有过的坚决。

我说:"不准!我死也不准!"

他看着我:"写晴……"

头回听见他这么叫我,却顿然觉得心酸。他这么说,不过是想让我放他去找写意。什么都是写意,写意。

妈妈说:"好歹写意是你妹妹。东圳应该去看看,我们家就他一个男人了,得由他撑着。"

我瞪大眼睛问他:"你还是选写意是不是?"

他眉头微蹙,一双清明的眸子盯着我良久却没有回答,最后依旧拿了护照去机场。

不知道他记不记得我说过的话,我说:如果还有下次,要么她死,要么是我死。

我站在沈宅的三楼,茫然地看着天空。詹东圳的离开仿佛割断了我最后的一根弦。我恨他,为什么要让我陷进去,却又永远不靠近我?

爸爸,你错了。你狠心地丢下我,以为我拥有他就会幸福。其实,他从来都没有属于过我,所以——我想和你一起走。

我微微地笑了,然后轻身一跃就跳了下去。

番外二

喜欢

故事的时间在厉择良求婚后,两人举办结婚仪式之前。

路上,写意突然问厉择良:"你是什么时候开始迷恋上我的?"

他无语。

"你以前很烦我啊,可是后来突然就对我爱得一发不可收了。"

"注意看前面。"他坐在副驾座提醒她,对她的话置若罔闻。

他们今天赶上了堵车,一路走走停停,就靠说话打发时间。可是,他却不接她的话,写意忍不住嘟囔了几句。

前面的车,挪了几米,她也继续跟在后面。

过了一会儿,厉择良问:"那你呢?"

虽然这两句话之间隔了很久,写意仍然明白他指的什么,于是笑笑说:"日久生情不算。"

"日久生情?"厉择良转头看她。

写意抿着嘴笑了。

番外二　喜欢

她骗他。

其实她想说的答案，比"日久生情"四个字要肤浅很多。为什么呢？因为最先看上的是他的外表，然后才爱屋及乌地爱上他的一切。

一切都是从他在地铁的冷漠人群中，站起来给她妈妈让座开始。当时，写意看到他身上同样的制服，开始打听他。

那个时候的厉择良也许从没留意过自己有多么耀眼。

他是转学生，成绩好，不太爱搭理人，篮球打得很棒，完全是学校民意调查中不容置疑的校草。

而小写意不太受男生欢迎，他们看到她都绕道走，据说都抱着一种惹不起躲得起的态度……

对此，她很愤愤不平地对詹东圳说："有什么了不起的？我还看不上他们呢！"

詹东圳没吱声。

她又说："我要让我们学校最耀眼的那个男生拜倒在我的石榴裙下。"

见她信誓旦旦，詹东圳忍俊不禁了。

"什么男生？"

"一个学长，长得特别帅，学习又好，还给我妈妈让座。"小写意说起他就两眼放光。

"这人的形象这么光辉？"

"嗯，我喜欢他。"

什么叫有志者事竟成？这就是例子。

随着车窗外的建筑物不停地变换，厉择良开始看着它们陷入了沉思。

究竟是什么时候开始爱上她的呢？

他不是没有想过，而是有段时间不敢去思考这个问题，仿佛一陷入回忆，灵魂就痛苦地出窍了，找不到回归现实的理由。

第一次她撞击他的心是在哪一天？

她喊着"厉南衍加油"，从跑道里冲出来？

她无赖地痞般地缠着他说，我叫你阿衍吧？

不是,都不是。

而是她离家出走的时候,她将他视为世界上的唯一依靠,在他的屋子门口守了整整两天。

当时,这个女孩儿占据了他心中一个柔软的地方。

他从小叛逆,耐性极差,凭着脑子聪明,从没有认真念过一天书。所有亲戚朋友们一提起厉家的老二,都是一脸头疼。

父亲对他严厉,但是母亲却极其护短。

久而久之,大人们也就随他去了。

夫妻俩年轻时想多要几个孩子,哪知大儿子十四岁了,才有了第二个。本来是准备不要的,后来母亲舍不得,就冒着高龄危险生了下来。

大哥长他很多岁,都说长兄如父,所以大部分时候都是大哥管教他。

惹祸最厉害那次,父亲正陪着母亲在国外养病,而他们一群人废了某家公子的一只眼睛。

当时的厉择良没满十六岁。

大哥从局子里把他捞了出来,夜里捆在院子的榕树上狠狠地抽了他一顿。哥哥气极了,扔掉手里的皮带继续吼他:"你不是很横吗?怎么不吭声了?人家跟你无冤无仇,你也真干得出来!从小宠得你无法无天了!就该让人家也废了你,再抓进去判几年!"

话是这么说,大哥后来还是费了好些周折,才将事情摆平。

他被抽得几乎晕死过去都没解释,那事情不是他干的。

班里有个同学叫季英松,和他关系很好。季英松的姐姐在街头摆了个面摊子,卖早点,姐姐模样俊俏。后来发生的事,让季英松拼了命也要捅对方一刀。

其实季英松是奔着要那人的命去的,但只是戳到了眼睛。

当时场面混乱,所有人都吓傻的时候,厉择良站了出来,一个人担着。

他知道,要是这件事让季英松来扛,说不定命都捡不回来了。

厉家的兄弟俩有时间总去海边游泳冲浪,那种乘风破浪的感觉,他没

番外二　喜欢

什么兴趣，只是大哥特别喜欢。

大哥对他说："小衍，这波浪很像我们的人生，起起伏伏，跌跌撞撞，但是终归是要寂静的。"

只是大哥的人生，寂静得太突然了。

母亲扶着大哥的尸体，哭到眩晕的时候，亲戚们安慰她说："嫂子，别这样了，就让他去吧，至少你还有小衍。"

所以，他一直以为自己的心很硬。

可是，看到写意带着泪守在他屋门口的时候，他觉得心窝里暖了一下。

他一直当她是个孩子，爱撒娇，爱缠人，爱哭。在遇见写意之前，厉择良从没有发现过一个人，能将眼泪收发自如，毫不拖泥带水。

她可以上一秒钟在哭，下一秒钟就咯咯咯地乐。

她也可以上一秒钟气势凌人地和人对抗，像一只在战备中竖起毛发的小猫，下一秒钟嘴巴一撇，就梨花带泪、楚楚可怜。

后来，他暗自观察，才琢磨出来什么时候是她装的，什么时候是真的。

也许是她的天性，也许是她在那样的家庭中，不得不成就这种本领，所以，他一时觉得她可爱，一时间又心疼起来。

下车的时候，写意突然将脸凑了过来，蹙着眉头问："阿衍，再问一次，你究竟是什么时候发现爱我爱得无法自拔的？"

他收回思绪，毫无波澜地瞅了瞅她那张近距离放大的脸，视线扫描了一遍，随即淡淡说："你的妆花了。"

"……"

那一夜，他狠狠地要了她。

在最后激昂的那一刻，他又缠绵地叫了写意的名字，然后伏在她的颈窝间，沉沉地喘息，许久没动。

写意摸着他全是汗水的背说："阿衍，你忘记戴那个了。"

他半晌没吭声，许久才问："要是我们有个孩子，像谁比较好？"

这下，写意来了兴趣："我的孩子肯定是世界上最好看的，要继承我们所有的优良特质。"

"你鼻子和嘴唇好看，孩子就像你吧。"

"我额头和脖子好看，这里就像我。"

"至于眼睛嘛……"写意想了想，"冬冬的眼睛挺好看的，长成他那样就好了。"

原本任她一个人自言自语的厉择良，这下发话了，不悦地问："鼻子和嘴像我，眼睛像詹东圳？"嘴里剩下隐忍不发的半句是：这是我儿子还是他儿子？

百里之外的詹东圳突然狠狠地打了个喷嚏。

"哟——看来这大半夜的，还有人念叨你，不错呀。"赵凌菲打趣他。

他俩正好一起在酒吧里喝酒。

詹东圳转头看了一眼背后的墙，总觉得从哪儿吹来一阵阴风。

"明天记得相亲，晚上六点。"

"什么人啊？"詹东圳灭了烟，问她。

"一个朋友的小姑子，你可别把人给我得罪了。"

过了几天，写意在院子里晒太阳的时候对厉择良说："平馨告诉我，孩子有时候会很像姑姑。"

"我没有姐妹，只有个大哥。"

对于厉南溢，写意很少听他亲口提起，只是觉得他每次说"大哥"两个字的时候，神情都特别慎重。有一次，他们俩路过社区篮球场，看到一群孩子嬉闹着打球，厉择良突然自言自语说："要是大哥有孩子，也得上初中了。"

写意不禁问："哥哥是个什么样的人？"她没有哥哥，总觉得大哥的感觉不是像谢铭皓，就是像詹东圳。

"从小他教我打球，教我游泳，也抽我鞭子，对人宽厚，沉稳，比我有同情心。"

"长得和阿衍像吗？"

"很多人说我们像,可是我母亲又说一点儿也不像。"

"那如果我们生儿子,就像哥哥好了,一定很棒。"写意说。

"要是女儿呢?"

"你喜欢女儿?"写意问。

他好像在脑子里幻想着什么,渐渐地嘴角扬起一点点,然后喃喃地说:"喜欢。"

番外三
梦想

厉择良从来不会卸掉假肢出门,就算有几次坐在轮椅上,不到身体万不得已也是要戴着假肢的。所以,厉氏上下除了那几个知情者以外,都只当他是有些瘸,而不知道他其实是截肢的。

因而,当厉择良第一次没戴假肢坐着轮椅出现在公众面前时,确实引起了一阵轰动。

"总得面对是不是?"写意鼓励他。

那个时候他们刚刚结婚,医生提过让他少戴假肢,而且这是一个心理障碍。

"我会不会像个怪物?"他总觉得自己不戴假肢,就像一个人没穿衣服一样,有种赤裸裸被审视的感觉。

写意笑着哄他:"又不是没让你照过镜子。我老公长得也叫怪物的话,其他男人还怎么敢上街见人?英俊成这样的怪物,估计人人都想要一个。"

那天,她送厉择良去公司。

番外三　梦想

下车的时候他自己借助拐杖坐到轮椅上,写意一低头发现他鞋带散了,蹲下去替他系上。

他们成了夫妻,虽然厉择良就像折了翼的鸟,两人无法一同遨游飞翔,但是至少,可以是连理枝。

从小她就一直依靠他,什么都要他帮忙。

如今她长大了,也能独立起来,自然应当在他孱弱的时候扶持着他。

"加油！"写意紧紧地握了握他的手,那一刻,她居然发现他的手心在出汗。

他在紧张。

那条残缺的腿永远是他心里最难以触碰的阴暗之地——他是在人生中青春绽放得最为肆意的时候,陡然失去它的,这样的冲击旁人无法想象。

他真的很难面对。

但是即使再艰难,终究已经成了一种无法避免的命运。他知道只有自己真正释然了,她才会放开。

所以,他才肯放弃那种近乎偏执的骄傲和倔强,照着医生的话做。

想到此,写意心中顿时一热,眼眶有些潮湿,却又是笑着岔开话题说:"跟我求婚时,也没见你这么激动。"

他没有心情接嘴,只是嘴角勉强地扯了个微笑出来。

后来,她推着他出现在厉氏大厦里。一路上,许多人一边尊敬地打招呼,一边礼貌地挪开好奇的视线。即使他们掩饰得那样好,写意也看出那些诧异。

而厉择良的面孔好似罩了一层寒霜一般,即使他坐在轮椅上,比所有人都矮了一截,但那样凛然的神色和气势仍是那个鸟瞰众生的厉择良,让人不敢轻易抬眼直视。

两人一起坐电梯到了厉择良的办公室,合上门的瞬间,仿佛又回到了一个安全的空间。

"怎么样？"他的眉宇在面对她的时候,一下子又柔软下来。

"还不错,不过……"

"不过什么？"他蹙眉。

"你知不知道，"她微微一笑，"阿衍，你刚才的表情完全就像一只如临大敌的刺猬，真可爱。"

"……"

圣诞节的时候，唐乔组织员工去近郊的凤凰山温泉公园度假，并且特意通知可以带家属。

周平馨兴奋得要死，拉着写意说："你知不知道，上次就我和老公两个人去，一点儿也不好玩儿。这种活动还是人多好，泡了温泉大家再挤一起喝酒，叫你家那位一起啊。"

"嗯。"写意不知道怎么答，只得随口应下。

"一定一起去哦，听说凤凰山前几天下雪了……"

看到周平馨滔滔不绝地构思着自己的计划，写意实在不想扫了她的兴。可惜厉择良那里，她可不敢替他做主。

晚上吃饭，写意瞅了瞅厉择良。

"阿衍。"

"什么？"他拿勺子舀汤。

"这么冷的天气能去泡温泉的话，还挺有意思的。"

写意一边说一边偷窥他的表情。

"能有什么意思，不就跟浴缸里泡热水一样。"他毫不留情地打击了她一句。

"温泉是天然的，富含对身体有益的矿物质，里面的硫黄……"

她还没将温泉对身体的益处说完，就被厉择良忽然打断："写意，你说我认识你多少年了？"

"啊？"写意一时不知道他什么意思，乖乖地答，"十二三年。"

"都十多年了，你那脑子里想什么我还不知道？别拐弯抹角的，直接说，你想干吗？"

写意幽幽地看着他，只好直说："我们单位明天去泡温泉，想叫你一起。"

"你很想去?"

写意使劲儿点头。

"你去吧。"他说。

"你呢?"

"不去。"他云淡风轻地扔出这两个字。

写意愣愣地张了张嘴,里面还包着米饭,她就知道是这么个结果,所以才不敢直接问。

"那……"她讪讪地垂下头去,"我也不去了。"她有些赌气。

没想到他竟然挑了挑眉说:"不去也行,这么冷的天在家待着最好不过。"

"阿衍,你讨厌。"她皱着眉委屈极了,活脱脱一副受气包的模样。

他看着写意的表情忍不住乐了,舒开淡眉,笑道:"好了,好了,一起去吧。"

没想到他真的答应了。

她本来真的有些高兴,可是转念一想,却又为他心疼起来。他连夏天最热的时候也不会将腿露出半点儿,何况是脱了衣服和人一起泡温泉。

不过就是为了让她高兴,他竟也可以委曲求全。

"你又不游泳。"写意说。

"我在旁边看。"他笑。

写意看着他,心中有种说不出的酸涩,自觉刚才太过任性,于是说:"其实,我也挺不想去的。"

"怎么了?"

"长肥了好多,穿起泳衣不敢见人了。"她撇嘴。

厉择良上下打量了她,没说什么,写意还以为他会象征性地安慰自己几句,不想他却开口说:"你睡觉总是张着嘴,知道为什么吗?"

"为什么?"写意不知道话题怎么从她的身材说到睡觉习惯上了。

"全身肉太多了,特别是脸上,肉多显得皮少,理所当然睡觉时一闭眼睛，嘴巴就被拉开了。"他一本正经地说。

"……"

这人嘴巴忒毒了。

她大人有大量不和他一般见识，又说："要是以后我有一栋自己的房子，院子里有温泉就好了。大冬天，我们顶着风雪在里面泡澡。"

他笑了笑，眼中闪过一丝情绪，却没有接话。

她很多年以前也这么对他说过。

那是他高三的时候，春天里全班同学在模拟考以后去蓝田湾搞集体活动，写意也在。蓝田湾是出了名的温泉之乡，有很多农家小旅馆，家家后院都有温泉的泉眼。当时穿着泳衣的写意泡在温泉里，游来游去直呼过瘾。

"我长大以后一定要赚很多钱，在这里修一个暖和的家，让爸爸妈妈住在一起，还有阿衍。"写意说这句话的时候，眼睛笑得眯成一条线，脸颊右边的酒窝圆圆的，好像真的能盛下二两白酒。

后来，厉择良无意间才知道，原来写意的父母是蓝田湾同一个村子里出来的。难怪当年政府拍卖这块地的时候，沈志宏执意要买下来。也许不单是一个商人看好此地的投资价值，还有些别的什么情愫吧。

一如他也做了同样的事情。

转眼到了春节，厉择良陪写意回 B 城探亲，厉择良说要写意陪他去蓝田湾看看。

蓝田湾的项目虽然断了部分泉眼，但是经过厉氏及时改造设计方案，将那一半规划成高级室外俱乐部，建成半年来也卓有成效，而剩下的那部分地，则建成了高级温泉别墅。

可是，提到这个地方写意就心虚。

"去蓝田湾做什么？"

"我自己的楼盘难道不能去看看？"他说。

于是，两人一起坐车去了蓝田湾。

写意看着车窗外的雪，忽然回首乐道："阿衍，你说以前我们在德国

番外三　梦想

藏的钥匙最后被谁找到了？"

那年他们去杜塞尔多夫过新年的时候，头一天晚上参加新年倒计时，他们就住在了那里。元旦那天，一伙人又在周边游玩了一遍，晚饭前就他俩在雪地里踩脚印。

写意为了踩到他的脚印一蹦一跳的，使得兜里的钥匙掉了出来。她忽然灵光一现，吵着厉择良将自己的钥匙也掏出来，然后用红绳子系到一起。

"阿衍，我们做个游戏。"她笑嘻嘻地说，"我把钥匙埋雪地里，你来找。"

"你能不能找点儿有意义的事情做？"

"这就很有意义啊，可以考察我俩的心有灵犀程度。"说着她就强要厉择良闭上眼睛然后去埋钥匙。

那个时候，他虽说嘴巴上对写意很凶，可是已经宠得要命，也就随了她。

"我数一二三，你不能偷看哦。"她要他转过身去，然后迅速地在雪地里挖了个坑，将钥匙埋了进去。

结果肯定是厉择良获胜。

"你怎么知道就藏在这里？"写意惊讶。

"因为你笨。"

她将东西埋自己脚下，站在上面生怕别人抢走，仿佛一只守护骨头的小狗，活脱脱一副此地无银三百两的表情。

"不行。"写意不服气，"再来一次。"

"那你自己慢慢玩，我回去了。"某人天生懒骨头，只爱动嘴皮子不爱动手，对这种低智商游戏完全没有兴趣。

"这次你一定找不到的，阿衍你信不信？"写意下战书。

"哦？"他挑了挑眉，来了兴致，"要是你输了呢？"得下点儿赌注才行，不然他可不想浪费精力。

"输了，我就去对面酒吧当着所有人面说三声'我喜欢你'。"

他笑了。

第二次，写意藏好东西后迅速将雪地覆平，还撤得远远的。这下可想而知，他的确找不到了。

"怎么样，厉害吧？"

写意得意扬扬地笑，随即去刨钥匙，刨了两下，没有。她一纳闷儿，好像没有藏这么深，然后继续，还是没有。她又换了两个地方，依旧没有。

写意抬起头来瞅他，有些傻眼。

他俩的门钥匙还有车钥匙都拴一起了。

厉择良看到她的表情，心中升起一种不祥的预感，不禁问她："你不是自己都找不着了吧？"

就这么，两人的钥匙被一根红绳子拴在一起，永远地留在了杜塞尔多夫的雪地里。

如今，他俩站在蓝田湾一个小院门前，厉择良递给她一把系着红绳子的钥匙。

天空中飘下晶莹的小雪花，落在他的肩头。

他淡淡一笑，眉毛扬起来，说："送给写意。"

那是她梦想中的小院，屋子后院里有口活水的温泉泉眼，泉水将客厅外的小池子注得满满的，热气腾腾。

这确实就是她梦中的家，一模一样，让人感觉暖暖的。

他一直记在心里。

她拥住他，轻轻说："谢谢。"

原来他一直执着的，是她的梦想。

哪怕他身无分文，就带着她坐公交车到这里，指着此地的温泉说："以后等到我有钱了一定给我老婆买下来。"就算是这样的画饼充饥，她也会感动。

"阿衍，谢谢你。"

番外四

寂寥报冬心

1

冬日里，阳光正好。

何今夕坐在咖啡馆靠窗的位置。她既可以晒到太阳，又能对进出的顾客一目了然。侍者路过时，又问了她一遍要不要点单，她说："我在等人，来了一起。"

过了会儿，她看了看表，对方已经不明原因地迟到二十分钟了。

她有些烦躁，拿起手机发了个微博：

老娘被放鸽子了？

她本来准备愤然离开，又想起自己刚才什么也没点，要是就这么走了，也不知道要遭服务员多少个白眼，于是，她翻开酒水单，叫了杯花果茶。

就在这当口，有辆跑车招摇地停到了路边，下来了一个墨镜男，径直走进咖啡馆环视了一周。咖啡馆里人不多,单身的女顾客只有何今夕一个人,所以对方几乎没有迟疑,径直走到何今夕跟前,问了一声:"何小姐?"

何今夕看着打扮得跟只孔雀似的对方,硬着头皮反问:"詹先生?"

"是的。"男人应声坐下。

十分钟后两个人分道扬镳。

何今夕立刻向表姐汇报相亲结果。

"就这样?"

"那还能怎样?"她反问。

本来一开始她就没抱什么希望,人家那么有钱,怎么会看上她这个吃了上顿没下顿的杂志写手?今日得此一见,更是觉得吹了得了,对方就是一个纨绔子弟,她还看不上眼。

这件事,何今夕再也没放在心上,因为截稿之日又要到了,编辑每天发着短信、微信、QQ来轮番轰炸催她交稿,她只好死宅在家一个星期没有出门。

直到出关交稿那天,表姐又发来一条微信:"我今天看到人家詹东圳真人了,怎么会是你说的那个样子?"

何今夕的表姐有个高中同学是这个姓詹的手下,每天都在变着花样给老板介绍女朋友,四处打听未婚的身家清白的女青年,有一天,终于问到了何今夕头上。

她将信息往下拉,居然看到一张照片,照片里的人穿着黑色的西服上衣,下面是一条深棕色的裤子,虽说拍的有点儿远看不清楚,但绝对不是前几天和她相亲的那个人。

她回了一句:这是他?

表姐迅速回答:难道你见到的不是他?

看到这行字,何今夕顿时怒了。她这辈子何曾被人这么看不起过?什么狸猫换太子,狗屁!

她从来都是个脾气火暴的人,无论对方是编辑也好,读者也罢,宁肯和人死掐,也不吃哑巴亏,她立马将表姐那位同学上回留的詹东圳的电话拨了过去。

第一次响了两声后对方就给掐了。

她又拨了第二次,还是遭到同样待遇。

这个待遇,让她怒气更盛,几乎要喷出火来。

有这么不尊重人的吗?有几个臭钱了不起啊?

于是,何今夕咬牙切齿地拨了第三次,这一回,对方终于接了。

"喂——"听筒那边传来一个压得极低的男声,背景音也极其安静。

可是何今夕已经怒火中烧,管他三七二十一,劈头就骂了对方四五分钟,然后不由分说地掐断电话。

骂完后,她将电话一关机,直接扔到沙发上。随后,她发现心里舒坦多了,连房间里的空气都变得清新了起来,花花草草们也更加娇嫩可人,所以说精神病都是被压抑出来的。

她突然灵感大发,将詹东圳这个名字写在她的小说里,把他设定成一个猥琐不堪、贪酒好色、最后家财散尽的丧家犬。"我就让你一辈子得不到爱,让你当炮灰,让你去要饭,让你比路人甲还惨。"她一边改文章大纲,一边得意地自言自语。

如此一来,她愉快又充实地度过了一天。

第二天是周末,表姐突然神秘兮兮地要请她吃饭。

哪知到了目的地,等着她的不是表姐,而是一个男人。

"何今夕?"男人坐在沙发上,没有起身,而是念着她的名字微笑。

"是我。"

"我是詹东圳。"

"这是第几号啊?"她哭笑不得。

"如假包换。"他又笑了,随后叫来服务生点单。

何今夕倒是懒得和他客气,指着那些最贵的、平时很好奇却舍不得点的稀奇玩意儿全部点了一遍。

待吃得半饱之后,她才放下刀叉说:"谢谢您亲自来见我。"她故意将"亲自"二字说得咬牙切齿,随即又补充,"好了,我们可以两清了。"

詹东圳却问:"听说你是作家?"

"杂志写手。"何今夕纠正。

"哪种类型的杂志?"

"梦幻类小说。"

"梦幻小说?"他不太明白。

"就是全世界的女人都为他癫狂,而他只爱我一人这种故事。"她一边嚼着嘴里的东西一边说。

听到这个解释,他不禁又笑了。

何今夕这才发现,这男人好爱笑,瘦瘦高高的,眉色略浓,但是整个五官却显得十分隽秀干净。

这时,詹东圳的电话响了,他看了一眼号码,对何今夕说了声抱歉,起身到外面接电话。何今夕不以为意,继续对付跟前的甜品。

过了几分钟,他回到座位,突然问何今夕明天晚上有没有时间一起去看演唱会。

何今夕愣了一下,反问:"你这个意思是对我很满意,觉得可以继续约会?"

詹东圳侧了下头说:"你这么理解?"

"好的,但是我拒绝。"她答。

干吗?她又不是陪客,招之即来挥之即去?本来他骗了她一次,她骂了他解恨,然后又重新吃了顿饭,已经互不相欠了。

他得到这个答案,竟然只是轻轻"哦——"了一下,丝毫看不出情绪。

饭后他送她回家。

路上,何今夕突然问他:"追你的女人应该很多啊,为什么还要相亲?"

"菲姐比较着急。"他说。

菲姐便是他的那个下属,何今夕表姐的老同学,介绍她和詹东圳相亲的红娘。

"他们说你一直喜欢菲姐,奈何她是有夫之妇,所以你只好终身不娶。"何今夕终于没有战胜职业本能,八卦了起来。

詹东圳闻言摇头浅笑,随后居然问:"有没有别的版本?"

"或者你对女人压根儿没兴趣。"

"你继续。"

她想起自己那个坑人的小说大纲:"或者是你永失真爱,成了男主角的炮灰。"

一路上,她说了很多话,变着花样捉弄他,他却不以为意,脾气好极了。道别的时候,她突然问:"明天晚上几点的演唱会?"

他瞬时明白过来,在车内微微一笑:"我七点来接你。"

2

何今夕一个早上都在笑,她觉得她开始有点儿喜欢他了,于是又让表姐跟那位同学打听了很多关于这个男人的事情。

例如他本来是詹家的私生子,因为嫡子们个个不争气,最后由他继承了詹家的家业,也难怪他身上没有那种有钱人不可一世的娇贵。

出门前,她将家里所有当季的衣服都拿出来在镜子面前试了一遍,好不容易配成了一身最满意的,然后才欢天喜地出了门。

来接她的詹东圳和昨天一样,安静平和,可是何今夕又隐隐觉得有一些不一样。

他们的座位在内场的前面,这场演唱会里面詹氏投了大手笔的广告和赞助,所以拿到了最好的位置。

何今夕看到那些广告牌,不禁问:"你喜欢这个歌手?"

"还好。"他答,"只是订了些票送客户。"

开场后,他们旁边的两个座位始终没有人,詹东圳时不时侧目一望,眼中神色复杂。善于在文字间演绎缠绵爱情的何今夕是个极其敏感的人,现下已经明白大半。

演唱会的末尾,女歌手唱了一首她自己的成名曲,也是最让人耳熟能详的歌,在音乐的带动下,全场几万人陪着歌手一起同唱了一首歌。

何今夕情不自禁地跟着哼了起来,一曲唱罢,想起那些年少时光,不禁唏嘘。

谢幕后,他送她回家。

"我旁边空着的地方,本来会坐什么人?"她从来不是遮遮掩掩的人,直截了当就问了他。

詹东圳怔了下,回答说:"我以前的未婚妻和她现在的丈夫。"

"她喜欢这个歌星?"

"大概吧,刚才最后唱的那首歌,是她以前在车里经常放的。"

"你急着约我来,就是做你的挡箭牌?"何今夕问。

"也……不是。"詹东圳有些窘迫。

何今夕说:"你知不知道,我现在很想做什么?"

"扇我一巴掌?"他哭笑不得。

"算你有自知之明。"

说完这句话何今夕立马下车,走人。

她踩着高跟鞋急匆匆地朝前冲,那声音在这夜路上异常清脆。

詹东圳却没走,已经快十二点了,哪怕她真的给他一巴掌,他也不敢把她一个人扔在半路上。

于是,她在前面怒气冲冲地走,他在后面远远地跟着。走了不一会儿,她的脚便受不了了,回头又看见詹东圳的豪车还在后面。她顿时觉得自己为了自尊,真是找虐,于是一转身,折回到他的车跟前。

她说:"你下来。"

詹东圳不知道她究竟要干吗,只觉得心中有愧,只能照做。哪知他刚走到她跟前,只见她一步上前,猝不及防地抬起拳头给了他肚子一拳。

事情太突然,他只能生生地受着,疼得他好半天才回过神来。

"女人一般不都喜欢打脸吗?"他蹙着眉,吃痛地说。

"谁说我是一般女人?"何今夕答。

"消气了?"

"消了。"她说,"麻烦你继续送我回家。"

3

过了些时日,詹东圳去同一家餐厅吃饭,别人点菜的时候,他突然想起上次坐在对面的何今夕。第二天,詹东圳叫秘书去找来何今夕供稿的那几家杂志,午休的时候他随手翻了翻,居然在其中一本上面赫然看到了自己的名字。他耐着性子,将那篇小说从头到尾读了一遍。每次看到自己的名字在文中出现的时候,他好像就能联想起她那副快把牙咬碎的样子,不禁莞尔。

下班途中,他打了她的电话。

"何小姐,有没有空赏脸吃顿晚饭?"

"吃什么?"

"随你挑。"

"我只吃最贵的。"

"没问题。"他笑。